BESTSELLER

Giorgio Faletti nació en Asti, Italia, en 1950. Aunque es licenciado en derecho, ha hecho gala de una vertiente polifacética y se ha prodigado en muy diversos campos: ha ejercido como abogado, creativo de publicidad, piloto de carreras de automóvil y, finalmente, letrista y cantante muy popular y uno de los cómicos más famosos de Italia. Es el autor de las novelas *Yo mato*, un éxito mundial de lectores y crítica, *El tercer lado de los ojos* y *Fuera de un evidente destino*.

Biblioteca

GIORGIO FALETTI

Fuera de un evidente destino

Traducción de

Rosa S. Corgatelli

DEBOLSILLO

Título original: *Fuori da un evidente destino*
Diseño de la portada: Mario Arturo Hernández Navarro

Segunda edición en DeBOLS!LLO: enero, 2009

Printed in Spain – Impreso en España

ISBN: 978-84-8346-816-6 (vol. 637/3)
Depósito legal: B-374-2009

Fotocomposición: Revertext, S. L.

Impreso en Novoprint, S. A.
Energia, 53. Sant Andreu de la Barca (Barcelona)

P 868166

A Michela y Carlo,
que están donde estoy

I hope to God you will not ask me to go to any other country except my own.

Ruego a Dios que no me pidas ir a ningún otro país que no sea el mío.

Barboncito,
jefe navajo,
mayo de 1868

Índice

La tierra no tiene memoria.

El viento se nutre de polvo, de matas rodantes, del reloj de huellas borradas y de nubes dispersas. Ahora que mi gente de esas mismas nubes está hecha y con esas mismas pisadas ha caminado, ya no hay más que esperar. No estará Kokopelli, el que tocaba la melodiosa flauta, abatida sobre la espalda cuando su espíritu nos abandona al hambre que mata. No estará Orge, el de los dientes rechinantes, ni Soyal, el del mudo triángulo en la boca, ni Nangosohu, que tiene en la cara el lucero del alba. Ninguno de estos olvidados espíritus regresará para devolvernos el reloj vencido, los sentidos adormecidos, la batalla perdida por no haber sido nunca librada.

Nadie.

Quedará el letargo generado por el sueño y el miedo que nos conducirá por el antiguo sendero, el guerrero ardiente, único hijo de esta tierra desde siempre sin memoria.

Y, sin embargo, que desde siempre recuerda.

Ał tsé yęę dąą

El inicio

1

El único sonido en la ciudad era el silbido del tren.

Desde siempre, por las vías que cortaban Flagstaff en dos con su golpe de cimitarra, pasaban varias veces al día los trenes de carga de la Amtrak. Las locomotoras apenas rozaban las estaciones de ladrillos rojos con su cauteloso paso de rieles, y en el esfuerzo del viaje parecían animales ansiosos solo por el camino que recorrer, sin el menor interés por lo que arrastraban. Eran largas letanías de vagones, que parecían llegar de la nada y dirigirse al mismo lugar, con su carga de contenedores de colores desteñidos y cubiertos de palabras escritas en blanco.

A veces llevaban el logotipo de la China Shipping.

Ese nombre exótico creaba, en la mirada y en la mente, la imagen de lugares remotos, de gente del otro lado del mar que en aquella pequeña ciudad del centro de Arizona, sol rojo de verano y frío blanco de nieve en el invierno, formaban parte del conocimiento de todos y de la esperanza de ninguno.

Apenas un instante para comprender que era solo una ilusión, y los trenes ya se iban con la secuencia de un rosario. Se marchaban chirriando, lentos e indolentes, hacia el este. Se perdían de vista bordeando un trecho la vieja ruta 66 y dejando atrás un eco de ese silbido agudo a manera de saludo y advertencia.

A Caleb Kelso le parecía oírlo incluso desde allí, mientras a la altura de la Snowplay Area dejaba Fort Valley Road para girar a la derecha y enfilar la franja seca de Gravel Highway, la carretera que piedra tras piedra subía hacia el norte como una grieta de la tierra, hasta convertirse en la herida roja y ensangrentada del Gran Cañón. La Ford Bronco que conducía se adaptó de mala gana al nuevo recorrido, con un chirrido de suspensión y un resonar de viejas juntas y de llaves inglesas en la caja de herramientas, fijada al suelo entre los dos asientos. Caleb estaba encariñado con esa vieja camioneta, cuya carrocería mostraba tantas manchas de masilla que la camuflaban mejor que el mono que él vestía.

De mala o buena gana, ese era el único medio de locomoción que podía permitirse considerando sus finanzas en aquel momento. Se resignaba a repararlo él, como podía, poco a poco, a medida que alguna parte de la carrocería o del motor abandonaba el precario mundo de los coches en circulación. Saldadas entre sí, la necesidad y la capacidad viajaban en las mismas cuatro ruedas al amparo de una placa de Arizona.

Las cosas iban pasando, y no había modo de detenerlas. Quizá solo de cambiarlas, si se tenía la posibilidad.

Y él la tenía, vaya si la tenía.

Caleb Kelso, a diferencia de tantos otros, tenía un proyecto.

Eso, según él, era lo único que importaba realmente en la vida. Tener un proyecto, por muy descabellado que pudiera parecer. La historia abundaba en casos semejantes. Para los pocos que realmente habían creído, aquello que a muchos les había parecido un simple sueño de locos visionarios se había convertido en un grito de victoria.

Solo era cuestión de tiempo; tarde o temprano también él alcanzaría el resultado para el cual trabajaba desde hacía años. En un instante dejaría atrás todo el cansancio, todas las noches en blanco y todo el dinero gastado, pero, más que nada, las burlas y las risas de mofa quedarían a sus espaldas. Una vez había leído en alguna parte que la grandeza de un individuo se mide por la cantidad de estúpidos que lo persiguen. Entonces los que lo ridiculizaban tendrían que tragarse la lengua, condimentada con la misma mierda que le habían echado a él encima. Le lloverían gloria y millones de dólares, y su nombre figuraría en la letra K de todas las enciclopedias del mundo.

«Kelso, Caleb Jonas. Nacido en Flagstaff, Arizona, el 23 de julio de 1960, el hombre que logró...»

Meneó la cabeza y tendió una mano para encender la radio como si con el mismo gesto pudiera encender también su suerte futura. El único resultado que obtuvo fue la voz de las Dixie Chicks, que suplicaban a un vaquero que volviera a casa y las amara para siempre. En ese momento de la vida, para Caleb los conceptos de casa y amor eran crueles y afilados como el cuchillo Bowie que llevaba a la cintura.

Su casa se caía literalmente a pedazos, y en cuanto al amor...

Vio fugazmente la imagen del pelo rubio de Charyl balanceándose como algas sobre su vientre mientras le comía la polla.

«Charyl.»

Apagó la radio y la oleada de calor del vientre con la misma rabia y ahogó la canción, que flotó muda en el éter de quien la había evocado.

Apartó un instante la mirada del camino y de todas las visiones que lo flanqueaban con su alambre de espino. A su lado, su perro, Silent Joe, acurrucado en el asiento del acompañante, miraba por la ventanilla con aire indiferente.

Tendió una mano para acariciarlo. Silent Joe se volvió un segundo con ojos desconfiados y luego giró de nuevo la cabeza hacia el otro lado, como si le interesara mucho más su imagen reflejada en el cristal.

A Caleb le gustaba su perro. Tenía mucho carácter. O al menos un carácter muy semejante al de él, productivo o no. Por eso dejaba que se sentara en la cabina junto a él, sin confinarlo a la parte trasera como hacían los demás cazadores. Andaban por allí en vehículos colmados de cabezas caninas que asomaban por los bordes con expresión de condenados a muerte en un tren militar, para después dispersarse en los bosques ladrando como locos cuando sus dueños se apeaban de los vehículos, se echaban al hombro los Remington o los Winchester y se iniciaba la caza.

Silent Joe no ladraba nunca. Ni siquiera cuando era un cachorro y cargaba con una cantidad de piel tres veces superior a su talla. Por ese motivo su nombre original, Joe, pronto se ganó el calificativo de «silencioso», que llevaba descuidadamente colgado del pecho como una condecoración. Iba de un lado a otro a su antojo, con su andar desmañado al límite de la desarticulación. Al mirarlo, Caleb pensaba con frecuencia que los movimientos, más que coordinarlo, lo eludían. Pero era el compañero ideal para la caza con arco, que Caleb prefería sobre cualquier otra. Una caza hecha de acechos, inmovilidad, silencio y atención al viento, para impedir que los olfatearan las presas. Un ciervo, si estaba a sotavento, era capaz de captar el olor de un hombre o de un perro a una distancia de ochocientos metros y en pocos minutos convertir esa distancia en doce kilómetros.

No podía decir que Silent Joe fuera en realidad su perro, porque ese animal daba la sensación de pertenecer solo a sí mismo. Pero en el fondo era el único amigo de verdad con el que podía contar, para decepción de todas las abuelas que bordaban *«Home, sweet home»* en sus tapetes individuales de lino.

Como si hubiera adivinado que estaba pensando bien de él, el perro se volvió a mirarlo.

—Un día duro, ¿eh, See-Jay? Tengo la impresión de que hoy habrías preferido quedarte en casa roncando sobre la alfombra, en vez de salir al alba. ¿Me equivoco?

A modo de confirmación al comentario de su dueño, el perro volvió la cabeza y respondió con un bostezo que dejó al descubierto la lengua rosa y los dientes blancos y fuertes.

—Ya, he comprendido. Veamos si hay algo que pueda hacer más llevadero el comienzo de nuestra jornada.

Caleb cogió un trozo de carne seca de un paquete de Country Jerky Strips que llevaba en el bolsillo. Lo tendió hacia la boca del perro. Silent Joe no se arrojó como habría hecho cualquier otro exponente de la estirpe canina, ya fuera puro o mezclado y con colores como los suyos.

Acercó la boca a la mano tendida y cogió con delicadeza la carne entre los dientes, para empezar de inmediato a masticarla con el deleite de un gourmet y el agradecimiento de Bruto. Caleb solía pensar, con una sonrisa, que si Julio César hubiera sido un perro, lo habría traicionado Silent Joe. Daba la impresión de que todo lo que hacía era para su propio provecho, para la pura satisfacción de su ego de mestizo. No había modo de enseñarle que la comida podía ser un premio. Para él, todo lo que le daban parecía ser un acto debido, un inevitable reconocimiento a su existencia.

Mientras la carne desaparecía en el estómago de Silent Joe y se disponía a convertirse en el enésimo medio para delimitar su territorio, Caleb abrió la ventanilla y dejó entrar el viento fresco. El otoño, todavía invisible en los árboles, estaba ya en el aire de finales de septiembre, con un vago olor a nieve y a hojas descompuestas. Durante la noche anterior nubes de lluvia habían descendido junto con la oscuridad por las laderas de los San Francisco Peaks, con un despliegue de truenos y relámpagos que evocaban el recuerdo infantil de cabezas bajo las cubiertas. Más adelante, el terreno de la carretera mostraba aún los rastros grises del temporal. Los charcos parecían monedas brillantes en el suelo, donde se reflejaban pedazos del cielo del amanecer. Por el espejo retrovisor no se veían las estelas de polvo o las habituales matas de sus viajes anteriores, cuando remontaba esa carretera con el mismo coche viejo y la misma intención de cazar.

Silencioso el hombre y silencioso el perro, con los únicos ruidos de fondo del motor y los quejidos de la carrocería, prosiguieron por el camino flanqueado de álamos temblones y grandes troncos de pino ponderosa, hasta llegar a una bifurcación. Contra el trasfondo oscuro de los pinos, a la luz de los faros y de la primera claridad del día, se encontraron ante un cartel turístico. Un pintor que conocía su oficio había representado a un vaquero a caballo apoyado elegantemente en la silla, mientras con la mano izquierda señalaba la carretera que continuaba por el bosque que se extendía a la derecha. La cara sonriente y las palabras escritas bajo la figura aseguraban a quienquiera que pasara por aquellos lares que tomando la dirección indicada se llegaba al Cielo Alto Mountain Ranch.

Caleb siguió esa guía dibujada sin disminuir la velocidad, resignado a la ligera desviación de la camioneta, que corregía con el volante. Sin mostrar el menor sobresalto, Silent Joe mantenía el equilibrio balanceándose en su asiento, como si ese tipo de conducción desenfadada fuera una práctica habitual de su compañero de viaje.

Al cabo de menos de un kilómetro y medio la carretera doblaba un poco a la izquierda, lo que obligó a Caleb a bordear durante un trecho una alta valla de tablones de madera, hasta alcanzar el acceso principal del Ranch. La entrada estaba coronada por un burdo cartel de madera blanca y turquesa con letras negras. Como en la tradición de las películas del Oeste, colgaba de un poste sostenido por dos puntales, sujeto con dos trozos de cadena. Caleb pasó al otro lado y se dirigió sin vacilar hacia el aparcamiento de la izquierda, reservado para el personal.

El Cielo Alto Mountain Ranch estaba construido en un terreno que en sus orígenes se extendía medio millón de acres al pie del Humphrey's Peak, la montaña más alta de toda Arizona. Reproducía de manera aceptable una aldea de la antigua frontera. En la parte inmediatamente superior a la zona de aparcamiento, delimitada por una segunda valla lo bastante alta para ocultar los coches a la vista, había una serie de cabañas de madera, de aspecto muy espartano. Se hallaban dispuestas en semicírculo alrededor de un amplio espacio abierto, donde los huéspedes se reunían para preparar barbacoas al aire libre y asistir a los discutibles conciertos de música country que se ofrecían con cierta frecuencia.

El gran edificio de troncos que constituía la Club House dividía el campo casi por la mitad.

En la parte opuesta a aquella donde se encontraba Caleb, un poco más arriba, a la derecha de la Club House, había diversas *hogan*, las típicas viviendas de barro, en forma abovedada, de las poblaciones navajas, que allí solo desempeñaban una función decorativa. En la explanada inferior estaban los alojamientos para los clientes del Ranch: pequeñas estructuras de adobe, pegadas las unas a las otras, que reproducían el estilo arquitectónico, más o menos puro, de los indígenas pueblo.

Al fondo, ocultos a la vista por otra cerca, se hallaban los establos, los almacenes y los cobertizos que albergaban las calesas, las carretas Conestoga y las diligencias de la Wells Fargo en las que llevaban de paseo a los huéspedes en las toscas conmemoraciones que formaban parte de las atracciones del Ranch. Por encima de todo aleteaba un aire de falsa nostalgia, la sensación de un pasado reciente, y ni siquiera demasiado heroico, que intentaba a toda costa erigirse en historia.

Caleb detuvo la camioneta junto a un Mazda manchado de tierra y lluvia. Bajó y dejó abierta la puerta de su lado para que saliera Silent Joe. El perro se movía a sus anchas por aquel lugar, que para él era terreno conocido, y apenas estuvo al aire libre fue con andar seguro hacia su árbol preferido. Levantó la pata y empezó a orinar con tranquilidad, mientras miraba a su dueño con ojos de no querer que lo espiaran en semejante momento de intimidad.

De la parte posterior del Ford, Caleb sacó su PSE Fire Flight, un arco de caza un poco viejo, pero que en sus buenos tiempos arqueros de todo el mundo habían aclamado como una auténtica revolución. Un arma de unos tres kilos y medio, muy estable, desmultiplicada en la mitad de la polea de modo que reducía a un sesenta por ciento la fuerza necesaria para superar el pico, el punto de máxima tracción. Era capaz de clavar un hombre a un árbol traspasándolo de lado a lado y dejando asomar un fragmento de flecha lo bastante sólido para colgar la chaqueta.

También cogió del asiento el carcaj lleno de flechas de aluminio con puntas reforzadas y cuatro aletas, y verificó que estuvieran cubiertas con la protección de plástico. No deseaba que se le clavara una en el costado o en cualquier otra parte, si por azar resbalaba y caía. Por aquellos parajes esos accidentes hacían reír a todos.

En cierta ocasión ayudó a un cazador forastero, de los que llegaban con sus Hummer negros llenos de cromo y sus flamantes chaquetas, convencidos de que la película *Rambo 2* era la Biblia de los tiradores con arco. Cuando lo llevaron a la sala de primeros auxilios con una flecha clavada en el culo, los médicos apenas consiguieron contener la risa mientras lo atendían.

Caleb no quería correr la misma suerte.

Solo Dios sabía qué poco necesitaba las crueles expresiones de conmiseración de la gente.

Estaba acomodándose la mochila en la espalda cuando oyó, detrás de él, unos pasos sobre la grava. Al volverse se encontró ante la cara sonriente de Bill Freihart. Era un hombre maduro, alto y corpulento, gran bebedor de cerveza e insaciable comedor de carne. Su barriga, pero sobre todo una infinidad de capilares reventados en las mejillas, lo confirmaban sin sombra de duda. A esa hora todavía no se había puesto el sombrero Stetson, el poncho y el cinturón con el Colt Frontier sujeto a un costado, que constituían su uniforme cuando se hallaba en el Ranch. Todos los que allí trabajaban estaban obligados a vestirse como caricaturas de los personajes de la antigua frontera. A ninguno le entusiasmaba, pero era su trabajo y aunque no les gustara no tenían más remedio que aceptarlo.

A Caleb no le llamó la atención que Bill ya estuviera despierto. Era el responsable de las actividades del complejo, que comprendían, además de las cenas al estilo vivaque y los espectáculos, excursiones a pie y a caballo y viajes en helicóptero al

Gran Cañón. Tal vez ya había ido a los establos a revisar los caballos y había supervisado el almuerzo que se distribuía en la Club House, para asegurarse de que todo estuviera listo cuando despertaran los huéspedes que todavía dormían en sus habitaciones, que olían a madera.

Bill dejó de atormentar la grava con sus botas y se detuvo a la altura del capó del Bronco.

—¿Acaso anda por ahí algún ciervo que deba temer por su vida?

Caleb meneó la cabeza, con una expresión que negaba toda posibilidad en ese sentido.

—Pues no. Para hacer las cosas bien, a esta hora ya debería estar al acecho hace rato.

Caleb señaló con la mano a Silent Joe, que mientras tanto había aliviado sus necesidades fisiológicas y había regresado a su lado. Husmeaba los pantalones de Bill con un ligero movimiento del rabo, lo cual en su caso podía interpretarse como una manifestación festiva. El hombre se agachó y lo rascó detrás de la oreja.

—Daré una vuelta para que Silent Joe estire un poco las patas. Si llego a ver algún conejo silvestre ya será un gran éxito.

Mientras terminaba de coger de la camioneta sus pertenencias, Caleb señaló con la cabeza el grupo de cabañas que se levantaban al otro lado del vallado.

—¿Cómo está?

Bill se encogió de hombros.

—Estamos al completo. Los turistas se matan por venir aquí a dormir mal y comer peor. Pero ya sabes cómo son las cosas...

—Ya. El viejo Far West siempre funciona. Pero no sirve de nada hacer elucubraciones sobre el gusto de la gente.

—¿Y a ti? ¿Cómo te va el campamento?

Caleb fingió que comprobaba algo en el carcaj, para poder responder sin tener que mirar a su amigo a la cara.

—Arruinado. Ahora la gente tiene necesidades que yo ya no

logro satisfacer. Llegan con sus grandes caravanas y esos enormes RV blancos y quieren agua corriente, electricidad, televisión por cable y todas las comodidades. Parece imposible que sean los propios campistas quienes lo piden...

Bill bajó apenas la voz y recurrió a un tono confidencial.

—Y de dinero, ¿cómo andas?

Caleb lo miró con una media sonrisa que quería expresar asombro pero se quedó en una mueca amarga.

—¿Dinero? ¿Te refieres a esos papelitos verdes que la gente llama dólares? Esos se terminaron hace tiempo. He tenido que interrumpir mi trabajo a causa de una terrible falta de fondos.

—Ya cambiará. Pero al menos podrías...

Caleb lo atajó con un ademán. Bill era un amigo del cual aceptaba ayuda y consejos, pero en aquel momento no tenía ganas de oír un sermón sobre lo que habría o no habría debido hacer. Era una discusión que ya habían mantenido varias veces en diversos lugares, y Caleb sospechaba que la confianza de su amigo en el proyecto en el que estaba trabajando no era muy superior a la de sus detractores.

—Lo único que puedo hacer es aguantar. Cuando lo haya logrado serás el primero en sorprenderte. ¿Recuerdas a Steven Hausler?

—Sí, lo recuerdo muy bien.

Steven Hausler había sido durante años un profesor de química desempleado que, para seguir adelante, aceptaba cualquier trabajo. Como no podía permitirse un coche, todos estaban acostumbrados a verlo por Flagstaff pedaleando en una bicicleta vieja con manillar de carrera, con dos agujas de tender que le sujetaban los pantalones para que no se le enredaran en los engranajes. Nadie ignoraba que en el sótano de su casa tenía un pequeño laboratorio en el que se encerraba cada vez que disponía de un momento libre y unos dólares para invertir. Un día entró en el Hunter Trade Post, la tienda de artículos para caza y pesca, en la calle Columbus. Pidió y obtuvo de Daniel Bourder, el propietario, una pequeña cantidad de dinero en préstamo. Con esa suma patentó una proteína que las principales industrias farmacéuticas utilizaban en grandes cantidades y por la cual percibía unos derechos principescos. Cuando Steven Hausler compró su primer Porsche, hizo bañar en oro la vieja bicicleta, que ahora formaba parte de la decoración de su casa de Florida.

Caleb cortó la conversación alzando la cabeza hacia la claridad que asomaba desde el este, del otro lado de las laderas montañosas.

—Bien, será mejor que me vaya si quiero hacer algo. Que tengas un buen día, Bill.

Aquel saludo apresurado sonó a huida.

Bill Freihart, de pie junto al morro de una vieja camioneta que habría acogido una mano de pintura como el advenimiento del Mesías, se quedó observando a su amigo mientras se alejaba, con la expresión resignada de quien contempla a un enfermo incurable.

—Lo mismo digo. No vayas a perderte.

Caleb hizo con la cabeza un gesto tranquilizador y se adentró en el bosque, precedido por Silent Joe. Poco más allá del claro donde se hallaban aparcados los coches, en el tronco de un álamo, había una vieja incisión. Con mano firme un apenas identificado «Cliff» había entregado a la eternidad su amor por Jane, tras tallar en la corteza los nombres de ambos, rodeados por un corazón. Cada vez que pasaba por allí, Caleb trataba de imaginar la cara de Cliff. Ese día decidió que era un contador de Albuquerque, con peluquín y corbata de nudo falso, y que hacía tiempo había descubierto que su Jane era en realidad una furcia que se acostaba con otro.

«Como Charyl...»

Casi sin darse cuenta, aceleró el paso, con la ilusión de dejar sus tristes pensamientos clavados en el tronco, junto a la leyenda.

Prosiguieron en silencio, el hombre y el perro, rodeados por el húmedo olor del sotobosque, siguiendo la invitación del sol que se filtraba entre las ramas, sorprendidos cada vez que la luz y los pequeños claros se abrían de pronto en su camino.

Caleb adoraba aquel paisaje. A unas decenas de kilómetros de allí el panorama cambiaba por completo; llegaban los enebros y la salvia silvestre que poco a poco se retiraban hasta convertirse en el desierto de las maravillas, con sus colores ahumados y su vegetación escasa.

Pero el lugar donde se encontraba Caleb era un paraíso de savias, olores, perfume de pinos y sensación de humedad.

Al cabo de más o menos una hora de andar, Caleb decidió hacer un alto. Se sentó en la parte de un peñasco que no estaba cubierta de musgo, apoyó el arco y el carcaj en el tronco de un pino y sacó de la mochila la cantimplora. Silent Joe ya había bebido abundantemente en un arroyo que acababan de vadear. Después de beber, cogió el paquete de tabaco y el papel de fumar y procedió a liar un cigarrillo. No le preocupó que el olor del humo pudiera alarmar a una posible presa. El viento soplaba en la dirección adecuada, de modo que podía permitirse esa pequeña concesión al vicio. Poco antes, en un ensanchamiento del camino habían encontrado huellas y excrementos de ciervo todavía calientes. Silent Joe los olfateó y levantó el hocico hacia Caleb con la expresión satisfecha del que sabe lo que hace. Avanzó con decisión por un sendero, y él lo siguió.

Caleb había aprendido hacía tiempo a conocer las reacciones de ese extraño animal al que solo ante otras personas y en su ausencia se atrevía a definir como «mi perro». Tenía la certeza de que Silent Joe sabía lo que buscaban y por una especie de tácito acuerdo le dejaba la iniciativa.

Mientras terminaba de fumar, una ardilla corrió sin miedo por una rama y se asomó para observar a los intrusos. Luego se retiró, satisfecha del reconocimiento, y se alejó convencida de que no le quitarían la comida.

Caleb arrojó al suelo la colilla del cigarrillo y la aplastó con cuidado con las suelas de las botas de caza de Gore-Tex, que le llegaban por encima de los tobillos. El olor residual a humo se perdió en el aire y quedaron solo el perfume, el silencio y unos pocos sonidos de animales que en realidad formaban parte del silencio.

Silent Joe lo miraba impaciente, erguido en el sendero que se perdía en un ligero contraluz, moviendo alternativamente la cabeza hacia él y hacia la dirección en la que se proponía continuar. Caleb se levantó, se acomodó en la espalda la mochila y el carcaj y cogió el arco.

Como antes, confió en la intuición del perro y lo siguió, dejándose guiar.

Hacía cerca de un cuarto de hora que caminaban, cuando les llegó a la nariz un olor a madera quemada. Sorprendido, miró a su alrededor unos momentos, perplejo. Una combustión espontánea le parecía improbable dada la estación, pero sobre todo por el agua caída la noche anterior. Del mismo modo excluyó que un cazador estuviera haciendo vivaque, a menos que se tratara de un idiota irresponsable. Estaba prohibido encender fogatas en el bosque, por una serie de motivos absolutamente comprensibles.

En esa región el bosque formaba parte del negocio turístico, por no mencionar a los navajos, que consideraban el Humphrey's Peak una montaña sagrada. Cualquier violación de las leyes podía provocar consecuencias poco agradables, como multas elevadísimas y, en ciertos casos, incluso el arresto.

Caleb llamó a Silent Joe, que lo siguió de mala gana, pues interpretó aquella desviación como una inútil pérdida de tiempo. Sortearon con dificultad un amasijo de troncos que se pudrían semiescondidos en el terreno, y poco después se encontraron en un claro que se extendía en declive por la ladera de la montaña. El suelo, rocoso, dejaba poco espacio a la vegetación del sotobosque. Caleb comprendió enseguida de dónde provenía el olor a quemado.

En lo alto, a su izquierda, yacía en la tierra un pino de discretas dimensiones, partido en dos en sentido longitudinal, con el tronco ennegrecido y las raíces totalmente expuestas al aire. Un poco más arriba, unas decenas de metros hacia la derecha, había en la tierra una abertura que, desde su punto de observación, parecía la entrada de una cueva.

Caleb conocía bien aquella zona y sabía con certeza que no había ninguna cueva que figurara en las cartas topográficas ni en la memoria de nadie. Conjeturó que durante el temporal de la noche anterior un rayo había caído sobre el árbol y lo había arrancado con violencia del suelo. Al desmoronarse había dejado al descubierto algo que hasta ese momento había permanecido oculto por un muro de piedras.

«Vaya con la potencia de los rayos...»

Caleb no pudo menos que sentirse expectante. Tenía ante los ojos una especie de señal divina, un incentivo para continuar la búsqueda iniciada hacía tiempo. Pero no solo era eso. Si por casualidad aquella era una cueva del tipo de las Kartchner, podía significar su fortuna. Los dos jóvenes estudiantes de espeleología que descubrieron ese milagro de la naturaleza en las cercanías de Tucson habían pasado a la historia.

Caleb se encaminó hacia la abertura en las rocas. Silent Joe lo precedió veloz, con impaciencia, casi como si quisiera acaparar el derecho a convertirse en el primer ser viviente que penetrara en aquel agujero. Haciendo oídos sordos a cualquier llamada, tras un rápido, caprichoso y ágil recorrido saltando de piedra en piedra, desapareció más allá de la entrada, tragado por la oscuridad.

Caleb apresuró el paso, tropezando y maldiciendo entre dientes. Si algún oso, puma o serpiente venenosa había tomado posesión de la cueva, al perro le resultaría difícil lograr que el nuevo inquilino aceptara aquella intrusión.

Había llegado junto al tronco carbonizado caído sobre una roca e intentaba saltarlo, cuando asomó de la cueva el hocico de

Silent Joe. Caleb vio que sujetaba algo entre los dientes. Desde la distancia a la que se encontraba le pareció un pedazo de madera, quizá una rama. Con su peculiar andar, el animal se dirigió oscilando hacia él y dejó a sus pies lo que llevaba en la boca. Se sentó sobre las patas posteriores y se quedó a la espera, indiferente como siempre, aunque dejando al hombre la tarea de juzgar el valor de aquella nueva hazaña suya.

El comportamiento del perro era extraño. No se había prestado nunca, ni siquiera una sola vez, al juego de coger el palo. Cualquier tentativa se había frustrado invariablemente. Cada vez que Caleb le lanzaba uno, Silent Joe levantaba la cabeza hacia él con expresión de suficiencia, casi ofendido, como si se considerara un ser demasiado inteligente para un juego tan estúpido.

Caleb se agachó para observar lo que le había llevado Silent Joe. Durante un instante se quedó perplejo. Luego, por instinto, su mirada fue hacia la hendidura oscura entre las rocas y los árboles.

Poco después, casi contra su voluntad, se obligó a volver la mirada hacia lo que el perro había dejado sobre las piedras y las agujas de pino dispersas por el viento. No era una rama, ni tampoco un resto de algún animal del bosque. Caleb Kelso conocía demasiado bien la anatomía de los animales que poblaban el Coconino National Forest como para albergar alguna duda.

Sobre la tierra húmeda, ante sus pies, gris y momificado con el esmero con el que solo el tiempo sabe aplicarse, yacía un hueso humano.

2

Alto en el cielo volaba sobre Flagstaff un halcón, hijo de la tierra y del cielo. Caleb se detuvo y por un instante se quedó contemplándolo, hasta que viró hacia el oeste y se convirtió en un punto lejano. Al final, el contraluz implacable de la tarde lo borró de la vista. Por primera vez en su vida, al observar el vuelo de un ave no sintió envidia de la ligereza, la elegancia, la libertad con la que cada aleteo deslumbraba al mundo detenido e inmóvil de abajo. Caleb sentía respeto por la mágica majestuosidad del vuelo, y por eso nunca había cazado un pájaro. Ahora, en cierto modo, se sentía elevado a la misma altura que ese halcón e igual de libre.

Con una sonrisa, reanudó la marcha.

La mochila pesaba mucho, pero Caleb casi no lo notaba. En aquellas condiciones habría podido llevar una carga diez veces más voluminosa, que le hiciera hundir el calzado en el terreno hasta la mitad de los tobillos. Habría podido seguir hasta el fin del mundo sin sentir en absoluto el peso de lo que llevaba a la espalda. Al contrario, estaba convencido de que, sin ese lastre, habría levitado en el aire, tan emocionado, liviano y feliz se sentía. Silent Joe, que iba unos pasos delante de él, se detenía de vez en cuando para volver la cabeza y mirarlo, como si necesitara asegurarse continuamente de que lo seguía. Caleb se preguntaba si el perro habría percibido la emoción de su compañero de caza.

Con toda certeza había husmeado y reconocido el camino a casa, y probablemente en aquel momento ocupaban su imaginación canina un cuenco de agua fresca y un gran recipiente lleno de comida.

Salieron del monte a poco menos de ochocientos metros de los árboles que delimitaban el lado norte de su propiedad. Desde ahí la mirada abarcaba todo el patrimonio de Caleb. Se entreveía el camino de tierra que salía de la autopista 89 y llevaba a la casa y a lo que ya eran solo los restos del campamento The Oak. Delante de la construcción principal —un edificio de madera de dos plantas, cuya desesperada necesidad de reconstrucción podía percibirse incluso desde allí— sobresalía a la derecha el enorme roble secular que daba nombre a la propiedad y a su malograda actividad comercial. Detrás del árbol, todavía más a la derecha, se encontraban unas manchas de vegetación en medio de las cuales se hallaban las plazas de aparcamiento para los acampantes y las caravanas, con sus tomas para el agua y la electricidad. A la izquierda, algo más alejada, había una sólida construcción de troncos, de ventanas estrechas, protegidas con rejas.

Caleb se quedó un instante contemplando todo lo que le quedaba. Apenas hacía un día que había considerado la posibilidad de poner en venta The Oak. Ahora que lo tranquilizaba el peso de la mochila, que el sol resplandecía y el cielo era azul como solo sabe serlo en Arizona, ni siquiera pensaba en vender.

Se acomodó mejor las correas del pecho y comenzó el descenso hacia su casa.

Después del hallazgo de la cueva y su contenido, había decidido dejar el coche en Cielo Alto, atajar hacia el este y regresar a pie. Eran muchas horas de marcha, pero prefería evitar cualquier posible comentario sobre su anticipado regreso con respecto a lo planeado. No quería imaginar qué sucedería si alguien se daba cuenta de lo que transportaba. En cuanto a la camioneta abandonada en el Ranch, no había problema, nadie se preocuparía ni se asombraría. En otras ocasiones, por seguir a un ciervo o a un alce, se había alejado tanto del punto de partida que había preferido volver a pie e ir a buscar el Bronco a la mañana siguiente.

Cuando llegaba al terreno del fondo de la casa, por el espacio cubierto de grava apareció un enorme Mercedes metalizado que llevaba el emblema de El Paso RV Rentals. Caleb contuvo el deseo de escupir al suelo. Con lo que los turistas gastaban en una semana para alquilar mausoleos ambulantes como aquel, él podría vivir un mes. Gente de ciudad: personas a las que les bastaba ponerse un sombrero de ala ancha en la cabeza y un par de botas en los pies para sentirse herederas de un mundo que ya no existía.

«Pero no sirve de nada hacer elucubraciones sobre el gusto de la gente...»

Cualquier otro día, Caleb habría ido al encuentro de los recién llegados con su mejor sonrisa, dispuesto a extender una alfombra roja y a tocar trompetas para recibirlos. Y dispuesto también a mostrarse absolutamente complaciente con tal de lograr que se quedaran.

Hoy no.

Hoy, gracias a algún dios, todo era distinto...

La caravana se detuvo a su lado. La frenada levantó una pequeña nube de polvo que continuó indiferente su curso, llevada por el viento.

El hombre que conducía se apeó y miró con expresión interrogativa a los ojos de aquella especie de Robin Hood mal vestido, que llevaba un mono de camuflaje y cargaba un arco y flechas. Mientras se le acercaba, Caleb tuvo la clara sensación de que aquel tío incluso esperaba que él oliera mal.

—¿Es este el campamento The Oak?

Un soplo de aire hizo susurrar el follaje, y el gran roble que se alzaba a espaldas de Caleb respondió por él. Miró al hombre con expresión amable.

—Así es, joven. ¿En qué puedo ayudarle?

—Buscábamos un lugar donde pasar un par de noches mientras echamos una ojeada por los alrededores. ¿Hay televisión por cable?

Entretanto, la que debía de ser la mujer, una morena guapa, con la nariz evidentemente operada, había bajado también y miraba a su alrededor. A juzgar por la expresión de su cara, el examen no la había satisfecho. Se aproximó al marido con el aire desdeñoso con que probablemente hablaba a la mujer que le hacía la limpieza.

—Pero ¿qué dices, Norman? ¿Has visto el estado en el que está este lugar? Para mí que ni siquiera saben qué es la televisión por cable.

Caleb respondió casi sin alterar el tono de su voz.

—Pues no, en efecto. Pero conocemos un excelente lugar al que pueden ustedes ir a que les den por el culo. Y mientras, pueden también filmarlo con la televisión por cable.

Un relámpago de reacción instintiva cruzó la mirada del hombre, pero vio que la mano de Caleb bajaba hacia la empuñadura del gran Bowie que llevaba a la cintura. La mujer se acercó y, escudada tras el cuerpo del marido, apoyó una mano en su brazo.

—Vámonos, Norman. Creo que nos hemos equivocado de lugar.

Caleb pensó con una sonrisa interior que su voz altanera pero un poco aguda habría bastado para dar la alarma en Fort Apache. Norman tragó saliva y pasó posesivamente un brazo por los hombros de la mujer. Trató de dar a sus palabras toda la firmeza que le permitía su inquietud.

—Lo mismo creo yo.

—Está claro que es lo único en lo que creemos los tres.

La réplica de Caleb hacía de despedida y saludo al mismo tiempo. La pareja retrocedió sin darle la espalda, casi temerosos de notar cómo una flecha se clavaba entre sus omóplatos. Caleb siguió de pie bajo el sol, observándolos mientras subían a la caravana con una calma demasiado exagerada para ser auténtica y cerraban la puerta como si fuera una de las persianas blindadas de Fort Knox. El hombre, al volante, puso en marcha el motor y se marchó a una velocidad que dejó tras de sí grava revuelta, gas del tubo de escape, desprecio y alivio.

Caleb se volvió hacia el perro. Durante todo ese tiempo Silent Joe había permanecido sentado, asistiendo a la escena con indiferencia, caninamente curioso pero neutral ante las vicisitudes humanas.

—Divertido, ¿verdad, See-Jay? Que se vayan a tomar por culo, ellos y todos los campistas del planeta. Ahora ya no necesitamos a esos capullos.

Llegó a la galería de madera que se extendía al frente de la casa y dejó el arco y el carcaj con las flechas en un soporte del alero. Aunque debía andar unos cuantos pasos, no se atrevía a descargar también la mochila. Se la dejó a la espalda mientras iba al terreno, a la sombra del roble, delimitado por una red metálica, donde se hallaba la caseta de Silent Joe. Caleb siempre había pensado, dada la naturaleza de su perro, que llamarla «cucha» era una muestra de desprecio.

Silent Joe lo siguió con la calma del cliente que en un restaurante sigue al *maître* que lo lleva a la mesa. Esperó sin exageradas manifestaciones de impaciencia a que Caleb abriera un saco de Wild Dog Friskies y echara una generosa ración en el cuenco. Cuando Caleb hubo terminado y se apartó, el perro hundió el hocico en el recipiente y comenzó a comer entre una banda sonora de mandíbulas y galletas desmenuzadas.

—Toma, viejo. Desde mañana, si quieres, bistec y champán también te los daré.

El perro, sin dejar de comer, alzó un instante la mirada hacia él mostrando el blanco de los ojos. Traducida a términos humanos, su expresión recelosa era la de quien se apresura a terminar el pan de hoy por temor a que desaparezca de repente.

—¿No me crees? Ya verás, pellejos. Ahora somos todos ricos. Todos. Hasta tus pulgas.

Dejó al perro con su comida y volvió a la casa. Recogió el arco y el carcaj y subió los tres escalones que llevaban a la puerta de entrada. La madera crujió una suerte de bienvenida preocupada bajo su peso. Caleb abrió la puerta que ya nunca cerraba con llave. Su indigencia crónica era un hecho tan sabido que a ningún ladrón se le ocurriría buscar algo para robar en su morada.

Traspasado el umbral, se halló en el pequeño vestíbulo del que partía la escalera que llevaba al piso superior. Avanzó por el corto pasillo y dobló a la izquierda, hasta la cocina, en la parte posterior. Cuando entró, logró no dejarse abrumar por el espectáculo desolador que apareció ante sus ojos. El revoque de las paredes estaba descascarillado y manchado por el tiempo, y los muebles de madera no tenían mejor aspecto. El frigorífico pertenecía a una generación para la cual el congelador era un perfecto desconocido, y la cocina era tan vieja que a nadie le habría asombrado encontrar ante ella a la mujer del general Custer con delantal y un cazo en la mano. El fregadero rebosaba de platos sucios y el armario del costado, colmado de cazuelas y latas, testimoniaba las comidas apresuradas consumidas en soledad.

Dejó en el suelo el arco y el carcaj, depositó la mochila sobre la mesa y al fin la abrió con mano no del todo firme. Con esfuerzo extrajo un grueso envoltorio cubierto con una vieja manta indígena, tan sucia y rota que a duras penas permitía adivinar los colores originales. Le había costado mucho hacer esa especie de paquete rudimentario porque el tejido, añoso y desgastado por la humedad, tendía a rasgarse.

Desenvolvió despacio el bulto y llevó a la luz el objeto que contenía. Retiró la mochila de la mesa para que su descubrimiento fuera el único protagonista sobre la superficie de madera. Se sentó con ritual lentitud en una silla, frente a su tesoro. Como en las mejores tradiciones de los lugares comunes, un rayo del sol poniente entró por la ventana y arrancó un reflejo nuevo al oro viejo y desgastado por el tiempo. Caleb sonrió con el mismo reflejo y a duras penas contuvo un grito de alegría.

Todavía no conseguía creer en su suerte.

Dios santo, ¿cuánto podía valer aquello?

¿Cien mil? ¿Doscientos cincuenta mil dólares?

A juzgar por el peso, con solo fundirlo podría sacar una buena suma. Pero no era simplemente el valor del oro con que estaba hecho lo que atizaba el entusiasmo de Caleb. A juzgar por los grabados de la superficie, debía de ser muy antiguo. Unos signos que parecían jeroglíficos. Caleb no tenía suficientes conocimientos pero podían ser mayas. O quizá aztecas o incas. O cualquier otra mierda que fuesen, bastaba con que valieran dinero. En aquel bendito caos, imaginar medio millón de dólares acaso no fuera descabellado. Caleb saltó de la silla como si de golpe le quemara.

¡Santo cielo, medio millón de dólares!

Con esa cifra podía permitirse continuar sus investigaciones, y también Charyl...

Se acercó al teléfono, cogió el auricular y rogó que todavía no le hubieran cortado la línea. Hacía una eternidad que no pagaba las facturas, por lo que esperaba el corte del servicio de un momento a otro. Oyó el sonido de conexión como una señal complaciente del destino. Marcó un número y se quedó esperando, con el corazón agitado ante la idea de oír la voz de la mujer amada.

Mientras al otro lado de la línea los timbrazos invadían el piso que tan bien conocía, acudió a la mente de Caleb la noche de su primer encuentro.

Conoció a Charyl más de un año atrás, cuando acompañó a los Skulker Skunks a un concierto en Phoenix. La banda country de sus amigos iba a tocar en Así Es La Vida, un restaurante mexicano con música en directo situado en las afueras de la ciudad. Después de la prueba de sonido, por la tarde, comió y rió con los muchachos y, cuando salieron a escena, se quedó sentado a la mesa, tomando una Bud y vigilando el local, que poco a poco se llenaba de gente.

Los Skunks eran bastante populares en aquella zona, de modo que pronto se generó una gran confusión. En el desorden general, Caleb reparó en una muchacha rubia que llevaba unos tejanos, una camiseta roja y un sombrero negro de vaquero. Se hallaba sentada sola en un taburete, junto a la barra. Le daba la espalda, indiferente a la música, y tenía la cabeza inclinada como si estuviera examinando con atención el líquido del vaso que sostenía entre las manos. Cuando levantó la cabeza, Caleb logró verle la cara reflejada en el espejo y quedó fulminado. Con toda probabilidad andaba más cerca de los treinta que de los veinte años, pero, incluso en la reproducción aproximada del espejo del bar, vio que tenía un rostro de adolescente que inspiraba a un tiempo sensualidad y ternura. Como si hubiera sentido la fijeza de la mirada de Caleb, ella se volvió y los ojos de ambos se cruzaron.

Caleb se perdió un instante en aquellos ojos claros. Después, contrariamente a lo que era su comportamiento habitual en situaciones similares, cogió la cerveza y se levantó para ir a su encuentro.

Cuando se sentó en el taburete contiguo, la muchacha alzó con desgana la cabeza y lo miró. Enseguida volvió a estudiar su vaso.

La voz de Caleb sonó más emocionada de lo que habría deseado.

—Hola. Me llamo Caleb.

La muchacha le respondió en un tono carente de expresión, que destilaba un leve matiz de aburrimiento.

—Hola. Yo soy Charyl. Doscientos dólares.

—¿Cómo dices?

Charyl movió el taburete para ponerse frente a él. Caleb no consiguió impedir que su mirada bajara a examinar los senos duros y los pezones que tensaban el liviano tejido de la camiseta.

Charyl sonrió, pero él no se dio cuenta.

—No irás a decirme que te has sentado aquí porque has descubierto de pronto que soy la mujer de tu vida y la madre ideal para tus hijos, ¿verdad? Si quieres ver mi dormitorio, son doscientos dólares. Cuatrocientos si quieres ver salir el sol desde mi ventana.

Caleb se sintió incómodo y desvió la mirada. Los ojos de Charyl lo siguieron en el espejo.

—¿Qué pasa, Caleb? ¿Has perdido el habla o la cartera?

Era la primera vez en su vida que se encontraba hablando con una puta. Y le desorientaba la atracción antinatural que le provocaba aquella mujer.

Maldijo la casualidad del destino. Cuatrocientos dólares era exactamente la suma que tenía en la cartera. La llevaba encima porque al día siguiente debía ir a El&El Equipment, una firma de artículos eléctricos y electrónicos donde había encargado material necesario para sus investigaciones.

Esta vez le tocó a él contemplar por un instante la botella de cerveza que había dejado sobre el mostrador.

Poco después, con la clara sensación de que estaba cometiendo una estupidez, se volvió hacia Charyl con una sonrisa que intentaba con desesperación parecer natural.

—¿La oferta incluye el desayuno?

—Pues claro. Hasta con huevos revueltos, si quieres.

Caleb asintió con un movimiento de cabeza.

—Vale. Vamos. Yo ya he dicho lo que tenía que decir. De ahora en adelante tú manejas la situación.

Sin hablar, Charyl validó el pacto al levantarse y dirigirse a la puerta del local. Caleb la siguió. Recorrió tras ella ese trayecto pavimentado de buenas intenciones que lleva derecho a la puerta del infierno.

Desde el momento en que despertó en esa gran cama en el piso de ella, en Scottsdale, nunca volvió a conocer la paz. No tenía ni un dólar en el bolsillo, así que volvió a Flagstaff haciendo autoestop, sin lograr quitarse de la mente la noche que había pasado con el cuerpo de Charyl a su disposición. A partir de entonces su vida se convirtió en una ardiente espera, colmada de imágenes de Charyl en los brazos de otros hombres. En cuanto conseguía juntar el dinero necesario, pedía prestado el Toyota a Bill Freihart y bajaba a la ciudad, jurándose cada vez que era la última y maldiciéndose al mismo tiempo porque sabía perfectamente que no cumpliría el juramento.

Poco a poco la relación proseguía. Charyl comenzó a no tratarlo como a un cliente común. Hacían el amor como dos amantes, sin inhibiciones y sin reprimir la ternura antes y después. Ella había incluso aceptado hacer el amor sin preservativo, pero cuando, tras diversos encuentros, él le confesó que la amaba, la expresión de ella se ensombreció. Se levantó de golpe de la cama, se envolvió el cuerpo con la sábana y desapareció en el cuarto de baño. Un momento después volvió, con los ojos rojos como si hubiera llorado.

Se sentó en la cama, sujetando la sábana como un escudo contra el pecho.

—No es así como funciona, Caleb.

—No es así como funciona ¿qué?

—La vida. Una puta siempre es una puta, tanto para ti como para cualquier otro.

—Podrías dejar...

Ella alzó la mirada y Caleb se perdió por centésima vez en sus ojos.

—¿Para hacer qué? ¿Para liarme con un tío más pobre que yo? Ya he llevado esa vida, Caleb. No pienso encontrarme otra vez con una mano detrás y otra delante.

—Pero ¿qué sientes por mí?

Charyl se acostó en la cama de espaldas a él, sin dejar de aferrar la sábana como una barrera. Caleb no pudo discernir si para defenderse de él o de sí misma.

—Lo que siento por ti es algo personal. Con mi trabajo me gano la vida. Y esto es algo práctico.

—Pero algún día yo...

Charyl se volvió y le apoyó una mano en los labios.

—Conozco tus proyectos y estoy segura de que algún día lograrás realizarlos. Cuando llegue ese día, podremos tratar de hacer coincidir lo personal con lo práctico. Hasta entonces, si quieres meterte en mi cama te costará siempre doscientos dólares. Cuatrocientos si quieres ver amanecer desde mi ventana.

Después soltó la sábana, se abrazó a él e hizo el amor con una intensidad y un arrobamiento que trastornaron a Caleb.

Y ahora finalm...

—Diga.

La voz de Charyl lo sacó de la galería de imágenes que poblaban su mente, para devolverlo a la euforia del presente.

—Hola, Charyl. Habla Caleb. ¿Estás sola?

—Sí.

Caleb sabía que aunque estuviera con alguien no se lo diría.

—Tengo una noticia extraordinaria.

—¿Y cuál es?

—Pues dinero, mi amor. Una gorda, bonita y rechoncha maleta repleta de dinero.

Del otro lado se hizo un instante de silencio.

—¿Estás bromeando?

—¿Te parece que bromearía con algo así? Dame un par de días, y bajaré a Scottsdale a demostrarte que no es un cuento. Y prepara las maletas, nos vamos unos días a Las Vegas a...

Clic.

El teléfono enmudeció de golpe. Caleb se quedó unos segundos de pie en el desastre de su cocina, sujetando en la mano el auricular de un teléfono que no daba señales de vida. Justo ahora la compañía de teléfonos tenía que darse cuenta de que no había pagado las últimas facturas. El día anterior habría estrellado el aparato con furia. Ahora la cara y el cuerpo de Charyl estaban tan cerca que si cerraba los ojos casi podía aspirar su perfume.

«Cuando llegue ese día, podremos tratar de hacer coincidir lo personal con lo práctico...»

Y ahora por fin ese día había llegado.

Dio la vuelta y se apoyó en la mesa. Volvió a envolver su botín en la manta vieja y sucia, se lo puso bajo el brazo y salió de la casa. De nuevo calculó cuánto pesaba, y agregó dicha a la dicha.

En cuanto salió, miró en torno para cerciorarse de que nadie merodeaba por allí. Después bajó los escalones y dobló a la izquierda. Bordeando el lado derecho de la construcción, se dirigió a la parte posterior de la casa. Las viejas mesas de madera y las ventanas desencajadas estaban todas descascarilladas, necesitaban un arreglo y una buena mano de pintura.

Caleb, esta vez, no se preocupó por eso.

Cogió a buen paso el sendero que subía hacia el vallado que en otros tiempos había albergado caballos. Lo pasó sin dedicarle ni una ojeada. Reinaba esa sensación que se experimenta en una casa desierta, abandonada. Cuando vendió el último caballo, Burrito, sintió un nudo en el corazón, una sensación de irremediable pérdida. Las huellas de los cascos persistían en el terreno, y en su melancolía de hombre solo eran como las medias que quedan colgadas en el cuarto de baño de un apartamento que su dueña ha dejado para siempre.

De pronto reparó en que iba silbando mientras se acercaba a la sólida construcción de troncos que desde un pequeño promontorio dominaba aquella parte de la propiedad. A la hora que precedía al ocaso, el cielo adquiría un azul arrogante. Era por fin el color de los días felices, de un porvenir esperanzador, de los ojos de Charyl.

La pesada puerta de madera estaba cerrada con dos robustos candados de combinación. Caleb dejó su carcaj en el suelo y empezó a manipularlos. Los mecanismos saltaron uno tras otro, y Caleb tiró del batiente. La puerta aceptó abrirse solo a cambio de un esfuerzo no poco desdeñable. Empujó haciendo fuerza con un pie y entró. Volvió a cerrar la puerta y accionó todos los cierres que desde dentro impedían el acceso. Tanta obsesión por las cerraduras podía parecer excesiva, pero a Caleb no le molestaba sentirse un poco maniático.

Habría gente capaz de matar para apoderarse de su descubrimiento, cuando alcanzara el éxito. Ya se sentía cerca. Entonces, con el dinero de que dispondría gracias a la venta de su botín, sin duda saldría a flote.

Encendió la luz y se encontró ante el espectáculo familiar de su laboratorio.

En el aire aleteaba un ligero olor a ozono. La gran estancia estaba abarrotada de aparatos eléctricos y electrónicos. Había infinidad de grandes cables de alta tensión que entraban y salían de alternadores de material cerámico, resistencias conectadas a amperímetros a su vez conectados a extrañas bobinas de cables de cobre enrollados en enormes carretes de madera. Otro cable grueso, recubierto de cinta aislante negra, descendía del potente pararrayos montado en el techo, que se unía al resto de las maquinarias.

Todo aquel equipo sería un misterio para la mayoría de la gente.

Para él representaba el sueño de una vida.

El proyecto en el que trabajaba era tan ambicioso e importante que podía llegar a valer una suma enorme. Se trataba de un acumulador capaz de almacenar la energía de los rayos. Cada vez que una descarga eléctrica atravesaba el cielo con su luz y su chisporroteo, desprendía energía suficiente para iluminar durante cierto tiempo una ciudad como Nueva York. Había en el aire, en cada tormenta, millones de voltios que solo esperaban que alguien lograra atraparlos y encerrarlos dentro de su caja mágica. Eran kilovatios y kilovatios de energía limpia y gratis que podría paliar el hambre de electricidad que acosaba al mundo. Y muchos estarían dispuestos a pagar millones de dólares para ser quien sirviera ese plato.

No le importaba que la tormenta de la noche anterior hubiera significado el enésimo fracaso. Caleb sabía que algún día los tendría a todos frente a él, pendientes de sus palabras, dispuestos a sacarse los ojos con tal de tener en la mano su cuaderno de apuntes.

Entonces obtendría de una vez la revancha definitiva.

Volvió a la realidad y cogió del suelo su precioso hallazgo. Debía esconderlo, al menos hasta que encontrara a un experto de confianza que lo tasara y a un comprador capaz de pagar su valor. Ir al banco y ponerlo a resguardo en una caja de seguridad era algo que ni siquiera se le pasaba por la cabeza. Caleb Kelso, el pobre, el muerto de hambre, el objeto de burla de todos, alquilando una caja de seguridad...

Era para despertar sospechas hasta en los futuros hijos de los policías de Flagstaff. Y desde luego él no quería despertar sospechas que pudieran obstruir las ruedas de la máquina que estaba poniendo en marcha.

Fue directo hacia el lado izquierdo del laboratorio. Se detuvo delante de la tapa de madera de una puerta trampa rectangular que se abría en el suelo de cemento, que por elección y necesidad había dejado sin pulir. La levantó con cierto esfuerzo, y apareció un hueco excavado en la tierra y los peldaños de una escalera que bajaba hacia la oscuridad. Accionó un interruptor, y la luz mostró un recinto cuadrado, con el techo apuntalado con robustas vigas de madera y paredes cubiertas de anaqueles repletos de herramientas, equipos y material eléctrico.

Pese a la tosquedad del lugar, todo se hallaba dispuesto en un orden escrupuloso.

Prestando atención para no tropezar y romperse algún hueso, Caleb bajó con calma los escalones de madera. Cuando se encontró en la planta inferior, fue hasta un estante, a la izquierda de la escalera, y recorrió con la mano libre la parte inferior de un anaquel. Encontró una ranura, introdujo los dedos y tiró hacia fuera.

Con un chasquido seco, el lado derecho del estante se apartó un poco de la pared. Caleb abrió la puerta secreta haciéndola girar sin ruido sobre unos goznes bien aceitados, hasta revelar una segunda y minúscula cámara. Mientras entraba para depositar su carga en el suelo, bendijo el carácter previsor de Jonathan

Kelso, su padre. Como desconfiaba de los bancos, construyó en secreto su caja fuerte personal en el cobertizo de las herramientas. Nadie la había usado durante muchos años, pero ahora volvía de repente a la vida para custodiar lo más valioso que Caleb había poseído nunca.

Al tiempo que salía y volvía a cerrar el estante sobre su precioso contenido, ocurrió algo que le sorprendió.

Fuera, Silent Joe se puso a ladrar con furia.

Caleb subió, intrigado, los pocos escalones que ascendían desde la planta subterránea y se acercó a una ventana protegida por rejas.

Silent Joe parecía enloquecido. Entraba y salía de su habitáculo, ladrando y gruñendo como un demente, con los dientes blancos y feroces al descubierto, dirigidos a un lugar impreciso. Luego, de golpe, todo su frenesí pareció calmarse como por una orden imperiosa y continuó con un gruñido bajo y constante que poco después se transformó en un gañido de cachorro. Al final, metió el rabo entre las patas, se refugió detrás de su casita, se sentó y empezó a aullar.

Asomado a la sucia ventana de su laboratorio, Caleb sintió un frío helado en el estómago. En toda su vida jamás había experimentado algo tan escalofriante. Los aullidos desesperados de ese perro que no ladraba nunca eran la voz misma del terror.

No tuvo tiempo de preguntarse qué había aterrado de tal modo a Silent Joe. En ese preciso instante sintió un crujido a sus espaldas. Se dio la vuelta de repente, más sorprendido que preocupado. Lo que vio le puso la carne de gallina en todo el cuerpo con tanta violencia que llegó a pensar que dentro de él algo trataba de salir para ponerse a salvo. Luego todo sucedió con la rapidez del relámpago. Otro crujido, un movimiento mullido y veloz, y de repente en los ojos el color negro. Sin embargo, Caleb todavía tuvo tiempo para experimentar un dolor intenso, una fracción de segundo antes de morir.

T'aa nák'ą́

Tres regresos

3

Llegando del oeste, el piloto trazó con el helicóptero un amplio viraje antes de iniciar el descenso hacia el aeropuerto de Flagstaff. Al frente, contra el fondo del cielo que destacaba los San Francisco Peaks, volaba alto un halcón. Jim Mackenzie, sentado en el lugar del acompañante, lo contempló un instante. En Nueva York, donde vivía, no había muchas oportunidades de ver volar uno. Lo siguió con los ojos hasta que se perdió de vista, engullido por la inmensidad azul de la que él, en aquel momento, también formaba parte. Luego bajó la mirada hacia aquel paisaje conocido, que recorría la sombra del helicóptero. Debajo de ellos se sucedían las elegantes viviendas de Forest Highlands, dispuestas como caravanas alrededor del campo de golf de dieciocho hoyos, de exclusiva propiedad de los afortunados que podían permitirse poseer una casa en ese distrito. Un poco más abajo, en la parte opuesta de la misma colina, estaba Katchina Village, un lugar totalmente diferente.

Allí no había vajillas inglesas, ni ventanales, ni personal doméstico, ni BMW o Porsche o Volvo en los garajes. No había cercas ni barreras con vigilantes en las verjas de la entrada.

Y, sobre todo, no había un *happy end* al final de la película.

Jim conocía bien a la gente que vivía en Forest Highlands. Había estado allí muchas veces, en el pasado, antes de que el azar y la fortuna le permitieran marcharse de Arizona y de Flagstaff sin siquiera mirar atrás. En otros tiempos vivía allí un hombre que había sido su mejor amigo. O al menos hasta que la vida los enfrentó a la realidad.

Él era muy rico; Jim, en cambio...

Quizá los jóvenes sean todos iguales, pero dejan de serlo cuando se vuelven hombres.

O quizá ese «en cambio» atañía a aspectos de la vida que para los seres humanos resultan siempre muy difíciles de tratar.

La voz del piloto en los auriculares lo sacó de sus pensamientos.

—¿Quieres aterrizar tú? Veamos si todavía eres capaz de pilotear un helicóptero.

Jim se volvió hacia el muchachote rubio sentado al mando y negó con la cabeza. Señaló con expresión rotunda la palanca que el otro tenía entre las manos.

—Que yo todavía sea capaz de pilotar un helicóptero es algo discutible. Pero que tú nunca hayas logrado hacerlo es una verdad absoluta. Te conviene seguir practicando.

—Oye, gran jefe, observa qué perfección y que se te carcoman las entrañas. Después de este aterrizaje romperás tu licencia.

Por toda respuesta, Jim dio un fuerte tirón a los cinturones que lo sujetaban al asiento y se empujó sobre el puente de la nariz las Ray-Ban de cristales de espejo. Pese a lo dicho, mientras descendían contuvo a duras penas el deseo de coger los mandos y realizar él mismo la maniobra de aterrizaje. No le sucedía a menudo viajar en un helicóptero en calidad de pasajero.

El Bell 407 se posó en tierra con un ligero balanceo. Travis Logan siempre había sido un excelente piloto. Jim lo conocía desde los tiempos en que ambos prestaban servicio en el Grand Canyon West Airport, la estación administrada por los indígenas hualapai, en Quartermaster. Cada día hacían decenas de vuelos para llevar a los turistas al paseo panorámico sobre el Gran Cañón. Después de ese impresionante espectáculo, los dejaban abajo, en la base de la agencia de excursiones, a la orilla del Colorado, para completar la experiencia con un recorrido de *rafting* por las aguas del río. Era una rutina cotidiana sin excesivas emociones, pero en cualquier caso, para Jim Mackenzie era un sueño hecho realidad. Desde pequeño había deseado volar. Ahora pilotaba un helicóptero siempre que quería, y era feliz.

O al menos así lo había creído por un tiempo.

Jim desató su cinturón de seguridad, se quitó los auriculares y se volvió para coger la bolsa de viaje del asiento posterior. Tendió la mano hacia el piloto.

—Gracias por el viaje.

Travis lo saludó chocando los cinco.

—No hay de qué, hocico rojo. De cualquier modo, si por casualidad alguien te pregunta algo, hoy no nos hemos visto.

Jim abrió la puerta y se apeó, cargando la bolsa de viaje. Volvió a cerrar, controló bien la cerradura y respondió, con el pulgar levantado, al último saludo de Travis: una mano que se agitaba y una figura borrosa en el reflejo de la ventanilla de plexiglás.

Al llegar a Las Vegas, procedente de Nueva York, en el vuelo de la mañana, había llamado a la Sky Range Tour, su antigua compañía, para la cual Travis trabajaba todavía. Preguntó por él y, cuando le comunicaron, aceptó como inevitable la calurosa bienvenida del compañero de antaño.

—¡Santo cielo, no puedo creer lo que oigo! ¡Jim Mackenzie, por su propia voluntad, acepta hablar con los comunes mortales! ¿De dónde llamas? Y, sobre todo, ¿por qué llamas?

No consideró oportuno revelar a Travis el verdadero motivo de su regreso, por lo cual se adaptó, aunque sin muchas ganas, al tono informal del viejo amigo.

—Estoy en Las Vegas, inútil. Si abres la ventana del despacho saltaré dentro. Y me vendría bien un viaje a Flagstaff, si alguno de vosotros va hacia allí.

Ocurría con frecuencia que entre pilotos se hicieran ese tipo de favores. Oficialmente, la compañía no lo sabía o hacía la vista gorda, siempre y cuando todo quedara dentro de los límites de un buen servicio. Aquella mañana, Jim tuvo suerte. Justo esa tarde Travis debía ir a Quartermaster a llevar un helicóptero para reemplazar a otro. Un desvío hasta Flagstaff no le causaría ningún problema. Lo citó en el helipuerto que era la base de Sky Range, y ahora Jim se encontraba allí, contemplando, bajo el falso viento de las aspas, el helicóptero que despegaba. Al poco, el aire volvió a la calma y el aparato se convirtió en un punto lejano.

Halcones y hombres disputándose el cielo.

«Ellos, con pleno derecho. Nosotros, con el miedo constante a que el cielo nos traicione.»

Con un movimiento de la cabeza apartó ese pensamiento molesto. Después se echó al hombro la bolsa de viaje y recorrió la pista de asfalto hacia la salida del aeropuerto. Según las reglas, Travis había aterrizado en el sector de la aeroestación reservado a la aviación privada. Mientras caminaba en dirección al edificio del Flagstaff Pulliam Airport, vio dos largas filas de amplios cobertizos que se extendían a un costado, pequeños hangares al aire libre donde se resguardaban de la intemperie los aviones de los pilotos de la zona. Casi todos eran Cessna o Piper de dos y cuatro plazas. Se cruzó con dos hombres de cierta edad, con sombreros Stetson, que se acercaban a un elegante Cessna Millenium, un modelo de alas altas, un juguete de cuatrocientos mil dólares. Ambos llevaban maletas en la mano e iban riendo y charlando en un tono de voz mucho más elevado de lo normal. Cuando pasaron a su lado, oyó la palabra «Bellagio» pronunciada con euforia.

Jim sonrió. El Bellagio era uno de los hoteles con casino más lujosos de Las Vegas, una perfecta reproducción de un rincón del lago de Como, Italia. Probablemente iban a Nevada a pasar unos días de *sex-craps-and rock'n roll*, si bien, a juzgar por su aspecto, lo más seguro era que el rock no les importara un ardite.

Las Vegas era un lugar donde cada pie encontraba la horma de su zapato, y viceversa. Incluso el más grande entraba en la más estrecha. Bastaba con disponer del lubricante adecuado.

El dinero.

Jim ya no sufría la obsesión del dinero. Para él no representaba poder, conquista, o una vida colmada de lujos. Sin embargo, era el único modo que conocía para poder comprar la libertad. Y para él la libertad, en cierto momento, había significado marcharse de allí, de esa vida estancada que terminaba a las nueve de la noche, de las canciones llenas de monturas y vaqueros, de la ropa que olía a humo de las barbacoas, del polvo del desierto que entusiasmaba a los turistas y amargaba la existencia a los que se hallaban obligados a vivirlo.

Se había dado cuenta de que ese lugar siempre había sido su prisión. Pero había logrado salir y ahora vivía en Nueva York, pilotaba el helicóptero privado de un hombre de negocios por el cielo de Manhattan y conducía por las carreteras un flamante Porsche Cayman S.

Llegó a la terminal y pasó por las puertas de vidrio. Dentro, aire acondicionado y penumbra. Mientras atravesaba el vestíbulo, se quitó las gafas y las guardó en el bolsillo de la camisa Ralph Lauren. A su derecha había una fila de personas que hacían cola para el *check-in*. Un niño de unos cinco años, que se hallaba de pie junto a su madre, levantó la cabeza y lo miró a la cara. Su voz tenía el tono agudo del asombro infantil.

—Mira, mamá, ese hombre tiene un ojo verde.

La madre, una mujer alta y guapa, con los mismos ojos y cabellos oscuros del hijo, se volvió de golpe y se agachó frente al niño.

—Dickie, no queda bien señalar a las personas con el dedo. Y mucho menos gritar así en medio de la gente.

Tras reprender al hijo, la mujer volvió la mirada hacia Jim. Se encontró ante un hombre de unos treinta y cinco años, físico atlético, rostro bronceado, rasgos perfectos y largo pelo negro.

—Disculpe usted. Yo...

Las palabras se quedaron en su garganta. Los ojos que miraba eran uno de esos caprichos de la naturaleza que a veces surten un efecto perjudicial en el aspecto físico de una persona, pero en aquel caso resultaban extremadamente fascinantes. Jim Mackenzie tenía de nacimiento el ojo izquierdo negro, y el derecho de un verde azulado que recordaba el agua de ciertos mares tropicales.

La mujer se levantó, un poco incómoda. Su expresión de culpa era evidente, aunque quizá ni siquiera se diera cuenta. Su mirada era la de una persona que se halla de repente ante un intento de hipnosis.

—Le pido disculpas. Verá, Dickie es un niño muy vivaz, y a veces...

—No hay problema, señora. ¿No es así, Dickie?

Sonrió al niño sin prestar mucha atención a la madre. El niño recobró la confianza y devolvió la sonrisa. Jim se sintió autorizado a seguir su camino. Se alejó mientras sentía a sus espaldas la mirada punzante de la mujer. Un juego viejo como el mundo, pero para algunos todavía agradable de jugar.

Jim estaba acostumbrado desde hacía tiempo al efecto que causaba en las representantes del otro sexo. Desde que tomó conciencia de ello, era su arma, una pequeña revancha por su condición de niño nacido y criado al borde de una reserva navajo, hijo de un padre blanco y una madre perteneciente a la más numerosa etnia indígena de Estados Unidos.

Alguien en algún lugar había dicho que los ojos son el espejo del alma. Tal vez en su caso había acertado de lleno. Su mirada era en esencia el reflejo de su existencia. Desde que tenía memoria se sentía un ser dividido, que caminaba por el centro del río sin experimentar verdadero interés por ninguna de las dos orillas. Se sentía atraído por las dos, y al mismo tiempo rechazado, sin pertenecer realmente a ninguna.

Un hombre que no era blanco ni rojo, un hombre en el cual ni siquiera los ojos lograban ser del mismo color.

Abrió la puerta de vidrio que daba al exterior y dejó sus pensamientos en la frescura y la penumbra del edificio.

Fuera volvió a encontrar el sol y a Charles Owl Begay.

El viejo navajo estaba de pie al lado de un Voyager blanco que llevaba en un costado el logotipo del Cielo Alto Mountain Ranch. Cuando lo vio, su cara, surcada por las arrugas del tiempo y la intemperie, no cambió mucho de expresión.

Solo los ojos oscuros y hundidos revelaban que le agradaba verlo.

—Bienvenido a casa, *Táá' Hastiin*.

Jim sonrió al oír su nombre indígena pronunciado por el viejo con el sonido gutural y aspirado del lenguaje navajo. En realidad, entre los diné, como se autodenominaban los navajos, había desaparecido la costumbre de tener un nombre indígena, como antaño. Ahora ya no había halcones ni águilas ni osos. Nombres como Agua Que Corre o Lluvia En La Cara o Caballo Loco pertenecían ya a la literatura, a la cinematografía, a la fantasía de algún niño o a la curiosidad insaciable de algún turista.

En su caso, las cosas habían ido de un modo algo distinto. El día en que nació, su abuelo lo cogió de los brazos de la madre y lo observó largo rato. Después, lo alzó un instante en el aire, frente a sí, como en ofrenda a quién sabe cuál de los antiguos dioses, y predijo que en ese niño habría tres hombres: un hombre bueno, un hombre fuerte y un hombre valiente. Tal vez la profecía no se había cumplido, pero el nombre había quedado.

Táá' Hastiin.

Tres Hombres.

Jim abrazó al hombre que se hallaba de pie frente a él y respondió en la misma lengua:

—*Yá' át' ééh, bidá'í*.

Bidá'í era una palabra que en el complicado lenguaje de los navajos designaba al tío materno. Y era el modo como Jim llamaba desde niño al viejo amigo que había ayudado a su abuelo a criarlo. Al oírlos hablar, unos ancianos que bajaban de un autocar para entrar en el vestíbulo del aeropuerto los miraron con curiosidad. Hasta a eso estaba acostumbrado Jim. No obstante, si se hubiera quedado allí, habría sido siempre una persona difícil de catalogar, alguien a quien la gente de fuera habría mirado como a un pez en un acuario. En cambio, en el lugar donde vivía ahora, su ascendencia indígena añadía una exótica diferencia a los ojos de ese mismo tipo de gente.

—¿Has tenido un buen viaje?

—Sí, el vuelo de Nueva York a Las Vegas ha sido bueno. Después conseguí un viaje gratis con uno de los chavales de abajo, en Quartermaster.

—*Ayóó tó adhdleehí*. Qué bien.

El viejo respondió mientras hacía deslizar la puerta lateral del Voyager. Jim arrojó la bolsa de viaje sobre el asiento posterior, abrió la puerta y se sentó en el lugar del acompañante. Mientras tanto Charlie había pasado al otro lado para ponerse al volante. Aquel, para Jim, era sin duda el día de sentirse pasajero.

Charlie puso el motor en marcha y salió del aparcamiento sin encender el aire acondicionado. En silencio cogieron la salida que llevaba a la autopista 17, la ancha vía de tres carriles en los dos sentidos de la circulación, que salía rumbo directo al norte, hacia Flagstaff. El viejo conducía sin prisa, víctima y artífice de la leve incomodidad que se experimentaba dentro del vehículo.

Aparte del motivo que lo había llevado a la ciudad, a Jim le parecía que ya no tenían mucho que decirse. O, quizá, habrían podido decirse muchas cosas con solo haber sido capaces de encontrar un lenguaje que los uniera aún más que la lengua navajo. Sabía que Charlie no respaldaba sus elecciones, y consideraba inútil hablarle de su vida en la ciudad, a miles de kilómetros de allí. Era un mundo tan diferente que la distancia entre la Tierra y la Luna no podría expresarlo en su justa medida.

Charlie amaba la tierra y Jim amaba el cielo. Charlie amaba la extensión ilimitada que se abría a sus ojos mientras recorría el desierto, y Jim amaba las cañadas que se abrían entre los rascacielos.

Charlie había elegido quedarse y Jim había elegido marcharse.

Sacó las gafas del bolsillo y se las puso. Detrás de aquella pantalla ambarina, decidió ser él quien rompiera el silencio.

—¿Cómo ha ocurrido?

—Tal como sueñan todos los seres humanos. Mientras dormía llegó alguien y se lo llevó. Decide tú quién.

—¿Ha sufrido?

—Los médicos han dicho que no.

Jim volvió a caer unos instantes en el mismo silencio sin remedio que se había apoderado del coche hasta poco antes. Sentía algo extraño en los ojos y en la garganta. Tenía un nombre preciso, pero él, por el momento, prefería no darle ninguno.

Se recobró, aunque su voz ya no era la misma.

—¿Ha recibido los honores que merecía?

—Por supuesto. El presidente vino de Da Window Rock y después, uno por uno, vinieron todos los del Consejo. La prensa le ha dedicado mucho espacio. Han hablado bien de él y de todas las cosas que hizo en la vida. Lo han tratado como a un héroe.

—Lo era.

—Sí. Ha dejado un buen recuerdo.

Mientras hablaban, el paisaje, de nuevo familiar a medida que pasaban los kilómetros, se proyectaba en la ventanilla del lado de Jim, de la misma manera como antes había desfilado bajo el helicóptero que lo transportaba. Al volver a ver los lugares de su adolescencia, poco a poco se encontró ante el tiempo transcurrido, una superficie encrespada de la que afloraban fragmentos de memoria, sensaciones, gestos, caras, palabras.

Algunos para recordar siempre; otros para olvidar del mismo modo absoluto.

La voz de Charlie lo devolvió donde estaba y al lugar por donde iban.

—También ha regresado Alan.

Jim no logró reaccionar enseguida, como habría querido. Y sin duda esa pausa infinitesimal no pasó inadvertida al viejo.

—No lo sabía.

Jim deseó que aquel hombre sabio sentado al volante no percibiera la vibración de la mentira en su voz. Si la advirtió, el viejo no dio muestras de ello.

—Le han dado la Navy Cross al valor militar.

—De eso me he enterado.

Recordó que se le encogió el corazón y notó un dolor por dentro cuando leyó en los periódicos el precio que le había costado. No lo dijo porque no tenía nada para ofrecer a cambio del sentido del honor de Charlie Owl Begay, miembro de la antigua nación de los navajos.

Entretanto, durante el magro diálogo con intervalos de un silencio peor que las palabras, la autopista había dado paso a la 89A. Siguieron la huella hundida de las afueras y poco después entraron en la ciudad. Jim miraba sin emoción alguna el paisaje urbano que reemplazaba el del campo, como si jamás hubiera vivido en aquel sitio.

Cosas viejas, cosas nuevas.

Un local, un bar, una tienda de objetos indígenas hechos en Taiwán, un centro comercial coronado por un tan enorme como inevitable letrero luminoso. Flagstaff renovaba el maquillaje, pero Jim sabía que en el fondo seguía siendo siempre igual. Lo leía en la cara de la gente, lo advertía al cruzarse con los otros coches, la mayoría de los cuales eran camionetas o SUV con ruedas de dimensiones exageradas.

Ahora no lograría vivir de nuevo allí.

Dejaron a la izquierda Humphrey Street, donde se hallaba su vieja escuela, y pasaron uno tras otro los semáforos del frente de la estación, donde sin duda un tren estaba a punto de pasar o acababa de hacerlo. Un poco más allá del edificio que ostentaba el anuncio de la histórica ruta 66, del otro lado de la calle, la tienda de instrumentos musicales estaba totalmente restaurada.

En su memoria representaba el lugar de encuentro de todos los músicos de la zona. A juzgar por su próspero aspecto, con toda probabilidad seguía siéndolo aún. En otro tiempo compró allí una guitarra... gastó todos sus ahorros para regalar a una muchacha a la que amaba la Martin con la que ella soñaba.

Había pasado tanto tiempo...

Quizá esa mujer tocaba todavía, pero él nunca más había vuelto a oír una sola nota de aquella guitarra.

Ni a sentir el deseo de regalar cualquier cosa a nadie.

Prosiguieron sin palabras, como si la vista de esos lugares compartidos por ambos, en vez de unirlos, ahondara aún más el surco que los separaba.

Ahora, a lo largo de la calle, se sucedían las diversas actividades comerciales que simbolizaban de algún modo la parte oriental de la ciudad. El Voyager pasó el cruce con Country Club Road, que llevaba al exclusivo campo de golf donde, cuando era poco más que un adolescente, Jim había trabajado de *caddie*. Allí, algunas señoras llegadas de fuera le enseñaron cuánto atractivo podía encerrar, a sus ojos normales, un guapo chaval medio indígena con un ojo negro y otro verde.

Cuando Charlie llegó cerca de un bajo edificio blanco aminoró la marcha, puso el intermitente, pasó al centro de la carretera para doblar a la izquierda y estacionó en el aparcamiento en el cual se leía: GRANT FUNERAL SERVICE.

Se apearon del coche. Casi enseguida un hombre vestido de oscuro salió por una puerta de vidrio que dejaba ver unas anónimas cortinas de color claro.

—Buenos días, señor Begay.

Saludó a Charlie con un gesto de la cabeza y tendió la mano a Jim. Al estrechársela, la encontró caliente y seca.

—Bienvenido, señor Mackenzie. Soy Tim Grant, el dueño. Le doy mis más sinceras condolencias. Es una gran pérdida, y no solo para el pueblo navajo.

Jim agradeció sus palabras con una leve inclinación de la cabeza. Pese al trabajo que hacía, Grant era un hombre derecho, de mirada firme, que desprendía una sensación de vitalidad muy fuerte, atenuada por su vestimenta profesional. Quizá, dadas las circunstancias, ninguno de los que trataban con él era capaz de darse cuenta. Además, era muy posible que el señor Grant se esforzara para adecuarse al estado de ánimo de sus clientes.

—Si desean ustedes seguirme...

Los precedió hacia la parte interior, un amplio atrio de muros blancos con varias puertas al frente y los costados, y unos pocos muebles de madera oscura, muy sobrios, contra las paredes.

—Por aquí, por favor.

Los guió hasta el otro lado de una puerta que se abría a la izquierda. Se encontraron en una estancia sumida en la penumbra, sin ningún símbolo religioso. En el centro, sobre una mesa estrecha y larga cubierta por un mantel blanco de lino, había un gran recipiente de bronce con la tapa ornamentada.

—Hemos seguido al pie de la letra las instrucciones del señor Begay, que nos ha transmitido la voluntad expresada por el difunto en su momento. Después del velatorio y la visita a la capilla ardiente, el cuerpo ha sido incinerado.

El señor Grant se acercó a la mesa y cogió la urna como si, en lugar de metal, fuera de un material extremadamente frágil.

—Tenga usted, señor Mackenzie.

Jim lo vio avanzar hacia él para depositar, con la misma delicadeza, el recipiente en sus manos.

Bajo la mirada impasible de Charlie, sin darse cuenta Jim apretó las mandíbulas. Vivía al otro lado del mundo y del tiempo, por elección suya. Ese lugar no representaba nada para él. Sin embargo, ahora que había regresado, de golpe todas sus certezas parecían hechas de las mismas cenizas que contenía la urna. Era todo lo que quedaba de Richard Tenachee, gran jefe de la nación navajo, miembro del Consejo de las Tribus. Un hombre que había sido su abuelo y al mismo tiempo su padre y, hasta cierto punto, también uno de sus mejores amigos.

Permaneció de pie en el centro de la estancia, sintiéndose estúpido e inútil. Sostenía entre las manos aquel objeto brillante y frío al tacto que representaba la mayor parte de su pasado. Oía por dentro una maraña de palabras, pero no lograba pronunciar ninguna de ellas.

4

Cuando el móvil lo despertó, Jim notó debajo de su cuerpo una cama desconocida. Alrededor había penumbra y un vago olor a humo. Por un instante le costó reconocer en el perfume suave de la madera el lugar donde se encontraba. Acogió los recuerdos recientes con la misma sensación de fastidio con que contestó al teléfono de la mesita situada junto a la cama.

—Diga.

Del otro lado, una voz de mujer. Una voz que llegaba de lejos y que sonaba alterada.

—Jim, soy Emily. ¿Estás despierto?

—Sí.

Su voz pastosa desmentía aquel seco monosílabo.

Miró el reloj. Las ocho. Hizo un cálculo rápido de la hora de Nueva York. Debía de haberse acabado el mundo para que Emily ya estuviera despierta.

—¿Qué ocurre?

Su tono tajante y telegráfico cayó en el vacío.

—Te he llamado porque tengo que decirte algo.

Jim se sentó en la cama. Sin motivo experimentaba una leve sensación de incomodidad. O quizá había un motivo y estaba a punto de descubrirlo.

—Dime.

—Se lo he dicho, Jim. Se lo he contado todo.

Sintió una breve punzada de frío y de alarma. Por unos segundos Jim esperó que esas palabras representaran una simple excusa, una acción emotiva en busca de una reacción nacida de la misma emoción. No podía creer que esa mujer llegara de veras a semejante grado de inconsciencia. Su voz, que subía de tono, traicionó su consternación.

—¿Le has dicho qué a quién?

—Sobre nosotros. A Lincoln.

Solo en ese momento Jim Mackenzie logró captar en las palabras de Emily el temblor del llanto. Y algo que se agitaba detrás y que lo acentuaba. El miedo que sigue a todo instante de coraje impulsivo.

Se hizo un breve silencio. Después la voz de Emily llegó como si hubiera recorrido a pie los kilómetros que los separaban.

—¿No tienes nada que decir?

El silencio que recibió como respuesta fue un poco demasiado largo y sobradamente explícito.

—Lo único que puedo decir es que has cometido una gran estupidez, Emily. Una gran estupidez, en serio.

—Ya no aguantaba más seguir así. Yo te amo, Jim. Y también tú dijiste que me amabas...

Ahora sus palabras eran una capitulación sin condiciones y una huida sin atenuantes.

—En ciertos momentos se dicen tantas cosas, Emily... Algunas corresponden a la realidad; otras, a la ficción. Lamento que no hayas entendido cuáles correspondían a la una o a la otra.

—Jim, yo...

Emily se interrumpió mientras se refugiaba en el silencio y el llanto. Tras unos sonidos apagados, surgió la voz de un hombre. Jim conocía bien esa voz y no le asombró oírla firme pese a la situación.

—Soy Lincoln. Bonito día, ¿no?

Jim comprobó por enésima vez la frialdad y el autodominio de aquel hombre.

—Sabes perfectamente que no lo será.

—Espero que para ti sí. Espero que sepas demostrar aunque solo sea un poco de vergüenza, para que este día te resulte pésimo, y también otros que vendrán. Durante mucho tiempo.

El hombre que hablaba al otro extremo de la línea se concedió una pausa y encendió un cigarrillo. Jim percibió a distancia la bocanada de humo.

—He querido mantener esta pequeña e indigna conversación solo para que Emily se diera cuenta de qué clase de hombre eres y por quién ha arrojado su vida por la borda.

—No creo que sirva de mucho decirte que lo lamento.

—Si es una pregunta, ya contiene la respuesta. Si es una afirmación, permíteme ser escéptico en cuanto a tu sinceridad.

—Entonces no creo que haya más que decir.

—No, al contrario. Habría mucho que decir. Pero no estoy seguro de que valga la pena malgastar más tiempo y más palabras en una charla contigo.

Jim cerró los ojos. En el limbo grisáceo de sus párpados apareció nítidamente la figura del hombre con el que hablaba. Lincoln Roundtree, el director de AMS International, el coloso estadounidense vinculado con casi todos los sectores del ámbito empresarial y las finanzas mundiales. Alto y fuerte a pesar de sus cincuenta y seis años y sus miles de millones de dólares.

—El asunto termina aquí por un solo motivo. Un día me salvaste la vida. Ahora te devuelvo el favor. Ya estamos en paz.

Otra pausa. Más bocanadas de humo que corrían por los hilos invisibles del teléfono.

—No te deseo ningún mal. Cualquier cosa que te deseara sería muy poco en comparación con lo que conseguirás hacerte tú solo. Lo único que lamento es no estar allí el día que suceda.

El ruido de la comunicación cortada le devolvió en todos los sentidos al espacio y a la distancia. Jim permaneció un momento observando el teléfono, como si no estuviera seguro de que la conversación había terminado. Cuando cerró el móvil, el chasquido del Motorola fue como una cuchillada que cortó de cuajo un pedazo de su vida.

Conoció a Lincoln Roundtree tres años atrás, cuando todavía era piloto de Sky Range. Había aterrizado en el Grand Canyon West Airport con su jet particular, un flamante Falcon blanco con la insignia azul de AMS, precedido con alboroto y ansiedad por el aviso de su llegada. Lincoln era amigo del dueño de Sky, y Norbert Straits, el director de la sede de Las Vegas, fue hasta Quartermaster a recibirlo en persona.

Bajó del avión seguido por una multitud de secretarios y colaboradores. Desde la pista fue a pie hasta el edificio principal, una construcción rara y baja, pintada en dos tonos de un rosa espantoso. En medio de las generalizadas muestras de deferencia, Jim se quedó de pie junto a la entrada, apoyado en la pared revestida de láminas de metal, indiferente a todo aquel alboroto.

Lincoln Roundtree observó con curiosidad a ese hombre de tez morena y largo cabello oscuro, que vestía el uniforme de los pilotos y que permanecía de pie con aire indolente junto a la puerta.

El multimillonario se acercó a él.

—¿Eres indígena?

—Mitad. Decida usted la mitad que prefiere.

—¿Cómo te llamas?

—Jim Mackenzie. Navajo del clan de la Sal.

—¿Eres buen piloto?

—No sé si soy bueno. Sé que soy el mejor.

Jim se quitó las gafas y posó en el hombre que tenía delante sus extraños ojos de dos colores. Lincoln no mostró la menor señal de sorpresa. Se limitó a esbozar una leve sonrisa.

—¿Cómo puedo creerte, si ni siquiera tus ojos dicen lo mismo?

Jim se encogió de hombros.

—También eso depende de usted. Elija el ojo que más le agrade y créale.

Lincoln Roundtree asintió con un movimiento de cabeza y por un instante su sonrisa se amplió. Luego se volvió y siguió a Norbert Straits hacia el interior del edificio, sin añadir palabra. Poco después, Jim no se asombró demasiado cuando el director le encargó que pilotara el helicóptero que debía llevar al importante huésped en una gira por el Cañón y a continuación dejarlo abajo para que hiciera un recorrido de *rafting* por las aguas del Colorado.

Por desgracia, el dinero compra mucho pero no todo. Mientras volaban, el clima cambió. Aunque se desaconsejaba proseguir la excursión, Lincoln quiso aventurarse en las aguas del río. Y allí lo pilló uno de los más violentos temporales que recordaría aquella zona. El bote hinchable volcó y Lincoln Roundtree se encontró náufrago en un islote, con una pierna rota y la arteria femoral cortada. El guía que lo rescató le ató el miembro con un cinturón y taponó la pérdida de sangre, pero aun así necesitaba atención médica inmediata.

La lengua de tierra donde se hallaba Roundtree era demasiado pequeña para permitir un aterrizaje. Por otra parte, las condiciones climáticas eran tales que ningún helicóptero parecía capaz de enfrentarse a ellas y ningún piloto se hallaba dispuesto a hacerlo.

Cuando oyó por la radio lo que ocurría, Jim pilotó el helicóptero equipado para rescates y, bailando la danza que le imponía el viento, descendió hasta una altura que le permitiera bajar una camilla y subir a bordo al hombre accidentado y al guía. A continuación, realizó una carrera entre relámpagos y sacudidas hasta el hospital de Flagstaff, donde los médicos detuvieron la hemorragia y le salvaron la vida.

Al cabo de una semana, Jim fue llamado a la habitación de hospital donde Lincoln Roundtree yacía en una cama con la pierna derecha escayolada y un tubo endovenoso en un brazo. Al entrar él, alzó la vista de unos informes que estaba leyendo. Jim pensó que la máquina que producía el dinero debía manejarse en cualquier situación, porque no podía y no debía parar nunca. Cuando estuvieron frente a frente, el hombre tendido en la cama le habló como si la última conversación entre ambos hubiera tenido lugar pocos minutos antes.

—Así que tenías razón.

—¿Con respecto a qué?

—A que eres el mejor.

Jim superó con esfuerzo la incomodidad que experimentaba siempre ante los elogios, salvo los que se hacía él mismo.

—Lo intento. A veces lo consigo.

—Bien. En mi vida siempre he buscado tener lo mejor. En todos los sentidos. Si lo deseas, querría que fueras mi piloto personal.

Sin reflexionar demasiado, Jim aceptó. Cualquiera que fuese su vida futura, le bastaba con que fuera lejos de allí. Lo siguió por todo el mundo durante cinco años, hasta que en la vida de su jefe entró por la puerta principal la joven, guapísima e impulsiva Emily Cooper. Cuando los ojos de la muchacha se posaron en él por vez primera, Jim percibió enseguida que tendría problemas. Seis meses después, en el día libre de Jim, Emily se presentó por sorpresa en su casa...

Se dio cuenta de que había contenido el aliento mientras se sucedían los recuerdos. Dejó con un suspiro que el aire que retenía en los pulmones recuperara su lugar en el mundo. Fuera lo que fuese lo que habían representado para él Lincoln Roundtree y su ingenua compañera, ahora pertenecían al pasado.

Se estiró y cogió los tejanos de una silla que estaba junto a la cama. Se los puso, y descalzo fue a abrir la ventana. Fuera, el aire era fresco y podía olerse el aroma de los pinos. Acaparó su atención un retazo del Cielo Alto Mountain Ranch, en plena actividad mientras el sol salía por detrás del Humphrey's Peak para disipar las sombras.

En el agresivo encanto de aquel paisaje se movían personas que habían formado parte de su vida, junto a otras a las que nunca había visto y jamás volvería a ver. Todos formaban parte de la misma ficción, tan vieja que podrían contársele los círculos como a los troncos de los árboles. Él, Emily, Lincoln Roundtree, Alan, el viejo Charles Owl Begay..., rodeados de toda aquella gente diversa y llena de turística nostalgia.

La única persona que alguna vez le había importado era su abuelo. Y tal vez fuera también la persona a la que más había decepcionado. Cualquier cosa que hubiera podido ser y no había sido significaba un peso que debía llevar cargado a la espalda. Ahora, todo lo que quedaba de Richard Tenachee era un puñado de cenizas en una urna de bronce. Su abuelo nunca había comulgado de manera específica con ningún credo religioso. Las cosas que lo rodeaban, la tierra, el río, los árboles, parecían tener alma suficiente para dialogar sin intermediarios con su necesidad de infinito. Toda su vida había sido una demostración de ello. Si en algún lugar había un dios dispuesto a garantizar un paraíso, fuera indígena o no, sin duda en aquel momento había acogido a Richard Tenachee en sus brazos. No obstante, Jim sabía muy bien qué era lo último que podía hacer en esta tierra por el viejo jefe indígena.

Acudió a su mente una frase de una vieja película.

«Dentro de cien años ya nadie hablará de todo esto...»

Cien años pasan deprisa para los árboles y las montañas. Cien años, a veces, son dos hombres muertos. Se apartó de la ventana y fue al cuarto de baño a darse una ducha. Cuando terminó de afeitarse, se demoró un momento a observar con sus patéticos ojos de dos colores aquella cara extraña en el espejo. Le sorprendió oírse murmurar a su imagen reflejada una frase en lengua navajo:

—*Yá' at' ééh abíní, Táá' Hastiin...*

Buenos días, Tres Hombres.

Meneó la cabeza. Al final, Lincoln tenía razón. No era un bonito día. Mientras terminaba de vestirse pensó que habría sido bonito si al menos uno solo de los hombres que había dentro de él se sintiera bien.

5

Con la bolsa de viaje al hombro, Jim salió de la cabaña donde había pasado la noche y cruzó la explanada de tierra en leve cuesta que llevaba a la Club House. Se detuvo para dejar pasar a un grupo de turistas gritones y entusiastas que salían de los establos para hacer una excursión a caballo. Jim los contempló mientras desfilaban frente a él. Conocía bien a ese tipo de personas. A la primera mirada revelaban qué eran. Tíos de ciudad que con toda probabilidad al día siguiente andarían con una sonrisa en los labios y la espalda y las piernas rígidas por los saltos en la montura. Y una vez en su casa comentarían, entre risas y palmadas en la rodilla, los pedos que se tiraban los caballos. Una señora de piel clara lanzó una mirada curiosa y hambrienta hacia ese hombre alto y moreno que estaba de pie en el centro de la explanada, pero la devolvieron a la realidad la indiferencia de Jim y un movimiento brusco de su cabalgadura, que la obligó a concentrar toda su atención en mantener el equilibrio, al parecer más bien precario.

La noche anterior, al llevarse las cenizas de su abuelo de la empresa de pompas fúnebres, él y Charlie, con su melancólica carga, subieron hasta el Ranch. El pequeño espacio del vehículo estaba impregnado de una presencia casi tangible de la que no conseguían hacer caso omiso. Hicieron el viaje sin intercambiar una palabra, porque el recuerdo que llevaban detrás y en su interior lo hacía innecesario.

El lugar se hallaba completo, pero Bill Freihart se las había apañado para brindarles una noche de hospitalidad en una cabaña cuyos ocupantes, a causa de un imprevisto, llegarían al día siguiente. Charlie, que trabajaba allí desde hacía tiempo, disponía de un cuartito detrás de las caballerizas, en la zona reservada al personal. Hasta donde llegaban sus recuerdos, el viejo nunca había poseído nada. Su vida parecía hecha de pequeñas tareas aquí y allá y de miradas sin palabras. No le interesaba en absoluto ninguna forma de propiedad, como si la posesión no fuera para él un incentivo, sino una especie de prisión.

No tenía casa, no tenía familia, no tenía nada. La ausencia de toda atadura era su religión.

«El hombre que posee una cosa después querrá dos y después tres y después todas las cosas que hay sobre la Tierra. Y a cambio obtendrá solo su condena, porque nadie puede poseer todo en el mundo.»

En ocasiones desaparecía durante largos períodos. Su abuelo decía que era un hombre de espíritu e iba al desierto a hablar con su alma. Jim era un niño y no lo entendió bien, pero recordaba haber pensado que, en honor a la verdad, esos eran los discursos más largos que Charles Owl Begay había dirigido nunca a alguien.

Aparte de a Richard Tenachee, su amigo de toda la vida.

Desde que tenía memoria lo recordaba sentado en sillas de tapizado raído frente a la caravana oxidada aparcada en la carretera de Leup, donde vivía su abuelo. Dos cabezas levantadas a contraluz, mirando el crepúsculo detrás de las montañas y fumando unas pipas cortas hechas con mazorcas de maíz, mientras hablaban de todas las cosas que había en torno a ellos y de los que ya no estaban.

Jim entró en la sala donde se reunían los clientes para las comidas que no hacían al aire libre. Era un salón grande, de paredes y suelo de pesados tablones de madera. En la única pared revocada habían colgado reproducciones de avisos de recompensa. Jim no pudo evitar pensar que la vida de William Bonney, alias Billy el Niño, valía nominalmente mucho menos que una semana de vacaciones en el Cielo Alto Mountain Ranch.

Había en el aire olor a pan caliente, huevos revueltos y tocino asado. En el fondo del local, un cocinero tocado con un gran gorro preparaba buñuelos detrás de un mostrador. Algunos chavales lo observaban en puntas de pie, con los platos en la mano, a la espera de su turno.

—Buenos días, hombre de Nueva York. ¿Has dormido bien?

Jim se volvió. La cabeza de Roland, el hijo de Bill, asomaba por la puerta de la cocina. Rubio, bronceado, de nariz algo achatada, era el vivo retrato de Linda, la madre.

—Como una marmota. A pesar del silencio.

—Si te quedas, esta noche iré a dar vueltas con la camioneta alrededor de tu cabaña, para que te sientas en casa. ¿Te apetece comer algo?

—¿Por qué iba a estropear en unos segundos con tu comida todo lo que con tanto esfuerzo he logrado en una noche entera? ¿Tu padre está arriba?

Roland señaló la escalera con el trapo que tenía en la mano.

—Sí. Sigue tu miserable humor de gilipollas y lo encontrarás sentado frente al ordenador. Lo reconocerás porque la cara inteligente es la de la máquina. Está buscando el medio de embrollar todo lo bueno que hizo mi madre anoche.

Jim subió la escalera de peldaños crujientes situada a la derecha, y cuando llegó al despacho de Bill Freihart lo encontró al teléfono. Se quedó en el umbral, mientras su sombra se proyectaba en la madera del suelo. Un nudo deshecho se convirtió en un agujero en el centro del corazón.

Esperó a que el hombre sentado tras el escritorio terminara la conversación.

—Sí, señor Wells. Hablé con ellos ayer por la tarde. Por mí no hay problema, no tengo reservas para esta mañana. Pero, como es natural, debo consultar con usted antes de...

Del otro lado hubo una interrupción. Luego la sombra de Jim y la percepción de su presencia hicieron que Bill girara en el sillón.

—En este momento está aquí mismo, frente a mí.

Hizo un gesto afirmativo con la cabeza, como si la otra persona pudiera verlo.

—Muy bien, le pongo con él.

Bill tendió el teléfono a Jim, que se acercó al escritorio y permaneció de pie junto al monitor del ordenador, que mostraba el sitio web del Ranch. Aproximó con cautela el auricular a la oreja. Aunque muy diferente, la voz que le habló era en su mente muy similar a la de Lincoln Roundtree.

Ambas pertenecían al pasado.

—Hola, Jim. Habla Cohen Wells.

—Buenos días, Cohen, ¿cómo está?

—Bien, aunque cada vez cuesta más hacer cuadrar la vida y el presupuesto.

—Me he enterado de que es usted el propietario del Ranch.

—Pues parece que sí. Tengo grandes proyectos para ese lugar. Ya veremos. El límite entre un loco visionario y un inspirado hombre de negocios es muy sutil e indefinido.

El concepto dejaba lugar a pocas dudas. Pero a Jim le costaba ver al señor Cohen Wells como un loco visionario.

—Me he enterado de lo de tu abuelo. Lo lamento mucho. Era un gran hombre.

«Dentro de cien años ya nadie hablará de todo esto...»

—Sí, era un gran hombre. Uno de los mejores.

—Pues sí. Qué terrible historia. O buena, si consideras que todos debemos irnos. Por lo menos no ha sufrido una agonía en una cama cualquiera de hospital, con tubos metidos en los brazos.

Calló un instante para que Jim pudiera digerir su afirmación.

—Me ha dicho Bill que tienes intenciones de alquilar nuestro helicóptero por la mañana.

—Sí. Tengo algo que hacer por mi abuelo.

Cohen Wells no preguntó qué debía hacer todavía Jim Mackenzie por el pobre Richard Tenachee, y Jim no consideró oportuno decir más. Ambos sabían que, fuera lo que fuese, lo estaba haciendo demasiado tarde.

—Por mí, ningún problema. Si mal no recuerdo, eres el mejor piloto que se ha visto por estos lares. Espero que la vida en la ciudad no te haya cambiado.

—Hay quienes dicen que no, pero ya sabe que la gente es mala y habla demasiado.

—De acuerdo, úsalo.

—En cuanto al pago, yo...

—Por ahora no te preocupes. ¿Te quedarás un tiempo antes de volver a Nueva York?

No consideró oportuno decirle que ya no había ninguna posibilidad de volver a Nueva York, o por lo menos de vivir allí en las condiciones a las que estaba acostumbrado. Eso, tarde o temprano, significaría un problema. No tenía mucho dinero ahorrado. En poco tiempo debería salir a buscar empleo.

«El asunto termina aquí por un solo motivo. Un día me salvaste la vida.»

Pero tal vez en aquel momento la Gran Manzana no fuera el lugar más indicado.

—Pasa a verme. Mañana, si tienes tiempo. No me desagradaría charlar un rato contigo antes de que te vayas.

Una pausa. Más larga de lo esperado. Un silencio que casi olía a cosas dolorosas. Después, una voz que transmitía ese dolor sin remedio.

—¿Te has enterado de lo de Alan? ¿Sabes que está aquí?

—Sí, lo he leído. Me han dicho que al volver lo han recibido como a un héroe.

—Los héroes están todos muertos, Jim. O en las condiciones de mi hijo.

Jim aguardó. Sabía que no había terminado.

—¿Crees que ha pasado suficiente tiempo para olvidar todo lo ocurrido entre vosotros?

—El tiempo es un monstruo malo, señor Wells. A veces confunde la memoria y a veces se limita a esquivarla para dejarla intacta.

—Estoy seguro de que deberíais intentar veros.

—No sé qué decir. Quizá.

Cohen Wells comprendió que por el momento no podía pretender más.

—Muy bien, coge ese maldito helicóptero y haz lo que debas hacer. Ponme con Bill.

Jim tendió el teléfono a Freihart y esperó al final de la conversación en el pasillo, mientras observaba por la ventana la actividad del campamento. Una pequeña caravana de vehículos todoterreno con la leyenda CIELO ALTO ADVENTURES se dirigía a una excursión, cualquiera que fuese. Un viaje más a través de las maravillas de la naturaleza y la melancolía descuidada que las huellas de los hombres dejaban en ella. Cuando trabajaba para Lincoln, antes de que Emily complicara las cosas, Jim había viajado mucho. Como todos, había visto con ojos absortos la majestuosidad del pasado que se respiraba en Europa o en Asia.

Al reflexionar sobre lo que sucedía en el sudoeste, sonreía ante sus denodados esfuerzos por construirse un pasado. Aquí, muros de doscientos años de antigüedad se iluminaban con reflectores y se vendían como reliquias de civilizaciones antiguas. En Italia o en Francia, los muros de doscientos años de antigüedad se derribaban con excavadoras para construir aparcamientos.

Ni mejor ni peor. Solo diferente.

También su abuelo, intermitentemente, había trabajado en el Ranch. Cuando necesitaba dinero o tenía ganas de estar con Charlie, iba allí. De vez en cuando, para alguna festividad en particular, se organizaban evocaciones históricas, muy poco fieles pero muy espectaculares para los turistas. Entre caballos, disparos y disfraces coloridos, casi conseguían disimular los rostros aburridos de los que se veían obligados a participar en esa suerte de carnaval.

Cuando Bill concluyó su charla con Cohen Wells, bajaron juntos al salón. Salieron a la galería y se quedaron contemplando el campamento, ahora casi desierto. El cocinero se había quitado su gorro y había salido a preparar el fuego y la cocina para el almuerzo.

Bill se puso a su lado, alto y grueso, sólido, confiable, amigo de cualquiera que quisiera su amistad.

—¿Cuándo volverás a Nueva York?

Jim se encogió de hombros.

—Dispongo de todo el tiempo que quiera. En esa ciudad ya no tengo trabajo.

Bill no pidió explicaciones. Si no salían espontáneamente, quizá había un motivo.

—¿Cómo lo llaman? Libre y sin compromisos.

Los ojos de Jim eran dos presencias invisibles detrás de la pantalla de las gafas oscuras.

—Ya. Sin compromisos.

—Podrías quedarte aquí.

A Jim le parecía que esa conversación no era más que la continuación de la que poco antes había mantenido con Cohen Wells.

—Veremos.

Su incomodidad desapareció con la llegada de Charlie. Vieron su figura seca que salía de uno de los *hogan* construidos en lo alto, a la derecha de donde estaban ellos. Llevaba entre las manos la urna funeraria de Richard Tenachee. Había pedido a Jim poder pasar la última noche con él a solas, velando lo que restaba de su viejo amigo. Tendido en la cama y en la oscuridad, mientras permaneció despierto, Jim se lo había imaginado en esa anacrónica vivienda de barro, sentado con las piernas cruzadas, componiendo en la tierra figuras rituales con sus arenas de colores, agitando amuletos y entonando a media voz un antiguo cántico de homenaje a los guerreros. Charlie tenía un tranquilo sentido de pertenencia a la gente y al lugar en el que había nacido. Quizá incluso al pasado, que en su noción de la tradición era solo un pedazo del presente que se dejaba atrás durante un lapso y se reencontraba en el futuro. Así, el círculo del tiempo se cerraba y se convertía en una fe.

A pesar de su edad, Charles Owl Begay todavía era capaz de creer.

Y eso era justo lo que Jim ya no lograba.

El viejo vio a los dos hombres que bajaban los cuatro escalones de la galería y dejaban la Club House para coger el sendero que iba hacia él. Los esperó sosteniendo como un regalo el recipiente de bronce. Cuando llegaron a su lado, lo entregó a Jim con una actitud que honraba la vida y el recuerdo del hombre que contenía.

—Ten. Tu abuelo ya está preparado.

Charlie lo miró, encerrado en su anatomía de caderas un poco altas que caracterizaba a los navajos desde la noche de los tiempos. Jim sentía que los discursos que el viejo habría deseado hacerles se debatían cautivos en alguna parte. Tal vez aún no era el momento para esas palabras o tal vez ese momento no llegaría nunca.

—¿Quieres acompañarme, *bidà'í*? A él le habría gustado.

Charlie no respondió en la lengua navajo, para que también Bill lo entendiera. Era un hombre que poseía fuerza y coraje suficientes para admitir su miedo.

—No, no estoy muy acostumbrado a los helicópteros. Si la naturaleza no me ha puesto allí, no es mi destino volar. Además, este es un viaje que debes hacer solo. Solo con tu *bichei*, tu abuelo.

—¿Estás seguro?

—*Doo át' éhé da.* Todo está bien, Jim. Ve.

Subieron en fila, como en un cortejo fúnebre, hacia la zona de aparcamiento del helicóptero. Mientras se acercaban, llegó a sus oídos el silbido del rotor que se ponía en marcha. El piloto, avisado de su llegada, ya había comenzado a calentar el motor.

Salieron de entre la vegetación y Jim se encontró frente a un Bell 407 azul eléctrico que centelleaba al sol. Una máquina que sabía a nuevo, a cielo y a nubes a su alrededor. Jim se dijo que Cohen Wells no había reparado en gastos. Tal vez era cierto que tenía grandes proyectos para el Cielo Alto Mountain Ranch.

El piloto, un hombre moreno, de estatura media, de unos cuarenta años, al que él no conocía, le abrió la puerta al verlo.

—Todo en orden. Es una joya recién salida de fábrica. Puede usted partir cuando quiera.

Jim le dio las gracias con una palmada en el hombro, subió a bordo y dejó la urna en el asiento del acompañante. Se abrochó el cinturón de seguridad y con gestos seguros efectuó los controles de rigor antes del despegue.

Mientras los tres hombres se alejaban, Jim cerró la puerta. Por un instante su mirada se cruzó con la de Charlie. Ahora, las palabras no dichas se hallaban todas encerradas en los ojos.

Empuñó el mando y tiró con delicadeza hacia arriba la palanca de cambios. A medida que el helicóptero ganaba altura lo vio abajo, borroso a la sombra de la nave: el pelo largo y canoso sujeto en las sienes por un pañuelo rojo que al moverse le ocultaba la cara, y la ropa flameando al viento, que revolvía el polvo y que desapareció junto con su figura al elevarse más el aparato.

Jim hizo trazar un ligero viraje al 407 y puso rumbo al norte. Sintonizó la radio en la frecuencia 1610 Mhz, la del noticiario del Gran Cañón. Por el lado de Rainbow Bridge estaban quemando residuos y se preveía un poco de humo, aunque no tanto como para comprometer la visibilidad. En todo caso, era una zona que él no iba a sobrevolar.

Dejó a la izquierda el Kaibab National Forest. Se mantuvo a la altura mínima permitida y prosiguió sin pensar en nada, disfrutando de las inapreciables sacudidas provocadas por la ligera turbulencia, volando por el placer de volar, como había hecho siempre. Había buscado aquello toda su vida, y pensaba que lo desearía siempre. Poco después de alzarse del suelo llegaban para él la paz, la sensación de totalidad y un sentimiento de pertenencia.

Acaso fuera ese el motivo por el que Charlie había preferido que fuera solo en aquel viaje en la máquina voladora. Sabía que esa era su fe, su forma de cerrar el círculo del tiempo.

Al cabo de menos de media hora de vuelo divisó su meta. El Colorado, camino del sur, se demoraba en un garabato que el tiempo había excavado entre las rocas y que por su forma en U se había ganado el nombre de Horseshoe Bend.

El helicóptero se sometió dócilmente a su voluntad y Jim aterrizó en la lengua de piedra en torno de la cual se devanaba el meandro del río. Se soltó el cinturón, abrió la puerta y cogió la urna del asiento contiguo.

Dejó el helicóptero a sus espaldas, y el fut-za fut-za fut-za fut-za de las aspas que disminuían poco a poco la velocidad de su giro. En la otra parte del cañón, un grupo de turistas había visto el aterrizaje y miraban con curiosidad esa figura llegada del cielo que ahora se hallaba de pie al borde del precipicio.

A pesar de la costumbre, el espectáculo que contemplaba Jim, que se extendía a ochocientos metros por debajo de él, le quitó el aliento.

Flotando como una canoa en el agua del río, empezó a fluir el recuerdo.

Jim había pasado mucho tiempo con el abuelo. Su padre, Loren Mackenzie, era cómico de rodeo y viajaba a menudo. Cuando su madre lo acompañaba, Jim se trasladaba a la casa del abuelo materno, anclada como un barco sin agua entre las escasas matas de la reserva. Un día, cuando era poco más que un niño, durante uno de esos períodos, el abuelo lo despertó por la mañana temprano. Jim abrió los ojos, envuelto en un rico aroma a pan frito. Después del desayuno, el abuelo lo llevó fuera hasta su vieja camioneta. No recordaba la marca del vehículo, solo el estado lastimoso en que se hallaba.

Desde siempre, Jim recordaba que en la vida de ese hombre solo había cosas gastadas, viejas, de segunda mano. Había visto cómo él y Charlie cargaban en la camioneta una antigua canoa de madera de tablones carcomidos que ostentaba la figura descolorida de Kokopelli, el flautista de la mitología navajo, pintada en turquesa en la proa.

Bichei *abrió la puerta del acompañante.*

—Sube.

—¿Adónde vamos?

—Al río.

Para el abuelo, el río era únicamente el Colorado. Cuando hablaba de otros ríos los llamaba por su nombre. Pero cuando decía «el río» solo podía ser ese.

Jim se acomodó en el centro del asiento. Charlie iba al volante, y el abuelo, al otro lado. Por encima del gruñido abrumador del motor, Charlie hizo una pregunta con su voz tranquila.

—¿Crees que es la mejor manera?

—Sí. Las cosas que se arrastran son los desechos de la tierra.

Permanecieron en silencio durante casi todo el viaje. Jim sentía que había algo indefinido en el aire, en la complicidad y en la ausencia de diálogo entre esos dos hombres silenciosos que lo acompañaban en una excursión no programada. Fueron rumbo al norte, hacia Page. Un poco más abajo del dique cogieron por un camino de tierra hasta la orilla del Colorado. Echaron la canoa al agua y Charlie se marchó, para ir a esperarlos más al sur, a la altura del Marble Canyon. Lento e indolente, dejándose llevar por el agua del río, comenzó el trayecto. El abuelo, sentado en la popa, maniobraba el remo solo para obligar a esa cáscara de nuez a seguir la corriente. Jim iba en la proa; con una mano tocaba el agua y con la cara levantada contemplaba los muros de roca que se alzaban sobre ellos.

Tal vez era feliz.

La pequeña embarcación navegaba tranquila entre las riberas de arenisca roja encendidas por el sol, hasta que llegaron a Horseshoe Bend.

Allí el río tenía el color que solo consiguen darle la fantasiosa maestría de la naturaleza y los sueños humanos. A todo su alrededor había esculturas hechas con agua y viento, rocas talladas y pulidas por el trabajo meticuloso de los milenios.

El viejo jefe señaló con los dedos la cumbre que se elevaba por encima de ellos.

—En otros tiempos, esos a los que nosotros llamamos los antiguos, el Pueblo Sagrado, tenían aquí un lugar dedicado a las pruebas de fuerza de los que aspiraban a ser hombres. Para llegar a ser un guerrero, un joven debía escalar con las manos desnudas estas rocas, desde el río hasta la cima.

Jim conocía de la existencia de esos ancianos, los padres que, según el mito, habían generado cada etnia sucesiva. Los anasazi, los kisani y por último el pueblo navajo, al cual los dioses habían regalado la Dinehtah, la tierra donde vivir, encerrada entre las cuatro Montañas Sagradas.

Aquellos hechos ocupaban un pequeño lugar en la historia real, pero un espacio mucho mayor en la leyenda.

Su abuelo prosiguió con la misma voz serena:

—Hoy también tú debes superar una prueba, Táá' Hastiin. *Lamentablemente, a veces no es posible elegir el momento de combatir. Solo podemos hacerlo con coraje cuando así se nos exige.*

Aquel día y en aquel lugar, deslizándose por el agua en una canoa con su viejo abuelo indígena, Jim supo que sus padres habían muerto.

Una ráfaga de viento lo devolvió al lugar y al tiempo en que se hallaba y a la conciencia de lo que había ido a hacer allí. A partir de aquel momento, ese hombre que en su época había visto la guerra y la había ganado, pasó a ser toda su familia. Le enseñó todo lo que sabía y en particular todo lo que es preciso saber antes de poder llegar a la cumbre escalando las rocas con las manos desnudas. Le enseñó que la muerte era la única certeza que se puede poseer, una certeza posada como un gran pájaro blanco en los hombros de todo ser humano.

Y ahora él debía de estar volando en algún lugar, con las alas de esa única certeza.

Jim tuvo que luchar contra las lágrimas mientras abría la tapa de la urna.

—Hubiera querido que todo fuese distinto entre nosotros. Perdóname, *bichei*.

Jim Mackenzie se sorprendió al oírse entonar a media voz una vieja letanía fúnebre del pueblo navajo al tiempo que volcaba el recipiente de bronce y entregaba las cenizas de su abuelo al viento y a la eternidad.

6

Cuando Jim alcanzó The Oak, condujo el Bronco por el terreno crujiente de grava hasta la entrada de la casa. Apagó el motor y se quedó un momento escuchando. Ante todo, le sorprendió la total ausencia de sonidos. Los ecos de la transitada vía que acababa de dejar atrás al coger la calle que llevaba al campamento parecían no tener la fuerza necesaria para llegar hasta allí.

El silencio era absurdo y absoluto.

Bajó de la camioneta y sin cerrar la puerta echó una ojeada a su alrededor. Las plazas de aparcamiento se hallaban vacías. En aquel momento no había ningún campista alojado en The Oak, y por lo que alcanzaba a ver de la estructura turística resultaba fácil de comprender. Todo estaba impregnado de un aire de abandono y suciedad, todavía más acentuado por unas pequeñas reparaciones que solo lograban hacer más evidente el estado de total decadencia del complejo. Nada que ver con la cuidada rusticidad del Cielo Alto, a un tiempo espartano y cómodo.

A Jim le sorprendió que Caleb, si se encontraba en la casa, no hubiera salido a la galería a ver quién había llegado. Su motor hacía tanto ruido que le resultaría imposible no oírlo, a menos que estuviera escuchando a todo volumen un disco de AC/DC. O tal vez el dueño de la casa estaba en la ducha, ensordecido por el sonido del agua. Sin embargo, la sensación que transmitía aquel lugar no parecía compatible con el concepto de limpieza.

Al regresar de su vuelo a Horseshoe Bend, después de aterrizar en el Ranch, Jim había devuelto el Bell 407 a su legítimo piloto y había regresado al centro del complejo por el sendero que bajaba hacia el sur y atravesaba la zona de aparcamiento del personal. Al pasar ante la hilera heterogénea de vehículos había encontrado ese viejo Bronco desvencijado cuyo aspecto le era familiar.

En ese momento, un gran SUV que ostentaba en la parte delantera la marca GMC avanzaba por el camino que llevaba desde el camino hasta el aparcamiento. En el coche iban Bill Freihart, su hijo y una pareja que, por su aspecto, Jim clasificó como una enésima versión de la categoría de los turistas. Bajaron y fueron a su encuentro mientras él miraba con expresión perpleja aquel viejo cacharro.

Jim se volvió hacia Bill, mientras Roland acompañaba a los dos huéspedes hacia el campo.

—No me digas que este montón de chatarra es de Caleb.

—Pues sí.

—No creía que todavía viviera.

—¿Él o la camioneta?

Con una mueca, Jim se encogió de hombros.

—Los dos. En cuanto a este vejestorio, basta con mirarlo. La pintura que lo mantiene armado debería recibir el premio Nobel de la Paz. En cuanto a él, si sigue jugando con los rayos, no será difícil que lo pille una descarga que lo deje seco. ¿Anda por aquí?

Bill señaló la montaña con un movimiento de la cabeza.

—No. Se fue ayer, con Silent Joe, su perro. Te aseguro que si los ves juntos entiendes que ese animal no podría ser más que de él. Cuesta decir cuál de los dos está más chalado. Llevaba el arco y las flechas y dijo que quería echar una ojeada por aquí cerca.

Jim no pudo impedir que una ligera preocupación asomara entre las nubes.

—Tal vez se ha perdido.

Mientras hablaban, Bill había descargado del coche un frigorífico portátil.

—No. Ese cabeza loca conoce estos parajes como sus bolsillos. Que, dicho sea de paso, siguen vacíos. Pero es propio de él hacer estas cosas. Llega, deja la camioneta y después, siguiendo el rastro de un ciervo, va hasta la otra ladera, que le resulta más cómoda para bajar directamente a su casa en vez de volver a pie hasta aquí. Después le pide a alguien que lo acerque aquí y viene a buscar el Bronco. Al día siguiente, por lo general, aunque a veces lo ha dejado en el aparcamiento durante algún tiempo. ¿Te apetece una Coors?

Jim atrapó en el aire la lata que le lanzó Bill y se sentaron en un banco de madera a beber la cerveza en silencio. Jim no conseguía apartar de su mente la imagen de Horseshoe Bend y las cenizas de un hombre al que tanto había querido transportadas por el viento para volver a formar parte de la tierra de la cual, según las antiguas creencias, había salido. Bill lo entendió por su expresión y no preguntó nada. Luego Jim emergió de sus pensamientos y señaló la camioneta de Caleb.

—Por la tarde quiero bajar a Flagstaff. Quizá pueda llevársela yo.

Bill le dio el número de Caleb y Jim hizo la llamada con el móvil. Una voz impersonal le informó de que el número marcado no estaba activo.

—Aquí me dicen que el número es inexistente. ¿Crees que lo habrá cambiado?

—No. Es más probable que le hayan cortado la línea.

—¿Tan mal anda?

—«Andar mal» es un eufemismo en comparación con la actual situación económica de Caleb.

Este había sido el último y lapidario comentario, y ahora que Jim podía ver en persona a qué se había reducido The Oak, comprobaba que Bill no exageraba en nada.

Hizo sonar la bocina, sin más resultado que una breve interrupción del silencio.

Oyó un extraño y leve gemido a sus espaldas.

Jim se volvió y fue directo hacia el recinto delimitado por una reja metálica, dentro del cual había una gran casita de madera. A primera vista parecía vacía, pero al rodear la cerca vio que en el interior estaba echado un perro grande, negro y marrón. Al advertir su presencia, el animal le dirigió una mirada temerosa sin alzar la cabeza, mostrando el blanco de los ojos. Debía de ser Silent Joe, el perro del que le había hablado Bill. A su lado había dos escudillas, una llena de agua y la otra medio llena de pienso. Parecía aterrorizado y estaba tan pegado a la tierra que daba la impresión de haber cavado un hoyo para confundirse más con ella. Jim se preguntó qué podría haberlo asustado tanto como para impedirle terminar la comida. Trató de tranquilizarlo mientras se dirigía a la puerta de alambre del recinto.

—Tranquilo, Silent Joe. No hay nada que temer.

Cuando oyó pronunciar su nombre y vio que él se acercaba, el perro empezó a temblar. Jim nunca había tenido problemas en el trato con animales. Con el instinto ancestral que todas las bestias poseen como bagaje cognoscitivo, en general sentían que la actitud de él hacia ellas no representaba un peligro. No obstante, Jim sabía también que, cuando se sentían amenazados, eran capaces de reacciones impredecibles, y no tenía la menor intención de terminar en el puesto de primeros auxilios con la marca de los dientes de ese perro en su cuerpo. Dientes que, a juzgar por la robustez del animal, debían de ser grandes y fuertes.

Le habló con voz calma y sin mirarlo a los ojos, algo que en el lenguaje de los animales significa una actitud de desafío.

—Ya ha pasado todo. No hay problema. Tranquilo.

Cuando abrió la puerta para entrar en el habitáculo, como primera medida tendió la mano hacia el perro, para permitir que lo olfateara a sus anchas. El perro eludió esa tentativa de acercamiento. Saltó como una flecha y salió por la abertura hacia la libertad con tanta rapidez que si Jim no lo hubiera esquivado a tiempo el animal lo habría derribado. Corriendo con extraña y cómica agilidad, llegó a la camioneta y de un brinco subió al asiento, para acomodarse enseguida en la parte del acompañante. Jim decidió que por el momento, si ese era el lugar en el que Silent Joe se sentía seguro, podía permanecer allí.

Despreocupado del perro, se dirigió hacia la casa.

—Caleb, ¿estás ahí? Eh, Caleb...

Ninguna respuesta.

Subió los escalones hasta la galería. Al tocar la puerta de entrada vio que estaba abierta. Desde algún lugar de abajo le llegó una sensación extraña, envuelta en sombras oscuras, como si avanzara por una cañada en la que va cayendo la noche.

Se decidió y entró en la casa. Lo recibió el frescor de las construcciones viejas y un olor ligeramente rancio de ventanas raramente abiertas, paredes sin revocar y salitre procedente de la oscuridad y la humedad. Realizó un rápido registro de todas las habitaciones. Desde la cocina abarrotada de platos y restos de comida hasta la sala con sillones de piel de aspecto mesozoico y los dormitorios de la planta superior. En el interior todo era una réplica de lo que podía encontrarse fuera.

Había polvo, suciedad, camas sin hacer y moscas, pero de Caleb, ni rastro.

Volvió al terreno delantero con una sorprendente sensación de alivio. Se dijo que en los últimos años había llevado una buena vida a la sombra de Lincoln Roundtree y se recordó que ambientes como aquel habían formado parte, durante mucho tiempo, de su entorno habitual.

Se obligó a volver al motivo de su presencia en The Oak. Por Caleb no había motivos para preocuparse, pues sabía cuidarse solo. La hipótesis de un accidente en la montaña era poco probable. También existía la posibilidad de que se hubiera herido o, peor aún, de que estuviera muerto en algún precipicio. En esa situación, sin embargo, el perro no lo habría abandonado. En el noventa y nueve por ciento de los casos, habría permanecido acurrucado junto al cuerpo del dueño, al menos hasta que el hambre lo impulsara a moverse.

Además, Silent Joe estaba demasiado aterrado para que semejante teoría pudiera ser cierta.

Volvió a la explanada y se dirigió hacia la parte de atrás de la casa. Había una única hipótesis que podía confirmar en ese momento: que Caleb estuviera en su laboratorio, dedicado a la quimera que le fascinaba desde hacía años y por la cual se estaba arruinando. Ese hombre extraño que cazaba todo lo que corría sobre la tierra pero que amaba todo lo que volaba libre en el cielo era una de las pocas personas por las que Jim sentía verdadero afecto. Él le había enseñado a amar la belleza y la majestuosidad del vuelo de las aves, y había sido el primer ser humano al cual había confiado su deseo de ser piloto de helicópteros. No le importaba que fuera una especie de loco soñador que llevaba en el ADN la predestinación a perder. Jim había hecho otra elección, la de poseer lo más posible lo más deprisa posible, y no comprendía la obstinación de Caleb por su utopía eléctrica. Sin embargo, no comprender no significa necesariamente no aceptar.

Mientras pasaba junto al Bronco, Silent Joe levantó la cabeza y le lanzó por la ventanilla una mirada aprensiva, pero no dio muestras de querer bajar de su refugio de cuatro ruedas para escoltarlo hasta la casa. Jim rodeó la esquina del edificio y se encaminó por el sendero que subía hasta el laboratorio. A medida que se aproximaba, aguzó el oído para percibir si de la elevada construcción llegaban ruidos que sofocaran los de sus pasos.

También en este caso había solo silencio.

El sol había comenzado su parábola descendente y Jim caminaba siguiendo las huellas de su sombra hasta que ya no la vio proyectada sobre el pesado portón de madera. Los batientes estaban atrancados con varias cerraduras, pero no le sorprendió mucho. Conocía la manía de Caleb por la seguridad de sus estudios —manía que se esfumaba por completo en cuanto a la casa y al resto de sus posesiones.

Golpeó varias veces la madera con el puño, con tanto vigor que le dolió la mano.

—¡Eh! ¿Estás aquí, cazador de rayos? Soy Jim Mackenzie.

Aguardó unos momentos una respuesta que no llegó. Volvió a invadirlo esa sensación de opresión que ya había experimentado antes, una mezcla de ansiedad y sombras. Aspiró una profunda bocanada de aire y recobró la lucidez. Se acercó a una ventana protegida por fuertes rejas. Era bastante alta, y pese a su metro ochenta de estatura Jim no alcanzaba a ver el interior. Sin saber muy bien por qué, se aferró a los barrotes y con la fuerza de los brazos se izó para tratar de echar una mirada al laboratorio.

Sus ojos encontraron una escena como mínimo extraña.

Había toneladas de maquinaria que no sabía cómo se llamaba ni para qué servía, pero que, según Caleb, habría de darle fama y riqueza. El equipo había aumentado desmedidamente desde la última visita de Jim. Su amigo debía de haber invertido miles de dólares y muchísimo tiempo para poder disponer de todo lo que necesitaba para sus investigaciones. Y a cambio solo había obtenido una casa en ruinas, una camioneta que se caía a pedazos, un montón de decepciones y la burla de todos los que lo rodeaban.

Estaba a punto de soltarse cuando vio algo en el suelo, a la izquierda, un poco apartado de la ventana, cerca de la entrada. Con esfuerzo pasó el brazo derecho alrededor de un barrote, para poder sujetarse, y con la mano libre limpió el vidrio sucio para ver mejor. La posición del sol, con su reflejo, le impedía ver bien, pero lo que entreveía tendido en el suelo era sin duda el cuerpo de un hombre vestido con un mono de camuflaje. Yacía boca abajo, con la cabeza tapada con el brazo derecho, doblado en una posición antinatural. No alcanzaba a verle la cara, pero por el físico, y sobre todo por su presencia en el laboratorio, solo podía ser Caleb.

Jim golpeó el cristal.

—¡Caleb! ¡Eh, Caleb!

Como el hombre tendido en el suelo no daba muestras del menor movimiento, Jim se dejó caer al suelo y volvió corriendo al portón. Se dio cuenta de que era realmente muy pesado y demasiado blindado para intentar forzar las cerraduras. Solo podía hacer una cosa. Bajó corriendo la cuesta hasta el terreno delantero. Fue hasta la camioneta y abrió la puerta del lado del perro.

—Valor, guapo. Baja, debemos hacer algo.

Como si hubiera comprendido la gravedad de la situación, Silent Joe abandonó el asiento sin hacerse de rogar y de unos pocos saltos llegó a la galería de la casa. Desde allí se quedó observando a Jim, que fue al otro lado del vehículo, se puso al volante y encendió el motor.

Se ajustó un cinturón de seguridad que había conocido mejores épocas, rogando que fuera más fuerte que su aspecto, y pisó el acelerador, con lo que casi hizo girar el coche sobre sí mismo, disparando grava a su alrededor. Se digirió a la máxima velocidad que el vehículo le permitía hacia el portón del laboratorio.

Aferraba el volante con tanta fuerza que temió que se rompiera.

Vio los batientes de madera que se abalanzaban veloces sobre él, hasta que se convirtieron en tablones, y los tablones en nudos, y el morro de la camioneta se transformó en un ariete que destrozaba las puertas con un ruido de chapas retorcidas y astillas de madera que saltaban y volaban por todas partes.

La violencia del choque arrancó el parabrisas del marco y el cristal salió proyectado hacia delante, reducido a una telaraña. Jim lo habría seguido de no haber tenido puesto el cinturón de seguridad, que, a pesar de su apariencia, había cumplido con su tarea.

Logró abrir con cierta dificultad la puerta y se precipitó hacia el agujero que el choque había abierto en el portón. Apenas entró confirmó lo que en parte había entrevisto y en parte había imaginado desde la ventana.

Caleb Kelso yacía en el suelo, con la cara contra el polvo. El brazo derecho, doblado a la altura del hombro en un ángulo anormal, le cubría la cabeza. Jim no poseía conocimientos médicos, pero por su aspecto Caleb no daba la impresión de haber sido víctima de una descarga eléctrica, como habrían llevado a sospechar las máquinas que lo rodeaban. Aparte de la estrafalaria posición desarticulada del brazo, el cuerpo parecía intacto, como si se hubiera desplomado a causa de un desmayo.

Haciendo fuerza con los brazos, giró el cuerpo hasta colocarlo en posición casi supina. Al mismo tiempo debía luchar con una terrible sensación de desasosiego. En el pasado había participado en varias operaciones de socorro y había tenido que retirar y transportar muertos. Esta vez lo sucedido era totalmente absurdo. Al girarlo, el cadáver rotó sobre el torso, mientras que las piernas mantenían la misma posición que antes. Por la sensación que no había experimentado al tocarlo y por la postura adoptada por el cuerpo al darle la vuelta, le dio la impresión de que estaba completamente desprovisto de huesos, como un gran muñeco de trapo al que alguien hubiera concedido por algún tiempo la ilusión de ser un hombre.

Y luego, el rostro de Caleb.

Torcido, aullando sin voz, sangrando sin sangre y sucio de tierra. Sus ojos, muy abiertos pero sin ver, parecían repeler la última y terrible visión que se les presentaba.

Jim se dijo que, fuera lo que fuese lo que Caleb había visto antes de morir, era el horror puro.

En aquel silencio absoluto, en algún lugar a sus espaldas, Silent Joe empezó a aullar.

7

Jim estaba sentado de nuevo, esperando en los escalones de la parte delantera de la casa. Frente a él el sol era un recuerdo rojo al otro lado de las montañas, esfumado en el azul cobalto del cielo del atardecer. Respiró hondo. En ningún otro lugar había aquella intensidad cromática, capaz de pasar sin sobresaltos de la comedia al drama, según se mirara el mundo desde abajo o desde arriba. Sería el lugar más hermoso de la tierra si desde ambas perspectivas no viera también hombres. Jim, inmóvil ante el ocaso y su continuo cambio de fondos, trataba de hacer caso omiso de lo que sucedía a pocos pasos de él. Estaban todos los elementos de la crueldad: los coches de la policía con las luces giratorias encendidas, los agentes uniformados, el furgón de la brigada científica, la ambulancia con las puertas posteriores abiertas de par en par. Del laboratorio llegaban los reflejos de las luces colocadas para iluminar la escena de aquella extraña muerte.

Después de descubrir el cuerpo de Caleb, había llamado al 911 y en la medida de lo posible había mantenido la serenidad mientras esperaba. Cuando llegaron, condujo a los policías al laboratorio donde yacían los restos de su amigo, y luego fue a sentarse allí, a repasar con calma en su mente las imágenes de lo acontecido, a la espera de las preguntas que tendría que responder.

Silent Joe, ya calmado, se hallaba ahora echado sobre la madera tibia, a su lado, contento del contacto tranquilizador con el cuerpo de un hombre. Jim se dio cuenta de que sus caricias y la presencia de una referencia tenían el poder de apaciguarlo.

Desde la esquina de la casa surgió de repente un hombre. Era de estatura media, moreno, con la cara bronceada por el sol y la naturaleza. Vestía una chaqueta de gamuza y pantalones deportivos. El detective Robert Beaudysin tenía la misma edad de Jim, que lo conocía desde la época del colegio, de la secundaria. También él llevaba una pequeña parte de sangre indígena en las venas, por vía paterna. Según la tradición navajo, en los casos de matrimonios mixtos, siempre era el origen de la madre el que determinaba la tribu de pertenencia. Esto regía con pleno derecho para Jim, que era descendiente directo. Robert, en cambio, era un blanco, el equivalente a un pariente lejano, si bien hablaba bastante bien la lengua de los diné.

Cuando llegó a The Oak y lo encontró ante la puerta del laboratorio lo miró con expresión interrogativa, como si le hicieran falta unos segundos para evocar su rostro de entre los recuerdos y traerlo de nuevo al presente. Con toda seguridad era la última persona a la que esperaba ver aguardándolo en aquel lugar. Y junto al cadáver de una muerte tan complicada, además. Lo saludó e inmediatamente se olvidó de él: sus ojos examinaban la escena en la que yacía descoyuntado y de forma antinatural el cuerpo del que había sido un hombre.

Ahora, la primera parte del camino, la más inmediata, se había recorrido. Quedaba la otra, la más difícil. Se acercó con calma, y a Jim le sorprendió advertir en su voz un ligero embarazo.

—No sabía que habías regresado.

—Y eso que eres policía... Deberías saberlo todo.

Robert se sentó en los escalones junto a Jim y se permitió una pequeña mueca de amargura y derrota.

—Como policía, me contentaría con saber solo la mitad de lo que debería.

—Qué asunto tan horrible, ¿no?

El policía, que detestaba no saber, dejó pasar unos instantes antes de responder.

—A primera vista, más que horrible. Y tengo la sospecha de que cuando profundicemos será todavía peor.

Jim lo miró con atención. El tiempo transcurrido no lo había cambiado mucho. En cierto aspecto, ambos eran hombres realizados. Cada uno hacía lo que siempre había deseado. No habían hablado mucho. Jim pilotaba helicópteros, y Robert acudía siempre a la escena de un crimen para intentar con obstinación saber y entender quién y cuándo, acaso preguntándose, cada vez, por qué. Como único tributo a los años transcurridos, observó en la cara de su antiguo compañero de colegio unas arrugas que no recordaba. Se preguntó cuántas se deberían a la edad y cuántas a su trabajo. La respuesta le llegó enseguida.

—¿Podríamos hablar un momento?

Jim se encogió de hombros.

—¿Tengo alternativa?

—Dada la situación, la verdad es que creo que no.

Robert extrajo del bolsillo tabaco y papel, y antes de servirse los ofreció a Jim, que le indicó que no con un ademán. Después comenzó con calma a liar un cigarrillo. Lo encendió y antes de continuar se permitió una bocanada que se convirtió en brasas rojas, luego en humo y finalmente en nada en el aire del atardecer.

—Cuéntamelo todo.

—Hay poco que decir, Bob. Vine del Ranch a traerle la camioneta a Caleb, di una vuelta por el lugar y no encontré a nadie. Subí al laboratorio y por una ventana lo vi tirado en el suelo. La puerta estaba atrancada, así que la rompí usando la camioneta. Cuando me di cuenta de que estaba muerto os llamé.

—¿Cuánto hacía que no lo veías?

—Cinco años, más o menos.

A la izquierda, dos camilleros seguidos por el médico forense llevaban una camilla sobre la cual había un cuerpo cubierto por una sábana blanca. Silent Joe emitió un leve gañido pero no se movió. Jim apretó las mandíbulas. Lo que pasaba ante ellos era todo lo que quedaba de una persona que había sido importante en su vida.

«Dos en el mismo día...»

Dos personas que ahora volaban sobre las alas de un gran pájaro blanco. Pero si era cierto que la muerte es la única certeza, algo o alguien se lo había recordado a Caleb Kelso sin la menor muestra de piedad.

Jim desvió la mirada cuando introdujeron el cadáver en la ambulancia. Ese gesto instintivo le recordó a su pesar que siempre, cuando una persona había necesitado su ayuda, él se hallaba mirando hacia otro lado. Los lamentos de la sirena que se alejaba borraron ese pensamiento, pero el sonido permaneció en el aire como un elogio fúnebre en el silencio de The Oak.

«Dentro de cien años ya nadie hablará de todo esto...»

Sin embargo, por el momento esos años eran todavía un lejano proyecto del tiempo. Si hubiera podido oír sus pensamientos, Robert le habría dicho que debía hablar y luchar contra todo lo que sucedía para evitar que ocurriera de nuevo, sin preocuparse por gente que ni siquiera había nacido aún.

Al fin fue Jim quien hizo la primera pregunta:

—¿Habéis encontrado algo?

Robert meneó la cabeza.

—Hasta ahora no. La Científica está cumpliendo con las prácticas de rutina, pero por sus caras creo que no debemos esperar nada bueno. Además, tú has alterado un poco la escena, de modo que...

Atajó con un gesto de la mano las objeciones de Jim.

—No te lo estoy reprochando. Yo también me habría comportado de la misma manera. Ante todo, ¿no has visto ni observado nada extraño al llegar aquí?

Jim hizo un gesto vago.

—Nada y todo. En realidad ni siquiera he tenido tiempo.

Solo puedo decir sin la menor duda que el perro estaba aterrorizado.

Robert asimiló el dato con un movimiento afirmativo y lo repitió para sí moviendo los labios, como para memorizarlo mejor en una libreta mental.

—¿Y por qué, en tu opinión?

Como si hubiera comprendido que hablaban de él, Silent Joe levantó el hocico y lo apoyó sobre las piernas de Jim, al tiempo que alzaba los ojos, en súplica de perdón y protección. Jim le hizo una lenta caricia en la cabeza.

—No tengo la menor idea. Solo en los tebeos de Marvel los indígenas pueden hablar con los animales.

—¿Conocías a este perro?

—No.

—Por la manera en que se te ha pegado de repente, no se diría.

Mientras hablaban, Dave Lombardi, el médico forense, que se había quedado en el aparcamiento observando la partida de la ambulancia como si él fuera el responsable directo, se volvió y fue hacia ellos.

Jim lo conocía porque era la persona a la que había hecho cada año la visita obligada exigida a los pilotos de helicópteros para renovarles la licencia. Sabía que era un gran apasionado de los caballos y que tenía algunos en su casa, en el oeste de Flagstaff, en Camino de Los Vientos. Era alto, enjuto y se movía con seguridad. Por el aspecto físico y la vestimenta, era un perfecto ciudadano de Marlboro Country. Vestía botas, unos tejanos y una chaqueta corta de la misma tela. Probablemente lo habían llamado mientras montaba uno de sus espléndidos animales.

Perplejo por la presencia de Jim, Lombardi dirigió a Robert una mirada inquisitiva.

—¿Puedo hablar?

—Pues claro, no hay problema. Jim ha visto todo lo que había que ver. ¿Qué me dices?

—Que jamás había visto algo semejante.

—¿En qué sentido?

—Los huesos del cadáver, incluso los del cráneo, están en gran parte fracturados, como si los hubieran puesto bajo una prensa. Sea lo que fuese lo que lo mató, debía de tener una fuerza terrible.

—¿El asesino no pudo haberlos roto uno por uno?

El médico fue prudente en su explicación. Las palabras de Robert, en cambio, eran claras. Ese «sea lo que fuese» quería decir «alguien».

—¿Y con qué?

—Con una barra de hierro o un objeto parecido.

Lombardi meneó la cabeza.

—Lo excluyo. Se verían huellas de los golpes. Aunque se hubieran ensañado con él después de la muerte, habría rastros más que evidentes.

Robert planteó una pregunta cuya respuesta conocía bien.

—¿Podría ser algo relacionado con las investigaciones de Caleb?

—¿Te refieres a la maquinaria que hay allí, en esa especie de laboratorio? Ese hombre no presenta ninguna de las características de una víctima de una descarga eléctrica, por muy fuerte que fuera.

—¿Puedes decirme, aproximadamente, la hora de la muerte?

—Diría que hace veinticuatro horas, media hora más, media hora menos.

Lombardi se quedó mirando unos segundos el suelo, con aire pensativo, como si no estuviera del todo seguro de si era oportuno decir lo que iba a decir.

—Si he entendido bien, el cadáver estaba en el laboratorio cerrado por dentro, sin ningún indicio de violencia.

—Exacto.

El médico esbozó una sonrisa amarga e incrédula que formó una arruga en un costado de su cara.

—No sé si te interesará, pero estás en el centro exacto de un clásico de la literatura.

—¿En qué sentido?

—El misterio del cuarto cerrado. Una persona asesinada en una habitación sellada por dentro y sin rastro de violencia. Paradigmático para cualquier autor de *thrillers*.

—Solo que yo no escribo novelas y esta no es una historia inventada.

—Por desgracia a veces la realidad supera la ficción. Por mi parte, solo puedo decirte que por primera vez en mi vida estoy impaciente por hacer una autopsia.

Solo eran hombres, y por eso permaneció un momento en el aire la incomodidad que dejan las cosas desconocidas. Después Dave Lombardi se marchó para tratar de averiguar algo más, y Jim y Robert se quedaron solos. Jim se preguntó por qué Robert había permitido que el médico expusiera sus opiniones relativas al homicidio de Caleb en presencia de un extraño a las investigaciones. Por lo que sabía, los procedimientos policiales se desarrollaban con la máxima reserva. No llegó a responderse, porque por el momento el policía había concluido su papel oficial para volver a ser un viejo amigo.

—¿Cómo te trata la vida lejos de aquí?

Jim sabía a qué se refería. Él, para muchos habitantes de aquellos parajes, era alguien que había triunfado. Vivía en Nueva York, algo que en la imaginación colectiva era sinónimo de éxito y buena vida. Robert no sabía nada de Lincoln Roundtree ni de Emily, ni que al cabo de un mes cualquier vehículo es igual a cualquier otro. En todas partes la vida era solo cuestión de costumbres y escenografías.

Señaló con la cabeza el último destello de sol detrás de las montañas.

—Me trata como a todos. Llena de amaneceres y crepúsculos.

Robert volvió la cabeza hacia la izquierda y esbozó una pequeña mueca de contrariedad.

—Se acabó la tranquilidad. Ha llegado la prensa.

Jim agradeció esa distracción que le daba la oportunidad de no proseguir. Mientras hablaban, por el camino de tierra había llegado un gran Ford Expedition, precedido por la luz intermitente de los faros entre los árboles. Lo detuvieron los agentes en la barrera formada por dos coches patrulla. Se apeó una persona que se abrió paso entre las protestas de los policías y ahora avanzaba hacia ellos.

Jim vio que se trataba de una mujer, alta y espigada. Por su vestimenta parecía que los acontecimientos la habían sorprendido mientras cabalgaba con Dave Lombardi. Jim la observó con atención a medida que se acercaba. Tenía el pelo largo, de un color rojo que destacaba a la luz de los faros, y una cara de rasgos sutiles que se iba definiendo a medida que disminuía la distancia. Antes de que llegara a su lado Jim ya sabía quién era. La reconoció apenas bajó del coche y se encaminó por la leve cuesta que conducía a la casa. Se acercó a él con su andar ligero, su paso lleno de ecos de recuerdos.

Se llamaba April Thompson y había sido su novia, en otro tiempo. En una noche de verano, echados en la parte posterior de la camioneta de Richard Tenachee bajo las estrellas, con su aliento caliente de mujer excitada le había susurrado que lo amaba. Jim recordaba con claridad aquella noche, aquellas estrellas y aquellas palabras. Casi llegó a pensar que ella y aquel momento eran más bellos que la libertad. Pero él era como era, tanto entonces como ahora. Pronto se marchó de nuevo en una de sus máquinas voladoras y una vez más, cuando ella lo necesitó, lo sorprendió mirando hacia otro lado.

8

Ahora la oscuridad caía sobre la carretera, pero salpicada de faros detrás y delante. Por la autopista 89, mientras bajaban hacia Flagstaff, Jim iba sentado sobre incómodas espinas junto a April. Por mucho que intentara mostrarse a la altura de la situación, no podía evitar mirarla de vez en cuando y contemplar su perfil dibujado por las luces mientras conducía. No se la veía muy cambiada... en todo caso, para mejor. Más madura, más segura, más mujer. Tenía rasgos bien definidos, vagamente andróginos, salpicados de unas tenues pecas alrededor de la nariz, que acentuaba la exposición al sol. Poseía el tipo de belleza que no llevaba a pensar en una casa, sino en espacios inmensos. Sus ojos azules tenían un matiz que en ocasiones las lágrimas lograban transformar en el color del cielo en los días límpidos.

Era algo que Jim recordaba bien, y sabía que tampoco April lo había olvidado.

Una vez más, su instinto fugitivo lo empujó a mirar hacia otro lado. A su izquierda desfilaban seguras de sí las luces del Mall, el nuevo centro comercial recién construido. El pasado y el presente jugaban al ajedrez y utilizaban como peones a los ocupantes de ese coche. Los dos habían sido algo, en otra época. Pero como sucede a menudo en las vivencias humanas, habían significado el uno para el otro lo suficiente para transformarlos ahora en dos desconocidos.

Fue April quien rompió el silencio. Habló sin mirarlo.

—Ni siquiera en la penumbra consiguen ser del mismo color.

—¿Qué?

—Tus ojos. Es raro que una anomalía tan evidente pueda resultar tan fascinante. Las mujeres de Nueva York deben de estar locas por ti.

No era una pregunta, sino una afirmación. Y por el tono de voz, Jim se dio cuenta de que en sus palabras no había el menor matiz de seducción, ni siquiera un ligero despecho de mujer herida. Contenían algo muy distinto, la declaración indiferente de una total ausencia de aprecio.

Un rato antes, al llegar a la casa de Caleb, no le sorprendió en absoluto encontrarlo allí. Jim ignoraba hasta qué punto su regreso a Flagstaff podía considerarse una noticia. Pero si lo era, la reacción de April a su presencia daba a entender que para ella significaba que era una noticia vieja o carente de toda importancia.

Lo saludó simplemente pronunciando su nombre.

Robert adoptó una expresión oficial. El hecho de que en la ciudad casi todos se conocieran y se reunieran con frecuencia a tomar una cerveza no excluía que, en los momentos debidos, cada uno actuara según le imponía su papel.

—Hola, April, ¿cómo van las cosas en el *Chronicles*?

—Como siempre. Sobre todo, asuntos de rutina. Pero no es este el caso, por lo que parece. ¿Qué me dices, Bob?

El detective se encogió de hombros.

—Vamos, April, ya sabes que no puedo decir nada. Al menos por ahora.

—Ya que estamos en la casa de Caleb Kelso, ¿podemos conjeturar que el muerto es él?

Complaciente, Robert Beaudysin asintió con la cabeza.

—Tú lo has dicho. Dado que estamos en su casa, podemos conjeturar que el muerto es él.

April miró los ojos que no deseaban dejarse mirar.

—Todos sabíamos qué hacía Caleb en su laboratorio. ¿Se trata de un accidente relacionado con sus investigaciones, o de otra cosa?

Ese «otra cosa» quedó suspendido unos instantes con su significado amenazador, antes de que el policía pronunciara su lapidario comunicado oficial.

—Digamos que el jefe de policía ofrecerá una conferencia de prensa en la que se difundirán todas las informaciones que puedan difundirse. Y tú serás la primera en saber cuándo y dónde. Ahora, si me disculpas...

Robert Beaudysin, el policía que no sabía, se levantó y la dejó sola. Al marcharse echó a Jim una mirada significativa. Jim comprendió por qué Robert había permitido que Dave Lombardi hablara en su presencia. Podía considerarlo una muestra de confianza o no, según el punto de vista. Antes era un hombre que sabía poco, ahora era un hombre que lo sabía todo. Si se conocía algún detalle habría un claro responsable.

April se dirigió a Jim. La confianza del pasado había quedado borrada por el tiempo y la determinación del que cumple con un trabajo e intenta hacerlo bien.

—¿Y qué me dices tú?

Jim aún conservaba en los ojos la mirada del policía. Y no quería dificultades, ni ahora ni nunca.

—Poco más de lo que te ha dicho Bob. Vine a ver a Caleb, y en vez de encontrarlo vivo lo he encontrado muerto.

—¿Aquí mismo?

—Aquí mismo.

—¿Y no has visto ni oído nada extraño?

«Claro que he visto algo extraño. He visto el cadáver de un amigo mío reducido a un muñeco de trapo, y a un perro aterrorizado. Y, pensándolo bien, también lo estaba yo...»

—No, nada en particular.

En ese momento llegó por el camino una furgoneta oscura con el logotipo blanco del Channel 2, un canal local de televisión. Los agentes la detuvieron al lado del SUV de April. Los ocupantes bajaron, descargaron sus equipos y montaron rápidamente las luces. Un cronista se ubicó de espaldas a la casa y empezó a transmitir ante una cámara que sostenía un operador. Era un muchacho joven, con chaqueta deportiva y aire resuelto, que tal vez, al tiempo que hablaba a los telespectadores, soñaba con las grandes redes nacionales. Mientras estaban en el aire, Robert pasó cerca y el reportero se abalanzó sobre él empuñando el micrófono como una antorcha olímpica. El policía intentó evitarlo. Jim y April, desde su posición, alcanzaron a ver sus gestos, que en el frenético histrionismo de los medios significa en todas partes *«no comment»*.

Jim se puso de pie. Silent Joe lo imitó al instante y se quedó mirándolo inseguro, directo a la cara, con sus ojos color avellana, al tiempo que se lamía los labios con su lengua rosada.

April esbozó una sonrisa.

—Este era el perro de Caleb, me parece.

—Pues sí.

—Si no me equivoco, acaba de elegir a un nuevo dueño.

Jim se sintió a un tiempo desconcertado y divertido al comprender que esa mujer y ese perro habían decidido por él.

—Parece que así es.

Tendió una mano y la apoyó en la cabeza de Silent Joe, que aceptó el gesto entornando los ojos, como para confirmar tácitamente el acuerdo.

April introdujo las manos en los bolsillos de la chaqueta y sacó las llaves del coche.

—Me da la impresión de que necesitas que alguien te lleve.

—Pensaba volver a la ciudad con Bob. Pero, dado el trabajo que le espera, parece una hipótesis poco factible.

—Yo vuelvo al periódico, en Flagstaff. Si quieres, puedo llevarte hasta donde te vaya bien.

Jim aceptó el ofrecimiento de April; ahora, la 89 había vuelto a ser la ruta 66, la vieja carretera histórica que atravesaba el corazón de la ciudad. Pasaron el semáforo del cruce con el Switzer Canyon Drive y se convirtieron en parte de esa comunidad que se disponía a vivir las luces de la noche. A pocos kilómetros de allí había muerto un hombre y probablemente otro lo había matado, pero se trataba solo de una rutinaria historia de violencia entre seres humanos: no constituía una gran noticia. El aire todavía era caliente, y las calles seguían siendo un buen lugar donde estar. Había muchos chavales, vestidos con las ropas más estrafalarias, que recordaban a todos que Flagstaff era una ciudad universitaria y que la juventud tiene por naturaleza muchos más derechos que deberes.

—¿Adónde te llevo?

Como si quisiera recordarle su presencia, Silent Joe se movió en busca de una posición más cómoda. En cuanto la encontró, se acurrucó en la parte de atrás con un ligero resoplido de foca.

Jim señaló con una sonrisa y un gesto de la mano la parte posterior del vehículo.

—A estas alturas, visto que la familia ha aumentado, pensaba preguntarles a Raquel y a Joe si disponen por unos días de una habitación y una ducha.

Aunque pareciera poco propensa a hacerlo, también April sonrió.

Poco antes del semáforo siguiente, dobló a la derecha por Elden Street y enseguida se detuvo en la Aspen Inn, una agradable posada situada en una zona residencial de los suburbios. Jim conocía desde hacía tiempo a los dueños, Raquel y Joe Sánchez, dos personas a las que no era fácil olvidar. Siempre sonrientes, adoraban su trabajo, a sus hijos, a la gente y a los animales. Jim deseó que dispusieran de un alojamiento para estos viajeros inesperados.

April detuvo el motor y se quedó un instante mirando fijo la semioscuridad del otro lado del parabrisas antes de dar voz a su pensamiento.

—Tu abuelo era un gran hombre.

Jim, sin decir nada, aguardó.

—Lo lamenté mucho cuando me enteré. Quise ser yo quien escribiera el artículo que hablaba de él y lo que fue, después de su muerte.

—Te lo agradezco.

April hizo un gesto vago. Jim le agradeció también, en su fuero íntimo, que no hubiera añadido, si es que lo había pensado, que lo había hecho solo por el viejo y no por él.

—Charlie se quedó de pie al lado de la cama donde colocaron el cuerpo, parecía esculpido en piedra. No lo dejó ni un instante. Creo que con gusto habría dado la vida por tu abuelo.

April calló un momento. Cuando prosiguió, su tono de voz era imperceptiblemente más bajo.

—Y también por ti.

Jim evocó el rostro de Charles Owl Begay cuando desde las alturas del helicóptero lo vio desaparecer y convertirse en un puntito movido por el viento generado por la hélice. Pensó en sus palabras y no pudo sino sentir pena por lo que no había logrado ser ni para él ni para Richard Tenachee.

—Lo sé. Ayer estuvimos juntos. Pasé la noche en el Ranch. No hemos hablado mucho, pero Charlie es de los que se expresan mejor con silencios que con palabras.

April aprovechó la oportunidad para cambiar de tema, ya que la conversación parecía penosa para los dos.

—¿Has visto cómo ha cambiado el Ranch?

—Lo he visto, sí. Parece algo serio. He hablado por teléfono con Cohen Wells. Sé que ahora el dueño es él.

—Hay quien dice que lo ha sido siempre. Solo que ahora ha decidido salir a la luz.

Jim se volvió y vio que la cabeza de Silent Joe asomaba en la sombra por el borde del asiento posterior. El perro lo estudió unos segundos y luego volvió a acurrucarse. Jim pensó con ironía que, aunque era su perro desde hacía menos de una hora, ya había adquirido la costumbre de mirar hacia otro lado.

—Cohen es muy ambicioso en lo que respecta al futuro del Cielo Alto Mountain Ranch. Quiere ampliarlo todavía más y transformarlo en un centro turístico más importante que los Old Tucson Studios. Una pequeña ciudad capaz de albergar a muchos turistas y grandes espectáculos. Si hace falta, hasta platós cinematográficos para producir películas de vaqueros. Pero sobre todo se propone conectarlo con el Arizona Snowbowl, para convertirlo en invierno en una estación de esquí con todo lo que hace falta. Para ello deben instalar en el Humphrey's Peak cañones de nieve artificial. Wells cuenta con fuertes inversores y parece que también tiene mucha gente en Washington. Poco a poco va poniendo de su parte a todas las personas influyentes. Con dinero o con otros medios...

—¿Por ejemplo?

—Randy Coleman, el presidente de la Cámara de Comercio. Preston Dourette, el diputado. Colbert Gibson, el alcalde.

—¿Gibson no era el director del First Flag Savings Bank, el banco de Cohen?

—Ya has respondido a la pregunta de quién lo puso en el sillón de alcalde. Ni siquiera se suena la nariz sin consultar antes a su benefactor.

—Surgirá algún problema en toda esta historia.

—Pues lo hay en efecto. El problema es que los navajos no están de acuerdo. Para ellos, los San Francisco Peaks son y seguirán siendo montañas sagradas. Parece que planean recurrir a la justicia. Pero creo que también Wells se está moviendo en ese aspecto.

Jim observó que, al referirse a los nativos, April había dicho «para ellos» y no «para vosotros». Por fin lo había excluido de algo de lo que siempre había tratado de huir. De golpe se sintió incómodo: era una sensación vieja, que creía haber olvidado. Sin embargo, la penumbra enmascaró su expresión y dio otro significado a su silencio.

April continuó su relato de los hechos.

—Tu abuelo era una persona que gozaba de gran consideración en el seno del Consejo de las Tribus de Window Rock. James Corbett, el presidente de la Nación, tenía en alta estima sus opiniones. Y eso que eran opiniones fuertemente contrarias a las suyas. Su salida de escena no ha cambiado mucho las cosas, pero la oposición se ha debilitado un poco.

Jim sabía bien qué representaba Richard Tenachee para el Pueblo de los Hombres. Durante el segundo conflicto mundial había sido un héroe de guerra. Formaba parte de ese grupo de personas más conocido como *codetalkers*, los indígenas asignados a las comunicaciones para transmitir órdenes e informaciones por radio. Había ideado un código basado en su lengua navajo, que por su enorme dificultad hacía imposible toda descodificación.

Cuando él era niño, pese a sus ruegos, el abuelo nunca había querido contarle sus historias de guerra.

«La guerra es lo más estúpido que puedan hacer los hombres», decía.

Más adelante Jim se dio cuenta de que solo había postergado esos relatos hasta el momento en que él se hiciera hombre y dispusiera de los elementos que le permitieran entenderlos. Pero en cuanto creció lo suficiente, su cabeza empezó a volar con los helicópteros y ya no encontró tiempo para escucharlo.

—Mi abuelo era un gran hombre, pero era también un conservador.

—Fuera lo que fuese, era una persona que sabía luchar por las cosas en las que creía. Y lo demostró a lo largo de toda su vida.

April guardó silencio un instante. Cuando volvió a hablar, había en su voz una inflexión que Jim no consiguió descifrar.

—Sentía un gran afecto por mí. Y yo por él. La última vez que lo vi fue poco antes de que muriera, cuando lo llevé a conocer a mi hijo.

—No sabía que tenías un hijo. Tampoco sabía que estabas casada.

La muchacha meneó levemente la cabeza y por unos segundos su pelo rojizo pareció vivo, alrededor de su cara.

—Hay tantas cosas que no sabes, Jim... Has estado ausente demasiado tiempo, e incluso mientras vivías aquí tenías la cabeza en otra parte.

Poco después Jim la sorprendió sonriendo sin alegría, como si hubiera seguido un rápido recorrido mental.

—Es raro lo que está pasando.

—¿Qué quieres decir?

—¿Te has enterado de lo de Alan?

«La guerra es lo más estúpido que puedan hacer los hombres...»

—Sí. He seguido su historia.

April volvió a mirar fuera, como si en la oscuridad se escondiera la explicación de todas las cosas.

—Te lo diré: vosotros dos habéis estado distanciados durante años, y ahora mira qué ha sucedido. Es extraordinario cómo el azar se ocupa de recomponer ciertos cuadros. Y siempre consigue incluir una pizca de ironía hasta en las situaciones más dramáticas.

Jim permaneció en silencio. Aunque sin motivo preciso, sabía que ella no había terminado.

—También Swan Gillespie regresa a casa. Viene a filmar una película.

Jim deseó que la penumbra y su piel morena ocultaran una vez más el reflejo de la llamarada que sintió en el estómago.

April extendió una mano y abrió la puerta de su lado.

—Tal vez haya demasiadas personas a las que no has visto ni oído desde hace una eternidad.

Bajó y dejó a la luz de un farol un reflejo del oro rojo de su pelo. Jim se alegró de que considerara cerrado el tema. Se apeó también y fue hasta la puerta posterior. Cuando la abrió, Silent Joe bajó de un salto y tomó posesión del terreno estirándose y bostezando, como después de un largo viaje. Echó una ojeada a su alrededor y luego, con su andar extraño e indolente, fue con decisión a marcar el territorio regando la esquina de una pequeña construcción que era la sede de una agencia inmobiliaria. Mientras lo miraba, Jim pensó que no le habría asombrado que ese perro, tras el trayecto en el coche, le hubiera pedido un cigarrillo.

Sintió la presencia cercana de April. Al volverse, se la encontró de frente.

—Y bien, hemos llegado. Espero que tú y tu perro encontréis un tazón de sopa caliente y una cama para pasar la noche.

—Gracias.

—No hay de qué. ¿Te quedarás mucho tiempo?

—Tengo que ver a Cohen Wells, mañana por la mañana. Me ha dicho que quiere encontrarse conmigo, pero no sé para qué.

April se puso seria y lo miró directamente a los ojos. Jim tuvo la impresión de que, aunque lo miraba a él, en realidad en su mente estaba viendo otras imágenes. Logró no apartar la vista.

—Mira, Jim, eres una persona inteligente. Muy inteligente. Lo has sido siempre. Pero por desgracia te conformas con ser solo una persona lista. Muy pronto descubrirás qué es lo que quiere de ti el amo de la ciudad. Pero hay algo que él no sabe...

—¿Qué?

—En cualquier caso, no te quedarás mucho. Eres un hombre para el cual las únicas reglas válidas son las de otros lugares. Bienvenido a casa, Jim Mackenzie. Y buenas noches.

April le dio la espalda y le dejó en los ojos la presión centelleante de una lágrima. El hombre y su perro permanecieron en medio de la calle viendo cómo esa extraña muchacha subía al coche y se alejaba. Se quedaron allí hasta que las luces posteriores no fueron más que el pequeño resplandor de los frenos antes de girar a la izquierda por Birch Street y desaparecer de la vista.

—Ven, Silent Joe. Vamos a buscar un techo.

Cruzaron la calle y se dirigieron sin prisa a la casa. Las ventanas estaban iluminadas y la fachada de tablones de madera lucía impecable con su pintura gris claro. Subió los pocos escalones acompañado por el sonido de las uñas del perro que golpeaban la madera con su tip tap. Llegó ante la puerta de entrada, donde unas cortinas impedían ver el interior.

Tocó el timbre.

«Las reglas de otros lugares.»

Mientras esperaba que se abriera la puerta, Jim comprendió lo que había querido decirle April con esa frase. Tenía razón. Había permanecido fuera mucho tiempo, e incluso cuando todavía vivía allí, sus pensamientos, en efecto, se hallaban ya en otra parte. Acaso aquella que antaño había sido su novia lo conocía mejor de lo que se conocía él mismo. Era una definición aguda, la síntesis perfecta de su inquietud. Cuando trabajaba para Lincoln Roundtree, lo seguía a casi todos los rincones del mundo. Después visitó los demás por su cuenta. Pero en cada lugar había experimentado el deseo de estar en otra parte.

Y también ahora.

Dá á'hi jí gą́

La guerra

9

La camarera apoyó la bandeja sobre la cama y verificó que las patas de metal que la sostenían quedaran bien abiertas y firmes sobre la manta.

—Listo. ¿Necesita usted alguna otra cosa, señor Wells?

Alan Wells miró con desconfianza esa cantidad de víveres que alcanzarían para el desayuno de una familia de tres personas. Luego sonrió con amabilidad a la mujer de pelo canoso que se hallaba de pie junto al lecho.

—Shirley, estás con nosotros desde que yo era poco más que un niño. Si mal no recuerdo, hasta me has dado algunos coscorrones, una o dos veces. ¿Desde cuándo me he convertido para ti en el «señor Wells»?

—No es este el momento para criticar lo que digo o no digo. Primero tome el desayuno, antes de que me acuerde de que sigue usted siendo Alan y me vengan ganas de darle otra vez un coscorrón.

El hombre tendido en la cama se rindió con un gesto exagerado, fuera Alan o el señor Wells.

—Vale, vale. A tus órdenes. Pero para mí que has visto demasiadas veces *Lo que el viento se llevó*.

Cogió el vaso de zumo de naranja y se lo llevó a los labios. La anciana ama de llaves de la mansión Wells permaneció unos segundos más junto a la cama, como si quisiera cerciorarse de que en efecto él hacía honor a la comida de la bandeja. Alan sentía sus ojos fijos en él mientras atacaba el plato de huevos revueltos. Luego la mujer se volvió de repente y se marchó. Pese a su rapidez, con el rabillo del ojo Alan la sorprendió de nuevo con los ojos húmedos, algo que ocurría cada vez que entraba en su habitación. Antes de salir, y aunque le daba la espalda, vio cómo se llevaba una mano al bolsillo y cogía un pañuelo para enjugarse disimuladamente los ojos.

Enseguida se volvió, abrió la puerta y se quedó un momento en el umbral.

—Y recuerde que dentro de una hora tiene sesión con el fisioterapeuta.

Antes de que se marchara, Alan la llamó, para dar un tono tranquilizador a su pequeña comedia.

—Shirley...

—¿Sí, señor Wells?

Le sonrió.

—Todo marcha bien, no hay nada de que preocuparse. No hay problema.

La mujer hizo un movimiento con la cabeza, volvió a cerrar la puerta y ya no volvió. Ambos sabían que no era cierto, que nada marchaba bien, salvo el coraje que cada uno sacaba de algún lugar para enfrentarse a la situación.

Pero a veces se dicen ciertas cosas aunque solo sea para establecer un objetivo común.

Se llevó a la boca un trozo de pan tostado y un poco de huevo. Para su sorpresa, se dio cuenta de que tenía hambre.

Había pasado una noche tranquila, sin dolor. No mucho, al menos. Comparado con las dos semanas anteriores significaba un gran paso adelante. Un enorme paso teniendo en cuenta lo que había tenido que soportar de unos meses a esta parte.

El televisor encendido atrajo su atención. Tendió el brazo sobre la cama, cogió el mando a distancia y subió el volumen del aparato, sintonizado en el canal Headline News, de la CNN. En la pantalla de plasma fijada a la pared pasaban secas y crudas imágenes de un reportaje sobre Irak. Tres soldados italianos habían muerto en un atentado en Nassiriya, mientras cumplían una rutinaria patrulla.

Alan conocía bien el sector donde operaba el contingente italiano. Al principio era una zona tranquila. Los italianos no formaban parte directa del conflicto pero suministraban tropas de reserva para tareas auxiliares y de control del territorio. Sin embargo, después, incluso aquel sector se había transformado, como todos los demás, en zona de guerra.

Aunque la llamaran misión de paz, en realidad era un enfrentamiento bélico con todas las de la ley.

Miró con una sensación de desasosiego las imágenes de archivo que emitían junto con la crónica del nuevo atentado. Alan Wells conocía a fondo lo que estaba viendo. Hasta hacía pocos meses había sido uno de esos soldados que andaban en la otra parte del mundo vestidos con casco y uniforme claro de camuflaje. Conocía de primera mano la situación. Cuando se le acercaba alguien, nunca podía saber si representaba algún peligro, porque los seres humanos no llevan escrita en la cara su intención de morir. A veces apenas era un chaval, uno entre los cientos que solían pedir cigarrillos u otras cosas semejantes. Pero poco después había una explosión... y luego el infierno, con jirones de carne por todas partes, y sangre y hombres caídos que lanzaban alaridos.

Los que todavía podían hacerlo.

Alan bajó la mirada hacia sus piernas, bajo las mantas.

Más allá de donde terminaba la bandeja el bulto se interrumpía casi de golpe, poco antes de llegar a lo que en otros tiempos habían sido sus rodillas.

«Hay costumbres que cuesta perder. A veces el cuerpo se traiciona no solo olvidando, sino también conservando intactos sus recuerdos.»

Todavía ahora, en ocasiones, experimentaba extrañas sensaciones. Sentía calor y frío o picazón en un miembro que ya no estaba. Aun así, notaba una mejora con respecto a los momentos en que sus inexistentes piernas le provocaban dolores como si le estuvieran arrancando la carne con unas tenazas.

Reflejo del miembro fantasma, lo había definido para sí.

Cuando volvió a dirigir la mirada al televisor, la noticia sobre Irak había terminado. Pero sabía que en aquel preciso instante muchos ataúdes con jóvenes envueltos en una bandera viajaban de regreso al país.

Volvieron a su mente las palabras de un viejo indígena al que había conocido y frecuentado en otros tiempos y al que había querido como a alguien de su propia familia.

«La guerra es lo más estúpido que puedan hacer los hombres.»

Tenía razón. Y mucho más aún al pensar que, cuando su país se lo pidió, él fue a la guerra a pesar de todo. Se convirtió en un héroe de la Segunda Guerra Mundial, y solo ahora Alan comprendía cuán difícil resultaba cargar con ese peso. También el teniente de infantes de marina Alan Wells, ante la necesidad, hizo lo que creía que debía hacer. Era un soldado y al llegar a Tikrit intentó cumplir lo mejor posible con su trabajo. Y su trabajo le exigió, en determinada circunstancia, que él arriesgara su propia vida para salvar la de los hombres confiados a su responsabilidad.

Se arriesgó, logró su cometido y ahora esos hombres se hallaban a salvo. En esa ocasión no hubo ataúdes ni banderas que volvieran al país para asistir a unos funerales de Estado. Sin embargo, él dio al viento del desierto muchos litros de su sangre, los ofreció a esa sedienta tierra roja y arenosa que se la había bebido, sin apenas cambiar de color.

Y sobre todo le dejó sus piernas, desde la rodilla hacia abajo.

A cambio lo llamaron «héroe» y le dieron una medalla.

Dos piernas, una medalla.

Media medalla por pierna. No había sido un buen negocio.

Pero ¿qué era un buen negocio en la guerra?

Anaa'.

La guerra, según la llamaban los navajos. También a ellos, en su época, les habían visitado misiones de paz, cuando quizá no tenían ninguna necesidad ni ningún deseo de recibir esas visitas. Cuando la colonización se extendió como una mancha de aceite hacia el oeste, tuvo su justificación y en consecuencia su eslogan. Del este llegó una multitud de gente, atraída por la promesa de una nueva vida y el espejismo de tierras fértiles y minas de metales preciosos. Montaron en las alas de lo que la propaganda había definido como un derecho inalienable, «un evidente destino». Pero era el destino de los blancos, y nadie pensó en incluir a los pieles roja. Según la lógica circular del tiempo, todo volvía a repetirse. Alan pensaba que en realidad la historia era, en esencia, mortalmente aburrida. El único interés consistía en observar en nombre de qué nuevas y fantasiosas justificaciones los hombres volvían a cometer la misma barbarie.

Alzó la vista.

En el otro extremo de aquella habitación típica de una casa de Forest Highlands, apoyadas en la superficie de madera de una banqueta, había dos prótesis ortopédicas flamantes, admirables en su perfección pero espantosas por su significado. Su padre, como siempre, no había escatimado en gastos y le había conseguido las mejores del mundo. Hacía tres semanas que había comenzado a practicar. A días alternos, un especialista recomendado por la empresa que fabricaba ese tipo de aparatos iba desde Phoenix a enseñarle a usarlas del modo correcto. Era un complejo juego de equilibrios y distribución de pesos de las piezas que sustituían artificialmente una articulación de verdad. Le habían asegurado que con la práctica llegaría a moverse con normalidad y que hasta había gente que practicaba deportes en esas condiciones. También le habían mostrado una filmación de un atleta que, con una articulación artificial, había corrido los cien metros en un tiempo muy bueno incluso para un hombre que poseyera las dos piernas.

Por el momento no había experimentado más que dolor,

decepciones y caídas que impidió a tiempo el asistente cuando trató de dejar las muletas y dar algunos pasos sin la ayuda de ningún sostén. Pero apretaba los dientes y avanzaba, como antes y como siempre.

Comenzó a sonar el teléfono en la mesita junto a la cama. Cogió el aparato sin hilos y activó la comunicación.

—Diga.

De la línea emergió la voz de su padre, un poco menos decidida que de costumbre.

—Hola, Alan, soy yo. ¿Todo en orden?

—Sí, todo en orden.

—¿Ya ha llegado el terapeuta?

—No, todavía no.

—Bien. No aflojes, muchacho. Sé que lo lograrás.

—No lo dudes.

Un segundo de silencio, como si el padre buscara palabras que le costaba encontrar.

—Escucha, he estado pensando una cosa...

Alan se dijo que Cohen Wells jamás pensaba solo en una cosa. Aunque no lo dijera, eran cientos las que en realidad tenía en la cabeza. Su padre, pese a todo, se había mostrado sinceramente dolorido por su situación.

En el otro extremo, Cohen prosiguió su camino, por muy tortuoso e incómodo que fuera.

—Me he dicho que después de la terapia podrías pedirle al chófer que te traiga en coche hasta aquí, al despacho. Además, con las muletas ya andas a la perfección. Aquí todos te recibirían con enorme placer. Y salir y ver gente podría hacerte bien...

Alan trató de que su suspiro no pasara por el aparato.

—De acuerdo. Veré si me siento con ganas.

—Muy bien. Entonces hasta luego.

—Sí, hasta luego.

Fuera cuando fuese ese «luego».

Cortó la comunicación y dejó el aparato en la base, sobre la mesita. Tomó el último sorbo de café y depositó la taza en la bandeja. A su izquierda estaban los periódicos.

Los cogió y los repasó.

Había un ejemplar del *New York Times*, del *USA Today*, del *Arizona Daily Sun* y del *Flag Staff Chronicles*, el periódico local.

Eligió este último y empezó a hojearlo.

Un artículo de April Thompson ocupaba la mitad de la primera página. Después de su regreso, le había telefoneado para pedirle con delicadeza una entrevista, y con la misma delicadeza había comprendido las razones de su negativa. De ese modo supo Alan que la joven trabajaba de reportera, y se alegró por ella, pues siempre lo había deseado y al fin lo había conseguido. Atravesaron su mente imágenes de su pelo rojo y sus ojos azules. Leyó la nota con curiosidad. Trataba de un homicidio cometido no muy lejos de la ciudad. Parecía un caso complejo a propósito del cual se aguardaba un comunicado oficial por parte de los órganos policiales en una próxima conferencia de prensa. Al no tener noticias precisas sobre los hechos, el artículo se extendía con habilidad sobre el perfil de la víctima, descrito como un hombre extraño y fantasioso pero de personalidad compleja. De ese modo, en negro sobre blanco y acompañado por una foto poco fiel, Alan se enteró de la muerte de Caleb Kelso.

Lo conocía a través de otra persona, pero siempre le había parecido un buen tío.

Aquella noticia lo puso de un raro malhumor y preparó el terreno para la siguiente.

Abajo, a la derecha, comenzaba un artículo sobre Swan Gillespie, que continuaba en la página de espectáculos e incluía una foto en color. Ni siquiera la imagen poco nítida del periódico lograba reducir su belleza. Permaneció un instante mirando ese rectángulo colorido como si de un momento a otro aquella persona fuera a cobrar vida y hablarle.

Luego, obedeciendo a una voluntad que no sentía suya, empezó a leer la nota.

> Swan Gillespie regresa a casa. Como todos saben, la popular actriz partió de su nativo Flagstaff hace varios años, rumbo a Los Ángeles, en busca del éxito en Hollywood. Y podemos afirmar sin lugar a dudas que jamás ha habido una búsqueda más afortunada. Tras unos inicios inciertos con algunos primeros papeles menores, hoy por hoy, tras haber protagonizado una serie de películas que han obtenido buenos resultados en taquilla, se la considera una de las grandes figuras de la industria cinematográfica estadounidense. Su brillante carrera la ha llevado en pocos años a convertirse en una estrella en todo el mundo. Sin embargo, la perla que falta todavía en la lista de triunfos de nuestra conciudadana es una nominación a los Oscar. Quizá por eso se ha puesto en manos del director Simon Whitaker y del escenógrafo Oliver Klowsky, que han ganado ya un total de veinticinco estatuillas. Nine Muses Entertainment ha anunciado ya la realización de la película, por el momento titulada *Nothing More Than a Fairy Tale*, basada en un hecho real ocurrido en esta zona, que se recuerda como «La matanza de Flat Fields». En el reparto, que además de Gillespie incluye a...

Alan cerró el periódico y lo dejó caer sobre la cama, a un costado. Su corazón latía apenas un poco más deprisa de lo que esperaba. Y de lo que le convenía.

«Swan.»

Volvió atrás en el tiempo mientras se apoyaba en la almohada. Cerró los ojos.

Ese día entró en el despacho de su padre, en la sede del First Flag Savings Bank, en la esquina de Humphrey y Columbus Avenue. Cohen Wells se hallaba al teléfono, pero le hizo señas para que entrara y le señaló el sillón de piel situado ante el escritorio. Alan se acomodó en el lugar de las visitas, y mientras su padre terminaba la llamada paseó la mirada por la estancia.

Había estado muchas veces en ese despacho de sobria madera oscura, pero quizá era la primera ocasión que tenía de verlo realmente. Antes de ese día era un lugar que para él siempre había significado sometimiento, el templo de Cohen Wells, el dueño del banco, uno de los hombres más ricos y poderosos de la región.

Debido a él, durante años Alan se había visto obligado a tratar de ser el primero en todo. En el colegio, en los deportes, en la vida social de aquella pequeña ciudad para la cual, por muchos esfuerzos que hiciera, él no era Alan Wells sino solo el hijo de Cohen Wells.

Desde que recordaba había visto su futuro trazado por esa obsesionante y sonriente figura paterna que el día de su decimoctavo cumpleaños le había regalado un Porsche rojo, no porque creyera que a él fuera a gustarle, sino porque juzgaba que era el vehículo ideal para su hijo.

El padre concluyó la llamada bruscamente y después le sonrió con expresión de complicidad.

—Esos tipos de Washington creen que, una vez que los han elegido, pueden olvidar sus compromisos. Pero de vez en cuando alguien les recuerda que deben ganarse su dinero.

Pese a hallarse frente al hijo, o quizá justamente por tal motivo, Cohen Wells no pudo evitar esa pequeña demostración de fuerza.

Luego le dirigió una nueva sonrisa y, por el afecto que mostraba en los ojos, Alan le concedió, como siempre, el beneficio de creerle. No obstante, ello no cambiaría el curso de las cosas. Había ido allí con un objetivo bien definido y nada le haría cambiar de rumbo.

—Y bien, muchacho, ¿qué puedo hacer por ti?

Sin siquiera esperar la respuesta, añadió:

—No, primero te diré yo *qué es lo que puedo hacer por ti. Tengo una pequeña sorpresa...*

Con aire en apariencia distraído, se levantó y fue hasta la ventana. Apartó las tablillas de la veneciana para mirar fuera.

—Ahora que has terminado la universidad, creo que querrás descansar y sobre todo divertirte un poco.

Se volvió y lo miró con complicidad.

—He pensado en un viaje a Europa. Puedes visitar España, Fran-

cia, Italia, Grecia o cualquier otro sitio que te apetezca, para mostrar a esos europeos de qué fibra está hecho un joven de Arizona. Y después, cuando regreses, tengo otra sorpresa, un poco mayor...

Volvió a sentarse y lo miró con aire solemne.

—He enviado tu currículo a un amigo mío de la Universidad de Berkeley. Te han aceptado para el Economy Master del año que viene. Después, cuando vuelvas aquí, podrías iniciar...

—No.

Cohen Wells lo miró como si una voluntad ajena se hubiera apoderado del cuerpo de su hijo.

—¿Cómo has dicho?

—Has oído bien, papá. He dicho que no.

—Si no te complace puedes elegir otro lugar donde...

—No es a Europa a lo que digo que no. Digo que no a todo.

Cohen Wells se recostó contra el respaldo del sillón y cerró los ojos.

—Es por esa muchacha, ¿verdad? Esa Swan.

—Swan no tiene nada que ver. De no ser ella, sería otra.

—No es la mujer adecuada para ti.

Alan sonrió. Al principio, la relación entre su hijo y Swan fue para Cohen Wells un motivo de orgullo. En su ambición, le pareció natural que la muchacha más guapa de la región fuera, a través de Alan, propiedad de la familia. Todas las cosas tenían un precio, de un modo o de otro. Pero ahora su hijo estaba alterando sus planes personales, y Swan Gillespie, en lugar de un objeto que mostrar, se había convertido en motivo de preocupación.

—No sé si es la mujer adecuada para mí. Solo sé que debo decidirlo yo mismo.

Miró al padre a la cara, con expresión de desafío.

—Tengo intención de casarme con ella.

El padre hizo un gesto de suficiencia, pero sus palabras salieron sibilantes de su boca.

—Esa no quiere casarse contigo, sino con tu dinero.

Le hizo la mueca del que ve cumplirse un augurio evidente.

—Sabía que lo dirías. Y sabía que en el fondo es eso lo que piensas

de mí. No crees, a pesar de todo, que pueda soñar con algo. Debo tener lo mejor no porque me lo merezca yo, sino porque crees merecerlo tú.

Se puso de pie y, por una vez, dominó a su padre desde lo alto.

—Resígnate, papá. No iré a Europa. No haré tu estúpido Master. Y me casaré con Swan Gillespie.

—Estas son las ideas que te ha metido en la cabeza esa furcia. Ha logrado separar a un padre de su hijo. Ella y ese otro amigo tuyo, Jim Mackenzie, ese bastardo mestizo indígena.

Indiferente a los reproches, se dirigió a la puerta.

La furiosa maldición del padre lo alcanzó de espaldas.

—Alan, jamás lograrás nada solo.

Se volvió con una sonrisa.

—Tal vez. Pero siento curiosidad por descubrirlo.

—Alan, si sales de este despacho te arrepentirás. Nunca volverás a ver un céntimo mío.

Se puso las manos en los bolsillos y sacó las llaves del coche. Las arrojó a ese hombre que ahora estaba de pie detrás de su escritorio de hombre poderoso y de padre ya sin poder.

—Toma. Ahí tienes el coche. Esta es la primera oportunidad que tengo de decírtelo, pero no me ha gustado nunca. Me hará bien caminar un poco.

Salió del edificio con una sensación de bienestar. Recorrió toda Humphrey Street hasta el centro silbando y caminando deprisa con aquellas piernas que ahora ya no tenía.

Abrió los ojos y volvió al momento actual. Recordar aquel día le hacía daño, aunque no se había arrepentido de su elección. Después ocurrió lo que ocurrió y él se marchó. Ingresó en la Academia Militar y desde entonces no había visto a nadie. Jim, Swan, April Thompson, Alan Wells. Aquellas eran las cartas que la vida había mezclado y repartido al azar y con las que se habían visto obligados a jugar. Durante mucho tiempo se había preguntado quién había ganado y quién había perdido. Ahora esa curiosidad había muerto. Lo único seguro era que, durante todo el tiempo transcurrido desde la última conversación con Swan, había vivido como si ella siguiera allí, compartiendo cada cosa que decía, cada cosa que hacía, cada cosa que veía.

Cogió el periódico y le dio vuelta. No quería que la foto de Swan Gillespie lo viera llorar.

10

—Si me disculpáis la expresión, no me importa un carajo.

Cohen Wells se levantó de golpe del sillón.

Las personas presentes en su despacho se sobresaltaron. Estaban acostumbrados a sus accesos de ira, pero que hubiera empleado una palabrota denotaba que Cohen Wells se hallaba de veras fuera de quicio.

—No se puede parar un proyecto como este por las estupideces de cuatro mojigatos.

Volvió a sentarse. Se calmó de golpe. Por un instante los presentes tuvieron la impresión de estar soportando el berrinche de un niño demasiado crecido. Pero en el caso de Cohen Wells era una impresión por completo fuera de lugar, y era imposible aplacarlo con amabilidad. Aquello no era un capricho, y todos sabían de qué era capaz ese hombre cuando algo o alguien interfería en sus proyectos.

Rosalynd Stream, acreditada integrante del Bureau for Indian Affairs, se quitó, incómoda, una inexistente mota de polvo de la solapa de la chaqueta. Estaba sentada en un sillón de brazos situado en el lado izquierdo de la estancia, cerca de la puerta que daba acceso a la sala de reuniones.

—Cohen, no son estupideces, y en este caso tampoco son de mojigatos. Es algo muy, muy serio. Me sorprende que no quieras darte cuenta.

Desde su escritorio, Wells la miró como si hubiera surgido de repente y lo tentara a comer una manzana.

—Rosalynd, solo dime de qué parte estás.

—De la tuya, pero no por ello me arrojaré en un tonel por las cataratas del Niágara. Hay leyes que respetar, que no se pueden eludir. Todos ocupamos posiciones de privilegio, pero también hay límites muy claros, además de ventajas.

Colbert Gibson, el alcalde, guardaba silencio, de pie junto a la ventana, y de vez en cuando echaba una mirada distraída al tráfico inexistente de la calle que se extendía abajo. Le preocupaba mucho menos el tema que se estaba tratando que la posibilidad de que el tono de voz de Cohen Wells permitiera que las secretarias se enteraran del contenido de aquella reunión.

Como si le hubiera adivinado el pensamiento, el banquero volvió a los términos de una conversación civilizada.

—Yo creo que los navajos han sido bien tratados por Estados Unidos de América. Estoy harto de oír repetir hasta el cansancio a cuatro intelectuales de mierda a los que siguen cambiándoles los pañales que qué mala suerte han tenido y qué malo ha sido el hombre blanco. En Washington, cuando hablan de los nativos, se les erizan los pelos de la cabeza y no hay nadie que se comprometa a tomar alguna decisión. Sin embargo, todos sabemos perfectamente que de no haber sido por nosotros todavía andarían por ahí dejando huellas de trineo y procurándose el almuerzo y la cena con arco y flecha.

Randy Coleman, el diplomático presidente de la Cámara de Comercio, que hasta ese momento había permanecido en silencio mientras miraba a su alrededor como si el discurso no le interesara, de pronto hizo oír su voz.

—No es tan simple, Cohen.

El banquero se recostó contra el respaldo del sillón y dio la palabra a su interlocutor con un gesto de desafío.

—A ver, explícame cómo es.

Coleman se puso de pie y comenzó a pasear por la estancia,

hablando como si estuviera solo. A Wells tal actitud solía fastidiarlo, pero no dijo nada. Randy era una persona brillante y en ocasiones muy aguda en sus intuiciones. En general decía cosas sensatas, pero tenía ese extraño hábito de hacerlo mientras se movía de un lado a otro.

—No podemos saber cómo sería este país si no se hubiera llevado a cabo la colonización. Solo podemos observar cómo es. Los cuatro intelectuales de los que hablas han ejercido una fuerte influencia en la opinión pública mundial, y los sentimientos de culpa no pueden eliminarse con solo echar insecticida.

—¿Desde cuándo nos preocupa la opinión pública mundial?

Coleman se encogió de hombros, como se hace ante una pregunta obvia.

—Nunca lo ha hecho. Pero todos eran casos en los que podíamos justificar nuestro comportamiento como reacción a una amenaza. Los navajos no lo son. Podemos afirmarlo. No lo han sido nunca.

Una pausa. Luego una concesión secreta, que a partir de ese momento negaría haber hecho nunca.

—O, mejor dicho, lo han sido en cuanto a las intenciones que siempre hemos alimentado con respecto a sus tierras.

Coleman continuó su análisis dirigido a Cohen Wells.

—Sea de quien sea el mérito o la culpa, los navajos ya no andan por ahí con arcos y flechas. Son un Estado dentro del Estado. Entre ellos hay gente que ha estudiado, gente que sabe qué sucede en el mundo y a la que ya no se compra con un espejito o con cuatro mantas. Ya han aprendido la lección. Las mantas las fabrican ellos, y las venden al precio de las alfombras persas. Y dentro de la reserva disponen de suficientes recursos que explotar. Tienen uranio, cobre, petróleo, carbón...

Wells lo interrumpió, masticando por enésima vez un bocado amargo que no quería tragar. Aunque sabía que no se trataba de una novedad, de todos modos lo escupió sobre la mesa.

—Es eso lo que me enfurece. Extraen el carbón taladrando

la madre tierra sin consideración y lo transportan a lo largo de varias decenas de kilómetros mediante una tubería alimentada con agua. Ahora no me dirás que el agua que necesitamos para alimentar los cañones de nieve artificial tiene mayor incidencia que la que ellos emplean todos los días para su actividad, ¿verdad?

Coleman explicó con paciencia a aquel niño el motivo por el que debía comer los cereales y las verduras.

—Se trata de dos cosas distintas. Una es vida, economía, trabajo. Además, no podemos interferir en el carácter sagrado de los Peaks. Los navajos lo defienden a capa y espada y lo harán a ultranza. Es preciso actuar con cautela. Un ataque frontal podría llevar a un estancamiento de la situación que tardaría años en resolverse. La determinación de los indígenas ha aumentado con el tiempo, junto con la capacidad de vivir el presente.

Hizo una concesión al malhumor de Wells y cortó de cuajo toda tentativa de objeción.

—Es cierto que tienen sus problemas. ¿Quién no los tiene? En el pasado mostraron cierta inclinación hacia el alcoholismo, que en parte persiste. También una fuerte propensión al suicidio. Elementos que denotan un malestar endémico y muy difundido. En el seno del Consejo de las Tribus existen divisiones, pero de ser necesario pueden contar con un apoyo mediático sin precedente. Son la etnia más numerosa de los nativos de América y una de las más conocidas en el mundo. En libros, folletos y películas del Oeste siempre se ha hablado de ellos. Forman parte del imaginario colectivo, lo que los vuelve mucho más fuertes de lo que permiten suponer su cantidad y su posición política.

—Randy, ¿acaso me crees idiota? Todo esto ya lo sabía. Lo único que quiero es convertir esa zona en un rincón del paraíso.

—Para ellos ya es un rincón del paraíso. En el sentido literal del término. Sería como pedir a un cristiano que instalara una estación de esquí en el Gólgota.

—Pero habría innumerables ventajas también para ellos.

—Es probable que la vida que llevan los vuelva refractarios a las lisonjas del dinero.

Wells sufrió un nuevo acceso de ira. El tono de su voz pasó a tonos amenazadores.

—¡Pero por el amor de Dios! Basta con ir a dar una vuelta por la reserva. Hay lugares que claman venganza al cielo. Leupp, Kayenta... hasta en Window Rock se respira la miseria, y todos llevan pintada la desolación en la cara. Nadie puede desear vivir en esas condiciones.

—Esas condiciones, sean cuales sean, son fruto de la autodeterminación. En el pasado han superado pruebas que por nuestra parte han sido crueles hasta el extremo del genocidio. Aparte de los episodios denominados «de guerra», como lo ocurrido en Bosque Redondo, cargan a la espalda hechos que históricamente rayan en el peor de los abusos. Como la Larga Marcha o el campo de concentración de Fort Defiance, cuando en lugar de mantas y vestimentas para protegerse del frío les enviaron de Washington chaquetas de terciopelo de cuello alto y botines de mujer. ¿Quieres que continúe?

—Esas son cosas del pasado, que no pueden repetirse.

—Serán cosas del pasado, pero los hombres de hoy las recuerdan muy bien. Forman parte de su historia, aunque bastante reciente. Y, como sabes, el gato escaldado del agua fría huye.

Cohen Wells permaneció sentando un instante, pensativo, frotándose el mentón con la mano. Después cedió con un gesto la palabra a la representante del Bureau.

—¿Rosalynd?

Antes de responder, la mujer se acomodó la falda sin ninguna necesidad.

—¿Qué quieres que te diga? Todo se puede obtener. Pero Randy tiene razón. Es preciso proceder con pies de plomo. Un paso mal dado y podríamos encontrarnos en una situación espinosa de la que no lograríamos salir.

Coleman consideró oportuno concluir con una nota positiva.

—Tenemos la suerte de que Richard Tenachee ya no represente el símbolo de esta disputa. Con su desaparición, el frente de los opositores ha perdido mucha fuerza y empieza a mostrar alguna grieta. Verás como poco a poco lograremos disolverlo. De un modo o de otro.

El banquero asintió, no del todo convencido. Por otro lado, a Coleman le habría asombrado lo contrario. Luego alzó hacia los presentes un rostro decidido. Y no solo en cuanto a sus adversarios.

—Muy bien. Ahora que he escuchado todas las teorías derrotistas, espero que en breve me presentéis propuestas constructivas. Digamos que estoy harto de oír motivos por los cuales esto no puede hacerse. Dadme razones que nos permitan actuar en el sentido opuesto. Eso es lo que espero de vosotros: algo a cambio de lo que ya habéis obtenido de mí...

Estas palabras declaraban concluida la reunión. Pero también subrayaban con precisión la posición subordinada de sus interlocutores con respecto a él.

Resignado, Coleman saludó y se dirigió hacia la puerta. Rosalynd Stream se levantó del sillón con evidente alivio, cogió el bolso y lo siguió. El alcalde la imitó, contento de no haberse visto obligado a tomar la palabra.

Ya casi había llegado a la puerta cuando lo detuvo la voz de Wells.

—Tú no, Colbert. Hay algo que quisiera discutir contigo un momento.

Eso era lo que el alcalde temía. Y lo que temía había llegado.

Cerró la puerta tras la salida de sus compañeros, que sin ninguna envidia lo vieron desaparecer. Aguardó con cierta aprensión lo inevitable: tener que decepcionar por enésima vez a Cohen Wells. Este le hizo exactamente la pregunta que esperaba.

—¿Hay novedades?

Gibson meneó la cabeza.

—Ninguna. He buscado en los archivos de la ciudad, pero

sin éxito. Por mi parte trataré de poner todos los obstáculos posibles. Los documentos no están, y además son viejísimos. Tal vez en los archivos estatales de Washington...

Wells lo interrumpió con gesto decidido.

—Por Washington no te molestes. Ya tengo gente que se está ocupando. ¿Y en el otro frente?

—Hemos registrado la casa de arriba abajo y no hemos encontrado nada. El título de propiedad, si en realidad existe, podría estar en cualquier otra parte. En una caja de seguridad, por ejemplo.

—No. Eso puedes excluirlo. Nuestro héroe era más del tipo de los que esconden el dinero bajo el colchón. Por si acaso he hecho investigaciones, pero no ha aparecido ninguna caja de seguridad a ese nombre ni al de ninguna otra persona que pudiera serle cercana.

Tras una pausa de reflexión, Wells se convenció de estar en lo cierto.

—No, ese maldito papel está en alguna parte. Y hay que encontrarlo. Registrad de nuevo la casa, con más calma. Sin duda se os ha pasado algo por alto.

Gibson bajó la voz sin darse cuenta.

—En estos momentos, el tío que en general se encarga de hacernos esos trabajos se encuentra en la cárcel.

—Lo sé. Ese capullo se ha dejado coger durante uno de sus desequilibrios hormonales. Sabía que tarde o temprano ocurriría. Ya me he encargado de buscarle un abogado, pero solo para mantenerlo tranquilo. Creo que no nos causará problemas.

—No querría que ese loco decidiera abrir la boca. Tal vez para obtener clemencia de los jueces.

—No lo hará. Es loco pero no estúpido. Sabe que en un caso así evitaría una pena de muerte solo para garantizarse otra.

El alcalde detestaba el tema de aquella conversación. Habría deseado estar en cualquier otro lugar, incluso en ese tonel en las cataratas del Niágara del que poco antes había hablado Rosalynd.

—Hay otra gente a la que se puede recurrir, de aquí o de fuera. Muchachos discretos, de confianza, que por mil dólares están dispuestos a actuar sin hacer demasiadas preguntas.

—Hummm... Mejor uno de fuera. Tal como están las cosas, ya hemos arriesgado demasiado con ese Jed Cross.

—¿El nieto de Tenachee sospecha algo?

—¿Quién? ¿Jim? En absoluto. Él no piensa más que en mujeres, dinero y helicópteros. No existe el menor problema por ese lado, ni por ningún otro. Dave Lombardi ha hecho un buen trabajo. De todos modos, veré a Jim dentro de poco e intentaré sondearlo. Sé cómo manejarlo.

Wells se levantó del sillón. En su cara podía leerse la incredulidad ante la enormidad de los hechos.

—No consigo creer que todo esto haya ocurrido de veras. Me parece una historia de locos.

Repitió por centésima vez cosas que ambos ya sabían. Colbert Gibson trató de no permitir que se notara el tedio en su semblante.

—En su momento, el que se ocupó del asunto logró, accionando los engranajes adecuados, hacer incluir en su título de propiedad también esa parcela. Una jugada perfecta. Y después se presenta ese viejo imbécil con sus absurdas historias. Pero si resultan no ser absurdas y surge un legítimo heredero con un auténtico documento de propiedad, estamos jodidos.

—También podría no suceder. Jamás hemos visto ese documento. Hasta es posible que no sea más que un farol.

—Colbert, a veces me asombras. No estamos en una partida de póquer. Esto es en serio. Si es un farol, no tengo intenciones de comprobarlo invirtiendo millones de dólares. ¿Vivirías con unas tijeras cerca de tus cojones, temiendo que te corten de un momento a otro?

El alcalde intentó quitar hierro al asunto.

—De cualquier modo, en cuanto lo encontremos, si realmente existe, se resolverá todo. Tenemos en nuestras manos la posibilidad de falsificar casi a la perfección cualquier documento, pero a falta del original no es posible hacer nada de nada. Debemos conseguir los datos esenciales. Después bastará una cerilla y todo habrá terminado.

El banquero sonrió complacido, como suele hacerse ante los buenos propósitos de los niños exploradores.

—Cuando llegue ese día, te concederé el honor de encender la cerilla. En el mismo fuego quemaremos ese documento y también las pruebas de que durante años has metido la mano en el dinero de las cajas de mi banco.

Su expresión se volvió de pronto amenazadora, en el instante exacto en el que se ampliaba su sonrisa.

—Mientras espero ese día, nada de jugarretas, Colbert. Es inútil que te recuerde que no tengo en absoluto un espíritu deportivo. Si yo termino en la hoguera, arrastraré a todos para que se quemen conmigo. Y tú serás el que tendrá el culo más cerca de las llamas. ¿He sido claro?

Por la mente de Gibson pasó una imagen tentadora: una escena en la que él propinaba con toda la fuerza de que era capaz un puñetazo dirigido a la odiosa sonrisa de Cohen Wells.

La imagen se desvaneció por razones obvias.

—Perfecto.

Wells lo despachó con voz distraída. Sus pensamientos estaban ya en otra parte.

—Es todo por hoy. Mantenme al corriente, pero no por teléfono. Ven a decírmelo en persona.

Al entrar en aquel despacho, Colbert Gibson, el agradable alcalde de la risueña y pequeña ciudad de Flagstaff, albergaba la sospecha de que Cohen Wells era un delincuente sin escrúpulos y una de las mayores inmundicias que había pisado jamás la corteza terrestre.

Al cabo de poco más de una hora, mientras abría la puerta para marcharse, tuvo la absoluta certeza de que así era.

11

Jim salió por la puerta del Aspen Inn, bajó la breve escalera de madera y se dirigió hacia el garaje construido al lado del edificio principal, donde Silent Joe había pasado la noche. Tal como había previsto, después de haber oído toda la historia sus amigos no pusieron reparos a albergar también al perro. Lo ubicaron en un compartimiento del garaje que en ese momento estaba libre, y Silent Joe se adaptó rápidamente al nuevo alojamiento. Dio algunas vueltas por aquel lugar extraño, caminando con esas patas que semejaban resortes y olfateando por todas partes para establecer sus puntos de referencia. Sobre la base de las investigaciones realizadas, adoptó como suya una vieja colchoneta para animales prestada por un vecino. Luego aceptó el agua y el alimento que le pusieron delante no como un gesto generoso sino como un derecho divino, y se acurrucó a la espera de los acontecimientos.

Al salir del garaje, Jim pensó que ese perro era la personificación de la monarquía absoluta.

Por la mañana levantó la persiana, curioso por lo que verían sus ojos. Sin embargo, lo que encontró parecía la copia exacta de la noche anterior. Silent Joe, que yacía en la misma posición en que lo había dejado, lo contempló acercarse con sus ojos tranquilos. En el suelo de cemento no había rastros de sus necesidades. El único elemento discordante era la escudilla de la comida, ahora vacía y tan lustrosa como recién salida del lavaplatos.

Se acercó seguro de que no habría sorpresas. La noche anterior le había asombrado, al igual que ahora, la naturalidad con que el animal lo había elegido como nuevo dueño y obedecía a sus órdenes como si las entendiera no solo por el tono de voz sino por el contenido mismo de las palabras.

—Buenos días, Silent Joe. ¿Has dormido bien?

Un ligero movimiento del rabo.

—¿Debo deducir que eso significa que sí?

Por toda respuesta el perro se irguió sobre las patas traseras, luego se levantó del todo y al tiempo que bostezaba se estiró en una suerte de reverencia que habría resultado perfecta para una plegaria dirigida a la Meca. A continuación salió. Jim lo acompañó al minúsculo jardín posterior, donde con suma elegancia el perro se liberó de sus cargas interiores, líquidas y sólidas.

Luego volvió junto a Jim y se sentó a mirarlo, con una expresión canina que traducida a términos humanos quería decir inequívocamente: «¿Y ahora qué hacemos?».

Jim acarició la lustrosa cabeza del animal.

—No querría decepcionarte, amigo mío, pero temo que deberás esperarme aquí. En el lugar adonde voy no admiten perros.

Regresó al compartimiento y Silent Joe lo siguió dócilmente, como si hubiera comprendido sus palabras. Le señaló el interior, y el perro aceptó la orden. Cuando volvió a cerrar la persiana, estaba de nuevo echado sobre la colchoneta y lo miraba, dispuesto a esperarlo.

Jim salió a la calle y fue a pie al centro de la ciudad. Tomó por Birch Avenue y continuó en línea recta. Después de tanto tiempo, se sentía un turista en su pueblo. Pasó ante la County Court House, con todos sus derechos y sus deberes, y la dejó atrás, como había hecho siempre con todas las cosas de su vida. Veía muchas tiendas nuevas, de esas que nacen y mueren cada temporada en todos los pueblos turísticos. Y brillaba un sol espléndido, que dibujaba sombras nítidas, precisas. A pocos metros a su izquierda se elevaba el Uptown Billiards, donde había hecho correr bolas de colores sobre un tapete verde en compañía de amigos que ahora, quizá, no eran ya ni siquiera conocidos.

Pensó que la amistad es como el amor. No se puede reproducirla a voluntad.

«Pero cuando pasa, o cuando la destruimos, deja una gran sensación de vacío.»

Sintió a su lado, como un indeseable compañero de camino, la conciencia del tiempo transcurrido. Mientras pasaba por la estación de autobuses recordó cuántas veces, en su juventud, había deseado coger uno hacia un destino cualquiera, siempre que fuera lejos de allí.

De pronto, volvieron a su mente las palabras de April cuando lo acompañó la noche anterior.

«Eres un hombre para el cual las únicas reglas válidas son las de otros lugares.»

En aquel entonces aún no podía saber que esos «otros lugares» en realidad no eran una conquista, sino una condena.

Jim «Tres Hombres» Mackenzie estaba seguro de que no se vuelve atrás. Y cuando se hace, es solo para contar los muertos. Él ya había contado dos en un solo día, y no había sido fácil. Pensó una vez más en Richard Tenachee, con el rostro moreno surcado de arrugas y el cuerpo enjuto, erguido y sólido como la madera seca, a pesar de la edad. De pronto, en su mente se superpuso a esta imagen la del cuerpo de Caleb Kelso, tendido en el suelo en el lugar en que cultivaba sus ilusiones, hecho pedazos con extremo esmero y sin ninguna piedad por parte del que lo había asesinado.

De la muerte de ambos había heredado esa amargura que llevaba dentro.

Y un perro.

Dejó atrás los autobuses y toda promesa de libertad, que ningún lugar ni ningún medio de transporte conseguían ya cumplir.

Dobló a la derecha, por Humphrey Street, y subió hacia el cruce donde se alzaba el First Flag Savings Bank. Se preguntó cuál sería ese tema tan importante del que quería hablarle Cohen Wells. Conocía suficientemente bien a ese hombre como para saber que su planteamiento de las cosas era siempre mucho más moderado que sus verdaderas intenciones. En el pasado, una vez se reunió con él «para hablar cuatro palabras», como le había dicho. Fueron cuatro palabras que de un modo u otro cambiaron la vida de cuatro personas.

En el camino se cruzó con una muchacha vestida con un chándal que practicaba *jogging*. Al ver que se acercaba sacó las Ray-Ban del bolsillo de la camisa y se las puso. Ese día no tenía ganas de soportar miradas asombradas por sus ojos de dos colores. Había permitido que el mundo prestara demasiada atención a ese detalle.

La muchacha, una rubia de pelo corto, buena figura y cara banal, pasó a su lado sin siquiera echarle una ojeada. En otros tiempos, en una situación similar, los viejos amigos se habrían reído y habrían comentado en tono burlón que empezaba a perder su encanto.

Ahora esos amigos tenían muchas más cosas, y mucho más graves, que reprocharle.

Llegó a la puerta del banco, un edificio bajo, de época, que Wells había comprado y hecho restaurar de modo que conservara las características arquitectónicas originales. Empujó la puerta de vidrio y, al entrar, lo acogió el olor característico de los bancos. Sin embargo, por dentro era totalmente distinto. No habían reparado en gastos en la construcción. En todas partes dominaba el buen gusto pero también la riqueza, con cierta concesión a la opulencia. No obstante, tratándose del banco de Cohen Wells, podía considerarse un pecado venial. Poco más allá de la entrada, a la derecha, se hallaba el mostrador de cristal y madera de la recepción. Al acercarse Jim, el hombre sentado allí lo recibió con una radiante sonrisa.

—Buenos días, señor. ¿En qué puedo ayudarlo?

—Buenos días. Soy Jim Mackenzie. Tengo una cita con el señor Wells.

—Un segundo.

El hombre cogió el teléfono y pulsó las teclas correspondientes a una extensión.

—El señor Mackenzie para el señor Wells.

Recibió una respuesta afirmativa, que subrayó con un movimiento de cabeza.

Colgó el teléfono y le señaló una escalera que salía a la derecha, en el otro extremo del vestíbulo de suelo de mármol.

—Si es tan amable, señor... Es en la planta de arriba. Lo recibirá la secretaria del señor Wells.

No había muchos clientes en el banco en aquel momento. Con la sensación de que lo observaban, Jim pasó junto a una hilera de ventanillas hasta la escalera, hecha del mismo mármol que el suelo. Mientras subía se cruzó con la figura elegante de Colbert Gibson, que bajaba. Iba mirando el suelo, como si controlara a cada paso dónde ponía los pies. Por lo poco que pudo ver, su expresión era más bien contrariada. Jim lo recordaba como el director del banco, pero ahora la razón de Estado lo había hecho ascender y se sentaba en el sillón de alcalde. Prestando suma atención para no enredarse con los hilos, según le habían indicado...

En el rellano entre los dos tramos de escalera se encontró con Cohen Wells, que lo aguardaba en persona.

Se lo veía un poco más gordo que un tiempo atrás, pero mostraba un aspecto sano que denotaba que, a pesar del trabajo, pasaba muchas horas al aire libre. Aunque no era un hombre guapo, desprendía una sensación de fuerza y vitalidad incontenible. Al verlo, el semblante del banquero se iluminó. Si era por sinceridad o por conveniencia, con él resultaba imposible saberlo.

—Jim, qué placer verte. Estás estupendo.

Le estrechó la mano con vigor, como correspondía a un rico hombre de negocios de Arizona.

—¿Te apetece un café?

—Sí, un café me vendría bien.

El banquero se volvió hacia el despacho de las secretarias, situado a la izquierda.

—Mary, dos cafés, por favor. Como Dios manda. Y que no sean de nuestra máquina. Envía a alguien a Starbucks para que traiga dos expresos como es debido.

Entraron en el despacho del jefe. Jim miró a su alrededor. No había cambiado mucho desde su última visita, tantos años atrás. Algunos muebles eran diferentes: el escritorio era ahora un enorme Bolton auténtico, y los colores de las paredes eran más tenues. Pero en esencia, tanto en el pasado como en el presente, representaba a la perfección lo que se esperaba del lugar de trabajo de un hombre poderoso.

Cohen le señaló un sillón de piel situado frente al escritorio.

—Siéntate. Todavía está caliente del culo del alcalde.

«Por el modo como bajaba la escalera, parecía que acabaran de ensartarle en el culo un mango de escoba.»

Jim sonrió y se sentó. Esperaba que Wells interpretara su expresión como respuesta al comentario y al cordial recibimiento.

—Señor Wells, ante todo quisiera arreglar el asunto del alquiler del helicóptero...

El banquero lo interrumpió y restó importancia al tema con un ademán.

—Ya habrá tiempo para eso. Por ahora dejémoslo de lado.

Se apoyó en el escritorio con los antebrazos y se inclinó hacia Jim.

—Primero háblame de ti. ¿Te encuentras bien en Nueva York? Sé que has conseguido un excelente empleo con Lincoln Roundtree.

Jim meneó la cabeza y miró distraído la punta de sus zapatos.

—Se acabó Nueva York y Lincoln Roundtree. Lo he dejado todo.

Wells permaneció pensativo unos segundos, como reflexionando sobre lo que acababa de oír.

Cuando volvió a hablarle mostraba un semblante abierto a todas las posibilidades.

—Si lo lamentas, también lo lamento yo. De lo contrario, podría significar una perfecta oportunidad para lo que quiero proponerte. Como suele decirse, no hay mal que por bien no venga...

Sonrió por la muestra de sabiduría popular. Pero enseguida recuperó el semblante serio y continuó con lo que estaba diciendo.

—Creo que podemos echarnos mutuamente una mano. Has dormido en el Ranch, así que has visto en qué se ha convertido. Es un lugar estupendo, pero trabaja al quince por ciento de lo que podría rendir. Tengo pensados grandes proyectos, con inversiones de millones de dólares.

Jim pensó que Cohen debía de haber pronunciado ese discurso decenas de veces. Lo admiró por el genuino entusiasmo que mostraba por ese proyecto. O bien se trataba solo de la primera fase, en la que entusiasmaba al público antes de entrar en el núcleo de la cuestión.

—El Humphrey's Peak puede llegar a ser, en invierno, una estación de esquí de primera categoría, mejor incluso que Aspen, sustentada por la estructura hotelera en la que planeo transformar el Cielo Alto Mountain Ranch. Y en verano puede convertirse en un pequeño paraíso de aventuras para los turistas. Excursiones en helicóptero, *rafting* en el Colorado, pesca, paseos en vehículos todoterreno o a pie. Tengo en mente unos espectáculos que dejarán pequeños a los de Hollywood. Con este fin, ya me he puesto en contacto con la gente del Cirque du Soleil para que creen diversas actuaciones inspirados en el Viejo Oeste.

Ahora venía la segunda fase, en la que se adelantaba a las objeciones.

—No es una idea exclusivamente *pro domo mea*. Si llega a realizarse todo, sin duda el Ranch recaudará una buena cantidad de dinero. Pero no solo eso: también será positivo para toda la zona. Acabará con este aire de provincia que nos sofoca a todos. Esta ciudad tiene muchas flechas en su arco, y me gustaría que alguna consiguiera dar en el blanco.

Jim alimentaba la sospecha de que ese arco y esas flechas, además del propio blanco, eran de exclusiva propiedad de Cohen Wells. Sin embargo, no dijo nada, porque sentía curiosidad por oír la fase siguiente.

Se limitó a formular la pregunta obvia:

—¿Y qué tengo yo que ver con todo esto?

—Mucho, porque si me sigues haré de ti un hombre rico.

Jim pensó que habían llegado a la parte más interesante del discurso. La tercera fase, en la que los chaquetas azules se procuraban guías indígenas. A su pesar se vio obligado a recordar otra vez las palabras de April Thompson:

«Muy pronto descubrirás qué quiere de verdad de ti el amo de la ciudad.»

Esa muchacha, en lugar de trabajar de periodista, debería dedicarse a las profecías.

—Verás, en la actualidad hay ciertos escollos que superar y diferencias que limar, como sucede siempre en estos casos. Algunas manos que untar, algunas autorizaciones que se hacen esperar. Pero el verdadero obstáculo son los navajos. No están en absoluto de acuerdo con este proyecto. Como sabes, para ellos los San Francisco Peaks son montañas sagradas, de modo que el Consejo de las Tribus no quiere ni oír hablar del tema. Y Richard Tenachee era la voz cantante de ese iceberg.

Un instante de reflexión, como para perseguir un recuerdo.

—En el pasado tuve desacuerdos con tu abuelo. A veces muy acalorados, pero siempre con el máximo respeto. Tu viejo sabía la estima que yo le tenía, aunque nuestras opiniones no coincidieran.

Miró a Jim a los ojos, buscando una confirmación.

—Ahora él ya no está, y todos nosotros debemos mirar hacia delante.

El rey ha muerto, viva el rey. Ahora Jim aguardaba la cuarta fase: la motivación del soldado antes de la batalla. La exaltación de su fuerza y la promesa de un rico botín una vez obtenida la victoria.

—Eres un muchacho brillante. Pilotas helicópteros, has estudiado, has viajado, conoces mundo. Eres una persona que vive su época. Y el nieto de un gran personaje de la nación navajo. En Window Rock te conocen todos, y, gracias a la consideración que les inspiraba tu abuelo, automáticamente mostrarán la misma admiración por ti. Ten también en cuenta que yo cuento con muchas relaciones en el seno del Consejo y del Bureau for Indian Affairs. Si jugamos bien nuestras cartas, no te resultará difícil, en un futuro, aspirar a ser el presidente. Posees todos los requisitos necesarios. Eres navajo por los cuatro costados, pero también eres mitad blanco, es decir, el hombre ideal para entablar nuevas relaciones entre estos dos mundos. Por el momento me basta con que estés de mi parte y hagas valer de algún modo el prestigio que te ha dado ser el nieto de Richard Tenachee.

El tono se volvió cómplice. De la cuarta fase pasó directamente a la quinta. El recuerdo de los «buenos viejos tiempos».

—En el fondo, tú y yo ya hemos hecho algún negocio. Y sabes que puedes confiar en mí.

Jim dedicó unos segundos a reflexionar. Muchas de las cosas que le había dicho Cohen Wells no le importaban nada de nada. Pero, mientras encontrara algo o a alguien a quien sí le importara, podría ganar algún dinero.

Quizá mucho.

—¿Tienes un lugar donde alojarte? ¿Un coche?

—Está la vieja casa de mi abuelo, no muy lejos de East Flagstaff. Pero no sé en qué condiciones se encuentra. Por ahora estoy en el Aspen Inn.

—Bien. Escucha lo que te propongo, para lo inmediato. Tendrás una vivienda independiente hasta que encuentres otro lugar. Ordenaré que te asignen un coche del banco y depositaré cincuenta mil dólares en una cuenta corriente a tu nombre. Tómate unos días... una semana, digamos. Echa una mirada al lugar y decide si puedes adaptarte de nuevo a estos parajes. Después, si quieres, puedo confiarte el helicóptero del Ranch. Por ahora hay solo uno, pero en breve habrá una pequeña flota. Y administrarla podría ser tarea tuya, junto con todo el resto.

—En cuanto a ese resto, ¿qué tendré que hacer?

—Te lo diré en el momento oportuno.

La expresión de Cohen significaba una sola cosa. Había dejado en claro que la única referencia era él. Jim sintió los hilos de marioneta atados a sus piernas y a sus brazos.

Pero eran hilos de oro, y con ello bastaba para superar toda vacilación.

—¿Y Alan?

—Él es la otra cara de la moneda. Es un ciudadano estadounidense, un soldado que ha derramado sangre por su país y al que han condecorado por ello. Un héroe que ha pagado muy caro su heroísmo. Alguien importante para tener de nuestra parte.

Jim consiguió con dificultad mantener una expresión impasible. Cohen Wells se las apañaba para extraer beneficios hasta de la desgracia de su hijo.

Sin duda jamás se la había esperado.

Sin duda pensaba que, de haber seguido Alan sus consejos, todo aquello no habría ocurrido.

Quizá había llorado.

Pero ahora que era un hecho consumado, ¿por qué no utilizarlo de la mejor manera posible?

Jim no podía creer lo que oía. No podía creer siquiera en sí mismo o intentar saber cuándo terminaría esa hambre de autodestrucción que arrastraba. Sin embargo, en el fondo tampoco él se había comportado mucho mejor con Alan...

—Es posible que me lo cruce tarde o temprano. Sería muy incómodo, tanto para él como para mí.

Wells supo que esas eran las últimas, débiles resistencias. Las desechó, como de costumbre.

—De Alan me encargo yo. Lo importante es que tú me asegures que él no sabe nada de nuestros acuerdos pasados.

Jim meneó la cabeza.

—Lo sabíamos solo usted y yo, y *yo* no le he dicho nada. Desde aquel día no he vuelto a hablar con él.

—Muy bien.

Le tendió la mano por encima del escritorio. Jim se levantó y se la estrechó. Los cincuenta mil dólares en la cuenta compensaban ampliamente que Cohen Wells se quedara sentado.

—Bienvenido a la carrera por el oro, Jim Mackenzie.

En ese momento llamaron a la puerta. El banquero supuso que sería la secretaria, para llevarle lo que le había pedido.

—Habría que hacer un brindis, pero creo que por hoy nos conformaremos con un buen café. Adelante.

Se abrió la puerta. Mientras un hombre con uniforme de chófer la mantenía abierta de par en par, cruzó el umbral una persona que caminaba con esfuerzo apoyada en un par de muletas de aluminio.

Al cabo de tantos años, Jim se encontró frente a Alan Wells.

Sintió por dentro una punzada de remordimiento y se maldijo por ello. Del chaval de otros tiempos no quedaba ya nada, y del hombre en que se había convertido, menos todavía. Físicamente era el vivo retrato de su padre muchos años atrás. Pero se lo veía delgado, con aspecto de enfermo, y sus ojos reflejaban todas las cosas que había tenido que soportar.

Se produjo uno de esos instantes en que la vida parece suspendida y el tiempo se toma una pausa. Durante unos interminables segundos todos permanecieron inmóviles, como si la estancia se hubiera convertido en un bloque de plexiglás y ellos fueran maniquíes en un escaparate de tres dimensiones.

Luego Jim se recobró. Rogó que su voz sonara más segura de lo que se sentía él por dentro.

—Hola, Alan.

Su viejo amigo no se mostró sorprendido. Lo miró perplejo un segundo, como si le costara encontrar a aquel rostro de su memoria y relacionarlo con un nombre.

Después sonrió y habló con una voz que no le recordaba.

—Hola, Jim. Me alegro de verte.

Al acercarse para estrecharle la mano, Jim se dio cuenta de algo que hasta ese entonces solo había sospechado.

Durante toda su vida había deseado ser Alan Wells.

12

El camino que subía al Cielo Alto Mountain Ranch era el mismo del día anterior. Pero el hombre que lo transitaba en ese momento ya no era el mismo. Para Jim Mackenzie aquella franja de tierra y piedras ya no pertenecía al pasado, no era un sendero entre los árboles, lleno de recuerdos oscuros como cipreses. Ahora formaba de nuevo parte de su presente y él se encontraba de nuevo metido hasta el cuello en todo aquello de lo que siempre había deseado escapar. Para no pensar en ello, se obligó a creer que en su situación actual aquella era la única oportunidad de trabajo con que contaba.

«La tarifa es la de siempre. Treinta dinarios.»

Una leve regurgitación ácida acompañó este pensamiento, como si su cuerpo se hallara en perfecta sintonía con su mal humor. Bajó la ventanilla del flamante Dodge Ram que conducía y escupió un espumarajo con sabor a hiel. Silent Joe, sentado a su lado, volvió la cabeza hacia él, molesto por la ráfaga de aire que había entrado de pronto por la ventanilla.

Jim se encontró frente a dos ojos acusadores. De nuevo constató la increíble capacidad de ese perro para comunicar su estado de ánimo con una simple mirada. O para hacer creer a todos que también él experimentaba sus cambios de humor. Aunque no se sentía demasiado predispuesto, descubrió que a pesar de todo sonreía ante aquel mudo reproche.

—De acuerdo, de acuerdo, ya cierro. Solo he abierto un momento.

Subió el cristal y acalló de inmediato la suave protesta. Jim no había salido indemne del encuentro con Alan, y también su compañero sufría las consecuencias.

Durante todo el rato transcurrido en el despacho de Cohen Wells había permanecido en su sillón como en la cama de clavos de un faquir. Cuando entró Alan, andando con dificultad sobre las prótesis con la ayuda antinatural de las muletas, la incomodidad que reinaba entre esas cuatro paredes se convirtió de pronto en una presencia casi tangible. Fueron instantes espesos, viscosos, de esos que el tiempo reserva solo para las mejores ocasiones. Una vez que Alan se sentó, Jim trató con obstinación de no mirar sus piernas, pero por mucho que se esforzara, su mirada iba siempre a parar allí. Y cada vez experimentaba una opresión en el corazón que poco a poco se convirtió en un malestar casi físico.

La única alternativa consistía en mirar a Alan directamente a la cara, algo que no aliviaba demasiado aquella sensación. En ese semblante se leía una marea de recuerdos y de noches pasadas lamentando lo ocurrido y preguntándose si había valido la pena. Lo que más sorprendía a Jim, e intensificaba su culpa, era la total ausencia de resentimiento hacia él. Daba la impresión de que lo que había existido entre ambos hubiera pasado sin dejar ningún rastro. Alan conservaba sus ojos limpios de siempre, los mismos que Jim recordaba, los dos de idéntico color. Ahora surcaban su delgado rostro unas arrugas que contaban su historia mejor que las palabras. Una de esas historias que ningún hombre querría jamás oír.

Era un soldado que había sobrevivido a la guerra.

Al igual que el abuelo de Jim, había regresado tras haber pagado un alto precio, y lo habían honrado como a un héroe.

Y Jim, de uno u otro modo, los había traicionado a ambos.

Cohen Wells, en cambio, parecía preocuparse solo por sí

mismo. Jim pensó que ese individuo era en realidad un agujero negro humano que sacaba sus mejores fuerzas de las energías negativas. Meditó acerca de esos dos hombres, tan diferentes entre sí, que en un trance incómodo como aquel habían mostrado la misma reacción. Ambos habían actuado con vigor en un momento embarazoso, pero por distintas motivaciones. Alan, porque era un hombre de una fortaleza fuera de lo común, y su padre, porque estaba dotado de la capacidad aún más extraordinaria de revertir toda situación en su provecho.

El banquero sonrió a su hijo, que todavía buscaba la posición más confortable en su silla.

—Me alegra que hayas venido, hijo. Tenemos una novedad. Al parecer, hemos logrado hacernos con los servicios del mejor piloto de helicópteros que se haya visto nunca por estos lares. A partir de hoy Jim trabajará para nosotros, en el Cielo Alto.

A Jim no le pasó inadvertido el uso del plural en la declaración de Cohen. Era la confirmación de que todo lo que acontecía en aquel despacho no era un hecho personal, sino que cada cosa se decidía en función de un «nosotros». Constituía una gran concesión a la persona y a las capacidades de Alan, la vieja promesa que todo padre hacía a su hijo: «Algún día, todo lo que ves será tuyo». Con seguridad ese detalle no había escapado tampoco a Alan. No obstante, con igual certeza, en esos momentos le importaba mucho más aquello que no volvería a tener nunca, que lo que tendría algún día.

Asintió sin entusiasmo, pero también sin rencor.

—Estupendo. Me alegro de que también Jim haya vuelto a casa.

Todavía resonaban en la mente de Jim las palabras de Cohen Wells, pronunciadas en el despacho poco antes de que llegara su hijo.

«Es un héroe que ha pagado muy caro su heroísmo. Alguien importante para tener de nuestra parte.»

Mientras oía cómo se repetía en su cabeza, habría querido

levantarse y contárselo todo a Alan, explicarle qué seres despreciables eran su padre y ese Jim Mackenzie al que acababa de dar la bienvenida a casa. Por lo que había sucedido en el pasado y por lo que sucedería todavía.

En cambio, se puso de pie sin decir nada.

Como siempre, volvió la cabeza hacia otro lado.

Y ahora esa nada se había convertido en ácido sulfúrico en su estómago y en su boca.

Llegó a la bifurcación señalada con el cartel publicitario del Ranch. El vaquero le indicó el camino con aquella sonrisa pintada que duraría hasta que se destiñeran los colores. Después habría otro pintor y otra sonrisa, hasta el fin de los tiempos. Ya en la pequeña aldea, se detuvo en el aparcamiento de los empleados, donde encontró la imponente figura de Bill Freihart, que lo esperaba con su improbable vestimenta del Oeste.

Una vez que Jim abrió la puerta y bajó, Bill se acercó al coche, al tiempo que Silent Joe saltaba de inmediato a un arbusto para aliviarse. Siguió con la mirada al cómico animal que elegía un árbol como si se tratara de una corbata.

—¡Madre mía, cuánto mea este perro!

—Pues sí. Creo que si le diéramos de beber cerveza podríamos utilizarlo para apagar incendios.

Sin demasiada convicción, Bill sonrió por la ocurrencia. Se miró la punta de las botas polvorientas. Parecía un niño grande sorprendido con las manos en los bolsillos de los pantalones del padre.

—Así que ahora eres de los nuestros.

Jim esbozó un gesto indiferente con la mano.

«Si me sigues haré de ti un hombre rico.»

—Eso parece

—Muy bien. Ven. Estos tipos parece que tengan hormigas en el culo. Ya sabes cómo es la gente de Hollywood.

Jim volvió a notar en la boca el ácido sulfúrico que regresaba para exigir su tributo.

—¿Gente de Hollywood?

—Sí. Los de la película. Han venido a estudiar el terreno y se hospedan aquí. ¿Cohen no te ha dicho nada?

—Sí. Pero no me habló de gente de Hollywood.

Con una ligera inquietud, Jim siguió a Bill hacia la Club House.

Poco después de la llegada de Alan al despacho del padre, hubo una llamada telefónica. Cohen respondió y por sus palabras Jim entendió que su interlocutor era Bill Freihart. Lo escuchó mientras le exponía un problema y enseguida lo tranquilizó, con la promesa de encargarse del asunto. Luego se volvió hacia Jim con una sonrisa irresistible. En el Ranch había personas, gente importante, que planeaban utilizar el helicóptero para una excursión. En aquel momento el piloto no se hallaba disponible.

¿Por casualidad no podría Jim...?

En aquella situación habría aceptado cualquier cosa con tal de tener una excusa para marcharse de allí. Pero, como siempre, la prisa no es buena consejera. Y de algún modo Jim sabía que pronto se enfrentaría a las consecuencias.

Cuando él y Bill llegaron al patio del Ranch, había dos hombres de pie en la galería de la entrada principal de la Club House. Resultaba evidente que los esperaban, y a medida que se acercaba Jim tuvo oportunidad de observarlos.

Uno era joven, más o menos de su edad, alto y delgado. Lo había visto una vez en la televisión, recibiendo de manos de Cameron Diaz el Oscar al autor del mejor guión original. Tenía una cabellera abundante y unas pequeñas gafas de metal que en su rostro recordaban al Bob Dylan de *Knockin' on Heaven's Door.*

El otro era más maduro y Jim lo conocía bien. Nunca se lo había cruzado en persona, pero había visto su foto en diversas revistas, y en una ocasión *Life* le había dedicado una portada al elegirlo hombre del año. Además, ¿quién no conocía, en Estados Unidos y en el resto del mundo, a Simon Whitaker, el director y productor artífice de la fortuna de Nine Muses Entertainment, el hombre que la había convertido en uno de los colosos de la cinematografía mundial? Había producido y dirigido algunos de los mayores éxitos de taquilla de los últimos diez años. No obstante, lo que lo hacía figurar en las portadas de todas las revistas de chismes del planeta era su reciente relación con una de las más bellas mujeres de todos los tiempos, Swan Gillespie.

—Te presento a Oliver Klowsky y al señor Simon Whitaker, de Nine Muses.

Mientras les estrechaba la mano, el productor lo inspeccionó de arriba abajo. Apenas lo vio, a Jim le cayó de lo más antipático.

—Este joven es Jim Mackenzie, el piloto que estábamos esperando.

—Me parece un poco demasiado joven.

—Para mi abuelo, a los ochenta años, una persona de sesenta años también era joven.

Jim se quitó las gafas en gesto de desafío. Apenas sus ojos emergieron de debajo de las Ray-Ban, el otro no consiguió contener una expresión de sorpresa.

—Santo cielo, ¿pero qué clase de ojos son esos? Jim, tienes una cara ideal para el cine. ¿Nunca se te ha ocurrido ser actor?

—No creo, Oliver. A Jim no le interesa el cine. Para él solo existen los helicópteros.

La voz llegó de algún punto situado a sus espaldas, para mitigar ese momento de tensión. Pero solo logró crear otro. Jim la conocía desde hacía mucho. Se volvió hacia la puerta. De la penumbra del umbral emergió una figura de mujer, y la belleza casi sobrenatural de Swan Gillespie estalló en su cara.

Con el tiempo había madurado y se había vuelto más discreta, sinuosa, sin el atractivo insolente y la presencia radiante de la adolescencia. Todavía era una combinación de piernas largas y senos perfectos, pero ahora Swan llevaba su piel ambarina con la gracia de una reina. Sus ojos oscuros, capaces de inflamar el mundo cuando lo miraban desde una pantalla cinematográfica, no conservaban rastros de la inquietud de otros tiempos. Solo persistía un fondo lejano de melancolía que, según pensó Jim, quizá se debía a la dificultad de comportarse con desenvoltura en su regreso a su pueblo natal.

Al marcharse de Flagstaff era una de tantas muchachas guapas que sueñan con hacer carrera en el cine. Pero para ella, como en todo cuento que se respete, el sueño se hizo realidad. Ahora volvía a su ciudad en las alas no de una victoria, sino de un auténtico triunfo.

Había alcanzado el éxito: era una Cenicienta para la cual no existía la medianoche.

Jim pensó que en el fondo los dos eran iguales.

Ambos habían cumplido su sueño de niños. Se preguntó si serían iguales en todo y si también ella recibiría alguna visita de Alan Wells en ciertos sueños desagradables durante la noche. A veces incluso cuando daba vueltas en la cama sin poder dormir.

—Hola, Swan, ¿cómo estás?

—Bien. ¿Y tú, *Táá' Hastiin*?

Con un gesto vago de los brazos Jim destacó lo evidente.

—Como ves. Tengo algunos años más pero aparte de eso no ha cambiado nada. Todavía piloto helicópteros.

«Y cargo sobre los hombros a Alan Wells, Emily Cooper y Lincoln Roundtree.»

Algo apartado, Oliver Klowsky no se perdía una palabra del diálogo. Lo oyó dirigir en voz baja una pregunta a Bill.

—¿*Táá' Hastiin*?

—Jim es navajo por parte de madre. Ese es su nombre indígena. Significa «Tres Hombres».

—Qué fantástico. Este chaval no deja de sorprenderme.

Silent Joe se abrió paso entre el grupo y su cabeza apareció al lado de Jim. Se sentó y miró a Swan con desvergüenza, como si quisiera admirarla y hacerse admirar al mismo tiempo. Ella sonrió y por un instante fue como si su sonrisa detuviera ese momento en una imagen fija.

—¿Es tu perro?

La mano de Jim bajó en una rápida caricia a la cabeza de Silent Joe.

—Diría que sí, aunque estoy seguro de que él prefiere pensar que yo soy su humano.

Sonó la voz de Simon Whitaker para recordar a todos que el tiempo es dinero, sin excepciones temporales ni geográficas.

—Creía que íbamos a dar una vuelta en helicóptero.

Jim se puso las gafas y volvió a su papel y al motivo de su presencia en el Cielo Alto Mountain Ranch.

Respondió al productor con la misma voz seca:

—Ya mismo. Si quieren ustedes seguirme...

Condujo al grupo hacia el sitio donde esperaba el helicóptero. Mientras se dirigían a la pista de despegue, Klowsky se puso a su lado. Era un creativo, y como tal parecía entusiasmarle la idea de obtener datos.

—Te explicaré qué es lo que necesitamos ver.

—Cómo no.

—¿Conoces ese asunto llamado «La matanza de Flat Fields»?

—¿Quién no la conoce por aquí?

—Planeamos rodar una película sobre ese suceso. Hay un componente de misterio que resulta muy interesante desde el punto de vista cinematográfico. Queremos ver los lugares donde ocurrió.

—¿También quieren volar sobre el Cañón?

Se entremetió la voz ruda de Whitaker.

—No somos turistas y no estamos de vacaciones. Ya veremos el Cañón en otra ocasión, si es necesario.

Jim se volvió a mirarlo. Desde el primer momento lo había ignorado adrede, aunque no le había pasado inadvertido el brazo que rodeaba con ostentación los hombros de Swan. Era un fanfarrón, y con ese gesto daba a entender que Swan Gillespie era de su propiedad privada.

Suya, para ser exactos.

Llegaron en silencio a la pista marcada con una gran cruz blanca, en el centro de la cual descansaba el Bell 407, todavía más colorido y brillante que el día anterior. De pie junto al borde de cemento los esperaba Charlie.

Ni siquiera miró a los huéspedes, y se dirigió a Jim en la lengua navajo.

—Esta gente traerá problemas.

—¿Tú crees?

—Esa mujer los ha causado siempre. ¿Por qué esta vez habría de ser diferente?

—Tranquilízate. Ha pasado mucho tiempo y todos hemos cambiado. Esta vez no pasará nada.

Charlie bajó la cabeza. No parecía en absoluto satisfecho con ese argumento. Pero su filosofía era el silencio, y a él se plegó también en esta ocasión.

Klowsky parecía fascinado por el sonido de la lengua que hablaban. Dejó escapar un comentario de cineasta.

—Caramba. Todo esto es alucinante. Es un pecado que Nicolas Cage ya lo haya hecho en esa pésima película sobre los *Codetalkers*... si no, se podría desarrollar una historia fantástica.

Jim se dirigió en inglés a Silent Joe, al tiempo que le señalaba al viejo que tenían delante.

—Debo ir a un lugar al que tú no puedes acompañarme. Quédate aquí con Charlie. Vuelvo enseguida.

El perro giró la cabeza hacia el helicóptero y luego la alzó hacia el hombre que Jim le había señalado. Poco después se sentó a su lado. Lo más probable era que tampoco a él le agradaran los helicópteros, de modo que hizo su elección en un instante.

Ayudaron a los componentes del grupo a acomodarse en la nave y luego Jim se sentó en el puesto de mando. Mientras efectuaba los controles a la espera de que se calentara el motor, se descubrió pensando en la sucesión de acontecimientos de aquellas últimas horas.

Su vida de nuevo cambiaba, por enésima vez, cuando creía

haber encontrado un lugar definitivo donde estar. La urna con las cenizas de su abuelo, el viejo Charlie Begay que ahora lo miraba a través del plexiglás de la carlinga sin darle a entender de modo alguno qué pensaba. El encuentro con April, después con Alan y por último con Swan. Ahora todos estaban presentes. Fragmentos reconstruidos, personas lejanas que volvían a reunirse guiadas por alguien que elaboraba historias mucho más complicadas que las que escribía Oliver Klowsky. Y Caleb Kelso, asesinado por alguien y transformado en una marioneta en su laboratorio mientras perseguía sus sueños de gloria...

Cuando el motor alcanzó la temperatura necesaria, Jim se volvió para asegurarse de que los pasajeros se hubieran abrochado los cinturones de seguridad y colocado los auriculares.

—¿Me oyen?

—Con toda claridad.

Klowsky, sentado a su lado, hizo una seña con el pulgar levantado. De atrás llegaron las confirmaciones de Swan y su prometido, que miraba por la ventanilla con aire de suficiencia. Jim deseó que le asustara volar y lamentó no tenerlo como único pasajero. Habría hecho que se cagara de miedo.

—Muy bien. Vamos.

Jim tiró de la palanca de cambios y el helicóptero se elevó del suelo con gracia mecánica. Subió el mando con habilidad y mantuvo el vehículo suspendido exactamente sobre el centro de la pista. Luego hizo un viraje suave y diestro para llevar el aparato a sobrevolar la pequeña aldea.

—Aquí, donde ahora se levanta el Ranch, estaba la casa de los Lovecraft. Era una pareja con dos hijos que vinieron de Pittsburg con las migraciones de finales de 1800, unos diez años antes de que el ferrocarril llegara a Flagstaff. El hijo varón se casó con la hija de un jefe navajo de la época, Eldero, que vivía con su tribu en una parcela que limitaba con la de los Lovecraft.

Mientras continuaba su relato, sobrevoló y dejó atrás el Ranch y guió el helicóptero en dirección noroeste.

—No se sabe con exactitud qué fue lo que pasó. Las autoridades de la época hablaron de una lucha por el territorio entre las dos familias. La hipótesis más creíble es que el muchacho maltrataba a la mujer indígena y que ella huyó a refugiarse con el padre cuando se cansó de los azotes. Lo cierto es que los diné de Eldero...

Klowsky lo interrumpió.

—¿Los qué?

—Los diné. Es la palabra con la que se identifican los navajos en su lengua.

Por instinto, Jim había hablado como si él no formara parte de su gente. Se preguntó si Swan habría captado ese detalle. Pero ella no dijo nada y el guionista no hizo más preguntas, por lo cual se consideró autorizado a proseguir la historia.

—Eldero y los suyos, aprovechando un momento en que los hombres estaban ausentes, atacaron la granja y mataron a la madre y a la hermana del muchacho. Cuando él y el padre regresaron a la casa y vieron lo sucedido, subieron al campo de Eldero, en un lugar llamado Flat Fields, y mataron a todos los que encontraron en la pequeña aldea. No les resultó difícil. Aunque no eran más que ellos dos, iban bien armados y se enfrentaban sobre todo a mujeres, niños y algún guerrero cansado de las incursiones y las luchas con los traficantes de esclavos de Nuevo México. También los dos Lovecraft murieron durante el enfrentamiento, exactamente aquí...

Jim señaló con la mano libre la vasta meseta que se extendía abajo, una llanura entre las accidentadas montañas. Crecía verde la hierba y sin duda era una tierra fértil. Pero no había rastro de ningún antiguo asentamiento indígena.

Whitaker hizo oír su voz por primera vez.

—No ha quedado nada de la aldea.

—Los *hogan* no se hacen para durar. Aquí nada tiene esa característica.

Continuó sobrevolando la zona, mientras Klowsky hacía fotografías.

—Esa es la síntesis de los hechos, según los reconstruyeron las autoridades de la época. Ha quedado un solo punto oscuro.

Hizo una pausa, como si reflexionara en lo que iba a decir.

—Los cuerpos de Eldero y su hija, Thalena, no se encontraron entre los cadáveres de Flat Fields. Y nunca más se oyó hablar de ellos.

13

Jim se hallaba solo en el aparcamiento para el personal.

A su regreso del paseo de reconocimiento de Flat Fields había encontrado a Charlie y al perro que lo esperaban al lado de la pista de aterrizaje, como si no se hubieran movido en ningún momento. Cuando lo vio bajar del helicóptero, Silent Joe manifestó su alegría con unos vagos movimientos del rabo, lo cual, según sus parámetros de festejos, equivalía a una especie de canino Carnaval de Río.

Una vez hubieron regresado todos al campamento, el grupo se separó. Swan y Whitaker fueron a su bungalow, y Klowsky monopolizó a Charlie para hacerle unas preguntas. Por la manera en que le entusiasmaba la novedad de todo aquello, Jim pensó que su pobre *bidá'i* no se lo quitaría de encima con facilidad. Pero luego sonrió para sí al imaginar la cara del guionista ante las seguras respuestas monosilábicas del viejo. Tras un breve informe a Bill sobre tiempos de vuelo e intercambiar algunas ideas sobre su trabajo en el Ranch, Jim se encaminó a recuperar el coche para volver a la ciudad.

Infinidad de pensamientos se agolpaban en su cabeza.

Cuando posó la mano sobre el picaporte del Ram, Silent Joe se sentó en el suelo y lo miró con el aire aburrido de un noble inglés que espera que el chófer le abra la puerta. Jim abrió con gesto exagerado la puerta del coche que, por orden de Wells, le había asignado un empleado del banco. Había muchos otros vehículos disponibles, pero él había elegido esa camioneta pensando en la nueva presencia en su vida de un compañero de cuatro patas.

Apenas lo vio, Silent Joe lo declaró de su agrado con una generosa meada a los neumáticos posteriores. Resultaba evidente que lo juzgaba un ascenso de categoría con respecto a la vieja y desconchada camioneta de Caleb. Aun así, su complacencia por viajar en un medio de transporte no había cambiado. Tardó menos de un segundo en saltar por el lado del chófer y acomodarse en el asiento del acompañante.

—Veo que no consideras ni de lejos la posibilidad de ir en la parte de atrás, como los demás perros.

Firme en su puesto, Silent Joe estornudó.

Jim dedujo que, en la lengua de su gestualidad, eso quería decir «no».

La voz de Swan, que llegó inesperadamente desde un lugar cercano, lo sorprendió.

—¿Te has convertido en el indígena que habla con los animales?

Al volver la cabeza se la encontró a su lado, en el sendero que descendía del campo al aparcamiento. Contempló cómo avanzaba con calma los pocos pasos que los separaban. Parecía creer que el mundo entero se rendía a su presencia.

Jim señaló con la cabeza a Silent Joe y le explicó la situación.

—Para hablar con este perro primero hace falta pedir una cita a su abogado...

Swan sonrió con modestia, como mujer, no como actriz. Jim se sintió incómodo. Después de su enorme éxito, no esperaba que se comportara con tanta naturalidad, y sobre todo no esperaba compartir con ella unos minutos a solas.

—¿Tu prometido te permite salir a pasear sin compañía?

Swan hizo un gesto vago que denotaba rutina.

—Ah, Simon está pegado al teléfono y al ordenador, controlando los datos que llegan de Los Ángeles. Tardará por lo menos una hora.

Bajó apenas la voz y lo miró a los ojos.

—No te gusta, ¿verdad?

—En la lengua navajo el término «nocivo» no se usa casi nunca. En general solemos reemplazarlo con la definición «no me cae bien».

—No es mala persona. Lo que ocurre es que vive en un mundo difícil y ha tenido que aprender a adaptarse. Ya sabes que hay juegos en los que hay que volverse duro.

—¿Y tú? ¿Cuánto te has endurecido para poder jugar?

Jim la interrumpió para provocarla. No le gustaba ese hombre, y menos aún que ella se lo presentara bajo una luz favorable.

Swan sonrió de nuevo. Jim entendió que la sonrisa era para él, pero que la melancolía que contenía la reservaba para sí misma.

—Tal vez demasiado y tal vez no lo suficiente.

Después cambió de tema y de tono. Huyó del mundo de lo que es y se permitió una visita al mundo de lo posible. Quizá solo para ver si de vez en cuando ambas cosas podían coincidir.

—Andaba caminando por el Ranch y te he visto salir de la Club House. Te he seguido. Quería hablar contigo, a solas.

Por su parte, Jim no tenía el menor deseo de hacerlo. Encontrarse con ella y con Alan en el mismo día era algo que probablemente superaba sus fuerzas. Juntos representaban el cien por cien de su sensación de culpa. No disminuiría en nada ni aunque la compartiera con ella.

Por instinto, para salir del apuro, le hizo la misma pregunta que una tarde de muchos años atrás.

—¿Cómo está tu madre?

—Ah, ella está bien. Todavía tiene la lavandería. He tratado de convencerla para que venga a vivir conmigo. He tratado de convencerla de que deje de trabajar. Pero no hay forma...

Sin darse cuenta, había respondido casi con las mismas palabras.

—Conozco esa clase de gente. Mi abuelo pertenecía a la misma categoría.

—Charlie me lo ha contado. Lo lamento mucho.

Jim sintió que dentro de sí algo se convertía en piedra.

—Así es la vida. Siempre termina del mismo modo, incluso para los nativos.

«La única certeza es un gran pájaro blanco. Pero Richard Tenachee tenía dos certezas. La muerte y la ausencia de su nieto.»

Swan comprendió, por el silencio de Jim, que estaba viendo fantasmas. Aprovechó para hablarle de los suyos.

—Me he enterado de que Alan ha vuelto a casa.

Jim se limitó a hacer un breve movimiento afirmativo con la cabeza. Ahora todo su cuerpo le parecía de piedra.

—¿Cómo está?

Swan lo miró un segundo a los ojos. Luego, una vez más, Jim vio a otra persona que volvía la cabeza hacia otro lado.

Y se preguntó por qué los dos no hicieron lo mismo tantos años atrás.

No había mucho tráfico aquel día. Era una tarde de verano y el calor mantenía a la gente lejos de los coches y de la calle, confinada a la sombra de las pérgolas y al fresco de los bares. Jim se hallaba completamente solo en Kingman Street, una pequeña calle bajo el Lowell Observatory. Estaba apoyado en el muro color arena de una construcción baja. Se había colocado bajo el cono de sombra de un alero, oculto a la vista por una furgoneta roja. Mientras esperaba allí, pensaba en lo que acababa de ocurrir. Hasta hacía media hora se encontraba todavía en el despacho de Cohen Wells, y las palabras de ese hombre aún zumbaban en sus oídos, junto con las ideas confusas que rebotaban en su cabeza.

Después, Swan salió de la lavandería de su madre. Iba con la cabeza gacha, pensativa. Giró de golpe. Jim notó un ligero velo de sudor en su cara y percibió el vago olor a detergente del lavado en seco que desprendía su ropa.

Luego su sonrisa, capaz de hacer olvidar cualquier sudor y el olor de cualquier detergente.

—Santo cielo, Jim. ¿Quieres que me dé un infarto?

—Discúlpame.

—A veces olvidas qué silenciosos sabéis ser los indígenas.

Jim, incómodo, no supo responder a la broma. No sabía qué decir, así que soltó lo primero que acudió a su mente.

—¿Cómo está tu madre?

Por la expresión de ella, comprendió que había tocado un tema delicado. La cara de Swan se endureció y una pequeña llama rebelde se encendió en sus ojos.

—Ah, ella está bien. Tiene la lavandería. Su mundo empieza ahí y no va más allá de la punta de una plancha. He tratado de hacerle comprender que para mí es distinto. Pero no hay forma..

Jim entendió que había sido una conversación mucho más ardiente que aquella tarde de verano. La enésima, hasta donde él sabía.

—¿Quieres hablar?

Se detuvo de pronto frente a él. Hablaba con él como si todavía estuviera discutiendo con la madre.

—¿Y qué puedo decir que no le haya dicho ya miles de veces?

Dio media vuelta y continuó caminando.

—Hace meses que intento convencerla de que para mi vida deseo algo distinto. Que no puedo soportar la idea de vivir siempre aquí. Un marido, hijos, una piscina de plástico en el patio de atrás y barbacoa los domingos. Y llegar a los cuarenta años con la sensación de estar muerta desde por lo menos diez.

—Si te casas con Alan no tendrás esos problemas.

—Ah, sí que los tendré. ¿Crees que cambiaría algo? Saldré de una jaula solo para meterme en otra. Seré únicamente y siempre la mujer de Alan Wells, que a su vez será solo y siempre el hijo de Cohen Wells.

Una pausa. Un segundo, un siglo.

—Y además tendré que seguir viviendo en esta ciudad. Y no creo que pueda seguir haciéndolo.

—Pero ¿lo amas?

Swan lo miró como si no entendiera el idioma en que se lo había preguntado. Luego le dio una respuesta que era en realidad otra pregunta. Y valía para ambas.

—Tengo veintitrés años. Según tú, ¿qué puedo saber del amor?

Después dejó de lado ese paréntesis para volver a su determinación.

—Yo sé que puedo lograrlo, Jim. Puedo llegar a ser alguien. Lo siento. Sé que tengo la capacidad. Y quiero irme de aquí para demostrarlo.

Jim la comprendía. Era la misma ansia que sentía agitarse en su interior. Y aquel día Cohen Wells, tal vez, había encontrado la solución. Para ambos.

—¿Cuánto necesitas para poder marcharte?

Swan respondió sin vacilaciones, como si hubiera hecho muchas veces esa cuenta.

—Diez mil dólares.

—Es la misma cifra que necesito yo.

—¿Para hacer qué?

—El sueño de ser piloto y la licencia para pilotar helicópteros cuestan veinte mil dólares. Tengo diez mil. Para reunirlos he tardado años, y a este paso tardaré una vida para conseguir el resto.

—Puedes pedir un préstamo.

—¿Quién crees que prestaría diez mil dólares a un hombre medio blanco y medio navajo que no tiene nada que ofrecer como garantía? Lo mismo daría escribir una carta a Papá Noel.

Hizo una pausa. Se miró las All Stars añosas que llevaba en los pies.

Dijo las palabras siguientes del mismo modo como un día Judas dio un beso:

—Si de veras te interesa ese dinero, lo has encontrado. Es tuyo.

—¿Es una broma?

—No, no es ninguna broma. Acabo de salir del despacho del padre de Alan.

Swan guardó silencio.

—Me ha hecho una propuesta.

—¿Cuál?

—Ah, una auténtica ruindad. Pero la ha valorado en veinte mil dólares.

Ella lo apremió.

—¿Cuál?

—Él no soporta que Alan haya decidido casarse contigo. Se lo ha dicho esta misma mañana. Han reñido. Wells dice que, si lo hace, nunca recibirá de él un solo céntimo más.

—¿Y qué tiene eso que ver contigo y conmigo?

—Espera. Wells me ha dicho muchas cosas. Que me ha observado durante todos estos años y que sabe que tengo éxito con las mujeres. Entonces le he preguntado qué esperaba de mí...

—¿Y qué te ha dicho?

Swan se lo preguntó con el tono de quien imagina la respuesta pero en el fondo le cuesta creerla.

—Quiere que yo seduzca a la muchacha que le está quitando a su hijo. Que la quite de en medio, de una forma u otra. Y eso, para él, vale veinte mil dólares.

Jim ya había lanzado el caballo al galope, y daba la impresión de que se había desbocado. Continuó de un tirón, sin poder detenerse.

—Nosotros dos nos parecemos demasiado para poder mantener una relación. Tenemos demasiada hambre para conformarnos con la realidad que nos rodea. La única manera de hacer realidad mis proyectos es compartir ese dinero contigo.

No añadió lo más importante: que, además del dinero, también compartirían lo que vieran en el espejo al día siguiente.

Swan hizo un largo silencio. Jim estaba seguro de haber visto pasar como un relámpago en los ojos cuánta libertad podría comprar con esa suma.

Cuánta vida, como y donde deseaba.

Bajó la voz, ya cómplice.

—¿Qué has pensado hacer?

Continuaron hablando durante el resto de la tarde, y hacia el anochecer decidieron cómo actuar. Se separaron sin mirarse a la cara, y Jim no encontró el coraje para confesarle que sin ella no habría tenido fuerzas para hacer nada.

Se vieron una vez más, el tiempo suficiente para destrozar a Alan. Después, durante diez años, nunca más.

Pasado el tiempo, el recuerdo de aquella conversación era una presencia que no lograban olvidar. A veces podían hacer ver que no había sucedido nada. Podrían haber vivido separados durante toda la vida, y haber intentado y logrado tapar lo ocurrido.

Pero ahora no. No en el momento en que, al cabo de tanto tiempo, estaban frente a frente, se miraban a los ojos y lo que veían era solo un reflejo de lo que cada uno llevaba dentro.

Swan interpretó la larga pausa de Jim como una ausencia. Repitió la pregunta.

—¿Cómo está Alan?

Sin darse cuenta, Jim meneó la cabeza, como si la gobernaran, a pesar suyo, extraños pensamientos.

«¿Cómo está Alan? ¿Cómo puede estar un hombre con el que todos han competido para ver quién le quitaba más? ¿Cómo puede estar un hombre solo que todas las noches apoya sus piernas contra una pared?»

Por una vez expresó sin esfuerzo lo que de veras pensaba.

—Es un gran hombre, Swan. Siempre lo ha sido. Incluso cuando era apenas un chaval. Aunque lo hicieran pedazos, cada uno de esos pedazos sería mejor que cualquier persona que yo conozca.

Una pausa, que era al mismo tiempo silencio y una hoja afilada clavada en el corazón.

—Incluidos nosotros dos.

Jim vio el agua que llegaba de lejos a los ojos de Swan.

Avanzaba impulsada por la pena que ella llevaba dentro desde hacía años. Por la pérdida de la inocencia, por el momento en que uno renuncia a los sueños para convertirse en un ser humano cualquiera, obligado a enfrentarse a las consecuencias de sus errores. Por la burla del tiempo, que no daba una segunda oportunidad.

Swan se acercó y apoyó la frente en el hombro de Jim.

Su voz era dolor en estado puro.

—Ay, Jim. Qué hemos hecho... Qué hemos hecho...

La voz se le quebró en la garganta, y se echó a llorar.

Jim «Tres Hombres» Mackenzie, navajo del Clan de la Sal, rodeó con los brazos los hombros de Swan y la estrechó contra sí, mientras sentía que esa agua de nostalgia salía de sus ojos y bajaba tibia y salada hasta su camisa.

La oyó llorar y le alegró que ella todavía supiera hacerlo. Habría hecho cualquier cosa para que esas lágrimas fueran suficientes para los dos.

14

—En todo esto hay algo que no me convence. A Caleb Kelso lo han encontrado muerto en su casa, y la policía esconde algo. En mi opinión, lo han asesinado. Y de una forma extraña, además. De lo contrario no habría tanta reserva.

April Thompson estaba en el despacho de Corinna Raygons, la directora del *Flag Staff Chronicles*. La mujer, sentada en un pequeño sillón de madera que habría hecho feliz a Norman Rockwell, la miraba divertida al tiempo que bebía a sorbos su Earl Grey. Por encima del borde de la taza la observaba pasearse agitada por la estancia, acalorada por la discusión. Como de costumbre, sentía cierta ternura ante el temperamento de su cronista rebelde.

Cuando llegó de Santa Fe para dirigir ese pequeño periódico de provincia y descubrió entre el personal a esa guapa muchacha de pelo color caoba, la catalogó a primera vista como la típica trepadora llamativa ansiosa de demostrar al mundo que poseía algo más que un bonito cuerpo. Y encima, con la poco disimulada aspiración de estampar su firma en cualquier nota que apareciera en las páginas de un periódico de tirada nacional, aunque solo fuera en los anuncios fúnebres. Y notó que April, de algún modo, lo había percibido. Luego, con el paso del tiempo, tras un período estudiándose y midiéndose, Corinna se convenció de que le convenía contar con una mujer decidida y ambiciosa, pero en absoluto dispuesta a caer en las trampas de su carrera sin sopesar las consecuencias. Adoraba su trabajo y sobre todo buscaba la verdad. Era un arquetipo del verdadero periodista, algo que ya casi no existía, una forma de abordar la profesión que con el paso del tiempo había perdido cada vez más consistencia hasta convertirse en un estereotipo sin significado.

Una noche se encontraron por casualidad en el Satura, un restaurante japonés de Yale Street, donde la directora del periódico estaba cenando sola, como siempre desde su llegada a Flagstaff. Su hermana Alexandra, que vivía en la ciudad, donde dirigía una consulta odontológica, tenía su familia, y a Corinna no siempre le apetecía representar el papel de tía soltera y cuñada intrusa. April, amiga de los dueños, entró a saludarlos y a tomar un vaso de vino tinto. La vio desde su taburete, y se acercó. Corinna la invitó a sentarse y empezaron a conversar. Para sorpresa de ambas, se descubrieron varios puntos en común. Bebieron juntas otro vaso de vino y terminaron la velada algo achispadas, contándose sus respectivas historias.

Corinna valoró en April la energía que había perdido y la belleza que nunca había poseído. Se consideraba una mujer demasiado inteligente y demasiado mayor para tenerle envidia, por lo cual poco a poco nacieron la simpatía y la admiración que finalmente se convirtieron en afecto.

Ahora planeaba proponer al consejo administrativo que April Thompson la sucediera en la dirección del periódico, cuando ella se retirara. Por el momento la reportera seguía siendo una cronista en el despacho de su directora, impulsada por la emoción de una noticia en la que creer.

Hablaba y se movía, pero en realidad pensaba en voz alta.

—En general, en esta zona los casos de homicidio no son la consecuencia de una historia interesante. Riñas, cuchilladas entre borrachos, ajustes de cuentas por motivos de dinero, un hombre que mata a golpes a su mujer. También ha ocurrido lo contrario: mujeres a quienes se les fue la mano al zurrar al marido.

Ambas sabían que los casos importantes, los que hacían ganar un premio Pulitzer, eran bastante raros en Flagstaff y sus alrededores. Pero Corinna confiaba en la intuición de su colaboradora, y si ella creía que detrás de la muerte de Caleb Kelso había algo grande, existían serias probabilidades de que estuviera en lo cierto.

Intentó refutar sus argumentos para estimular la concentración y la creatividad de April.

—Si realmente se trata de un caso de homicidio, es normal que haya secreto de sumario.

—Es cierto. Pero la policía de aquí siempre ha tratado bien a la prensa local. Hay un sentido de pertenencia a la zona con respecto al resto del mundo, que en cualquier situación ha privilegiado las relaciones entre nosotros y las autoridades en comparación con los medios de fuera.

Hizo una pausa, como si le costara convencerse de la situación.

—En este caso, en todas partes encuentro puertas cerradas. Incluso mis propias fuentes dentro de la policía se han cosido la boca y no hay modo de quitarles los puntos.

Hizo una mueca y un ademán de impotencia.

—Han anunciado para mañana por la mañana una conferencia de prensa. Por supuesto que iré, pero seguro que se limitarán a la perorata habitual. Diez minutos de «no comment» y «se lo haremos saber» y «estamos investigando, déjennos trabajar». Y después todos a casa.

Se sentó en el único silloncito situado frente al escritorio. En el centro de su frente había un pensamiento y una pequeña arruga. Corinna tuvo la impresión de que su humor había cambiado imperceptiblemente.

—Lo único con lo que cuento es con la presencia de un testigo. Alguien a quien conozco, lo cual en apariencia debería facilitar las cosas. Pero Jim Mackenzie es astuto como un gato y un hueso duro de roer. No creo que quiera hablar y ponerse en contra de la policía de Flagstaff. Suele eludir los problemas y busca siempre el camino más fácil.

A Corinna no le pasó inadvertida la sutil amargura que bajó el tono de voz de April. Dejó con cuidado la taza sobre el escritorio, como si los dos fueran extremadamente frágiles. Miró a April a los ojos, esperando que no la rehuyera.

—¿Estamos hablando de *ese* Jim Mackenzie?

April la rehuyó.

—Sí. Todavía no sé qué hace aquí, pero seguro que encontrará algún modo de hacer daño.

—Cuidado. Me parece que en tu caso ya ha hecho daños más que suficientes.

—Bah, quédate tranquila. Es una vieja historia. Ya estaba muerta cuando la creía viva, así que imagínate ahora.

Pero April Thompson valoraba demasiado la verdad para poder disimularla. Esas palabras, de haberlas escrito en lugar de pronunciarlas, habrían terminado con puntos suspensivos. Corinna decidió cambiar de tema, para concederle una escapatoria del rincón al que la había llevado la conversación.

—Bien. En cuanto al caso Kelso esperaremos acontecimientos. Volveremos a debatirlo después de la conferencia de prensa. Mientras tanto hay personas famosas, aquí en Flagstaff. Y ya sabes a quiénes me refiero. Los dos tienen historias interesantes para el público. Sería bueno que la persona que entreviste a Alan Wells y a Swan Gillespie fuese alguien que los conozca bien y que en el pasado haya formado parte de la vida de ambos. Y sobre todo sería un crimen dejar que algún otro se nos adelantara.

Corinna Raygons era una mujer de experiencia y una buena amiga. Pero era también y en todo momento la directora de un periódico, que a fin de mes debía rendir cuentas ante sus superiores. April lo tenía siempre presente, así que hacía lo posible por no perjudicar la relación entre ellas.

De modo que también en esa ocasión comprendió las motivaciones de su jefa.

—Vale. Veré qué puedo hacer, aunque creo que será muy difícil, tanto con uno como con la otra.

Se levantó del sillón. Se despidieron y April salió del despacho. Cerró la puerta de cristal y permaneció un instante allí, como si no estuviera del todo segura de qué rumbo tomar. Guiada por sus pensamientos, avanzó por el breve pasillo. Al fondo dobló a la derecha y fue hasta la gran sala que compartía con otros dos cronistas. Sin mirar a ninguno de ellos, se sentó tras su escritorio. Había logrado que Corinna le concediera el privilegio de trabajar separada de los demás por una estantería baja, en una suerte de despacho privado. Una pequeña muestra de aprecio por aquella muchacha que necesitaba intimidad para poder desarrollar mejor su trabajo.

Nunca se lo había agradecido tanto como ahora.

Apartó unas hojas y alineó el portalápices y la alfombrilla del ratón sobre la superficie del escritorio, como para restablecer un orden que necesitaba imperiosamente en aquel momento. Sabía que esos gestos no bastarían para calmar su agitación, pero al menos le mantenían las manos ocupadas.

Pese a su amistad, le molestaba haber dejado que Corinna descifrara sus sentimientos con tanta facilidad. Por primera vez en su vida no estaba segura de que la carrera de periodismo hubiera sido la mejor elección. Desde que había vuelto a ver a Jim, de hecho, no estaba segura de haber hecho una sola buena elección en su vida.

Pero quizá su directora tenía razón. Si necesitaba una terapia de choque, aquella era sin duda la mejor manera de obtenerla. O al menos se daría cuenta de que no había perdido por el camino la determinación y el coraje.

«Entrevistas realizadas por alguien que en el pasado haya formado parte de la vida de ambos.»

Swan Gillespie. Alan Wells.

Vaya si había formado parte de sus vidas.

Alan se presentó de improviso en su casa. Estaba sola aquella tarde. Su familia había partido de viaje, y ella dio gracias al cielo por haberle concedido ese breve lapso de soledad. Necesitaba apartarse de todo para tomar decisiones importantes, de esas sin vuelta atrás, esas que cambian para siempre la vida de una persona. Oyó sonar el timbre mientras la radio transmitía «Stand by Your Man», una vieja canción de Tammy Winette. «No abandones a tu hombre.» Le pareció por lo menos sarcástico oírla en ese preciso momento. Fue a abrir con la secreta esperanza de ver a Jim en el umbral. En cambio, para su desilusión, se encontró frente a Alan. Lo apreciaba mucho, era la mejor persona que conocía, a la que acudía cuando necesitaba ayuda. Era su mejor amigo. Pero también el mejor amigo de Jim, y aquella noche lo necesitaba como el aire que respiraba.

Después vio el estado en que se hallaba Alan, y se preocupó.

—¡Santo cielo! Parece que hayas visto al diablo. ¿Qué pasa?

—¿Puedo entrar?

Se lo veía muy alterado. Despeinado, con los ojos rojos. Se notaba que había llorado. Su aliento olía un poco a alcohol.

—Por supuesto que puedes entrar.

Se quedó en el vestíbulo, dando vueltas con las manos a una gorra de béisbol. Alan Wells, uno de los muchachos más ricos de la zona, mantenía la costumbre de descubrirse la cabeza al entrar en una casa ajena.

—¿Te apetece beber algo?

—No, gracias. Ya he tomado un par de cervezas antes de venir aquí.

La siguió a la sala, y enseguida ella fue a apagar la radio. Después añadió su silencio al que ya reinaba en la habitación.

—¿Vas a decirme qué ocurre?

Se volvió y April vio que tenía los ojos húmedos.

—Es muy simple. Se trata de Jim y Swan. Están juntos.

—¿Qué quieres decir con «están juntos»?

—Follan, si prefieres esa expresión.

El asunto era tan grave que en otra situación April se habría echado a reír. Esta vez, en cambio, ante la expresión inexorable de Alan, se sintió morir.

—Pero ¿qué dices? ¿Te has vuelto loco?

—Los he visto, April.

—¿Dónde?

Alan se sentó en una silla. Apoyó un codo en la mesa y se pasó una mano por el pelo. Empezó a hablar sin mirarla a la cara. April comprendió que no se debía a falta de valor, sino solo a pudor por el sufrimiento que le había causado.

—Iba bajando por Country Club Drive. Me detuve en el semáforo y vi la camioneta de Jim frente al Whispering Wings Motel. Y justo cuando pasaba los vi salir de una habitación.

—Y ¿qué hiciste?

Alan la miró. En sus ojos se veía el final de un sueño. Y la certeza de que durante mucho tiempo ningún otro podría reemplazarlo.

—No sé qué hice. Detuve el coche y no tuve fuerzas para reaccionar. Ni siquiera los vi marcharse. Tal vez morí en ese mismo momento. Tal vez ahora estás hablando con mi fantasma.

«Y tú estás hablando con el mío», pensó ella.

April sintió que su pequeño mundo de muchacha se derrumbaba definitivamente. No estaba segura de poseer la fuerza para retirar los escombros y en su lugar reconstruirse como mujer. Se sentó a la mesa frente a Alan. Él le cogió una mano y la sostuvo en la suya. Íntegro, destrozado, dolorido, amigo.

Dejó que las lágrimas corrieran libremente por sus mejillas, sin ninguna vergüenza.

—¿Jim está al tanto de tus planes?

—No. Pensaba hablarle mañana. Pero esto cambia por completo las cosas. Ahora todo es mucho más difícil.

—¿Qué vas a hacer?

—No lo sé. De veras no lo sé.

Después de aquella noche, April vio a Jim Mackenzie una vez más. El tiempo justo para intuir que le había permitido destrozarle la vida.

Después, durante diez años, nunca más.

El sonido del teléfono llegó a través de la habitación como un salvavidas para sacarla de esos pensamientos. Cogió el móvil y activó la comunicación.

Oyó la voz entusiasmada de Seymour, su hijo. Nueve años de incontenible y perenne entusiasmo.

—Hola, mamá. Hoy ha ocurrido una cosa fantástica.

—Que se sumará a la cosa fantástica que ocurrió ayer, supongo.

—Ah, no, esta es mucho más fantástica. Carel ha terminado el bote y mañana irá a Lake Powell a probarlo. ¿Podemos ir también nosotros?

Un instante de silencio antes de lanzar la estocada final.

—Por favor, te lo suplico, mamá. Te lo ruego, te lo ruego, te lo ruego con azúcar.

Una vieja broma entre ellos, de cuando Seymour era más pequeño. Ahora ya había crecido, pero se la sacaba de la manga como un verdadero tahúr cuando quería enternecerla.

April se echó a reír, como de costumbre en tales ocasiones. Respondió sin demasiada convicción:

—Mañana por la mañana tengo que trabajar.

—Vale, no hay problema. Te acompaño. Te espero en el coche, como la otra vez, y después vamos al lago. Carel, con el remolque del bote, tardará más que nosotros. Quizá lleguemos al mismo tiempo.

—Vale. Lo hablaremos esta noche.

Su tono denotaba que diría que sí. Y Seymour lo captó de inmediato.

—Gracias, gracias, gracias con azúcar, mamá.

—Eres un pícaro sin remedio, pero te quiero.

—Yo también. Eres la número uno.

Cortó la comunicación y se quedó mirando la pequeña pantalla del teléfono como si en ella se reflejara la cara sonriente de su hijo.

Carel Thorens era un vecino que en el garaje de su chalet

había empezado a montar un pequeño bote que había comprado por partes. Seymour había participado activamente en la construcción de la embarcación, bautizada *The Lost Ark*, y el momento de botarla había llegado al fin.

El rostro de Carel se superpuso al de su hijo.

Era el único propietario de Coconino Real Estate, vivía solo, no tenía problemas de dinero, adoraba a Seymour y estaba enamorado de ella. Además, no carecía de atractivos. Era el prototipo del sólido muchacho estadounidense sin vicios ni altibajos, del cual no cabía esperar sorpresas desagradables. Para April habría sido la persona ideal en que apoyarse y descargar por fin todas sus preocupaciones.

A veces lo hacía. Con una leve sensación de culpa, pero lo hacía. Encomendaba la casa a su cuidado cuando se iban de vacaciones. Le dejaba a Seymour cuando le resultaba imposible atenderlo... para alegría tanto de Carel como del niño. Eso la tranquilizaba un poco y le permitía no preguntarse demasiadas veces si no era un comportamiento incorrecto por su parte aprovecharse de los sentimientos de aquel joven, que hasta el momento no le había pedido ni propuesto nada.

Esperaba ese instante conteniendo el aliento. No tanto porque ignorara con qué palabras Carel le confesaría que la amaba, sino porque ignoraba con cuáles le respondería ella. Más de una vez se había dicho que ese hombre sería la elección adecuada. Se lo había repetido cada día, hasta dos días atrás.

Después sucedió algo que no esperaba.

Una persona a la que creía que no volvería a ver nunca había regresado por sorpresa a su vida. Cuando se la encontró frente a frente, en la casa de Caleb, sintió que la recorría un fuego de arriba abajo, como una llamarada, y rogó a todos los santos del Paraíso que por fuera no se trasluciera la conmoción que la invadía.

Volvieron a su mente las palabras y el tono preocupado de Corinna.

«¿Estamos hablando de *ese* Jim Mackenzie?»

Ahora puso los brazos sobre la superficie del escritorio y apoyó en ellos la cara, contenta de estar sola.

Sí, era precisamente de ese Jim Mackenzie del que estaban hablando.

Jim Mackenzie, el hombre pérfido de los ojos de dos colores.

Jim Mackenzie, que de un solo plumazo había traicionado a ella y a su mejor amigo.

Jim Mackenzie, que se había ido de Flagstaff sin siquiera mirar atrás.

Jim Mackenzie, el padre de su hijo.

15

La noche pasó sin novedades.

Jim dio vueltas y vueltas en la cama hasta que decidió que no era un buen lugar. Después del encuentro con Swan lo había invadido a traición un hondo malestar. No solía hacer balances, pero desde su llegada a Flagstaff se había visto obligado a hacer más de uno. Había vivido toda la vida pensando que carecía de conciencia, y de golpe había descubierto que sí poseía una. Se levantó sin encender la luz, y fue descalzo del dormitorio a la cocina. Gracias a las buenas recomendaciones de Cohen Wells había conseguido alquilar a un precio razonable ese apartamento de dos habitaciones en Comfi Cottages, sobre Beal Road. Cuando llegaron, Silent Joe bajó de la camioneta y con su andar de dibujos animados olfateó, exploró, consideró, meó.

Y al final, aceptó.

Había heredado la colchoneta de los vecinos de los Sánchez, que Jim colocó junto a la puerta posterior de la cocina, que daba al pequeño jardín de atrás. La última ojeada que le había lanzado el perro parecía significar que todos esos cambios de casa no representaban la máxima de sus aspiraciones. Que no era gitano, como podía dar a entender su aspecto. Sin embargo, se permitió la concesión de un bostezo y se preparó para la noche.

Cuando Jim se acercó al frigorífico y lo abrió, la luz desolada que salía de la puerta fotografió su realidad. Un hombre de físico atlético, pelo largo y ojos de dos colores, con ojeras. Solo como un perro y con un perro en una casa ajena. El interior del frigorífico presentaba la misma desolación que Jim sentía por dentro en aquel momento. Cogió una botella de agua y bebió un largo sorbo.

Silent Joe se levantó de su camastro agitando con pereza el rabo. Jim no se hizo ilusiones sobre la solidaridad del animal. Sabía que no lo motivaba una demostración de afecto, sino la prosaica esperanza de un tentempié nocturno no programado.

Abrió la puerta para que entrara.

Encendió la luz y le echó en la escudilla un poco de comida para perros que había comprado en el supermercado.

Mientras Silent Joe terminaba de comer, Jim se vistió y poco después él y el perro salieron a la calle con las primeras luces del alba. Una ráfaga de viento fresco lo convenció de levantarse las solapas de la cazadora. Caminó en medio de los chalets dormidos, las manos en los bolsillos a la espera de que la tenue luz del horizonte se convirtiera en el azul que conocía y amaba.

Ese azul por el que había volado muchas horas, sin lograr nunca formar parte de él ni siquiera por un minuto.

Silent Joe marchaba a su lado, sin ansias de independencia ni de exploración. Como si oyera, como si entendiera. Se mantenía junto a esa figura de hombre envuelta por la mortecina luz de unos pocos faroles, siguiéndolo en la búsqueda de un lugar que no estaba en ninguna parte porque no existía dentro de él.

Al final de la calle se alzaba una casa, a la derecha, con un banco en el frente. Jim se sentó sobre la madera húmeda, y Silent Joe se acurrucó en el suelo a su lado.

La noche anterior, en el Ranch, también se quedó solo. Apenas Swan se fue corriendo, tras dejarle unas pocas lágrimas tibias en la camisa y el eco de sus sollozos, Charlie salió de pronto de detrás de la valla que delimitaba el aparcamiento y apareció a su lado. Jim se preguntó qué habría visto y qué habría oído. Y qué sabía, de lo que había visto y oído.

Por sus palabras, probablemente todo.

—Esa mujer siente una pena que no es capaz de superar pero sí de transmitir a los demás. Ya lo ha hecho y lo seguirá haciendo.

—La pena es de ella y también mía. La culpa no es nunca de uno solo.

—Lo sé, Tres Hombres. Pero tu verdadera culpa es no querer escuchar ni siquiera a uno de los hombres que hay en ti.

Charlie hizo una pausa. Buscó los ojos de Jim, sin encontrarlos. Luego cambió por completo de tema, como si lo que había dicho fuera ya suficiente para reflexionar.

—Tu abuelo no tenía dinero, pero poseía cosas preciosas que ahora te pertenecen.

—¿Como cuáles?

—Sus muñecas kachina. Y otras esencias que ignoro.

Las «esencias» eran para él las pocas cosas que valía la pena poseer. Las que podían completar el alma de un individuo. En general carecían de todo valor para los demás seres humanos, salvo para algunos, como Charlie Begay y Richard Tenachee.

Abrió la puerta de la camioneta y trató de no transmitir ansiedad en su voz.

—¿Y dónde están?

—No lo sé. Solo me ha dicho que te contara que existen. Y que están en la caja fuerte de la familia. Me ha dicho que tú lo entenderías...

Se fue sin explicar nada más. Como de costumbre, cuando consideraba que había hablado lo suficiente.

Jim se apoyó en el banco y estiró los brazos sobre el respaldo.

Un cardenal de pecho rojo brincó en la punta de una rama. Era un pájaro del desierto pero no resultaba difícil encontrarlo en la ciudad, en ocasiones. Desde pequeño, durante sus excursiones entre enebros y arbustos de ocotillo y salvia silvestre, jugaba con Charlie a distinguirlos de los *Pyrrhuloxia*, que tenían en la cabeza un penacho muy parecido. Charlie le había enseñado mucho, y esos conocimientos le daban ventaja sobre los niños de otras partes del mundo. Cuando miraba los dibujos animados del Coyote, sabía que el Correcaminos existía de veras, y cómo era. No necesitaba imaginar la pradera, porque vivía allí. No necesitaba jugar a los indígenas, porque él era un indígena.

Había vivido así mucho tiempo, hasta que comprendió que ser un navajo o un hopi o un hualapai no constituía una ventaja, sino solo ser depositario de una larga herencia de vejaciones.

Y de una vida sin futuro restringida a los confines de una reserva.

A partir de ese momento dejó de ser niño, sin dejar de ser egoísta.

«Tú lo entenderías...»

Jim sabía que el abuelo poseía una importante colección de muñecas hopi, muy antiguas y valiosas. Las guardaba en un lugar que él desconocía. A veces, cuando se celebraba alguna ceremonia en Window Rock, las sacaba y las exponía en una vitrina en la sala del Consejo. Jim las había visto de cerca algunas veces, todas juntas, aunque no se le permitía tocarlas. Esas figuras de colores formaban un pequeño ejército que simbolizaba y evocaba unas supersticiones y una cultura representadas y modeladas a lo largo del tiempo por manos de personas desaparecidas hacía años. El abuelo señalaba las muñecas con un dedo y explicaba: Mudhead, Bear, Navajo, Eototo, Eagle. Cada pequeña estatua encerraba una historia, cada color, un sentimiento, y cada cara, un presagio y un agradecimiento.

«Tú lo entenderías...»

Sin embargo, una vez más, Jim no entendía.

Todo lo que poseía se hallaba escondido en un lugar desconocido que no sabía encontrar. Y lo buscaba desde hacía mucho, sin siquiera intuir de qué se trataba. Richard Tenachee se había ido y ya no podía enseñarle nada, y las kachina que vendían en las tiendas provenían en su mayoría de Taiwan o de China.

Se quedó sentado pensando sin entender hasta que surgió el

sol y reemplazó con sombras la oscuridad entre los árboles. El mundo se había despertado, pero Jim no tenía ganas de formar parte de él. Se levantó del banco y volvió a su casa, seguido por Silent Joe, que se había adoptado al silencio y a la calma como si compartiera su estado de ánimo. Llegó y abrió la puerta del chalet justo a tiempo de oír sonar el teléfono. Había dejado el móvil cargándose al lado de una lámpara, sobre un mueble cerca de la puerta de entrada. Lo cogió y activó la comunicación.

—¿Jim?

—Sí.

—Soy Robert. ¿Te he despertado?

La voz de Beaudysin sonaba cansada. Probablemente también había pasado la noche pensando, sin entender.

—No. Ya sabes que los indígenas duermen con un solo ojo.

Robert no se rió de la broma.

—Temo que tendrás que soportarme una vez más.

—No hay problema. ¿Qué debo hacer?

—Venir a firmar la declaración. Y también quiero hablar un poco contigo. Tal vez recuerdes algo más.

Jim trató de mitigar su frustración, pensando que quizá con ello aplacara también la suya propia.

—¿Necesito un abogado?

—No. Por el momento considero que lo que necesitas es un buen psiquiatra. Cuando te haga falta un abogado te darás cuenta.

—¿Por qué?

—Porque me oirás leyéndote tus derechos.

Había tensión y cansancio en sus palabras. Jim comprendió que el detective había optado por bromear para exorcizarlos.

—¿A qué hora debo ir?

—Esta mañana ofrecemos una conferencia de prensa. Calculo que a las diez habrá terminado. A las diez y media sería perfecto.

—Vale. Allí estaré.

Dejó el teléfono y fue a darse una ducha. El perro lo siguió intrigado hasta el cuarto de baño, pero cuando se dio cuenta de sus propósitos se retiró horrorizado. Después Jim se vistió y aguardó dando vueltas por la casa, con el televisor sintonizado en la MTV, simulando escuchar la música mientras comía un bocado.

Luego salió hacia la comisaría de policía.

Mientras atravesaba lentamente Flagstaff rumbo a Sawmill Road, miraba a su alrededor. Algo había cambiado, algo permanecía igual. Los jóvenes con los que se cruzaba por la calle al volante de sus coches eran niños cuando él se había marchado. Los jóvenes que asistían a la universidad en sus tiempos andaban ahora dispersos por el mundo, poblándolo de hijos y ocupados en trabajos y divorcios. Alguno ya no estaba, y de algún otro quedaba menos todavía...

Cuando llegó a la comisaría, pensó que el trayecto le había parecido interminable.

Trató de aparcar el Ram a la sombra de los árboles. Silent Joe debería esperarlo en la camioneta, y no quería correr el riesgo de que se asara al sol. Lo hizo bajar y caminar un poco, antes de dejarlo solo. Era un perro muy limpio y probablemente no ensuciaría el coche, pero una vejiga llena es una vejiga llena, tanto para los seres humanos como para los animales.

El perro aceptó la invitación y dio unas vueltas por el aparcamiento. Olfateó un poco aquí y allá y decidió soltar sus aguas contra los neumáticos de un Honda. Luego se acercó al coche y se quedó mirando con curiosidad a alguien que se hallaba dentro.

Bajó del vehículo un niño de unos diez años. Vestía tejanos, unas Nike y un chaleco sobre una camiseta de los Miami Dolphins. Por debajo de la gorra de béisbol que llevaba en la cabeza salían unos cabellos largos y negros, brillantes bajo el sol.

—Hola, perro. ¿De dónde vienes?

Silent Joe se sentó y aguardó. El niño tendió la mano y le acarició la cabeza. Jim se acercó. El chaval no parecía asustado, pero a veces las reacciones de los animales son imprevisibles, y lo último que necesitaba él en ese momento era un padre o una madre enfurecidos porque un perro hubiera mordido a su hijo.

—Silent Joe, ven aquí. No molestes a la gente.

—No, no me está molestando. Es un bonito perro y parece muy bueno.

Jim se acercó a los dos y observó que el niño era bastante alto para la edad que aparentaba. Tenía la tez y el pelo propios de los nativos, pero cuando alzó hacia él su cara bronceada, se encontró con sorpresa ante dos límpidos ojos azules.

—¿Por qué se llama Silent Joe?

Jim esbozó un gesto vago y sonrió.

—Pues... digamos que no es un gran conversador.

El perro se levantó y se puso entre los dos, como si quisiera presentarle a su nuevo amigo. Jim sabía que en realidad solo pretendía que lo acariciaran los dos.

—¿Te gustan los animales?

—Pues claro. En casa tengo una tortuga y un hurón, y algún día tendré un caballo para mí solo.

—Hummm... Seguro que será un bonito caballo.

Se acuclilló. Silent Joe se apoyó contra su cuerpo.

—Yo me llamo Jim. ¿Y tú?

—Seymour.

—Bien, Seymour. Ven, te mostraré una cosa.

El niño se agachó a su lado, y Jim le explicó lo que debía hacer.

—Si quieres hacerte amigo de un perro, debes rascarlo donde él no llega. Los mejores lugares son aquí, sobre el rabo y sobre el pecho. Prueba.

Seymour empezó a pasar los dedos por el esternón de Silent Joe. El perro se quedó inmóvil y extasiado, con la lengua fuera. Daba la impresión de que en su vida había experimentado un placer tan exquisito.

—Ahora prueba de dejar de rascarlo.

El niño apartó la mano, y de inmediato Silent Joe se adelantó sacando pecho, para que Seymour repitiera ese gesto tan gratificante.

—¿Has visto qué tunante es?

Seymour se echó a reír.

En ese momento una voz de mujer llegó desde atrás, seguida de una sombra en el suelo.

—¿Qué pasa, Sey?

Al incorporarse, Jim se encontró frente a la cara preocupada de April Thompson. Cuando se dio cuenta de que era él, vio que se relajaba y se ponía rígida al mismo tiempo. Jim miró de nuevo a Seymour y vio que en su cara brillaban los mismos ojos de April. Sin motivo comenzó a experimentar una ligera sensación de malestar.

—Veo que tú y tu perro habéis entablado relación con mi hijo.

—¿Seymour es tu hijo?

El niño intervino, con lo que evitó a la madre una respuesta obvia.

—Jim me ha enseñado a hacerme amigo de los perros. Este se llama Silent Joe.

—A veces quisiera poder llamarte así también a ti. Ahora sube al coche y abróchate el cinturón, que nos vamos.

—Ahora mismo. Adiós, Jim. Adiós, Silent Joe.

Hizo una última caricia al perro y subió al coche. Jim y April lo siguieron con la mirada y a través del vidrio posterior lo vieron afanarse con el cinturón, tapado por el apoyacabezas del asiento.

Se miraron. Seymour, con su exuberancia infantil, no había advertido la incomodidad de ambos.

—Disculpa, es un niño muy sociable. Demasiado, a veces.

—Me parece estupendo. Es inteligente y vivaz. ¿Cuántos años tiene?

—Ah, sí, para su edad es demasiado vivaz.

April no había respondido a la pregunta. Jim intentó vencer el embarazo que experimentaba, pero la noche de insomnio no lo ayudaba. Decidió cambiar de tema, como si con ello pudiera cambiar algo entre los dos.

—¿Qué haces aquí?

April hizo un gesto vago.

—He venido a una inútil conferencia de prensa sobre el homicidio de Caleb. En mi opinión, la policía anda a tientas en la oscuridad, y las investigaciones lo confirman. Al parecer, no solo ignoran quién, sino también cómo...

Hizo una pausa y lo miró, como si quisiera superar la barrera de las gafas oscuras.

Al acercarse a Seymour, Jim se había puesto las Ray-Ban. No tenía ganas de oír el enésimo comentario asombrado de un niño sobre sus extraños ojos. Ahora se alegraba de haberlo hecho.

—¿Tú no tienes nada más que decirme?

—No. Lo que te he dicho es lo que mismo que le he dicho a Robert.

Jim mentía, y sabía que April lo sabía. Lo que en realidad había visto sería un bocado muy sabroso para cualquier cronista de noticias policiales. Y más aún para una reportera de un pequeño periódico local.

Pero en su vida ya abundaban suficientes dificultades como para buscarse problemas con la policía. No estaba dispuesto a hacerlo ni siquiera por su novia de antaño. Ni siquiera por ese hijo suyo de ojos tan azules y pelo demasiado negro.

April se rindió. Quizá pensó que era solo una de las tantas veces que lo hacía, con él.

—Muy bien. Como quieras. Si cambias de idea puedes encontrarme en el periódico. Ya sabes dónde queda.

Dio media vuelta y fue hacia el Honda. De pie en medio del aparcamiento, Jim la contempló subir al coche, poner en marcha el motor y alejarse. Por el cristal vio la mano que agitaba Seymour, y le devolvió el saludo. No conseguía quitarse de la mente la expresión de April al eludir la pregunta sobre la edad del niño.

Permaneció unos instantes pensando e imaginando, pero lo que surgía le daba una ligera sensación de frío, fuera de lugar bajo el sol del aparcamiento.

Sin embargo, no pudo proseguir sus reflexiones. Silent Joe, a su lado, comenzó un pequeño ballet frenético. Jim oía sus uñas que resonaban en el asfalto. Lo miró y vio que temblaba.

—¿Qué hay? ¿Qué ocurre?

Intentó acariciarlo, pero el perro salió corriendo hacia la camioneta. Saltó al asiento del acompañante y se quedó mirando por la ventanilla, sin dejar de temblar y mostrando el blanco de los ojos.

Después, de golpe, empezó a aullar.

16

«Esos hijos de puta no tienen ninguna prueba. Ninguna prueba. Ninguna prueba...»

Jed Cross continuaba repitiendo con rabia estas palabras para sí, mientras fumaba tendido en su catre en una celda de la cárcel de Flagstaff, en Sawmill Road 951. El humo del cigarrillo que salía de su boca pronto era capturado por la luz que entraba entrecortada por la pequeña y alta ventana situada a sus espaldas. La sombra que producía el marco cortaba en dos esa especie de cama en que lo obligaban a dormir.

Mitad iluminada, mitad en sombras.

Mitad humo, mitad polvo.

Cada vez que se movía en la cama, el polvillo que se levantaba disputaba al humo los rayos del escaso sol. Esas mantas de mierda con la marca de las cárceles del estado de Arizona eran en la práctica un criadero de ácaros. Tiró la colilla al pequeño lavabo que había a su izquierda y se sentó en el catre. En poco tiempo se le acabarían también los cigarrillos, y sus carceleros no demostraban la menor intención de conseguirle más cuando eso ocurriera.

Todavía vestía la ropa que llevaba cuando lo habían arrestado: un par de pantalones castaño claro y una camisa liviana de tela tejana. Desde que estaba allí dentro, esos malditos no le habían permitido ni siquiera una ducha. Calzaba un par de calcetines sucios y sus viejos botines gastados. Le habían quitado los cordones y también el cinturón.

Podrían habérselos dejado, pues no tenía la menor intención de suicidarse.

Ni ahora ni nunca.

Lo habían cogido en su casa, por la mañana temprano, mientras dormía. La noche anterior había estado con unos amigos en el King Steak House, en la carretera a Sedona, un lugar donde se comía y podía escucharse buena música. Canciones de verdad, con melodías reconocibles, cantadas con una voz como es debido, no esa mierda de rap que ahora sonaba en todas partes. Volvió tarde, con demasiada cerveza y whisky en el cuerpo, y se arrojó sobre las sábanas sin siquiera desvestirse.

Rompieron la puerta de su casa, en Lynch Street, y entraron como furias. Lo sorprendieron en la cama, y sin poder siquiera abrir los ojos se encontró boca abajo con los brazos a la espalda. Oyó el chasquido de las esposas; ni siquiera vio la cara del policía que le leía sus derechos.

—Tiene derecho a guardar silencio. Si renuncia a este derecho, todo lo que diga...

«Y vosotros tenéis derecho a comerme la polla, maricas de mierda», pensó.

Después, un trayecto en coche a toda velocidad y unos procedimientos que parecían no tener fin. Las fotos, las huellas, las preguntas de esos capullos soberbios que se las daban de jefes de policía. Y su silencio, al que tenía derecho y en el cual se había refugiado con una expresión de burla como una revancha contra el mundo que lo había mandado a la cárcel.

Jed Cross no tenía miedo. Ya había estado en prisión en otras ocasiones y en lugares mucho más duros que aquel. Hacían falta más que unos simples policías de provincia para doblegarlo. Lo mantenían aislado solo para tratar de ablandarlo, pero él conocía las técnicas que empleaban y le sobraban cojones para enfrentarse a toda la policía del sudoeste.

«Yo los cojones los tengo abajo, no como los policías, que están siempre juntos para por lo menos tenerlos alrededor.»

Se dio cuenta de lo que acaba de pensar y sonrió. Por Dios, qué buena ocurrencia. Cuando se la contara a los colegas del bar de Jenny se desternillarían de la risa.

Los cojones alrededor, ¡qué divertido!

Incluso la hora al aire libre que desde el día anterior le permitían debía cumplirse en completa soledad, en un patio de tierra del lapso oeste de la cárcel, lejos del otro, donde se concedía una libertad temporal a los reclusos. Sabía que el delito del que lo acusaban no era de los más aceptados entre los delincuentes comunes. Alguien menos duro habría corrido el riesgo de no volver entero a la celda tras pasar un rato en el patio con los demás detenidos, aunque la cárcel de Flagstaff no era una institución federal, por lo cual los que allí se encontraban eran en general delincuentes de poca monta. Y Jed contaba con demasiada experiencia como para preocuparse por esos mediocres. De todos modos, el problema no se planteaba, y tanto mejor así.

«Ni siquiera una prueba. Ni siquiera una pequeña prueba de mierda.»

Sin embargo...

El recuerdo de lo ocurrido le provocaba, todavía ahora, a muchos días de distancia, un agudo escalofrío de placer. Subía hacia Leupp, un poblado situado en el corazón de la reserva indígena, y vio de pronto a aquel jovencito que hacía autoestop, un navajo de mierda con su linda carita y los ojos brillantes como carbón.

¿Cuánto podía tener? ¿Diez, once años?

Su cutis bronceado lucía más liso que la seda. Mientras conducía, Jed sintió el apabullante comienzo de una erección. No se proponía hacerle daño, pero ese gilipollas se echó a gritar apenas él empezó a tocarlo. Hasta le prometió dinero, pero no hubo forma. Doscientos dólares, ¡por todos los santos! Después, trescientos. Pero el chaval que seguía gritando como si lo estuviera desollando vivo. Jed miró a su alrededor. Era avanzada la tarde, y había detenido el coche en un sitio aislado, tras haber recorrido un camino que bordeaba la mina de carbón, protegida de la vista por montículos de tierra producto de las excavaciones.

De modo que lo bajó a rastras del coche y le pegó un revés tan fuerte que le salió de la nariz un chorro de sangre como si lo hubiera alzando una bala. Le pegó de nuevo, con menos fuerza. Ya casi no se movía. Jed lo arrastró un par de metros y lo apoyó contra el capó del Mitsubishi.

Después le bajó los tejanos y...

Casi sin darse cuenta sus manos se cerraron en torno del cuello del jovencito...

Al final se desplomó en la tierra con el aliento entrecortado. El chico ya no respiraba.

Todavía ahora, mientras lo pensaba, sentía la excitación en el vientre y notaba cómo se tensaba la tela de la entrepierna de sus pantalones. Unos pasos que se acercaban por el pasillo le impidieron acostarse en el catre, bajarse la cremallera y gozar de la experiencia, el recuerdo y la fantasía. La figura de un policía de uniforme azul se asomó a la puerta, cortada en franjas por los barrotes de la celda.

Jed lo conocía de vista. Lo había visto varias veces con una cerveza en la mano, uno de los tantos espectadores de las partidas de billar del Jason's Pool and Bar, en Downtown. Era un tío joven, con tendencia a la calvicie y a la obesidad, con una arruga blanda en la boca. Jed lo había catalogado de inmediato. Un ratón de biblioteca: alguien que con toda seguridad nunca participaba en la acción. Si se podía llamar acción a lo poco que sucedía por aquellos lares.

—¡Cross! Ven, tienes visita.

—¿Y quién coño es?

—Tu abogado.

—Ese capullo de mierda. Ya era hora.

Tendió las manos hacia la ventanilla, entre los barrotes a través de los cuales le pasaban la comida, y esperó que el agente le sujetara las muñecas con las esposas. Después retrocedió y aguardó. El policía se volvió hacia alguien situado a su izquierda.

—Muy bien, puedes abrir.

Con un chasquido, una parte de los barrotes se deslizó lateralmente sobre la parte fija. Se respiraba una gran eficacia en aquel lugar. La cárcel era relativamente nueva, construida sin reparar en gastos. El mismo edificio alojaba la prisión, la sede de la policía y el despacho del sheriff del condado. Al salir de la celda no podía menos que sentirse un poco en el papel de Clint Eastwood en aquella historia sobre la evasión de Alcatraz.

Jed Cross dobló a la izquierda y avanzó por el pasillo, inmerso en una sulfúrea luz verdosa. Bajo las luces de neón suspendidas del cielo raso, veía al caminar la sombra de sus brazos trabados por las esposas, que se aproximaban y desaparecían bajo sus pies a la espera de la luz siguiente y la siguiente sombra.

Percibía como una presencia casi tangible la hostilidad del policía que lo seguía a dos pasos de distancia, que apoyaba su mano con gesto distraído en la culata de la pistola. Tal vez solo aguardaba a que él diera un paso en falso para meterle un balazo en la cabeza y después ir a contar a los amigos, entre una y otra jugada de billar, que su cabeza había explotado como una calabaza y su cerebro se había desparramado por el suelo de resina.

Jed Cross era lo bastante listo y lo bastante demente como para caer en semejante trampa.

«No habrá balazos en la cabeza, cabrón. Ni mucho menos cabezas que exploten ni cerebros que se desparramen. Ahora un abogado con los cojones bien puestos me sacará de aquí y tú te irás a tomar por culo.»

—A la derecha.

Pasaron por una verja abierta y el agente lo empujó con bastante rudeza hacia el pasillo que se abría a la derecha. Jed perdió el equilibrio y tropezó. Recobró la estabilidad y, mientras seguía caminando, volvió la cabeza hacia el guardia. Trató de mostrar la sonrisa más insolente de que era capaz.

—Calma, jovencito. No querrás que el prisionero se haga daño y su abogado presente cargos contra la policía. Aunque admito que un poco de dinero no me vendría mal en estos momentos.

El guardia no respondió. Dio otro empujón al prisionero, esta vez sin gran convicción.

Jed volvió a mirar al frente y sonrió de nuevo.

Prosiguieron junto a una larga sucesión de puertas cerradas hasta que, donde finalizaba el pasillo, llegaron a una de metal pintada de verde. Por una pequeña abertura de la parte superior se entreveía, deformada por el cristal, la sala que había al otro lado.

—Entra.

Jed empujó el batiente y pasó a una amplia estancia, iluminada por la luz que entraba por ventanas protegidas con barrotes que se abrían sobre el lado izquierdo. Los únicos muebles eran unas mesas de metal con tapa de metacrilato verde agua y unas pocas sillas del mismo material.

A una de las mesas se hallaba sentado un hombre. Jed se sorprendió. Esperaba encontrarse con el viejo Theodore Felder, pero en cambio vio una cara totalmente desconocida. Llevaba en la cabeza un sombrero claro con una cinta marrón y vestía un arrugado terno de lino castaño claro, bastante liviano para la estación. Debajo, una camisa a rayas, de cuello gastado, y una corbata floja. La chaqueta abierta permitía ver un par de tirantes de un rojo oscuro. El individuo, bastante grueso, estaba sudado; un ridículo par de gafas de metal daban a sus ojos el aspecto de unos calcetines vistos por la portezuela de una lavadora. El conjunto transmitía a Jed Cross una sensación de suciedad que le costaba soportar. Él era un maniático de la limpieza, que en verano se daba hasta tres o cuatro duchas al día. La gente grasienta y mugrienta como ese tío le daba literalmente asco, por muy profesional que fuera.

Se acercó a la mesa, al tiempo que el agente que lo había acompañado se detenía junto a la puerta para asegurar la privacidad del abogado con su cliente.

—Y tú ¿quién coño eres?

El hombre de los ojos como calcetines no se puso de pie ni le tendió la mano.

—Buenos días, señor Cross. Me llamo Thomas Rittenhour y soy abogado.

El prisionero lo miró un instante con expresión sarcástica. Después tendió hacia el letrado las manos sujetas por las esposas.

—¿Buenos días, ha dicho? ¿Lo son para usted?

El abogado Rittenhour hizo como que no había oído.

—Siéntese, por favor.

Como podía, con las manos impedidas, colocó una silla frente a la mesa y se sentó.

—¿Qué le ha pasado al viejo Theo?

—Por el momento el señor Felder está ocupado y no puede ocuparse del caso.

Rittenhour no añadió que, cuando se enteró de los cargos, y aunque estaba acostumbrado a tratar con gente de la peor calaña, Felder, horrorizado, se había negado terminantemente a aceptar el caso.

Y por cierto que tampoco él, de no haberse excedido últimamente con las apuestas...

—Unas personas me han solicitado que me encargara de su defensa. Personas que, como es lógico, no desean darse a conocer. Comprende usted lo que quiero decir, ¿verdad?

—No me importa una mierda quiénes sean. Lo único que quiero es salir de aquí lo más deprisa posible.

—Lo intentaremos. Pero antes debo darle una mala noticia.

—Suéltela.

—Ha muerto su primo Caleb.

—Que su alma descanse en paz. Por fin ese gilipollas ha dejado de perseguir sueños y tormentas. ¿Me da un cigarrillo?

Thomas Rittenhour, abogado de Phoenix, no era un novato y tampoco un santo, pero no pudo evitar asombrarse.

«Que su alma descanse en paz. ¿Me da un cigarrillo?»

Esa sucesión de frases permanecería mucho tiempo en su cabeza, pues eran los términos perfectos con que la sordidez compone sus guiones.

Sacó del bolsillo una cajetilla de Marlboro y la dejó sobre la mesa. Esperó a que su cliente cogiera un cigarrillo y luego se lo encendió con el Zippo. Mientras Jed Cross se inclinaba hacia la llama, Thomas Rittenhour, aunque sin motivo alguno, tuvo la certeza de que ese tipo estaba loco.

Trató de no pensar en ello y decidió de mala gana cumplir con el trabajo por el que le pagaban.

—Bien, pues, hablemos del caso.

—Ya era hora.

—Señor Cross, está usted acusado de estupro y homicidio contra...

Abrió una carpeta que tenía delante, sobre la mesa, y revisó un documento que contenía las acusaciones.

—... Johnson Nez, un niño navajo de once años. Encontraron el cuerpo enterrado en las cercanías de la mina de carbón, a unas decenas de kilómetros al oeste de Flagstaff. ¿Qué puede decir al respecto?

Rittenhour tenía dos hijos, un varón y una niña, más o menos de la edad de la víctima. Solo pensar que a sus hijos pudiera ocurrirles algo semejante, aparecía en su mente una sombra oscura.

—No he sido yo.

«Pues claro que has sido tú, grandísimo hijoputa. Y de no ser por la situación económica en que me encuentro te entregaría con gran placer a manos del verdugo.»

Thomas Rittenhour se quitó las gafas y las limpió con un pañuelo que había sacado del bolsillo. Con el mismo pañuelo, que conservaba muestras de operaciones similares, se enjugó de la frente un ligero velo de sudor.

—Por desgracia hay un testigo. Un viejo que estaba apacentando unas ovejas por allí cerca lo vio recoger al niño que hacía autoestop y dirigirse hacia Leupp. Afirma que, alrededor de una hora después, lo vio regresar y que en el vehículo iba usted solo.

Jed alzó la cabeza y lanzó al cielo raso una bocanada de humo.

—¿Pero ese viejo cabrón me ha visto a mí, o simplemente una camioneta como la mía? Le aclaro que por estos lugares hay infinidad de vehículos del mismo modelo y color.

El abogado Rittenhour comprendió de inmediato adónde quería ir a parar Cross.

—Puede que así sea. Pero no creo que haya dos del mismo color y con la misma matrícula de Arizona.

—Capulladas. Usted sabe tan bien como yo que una persona de edad no es fiable en estas cuestiones. Pudo haber visto cualquier cosa.

—Hay otro problema. O más de uno.

—Y ¿cuáles son?

—Durante la inspección efectuada en su casa, se encontraron en su ordenador muchos archivos y registros de sitios de internet referidos a pedofilia y pornografía con menores. Además, carga usted con un par de acusaciones por abuso.

Jed Cross se encogió de hombros como si todo aquello no le concerniera.

—Solo acusaciones, no hay ninguna condena. Eso cuenta.

Apuntó al hombre con la colilla del cigarrillo. Luego lo dejó caer al suelo y lo aplastó con el pie.

—Si es usted un abogado que vale algo más que esta colilla, no le costará acabar una a una con todas estas capulladas.

«El problema no es si lo logro o no. El verdadero problema radica en si de veras quiero intentarlo.»

Como todos los abogados, Thomas Rittenhour era jugador de póquer, pero esta vez el farol le salió muy mal. Ese pensamiento le pasó por la mente de manera tan evidente que se ruborizó.

Jed Cross se inclinó hacia él. Percibió su mal aliento y su

maldad que se filtraban a través de los dientes grisáceos por el alcohol y el tabaco.

—Escúchame bien, abogado. Me importa una mierda lo que pienses de mí. Ocúpate solo de sacarme de aquí y después vete a tomar por culo junto con los de tu especie. Y di a esos... ¿cómo los has llamado?

Permaneció un momento absorto, fingiendo buscar en la memoria unas palabras que recordaba perfectamente.

—Ah, sí. Ve a decirles a esas «personas que no desean darse a conocer» que, si sigo demasiado tiempo a la sombra, mi voluntad podría tambalear. Como sabes, la voluntad, la memoria y la boca están directamente relacionadas. No quisiera verme obligado a irme de la lengua y «dar a conocer» cosas que les pondrán esposas en las muñecas como en un truco de David Copperfield.

—No entiendo qué quiere usted decir.

Jed Cross se levantó de la silla.

—No entenderías para qué te sirve la polla ni aunque te lo explicara una estrella porno. Sácame de esta jaula o de lo contrario dentro de pocos días habrá más gente haciéndote compañía aquí dentro.

Una pausa.

—Y date una ducha, cerdo grasiento.

Jed Cross, aprisionado por sus esposas y su locura, se dio media vuelta y se dirigió a la salida.

Mientras lo veía desaparecer al otro lado de la puerta, seguido por el guardia, el único pensamiento que ocupaba la mente de Thomas Rittenhour, abogado de Phoenix, era la esperanza de que durante el período de detención ese psicópata cometiera una enorme capullada y que un policía destinado a convertirse en santo le metiera un proyectil en esa cabeza corrompida que llevaba sobre los hombros.

Y cuando oyera comentar el caso, sabía bien qué diría:

«Que en paz descanse su alma. ¿Me das un cigarrillo?»

17

Jed Cross entró parpadeando al patio bañado por el sol.

Miró un momento alrededor, y luego cogió un último cigarrillo del bolsillo de la camisa y lo encendió. No parecía preocupado. Sabía que su amenaza al abogado antes de salir del locutorio inquietaría en grado sumo a alguien de muy arriba, allá en la ciudad. Pronto llegarían la buena comida y todas las atenciones que podía desear un prisionero.

Jed se hallaba al corriente de cómo marchaban las cosas, pero era necesario que también ellos lo tuvieran presente. Y si tenían alguna duda, él estaba siempre allí, listo para refrescarles la memoria.

«Personas que no desean darse a conocer...»

Jed sabía de quiénes se trataba, gente que le provocaba ganas de vomitar. Sujetos que circulaban entre los comunes mortales con la nariz levantada como si todo les oliera mal, como si el mundo no estuviera a su altura. Que trataban a todos como a seres inferiores solo porque no conducían un Porsche o un Jaguar, no vivían en ricas mansiones y no enviaban a sus hijos a colegios de renombre.

Luego, cuando se presentaba la necesidad, la gente como él se volvía conveniente, incluso valiosa. Cuando no indispensable para resolver esos pequeños problemas que surgían a menudo en el curso de los negocios. El modo en que se resolvieran no parecía importar demasiado, siempre que se consiguiera un resultado positivo.

Nadie quería participar, nadie quería ver, nadie quería ni tan siquiera saber.

El mal olor bajo sus narices les impedía meterse en los aspectos más arriesgados de los negocios, los menos oficiales, los que se llevaban a cabo en la oscuridad y con medios no solo desleales sino directamente ilegales.

Jed conocía su papel, sabía cuál era la música que sonaba, y estaba dispuesto a bailar. Aceptaba sin pestañear la altanería con que lo trataban pese a los dólares que les reportaba. Pero cuando se hallaba en dificultades exigía el consuelo de no estar solo en la pista, aunque en aquel momento fuera él quien se encontraba bajo los reflectores. Quería dinero y aplausos y nada le importaba no compartirlos.

Como ahora.

Tiró el cigarrillo y lo aplastó con la suela de los botines.

Mientras avanzaba por la tierra apisonada del patio le volvió a la mente lo que había dicho Rittenhour acerca de su primo Caleb.

Casi se echó a reír.

Conque ese desgraciado al fin había estirado la pata... No le importaba mucho, en el fondo. Ya desde niños, Caleb había sido siempre un apocado, y él, cada vez que se presentaba la ocasión, lo sometía a su voluntad, con un pretexto u otro. En una ocasión, en secundaria, lo sorprendió en el parque que rodeaba el Lowell Observatory, besando a Laura Lee Merrin, una muchacha del colegio a la cual él había cortejado y que en más de una ocasión había demostrado preferir al primo.

Lo cogió de un brazo y le pegó entre los gritos de aquella putita hasta que se quedó inmóvil en el suelo, con la cara sucia de la sangre que le salía de la nariz. Después, al crecer, ya no se frecuentaban tanto. Jed detestaba la dedicación de Caleb a los estudios y toda esa obsesión suya por las asignaturas científicas, la física en primer lugar. Por otro lado, tampoco las familias se llevaban bien. Su padre, y en particular su madre, no conseguían soportar a ese estúpido de Jonathan Kelso que había llegado de fuera y había comprado The Oak para montar allí un campamento. Al final, sin ningún entusiasmo por parte de los parientes, se casó con Mary, sobrina de ellos.

Caleb no era más que un pobre soñador que alimentaba proyectos audaces, superiores a sus fuerzas, tanto en el trabajo como en el amor.

Jed se enteró de que el imbécil se había enamorado de una tal Charyl que trabajaba de puta en Scottsdale, y esto le resultó más ridículo aún que la obsesión por sus investigaciones con los rayos. Se imaginaba a Caleb de rodillas, ofreciendo un anillo a una muchacha desnuda a gatas sobre una cama, mientras un cliente con la cara congestionada la montaba por detrás.

Jed y sus amigos se rieron hasta las lágrimas cuando les contó esta ocurrencia.

Después, una vez que fue a Phoenix, se acordó del asunto de su primo y la furcia y logró, buscando en internet, localizar a la muchacha. Cuando la vio se quedó impresionado. En verdad era muy guapa, y pensó que en el fondo a Caleb no debía de irle tan mal, si podía permitirse una joven así. Arregló una cita con ella y se la folló sin decirle nada, gozando del polvo y del malvado placer del incógnito. Superpuso como en un fundido cinematográfico la cara de ella con la de Caleb Kelso, muerto y rígido en algún lugar de la ciudad de Flagstaff, quizá fulminado por su propio sueño.

Y él, fuera poco o mucho lo que Caleb había dejado, era el único heredero.

Meneó la cabeza, gesto que, en lo que a él concernía, era el único servicio fúnebre que podía dedicar al primo, junto con un «pobre gilipollas» a modo de sermón.

Avanzó por el patio soleado. Del otro lado, el muro de seguridad proyectaba una sombra tranquilizadora.

Por encima de él había un agente de pie en la torre que delimitaba el patio del lado izquierdo. A causa del contraluz no alcanzaba a verle la cara, pero contra el cielo azul se dibujaba su silueta armada con una escopeta recortada. Se dirigió hacia la parte opuesta de la explanada, donde el espacio estaba protegido del sol. Llegó hasta donde se proyectaba sobre el terreno la sombra del guardián y su ridícula escopeta. Con una sonrisa, apoyó adrede un pie en la parte que correspondía a la cabeza, pensando qué placer sentiría si pudiera hacérselo realmente a él.

Alcanzó el muro y se sentó en el suelo, con la espalda apoyada en el cemento desnudo, para disfrutar de la sensación de frescura a través del tejido liviano de la camisa.

Se puso a reflexionar.

Toda aquella historia no tenía sentido.

No mucho, al menos.

Después de lo ocurrido en la mina de carbón, borró las huellas y limpió con esmero el interior de la camioneta. A continuación quemó las prendas que llevaba en aquel momento. Antes de enterrarlo, lavó con gasolina el cuerpo del chaval para hacer desaparecer todo rastro de residuos fisiológicos, aun sabiendo que, pese a la excitación, se había asegurado de no dejar ninguno.

No habría complicaciones de huellas digitales, ADN y todas esas otras mierdas de *C.S.I.* de la policía científica.

En cuanto al material encontrado en su ordenador, no había problema. Eran apenas unas pocas fotos, que a lo sumo podrían dejarlo mal en el juicio pero que no constituían en sí mismas una prueba determinante.

Quedaba solo el testimonio de ese viejo que decía haberlo visto, pero a Rittenhour, o a quien fuese, no le costaría hacerlo callar. Al volver a pensar en la figura hinchada y sudada del hombre sentado en el locutorio, Jed hizo un gesto de fastidio. Ese tío no parecía ni siquiera capaz de sacar su polla de los pantalones, y mucho menos de librar a un hombre de la cárcel. Pues bien, si esa caricatura de abogado no actuaba como era debido, sus influyentes amigos deberían moverse y abrir sus carteras lo que hiciera falta para pagar a todos los malditos cerebros del sudoeste, con sus togas, sus argumentos capciosos y su palabrería.

Él sabía demasiadas cosas y era demasiado fuerte en aquel momento, incluso para ellos.

Realmente, no había motivo para preocuparse.

Cruzó las manos detrás de la cabeza y se puso a cantar con voz ronca una canción de Toby Keith. El agente apostado más arriba se asomó por el parapeto para controlar qué estaba haciendo. Jed notó el movimiento, que delataba la sombra en el suelo, y sin siquiera volverse retiró la mano derecha de detrás de la cabeza y levantó el puño con el dedo medio estirado.

«Controla esto, capullo.»

Siguió cantando y pensando en su miserable futuro, hasta que algo le llamó la atención al otro lado del patio. Había habido como un movimiento, tan sutil que no pudo identificarlo, pero que advirtió con esa parte animal que todavía conservan los humanos.

Enseguida sucedió de nuevo.

Jed dejó de cantar y aguzó la vista.

En efecto, había algo que...

Se puso en pie y desde lo alto de su metro ochenta y tres tuvo una mejor visión del patio.

Lo que vio hizo literalmente que se le erizara el vello de los brazos.

Jed Cross era un hombre que no tenía miedo a nada. Era físicamente fuerte, muy decidido y, en algún lugar dentro de sí, mantenía oculta la duda razonable de estar loco. Sabía que era capaz de contestar con una reacción adecuada a cualquier imprevisto negativo que llegara a amenazarlo, proviniera de hombres o de animales.

Pero su sangre fría no estaba preparada para enfrentarse a lo que sucedía ante sus ojos.

Jed Cross perdió por completo el control de su cuerpo y de su negra alma.

Se aplastó contra el muro de cemento como si quisiera fundirse con él, y, mientras se ensuciaba en los pantalones, con todo el aliento que tenía en la garganta se puso a gritar.

18

Robert Beaudysin empujó la puerta de metal y pasó de mala gana de la penumbra del pasillo a la luz del patio de la prisión. Frente a él, al otro lado del terreno, había un grupo de gente alrededor de dos cuerpos tendidos en el suelo. Vio el azul de los uniformes y los chalecos de color de los paramédicos y una considerable cantidad de otros hombres de paisano. En el alboroto neurótico de las personas que iban de un lado a otro, adelante-atrás-arriba-abajo, entrevió una camilla apoyada en el suelo.

Se tomó un instante. Sacó tabaco y papel y se lió un cigarrillo. Lo encendió con la sospecha de que aquel, por un buen rato, sería el último de una serie de cigarrillos, si no serenos, al menos tranquilos. Poco antes se hallaba sentado en su despacho, enfrentándose a una de las peores crisis de su vida, juzgando que, para un investigador, cualquier otra situación del mundo sería preferible a aquella.

Ahora, sin saber qué verían sus ojos, tenía la clara sensación de estar al borde de una situación nueva que haría parecer envidiable la anterior.

Hasta ese momento había un cadáver con los huesos destrozados pero sin siquiera un cardenal en la piel, muerto de una forma imposible de catalogar con las herramientas conocidas. Dave Lombardi, encargado de realizar la autopsia, había confirmado el diagnóstico provisional anunciado en The Oak, pero con el comentario añadido de que jamás, en toda su vida, se había encontrado ante algo semejante.

Y mucho menos él.

El dictamen del médico forense significaba, en todo caso, la conclusión de su trabajo. Pero para la investigación que él llevaba, apenas representaba el comienzo de las dificultades. El cuerpo estaba inmerso en la oscuridad del más clásico de los enigmas literarios. Encerrado en un recinto cerrado por dentro, sin ningún rastro, ninguna huella, ninguna señal de violación en las cerraduras.

Nada de nada.

Habían diseccionado a lo largo y a lo ancho la vida de Caleb Kelso, en busca de algo misterioso que pudiera haber en la existencia de un hombre nacido y crecido en una pequeña ciudad de sesenta mil almas, en la cual todos se conocían y todos sabían todo de todos.

También allí el triunfo de la nada. Nada de dinero, nada de enemigos, casi nada de amigos. Y un campamento en estado de quiebra ya en parte hundido por una hipoteca y el sueño absurdo de llegar a ser algún día rico y famoso.

Pero ¿era tan absurdo ese sueño?

Y además, ¿quién no soñaba lograr lo mismo, tarde o temprano?

De pronto, el detective Robert Beaudysin sintió ternura por Caleb Kelso, por sí mismo, por todos.

Eran las ilusiones que cargaban todos a la espalda, sin darse cuenta de que llevaban un saco agujereado que se volvía más pesado a medida que el contenido iba perdiéndose por el camino. Luego, un día, reparaban en que estaba vacío y la vida había pasado.

Había visto muchas historias así, de policías y de individuos, como para permitirse todavía el lujo de sorprenderse. Había, en esa ciudad y en otras semejantes repartidas por aquel territorio, una situación de sofocada pero continua tensión. No obstante, aquella era desde siempre y todavía una tierra fronteriza: el límite entre los blancos, que vivían el presente y perseguían el futuro, y los navajos, que rechazaban ese futuro si no podían vivirlo a la luz de su pasado.

Acaso no fuera así para todos, pero sí para muchos.

Y la voz del pueblo era la voz de Dios, cualquiera fuera el color de su divina piel.

Él tenía una pizca de esa sangre en las venas, no tanta como para ser considerado un diné con todas las letras, pero sí la suficiente para comprender las problemáticas que se planteaban. Estas eran las suficientes como para requerir la atención y la cautela de todas las fuerzas policiales, del Estado o de los navajos.

Durante aquellos momentos previos, que ahora parecían muy lejanos, mientras se hallaba sumido en esas reflexiones, había entrado un agente en su despacho. Era un muchacho joven, con el aspecto sano del que hace un trabajo que le gusta y que actuaba con el entusiasmo que solo podía ser fruto de su poca experiencia.

Abrió la puerta con decisión, sin llamar.

El detective alzó la cabeza de los informes que estaba estudiando.

—Cole, te perdono esta entrada intempestiva solo si me traes una buena noticia.

—Discúlpeme, detective. Hay una pequeña novedad.

—En una situación como esta, hasta una pequeña novedad puede considerarse un gran resultado.

El agente Cole dejó sobre el escritorio una hoja con una anotación. Beaudysin posó los ojos en el pequeño rectángulo de papel amarillo y vio un nombre y un número de teléfono.

—No sé si lo será. Pero según los registros telefónicos la última llamada que se hizo desde la casa de ese tal Kelso, el día de su muerte, poco antes de que la compañía le cortara el servicio, fue a este número. Y este es el nombre al que corresponde.

—¿Y quién es esta...?

Miró el nombre, escrito apresuradamente en lápiz con letra angulosa.

—¿... Charyl Stewart?

El agente Cole se encogió de hombros.

—Pues por lo visto es una prostituta. Lo hemos comprobado. La señorita Stewart vive en Scottsdale y, según parece, Caleb Kelso la veía a menudo. Y por lo que sabemos, parece que era algo más que un simple cliente. Bill Freihart, un amigo de la víctima al que hemos entrevistado, nos ha dicho que estaba enamorado de ella.

Robert Beaudysin deseó, por uno de esos milagros que en la realidad no suceden nunca, que en verdad fuera todo así de simple: una miserable y banal historia de pasión, celos y violencia, fueran cuales fuesen los detalles.

Sin embargo, en su interior algo hizo morir esa esperanza incluso antes de nacer. Debido a esa sensación, no puso en marcha ninguna estrategia. Se limitó a coger el teléfono y marcar el número. Del otro extremo emergió una voz de mujer. Ni curiosa ni amable. Solo resignada.

—Diga.

—¿La señorita Charyl Stewart?

—Sí, amor. ¿Qué quieres?

A fin de evitar pérdidas de tiempo, dio a su voz la pesada carga del tono profesional.

—Soy el detective Robert Beaudysin, de la policía de Flagstaff.

—Sí, claro. Y tú estás hablando con Sharon Stone.

Previsible.

—Señorita, para confirmar lo que le digo, busque en el listín telefónico el número de la policía de Flagstaff y pregunte por mí. Si quiere, le repito mi nombre.

—No hace falta. Le creo. Hable.

—¿Conoce usted a un tal Caleb Kelso?

El silencio que se produjo a continuación estaba pegajosamente impregnado de ese tipo de desconfianza que siempre genera prudencia.

—Sí, el nombre me suena. ¿Por qué?

Pasó por alto la pregunta.

—Señorita, sabemos que existe una relación entre usted y el señor Kelso, así que creo que podemos evitar los rodeos. ¿Hace mucho que no lo ve o sabe algo de él?

—No lo veo desde hace más de una semana. Pero he hablado con él por teléfono hace un par de días.

La respuesta confirmó lo que indicaban los registros telefónicos. La muchacha era sincera. El detective experimentó un pequeño renacimiento de esperanza, que se resistía a morir.

—Bien. Y ¿qué se dijeron?

—Yo, muy poco. Habló él sobre todo. Me pareció muy agitado. Mencionó una gran suma de dinero que había conseguido o iba a conseguir. Hablaba de un viaje a Las Vegas o algo por el estilo. Después se cortó la comunicación y desde entonces no he vuelto a saber de él.

Por el instinto que impulsa a un hombre a ser un buen policía, le creyó.

—¿Y no añadió nada más?

—Lo que le he contado es todo lo que pasó.

Una pausa. La voz adquirió una angustia desolada que le sorprendió. Era el tono de una persona que constata por enésima vez que todo en la vida está destinado a salir mal.

—Le ha ocurrido algo, ¿verdad?

Le ofreció el consuelo de la compasión, para lo que pudiera servirle.

—Sí, señorita. Lo lamento. No sé cuál era exactamente su relación con Caleb Kelso, pero debo decirle que lo han encontrado muerto en su casa. Probablemente asesinado.

Del otro lado se hizo el silencio del que no quiere conceder al mundo el lujo de sus lágrimas. O que ya no tiene más para verter.

—Para nosotros sería importante poder hablar con usted en persona, para tratar de arrojar alguna luz sobre las circunstancias de la desaparición del señor Kelso.

—Sí.

Ese monosílabo sabía a pañuelos de papel atormentados y a nudos en la garganta tragados a la fuerza.

—Le enviaré un coche a recogerla, si le parece bien. No es necesario que busque un abogado, pero si desea hacerlo no hay ningún problema.

—De acuerdo.

Colgaron el teléfono al mismo tiempo y él se quedó mirando el aparato, como si de un momento a otro el sonido de una flauta fuera a hacerlo levitar siguiendo la espiral del cable como una serpiente.

En ese instante le dio la impresión de oír en alguna parte el eco de un disparo, sofocado por la distancia. Echó la culpa a la tensión y a su oficio, que le hacía oír disparos de armas de fuego hasta en el escape de un coche. Sin darle mucha importancia, volvió con el pensamiento a las palabras de Charyl Stewart.

«Una gran suma de dinero. Que había conseguido o iba a conseguir.»

Por fin un indicio relativo al género humano, un vislumbre de alguna pista que seguir, algo que un investigador podía tratar de transformar en un móvil, una modalidad de ejecución, una tentativa de despistar.

No tuvo oportunidad de avanzar más, porque poco después reapareció Cole, de nuevo sin llamar a la puerta.

—Jovencito, creo que deberías comenz...

El agente lo interrumpió.

—Venga, por favor. Han llamado de la cárcel. Han dicho que hay algo que debe usted ver.

Con un pésimo presentimiento siguió al agente hasta el otro extremo del complejo, la parte que albergaba la prisión de la ciudad.

Entonces el presentimiento adquirió una forma precisa. Un pequeño grupo de gente reunido al otro lado del patio.

Arrojó el cigarrillo y se unió al grupo. Mientras se aproximaba, los que se hallaban más cerca se apartaron para dejar pasar una camilla que transportaban dos paramédicos. Encima estaba tendido un agente, inmovilizado con correas. Tenía los ojos cerrados y estaba muy pálido, pero no presentaba señales de heridas evidentes. Un tercer enfermero los acompañaba, llevando en alto el recipiente de suero intravenoso cuyo tubo terminaba en el brazo del paciente.

—¿Qué ha ocurrido?

—No lo sabemos con certeza. Tiene una pierna rota y está en estado de choque. Pero su vida no corre peligro.

Dejó que los paramédicos se marcharan y avanzó hacia el centro de la escena. En ese momento llegó a sus espaldas Dave Lombardi. Sin duda debía de hallarse por allí, para presentarse tan deprisa. Lo que vieron lo vieron juntos, y juntos experimentaron la misma y oscura sensación de angustia.

En el suelo, paralelo al muro, yacía el cuerpo de un hombre. En el pecho, una mancha de sangre empapaba la camisa liviana. Los jirones de la tela daban a entender que un disparo de escopeta había producido el desastre. Como para confirmar la teoría, a poca distancia había una escopeta de las que utilizaban los guardianes.

Sobre el muro de cemento una larga raya roja permitía imaginar que el hombre se encontraba apoyado en la pared antes de caer.

Lombardi se agachó sobre el cuerpo y reposó una mano sobre su garganta. Beaudysin vio que la cara del hombre estaba extrañamente deformada, como si los huesos del cráneo se hubieran despegado los unos de los otros y se hubieran desplazado en ángulos poco habituales. No tuvo tiempo de formular una hipótesis, porque el médico la convirtió de inmediato en certeza. Hizo justo lo que el detective Robert Beaudysin temía. Cogió la muñeca del cadáver y la levantó. El brazo se dobló de manera antinatural a la altura del codo, como si por dentro ya no tuviera huesos.

O como si no los hubiera tenido nunca.

Sin soltar el brazo, aún suspendido en el aire, el médico se volvió hacia el detective y le lanzó una mirada muy significativa. Ambos sabían que también el resto de los huesos del cadáver se hallaban en el mismo estado. Pero aun así hizo la pregunta, porque era su trabajo asegurarse de los hechos.

—¿La misma situación?

—Eso parece. Y no sabes qué ignorante me siento en casos como este.

—En casos como este, la ignorancia es la regla.

Beaudysin se dirigió a un agente que se hallaba cerca.

—¿Quién los ha encontrado?

Otro agente, un hombre de cierta edad, ya a punto de jubilarse, dio un paso hacia delante.

—Yo he sido el primero en llegar.

—¿Qué ha pasado?

—No lo sabemos. Había un prisionero fuera, para la hora del recreo al aire libre, y Matt Coban, mi compañero, lo vigilaba desde lo alto del muro. Yo, desde dentro, oí unos gritos. Después, el ruido de un disparo. Corrí hasta aquí y los encontré así.

—¿Así cómo?

Señaló el cadáver con la cabeza.

—Él estaba muerto. Matt estaba aquí, caído en el suelo, con una pierna rota. Mi primera impresión fue que le había disparado al prisionero y que al hacerlo se había caído del muro.

El detective sabía, por experiencia personal, que a menudo la primera impresión es la acertada.

—¿Él no le ha dicho nada?

—No. Cuando llegué a socorrerlo, empezó a debatirse como un loco. Parecía aterrorizado. La pierna debía de dolerle mucho, pero daba la impresión de que no la sentía. Lo único que hacía era repetir sin cesar la palabra «no». Y tenía los ojos de alguien que ha visto algo espantoso.

—¿Quién es el muerto?

—Jed Cross. Era...

—Ya. Sé perfectamente quién era.

Joder, con la cara tan deformada y la conmoción del momento no lo había reconocido. Era un mal sujeto, arrestado por estupro y homicidio de un menor. Un asunto del que hablaban todos, en aquel lugar. Un psicópata maníaco que se había ensuciado con uno de los delitos más abyectos que puede ser capaz de cometer un ser humano. No podía sentir piedad por aquel individuo despreciable. Por un motivo que no lograba explicarse, sabía que la causa de la muerte no era el disparo de escopeta que le había destrozado el pecho. No obstante, lo que lo había matado, fuera lo que fuese, parecía dotado de un letal sentido de justicia.

—¿Hay alguna huella, alguna señal, algo que pueda ayudarnos a comprender qué fue lo que ocurrió en realidad?

—Lo único extraño es eso.

El agente, que con toda seguridad en aquel momento soñaba con la jubilación como con la Tierra Prometida, señaló con la mano a su izquierda.

El detective volvió la cabeza en esa dirección, pero en un primer instante no consiguió identificar aquello a lo que se refería el agente. Cuando por fin pudo verlo, le costó creerlo.

En la tierra había huellas de pies que partían del lado opuesto del patio en dirección al muro. Robert Beaudysin se acercó y se agachó para observarlas. Parecía que no hubiera pasado el tiempo. Generaciones de hombres rojos lo observaban. Como tantas veces antes de él, un hombre con sangre indígena en las venas se agachaba sobre la tierra para observar unas huellas.

«Solo puedo decirte que el perro estaba aterrorizado.»

Volvieron a su mente las palabras de Jim Mackenzie, mientras sentía que los pelos de los brazos y la nuca se le erizaban electrizados. Se encontraba allí, bajo el sol de la tarde, en plena civilización, y sin embargo no conseguía eludir una sensación de frío que llegaba directamente del oscuro arcano que desde siempre asustaba a todos los seres humanos.

Lo que tenía delante eran las huellas de las pisadas de un hombre adulto, descalzo. Huellas claras, precisas, de contornos bien definidos. Solo que en lugar de ser cóncavas y estar hundidas en la tierra, sobresalían. En la óptica invertida del contrasentido, destacaban absurdamente en relieve, hacia arriba, como si alguien hubiera caminado por aquel patio de tierra apisonada desde la parte sepulta del mundo.

19

Jim esperó más de una hora y media antes de poder ver a Robert aquella mañana.

Después de que se marcharan April y Seymour, entró en la comisaría de policía y se dirigió a la muchacha de paisano sentada en la recepción. Le ofreció gafas, no ojos. Recibió a cambio una cortés pero distraída eficacia, lo máximo que Jim podía agradecer en aquel momento. Tras una rápida consulta telefónica, la muchacha le indicó que tomara asiento y aguardara en la sala de espera. Enseguida iría alguien a atenderlo.

Permaneció solo todo el rato, sentado en una silla de plástico. Aquella espera encerraba en cierto sentido algo de milagroso, por ser justo lo que necesitaba su estupor. Una pausa tan ansiada como agua en el desierto, para detenerse un instante a rehacer cuentas que se obstinaban en arrojar resultados erróneos.

En pocas horas, su vida se había trastornado. Experimentaba la sensación sofocante de gesticular bajo el agua, en la más profunda oscuridad, sin el consuelo de poder seguir las burbujas para emerger a la superficie. El regreso a su pueblo natal había desintegrado todo lo que durante años había considerado certezas. Hay enfrentamientos que la vida no promete evitar, sino, a lo sumo, postergar. Así, las personas que habían formado parte de su vida pasada llegaban ahora una a una a reclamar su lugar en el presente.

El encuentro con April lo había perturbado y, cuando menos se lo esperaba, lo enfrentaba a la figura desconocida de la inquietud. El encuentro con Alan lo había hecho sentirse un cobarde sin perdón. El encuentro con Swan le había confirmado que todos estaban solos en sus disfraces y en sus noches insomnes.

Pero el encuentro con Seymour le había dejado una angustia que parecía la suma de todas las malas sensaciones que jamás había experimentado en su vida.

Lo embargó la certeza de haber atravesado su existencia a tientas, sin comprender nada de lo que sucedía en torno a él, tan seguro de su interpretación como para excluir de la manera más absoluta que podía haber otras, no solo más probables sino más posibles.

Jim Mackenzie había estudiado, había viajado, pilotaba helicópteros.

¿Tirar de una palanca y subir a lo alto era en verdad una pasión, o solo un modo más actual de huir?

Si temía la respuesta, la pregunta le causaba verdadero terror.

Tan inmerso se hallaba en sus pensamientos que casi no se dio cuenta de la agitación que de repente conmocionó la tranquilidad de la comisaría. Con un trasfondo de agentes alterados, la figura de Robert Beaudysin surgió en el umbral. Tenía una arruga de enfado en la frente, y la cara de alguien que acaba de ver algo que ningún ser humano debería ver jamás.

Jim se dispuso a levantarse de la silla, pero el detective lo atajó con un ademán.

—Discúlpame, Jim. Tenemos problemas. Espérame aquí, por favor. Apenas esté libre te atenderé.

Jim no tuvo tiempo siquiera para completar el gesto de aceptación antes de que Robert desapareciera. Se preguntó qué piedra habría caído en el agua de ese estanque capaz de provocar semejante revolución.

Volvió a apoyarse en el respaldo de la silla de plástico, preparándose para una larga espera. Una media hora después, un agente uniformado entró en la sala acompañado por una guapa muchacha rubia.

—Por favor, señorita Stewart, si desea aguardar aquí... El detective le pide disculpas, pero ha surgido una emergencia. La atenderá lo antes posible.

La muchacha rubia se sentó en una de las sillas de su izquierda y dejó el bolso en la de al lado. Cruzó las piernas, con una expresión en la cara de resignada espera, como todos los que se hallaban, antes o después, en aquella habitación. Jim la miró distraído y recibió a cambio la misma mirada vaga. Era una mujer que en otros tiempos le hubiera llamado la atención, así como él habría hecho cualquier cosa por atraer la suya. Pero ahora ya no había manos que perder ni puntos que ganar. Todo había cambiado de forma tan rápida, inesperada, que los juegos de antaño revelaban lo que en efecto eran: inútiles y frustrantes tentativas de prolongar la adolescencia.

Volvió a su mente la cara de Seymour.

Los rasgos y los ojos eran sin la menor duda los de April.

Pero ese color de piel y ese pelo, tan lustroso y negro...

Cuando le preguntó la edad del hijo, ella eludió tanto la pregunta como la mirada.

Permaneció aún largo rato sentado en la silla, en compañía de la muchacha rubia, sus nublados pensamientos y sus preguntas sin respuesta. De vez en cuando se levantaba y salía solo para ir a ver que Silent Joe, en la camioneta, no tuviera problemas. Pese a sus invitaciones, cada vez que le abría la puerta el perro se negaba a bajar del Ram.

Al volver a entrar tras una de esas misiones humanitarias vio que lo aguardaba en el umbral de la puerta de cristal de entrada un joven que vestía el uniforme oscuro de la policía de Flagstaff.

—¿El señor Jim Mackenzie?

—El mismo.

—Soy el agente Cole. Si desea usted acompañarme, lo llevaré con el detective.

Jim siguió al chaval por varios pasillos, camino del ascensor. Se cruzó con hombres con esposas sujetas a la cintura y vio unos rayos de sol entre las persianas, hasta que se encontró ante los vidrios esmerilados de la puerta de un despacho. Del otro lado llegaba una fresca sensación de penumbra. Se quitó las gafas y se las guardó en el bolsillo de la camisa. El agente hizo ademán de abrir el picaporte, pero luego lo pensó mejor y golpeó un par de veces con los nudillos en el marco de madera.

—Adelante.

La puerta se abrió y Jim se halló frente a un escritorio muy ordenado y frente a un hombre que necesitaba el orden como el aire que respiraba.

Robert le señaló la silla situada frente a él.

—Pasa, Jim. Siéntate.

—Es increíble cuántas sillas hay en una central de policía.

Robert esbozó una sonrisa y despidió al agente.

—Puedes retirarte, Cole. Apenas estén listos los informes, házmelos llegar de inmediato.

—Muy bien, detective.

El joven salió y cerró silencioso la puerta tras de sí. Quedó el malestar que Jim ya había sentido la noche en que habló con su amigo en la casa de Caleb. Ese malestar que solo pueden causar las cosas desconocidas.

—¿Qué ocurre?

Robert lo miró como sin verlo.

—Hay un problema, Jim. Un verdadero y grandísimo problema...

Se recobró y volvió a la cuestión que los ocupaba. O al menos se impuso hacerlo.

—Pero vayamos a lo nuestro. Hablemos de aquella noche en la casa de Caleb. ¿Lo has pensado? ¿Hay algo más que puedas añadir a lo que ha me has contado?

—No. Nada de nada. Todo lo que recuerdo ya te lo he dicho.

El detective cogió del escritorio una libreta de apuntes. Jim no recordaba, cuando habló con él aquella noche, haberlo visto apuntar nada. Tal vez lo había hecho luego, obedeciendo a un esquema de trabajo.

—Me has dicho que el perro estaba aterrorizado cuando encontraste el cuerpo de Caleb.

—Sí. Completamente aterrorizado. Es extraño...

Jim se interrumpió de golpe, y el detective lo apremió.

—¿Qué es lo extraño?

—Nada. No tiene ninguna importancia.

—Deja que decida yo si tiene importancia o no.

Jim pronunció las palabras con una expresión incrédula, como si lo que iba a decir fuera algo totalmente ridículo.

—Ha sucedido hace un par de horas, en el aparcamiento. De repente el perro volvió a mostrarse aterrorizado, exactamente de la misma forma. Empezó a temblar como una hoja y saltó al coche como un rayo. Mientras te esperaba he salido un par de veces a comprobar cómo estaba. Se ha calmado, pero no hay manera de hacerlo bajar.

El detective Robert Beaudysin miraba a Jim y guardaba silencio. Daba la impresión de sopesar las palabras que acababa de oír, sin saber exactamente cómo interpretarlas ni dónde ubicarlas. Había una tensión extraña en el aire, impropia de los seres humanos. Jim la percibió y trató de vencerla.

Restó importancia al asunto con un movimiento de hombros y sonrió.

—Lo más probable es que ese animal necesite el psiquiatra que tú aconsejaste para mí.

Robert no respondió a la ocurrencia, sino que prolongó un poco más el silencio. Cuando habló, pareció que era porque había tomado ya una decisión.

—Jim, no sé por qué te estoy diciendo esto. Tal vez porque te conozco, tal vez porque eres un tío reservado y lo que sabes nunca se ha filtrado a los periódicos.

Hizo una pausa que conllevaba una pizca de realismo autocompasivo.

—O tal vez solo sea porque en este momento eres mi única alternativa. La única y pequeña cosa con que cuento, por muy increíble que pueda parecer.

Se levantó del escritorio y fue a coger un vaso de agua de la máquina que había en un rincón. Habló por encima del murmullo de las burbujas, mientras se hallaba de espaldas, como si no mirar a la cara a su interlocutor sirviera de algún modo para eludir la responsabilidad de su confesión.

A los dos.

—Hay otro muerto igual.

Jim se movió incómodo en la silla.

—¿Qué significa «hay otro muerto igual»?

—Exactamente lo que he dicho. Hemos encontrado a otra persona asesinada de manera idéntica que Caleb.

Jim guardó silencio. No se sentía del todo seguro de querer oír el resto.

—Y esta vez el hecho es todavía más complejo. Caleb estaba en su casa, en un laboratorio cerrado por dentro, sin ninguna señal de violencia. Un bonito problema, me dirás. Y es cierto. Sin embargo, existe siempre la sospecha, por muy vaga que sea, de una posibilidad que no se haya considerado, algo tan sutil que escape a muchos análisis, aunque no a todos. Como sucede a menudo.

Hizo una pausa para beber un sorbo de agua del vaso de plástico.

—Este nuevo caso es peor. ¿Conoces a Jed Cross?

—¿Quién? ¿El primo de Caleb? ¿Esa inmundicia?

—El mismo. Estaba en la cárcel. Arrestado por sospechoso del homicidio y la violación de un niño navajo. En realidad las sospechas eran una certeza que ni siquiera el abogado del diablo habría logrado demoler. El muerto es él.

Esperó un segundo para que Jim pudiera asimilar los desconcertantes datos.

—Fue asesinado en el patio de la cárcel, durante la hora del recreo. Estaba solo, con un agente que lo vigilaba desde lo alto del muro. Nadie llorará por él, salvo la persona encargada de descubrir quién lo dejó seco...

Hizo una mueca para indicar que esa persona era la misma que el detective Robert Beaudysin veía cada vez que se miraba al espejo.

—Pero lo más extraño es lo absurdo de la situación. Un hombre solo, bajo vigilancia en el patio de una cárcel, uno de los lugares más seguros del mundo.

—Y ¿qué ha pasado?

—Opacidad total. Oyeron unos gritos y un disparo, y cuando llegaron, vieron a Jed Cross tendido en el suelo, con un disparo de escopeta en pleno pecho. Pero no fue el balazo lo que lo mató. Tenía destrozados todos los huesos. Exactamente como Caleb.

Jim alzó las cejas.

—¿Qué dijo el agente?

—No estaba en condiciones de decir nada. Se cayó del muro y se rompió una pierna, y se encuentra en estado de choque. Parece que algo lo aterró tanto que no hace más que desvariar. Por ahora le han dado sedantes. Ya veremos cuando decidan despertarlo. Pero por lo que me ha contado el guardia que lo socorrió primero, no alimento muchas esperanzas en ese sentido.

Robert volvió a sentarse al escritorio, como si hubiera agotado al mismo tiempo los argumentos y la fuerza de sus piernas para sostenerlo.

Jim lo miró, sin entender qué esperaba de él el detective.

—¿Y qué tengo que ver yo en todo esto?

—Tú, nada. El que tiene que ver es tu perro.

—¿Silent Joe? ¿Quieres decir que mi perro ha matado a esas dos personas? ¿Acaso te has vuelto loco?

Jim lo miró como si, al cabo de tantas dudas, en definitiva fuera Robert quien en realidad necesitaba un psiquiatra.

—No te digo que él los haya matado. Solo me limito a interpretar lo que tú acabas de confirmarme. Cuando hallaste a Caleb, Silent Joe estaba presente y algo lo había aterrorizado a muerte. Ahora, al ocurrir este otro homicidio, le ha sucedido de nuevo...

Se inclinó hacia él por encima del borde del escritorio, como si quisiera dar mayor peso a sus palabras. O para transmitir a su viejo amigo parte de la gravedad de lo que decía.

—Jed Cross fue asesinado en el mismo momento en que Silent Joe, en el aparcamiento, se quedó aterrorizado. Minuto más, minuto menos. Y ocurrió a poco más de cien metros de donde te encontrabas tú con tu perro.

Jim reflexionó. Sabía muy bien que un hombre que está a punto de ahogarse se aferra por instinto a cualquier cosa, con tal de sobrevivir. Pero las conclusiones a las que había llegado Robert eran como mínimo pintorescas. No pudo evitar devolverle una expresión perpleja.

—¿Me estás pidiendo que recorra el pueblo con el perro, y en cuanto vea que se aterra te llame?

El detective Beaudysin alzó un poco la voz. Parecía exasperado por la situación en que se encontraba y enfadado por lo que la desesperación le había llevado a decir.

¿Con quién estaba enfadado? Jim prefería no saberlo.

—Ni siquiera yo sé qué te estoy pidiendo. Sé muy bien que he dicho en tu presencia cosas que ante otros no confesaría ni bajo tortura. Pero este es el único elemento que tienen en común los dos homicidios, aparte del parentesco entre Caleb y Jed.

Hizo una pausa, y a Jim le pareció que trataba de regresar al ámbito de las vivencias humanas, a un mundo en el que las personas no morían con los huesos destrozados en un laboratorio cerrado por dentro ni en el patio de una prisión.

Se aflojó e intentó disipar sus pensamientos con un gesto seco de la mano. Luego dirigió los ojos hacia Jim.

—¿Ves a qué situaciones nos enfrentamos a veces en este

trabajo? Es como en la guerra. Cualquier cosa con tal de no caer bajo el fuego del enemigo. Y si por casualidad estás pensando que no querrías ocupar mi lugar, te confieso que yo tampoco.

Suspiró en señal de rendición.

—No te preocupes, Tres Hombres. Quedas libre, puedes marcharte. ¿Quieres que pida a alguien que te acompañe?

—No. Creo que podré encontrar solo la salida.

Se levantó y en pocos pasos llegó a la puerta. Estaba a punto de empuñar el picaporte cuando lo detuvo la voz de Robert.

—¿Jim?

Se volvió a mirarlo.

—¿Alguna vez has sufrido un accidente con el helicóptero?

—No.

—Bien. Si dices por ahí una sola palabra de lo que se ha hablado en esta sala, me las apañaré para que estrellarte contra una montaña te resulte la opción más preferible.

Jim no alimentaba ninguna duda de la seriedad de su advertencia.

—Y manten los ojos abiertos...

Jim sabía qué quería decir. Se refería a él y de algún modo también a ese extraño animal que la ciencia catalogaba de forma arbitraria entre los perros. Una locura, tal vez. ¿Pero cuántas locuras, con el tiempo y con el éxito, al fin habían resultado ser geniales intuiciones?

—Mensaje recibido.

Salió del edificio y recorrió sin dificultad el camino que le prometía salir de aquel lugar sofocante. Cruzó el vestíbulo, donde la muchacha de la recepción lo miró asombrada por la discordancia de sus ojos. Al salir echó un vistazo a la sala de espera. Vacía. Pasó el umbral y se encontró con la luz y el aire del aparcamiento. Respiró y le sorprendió que todo siguiera igual, tal como lo había dejado.

La muchacha rubia se hallaba fuera, a pocos pasos. Había salido a fumar un cigarrillo. Al verla allí, le resultó aún más guapa de lo que había juzgado a primera vista. Pero por el momento tenía otras cosas en la cabeza.

Luego la muchacha rubia se volvió y los ojos de ambos se cruzaron.

No mostró sorpresa alguna. No lo vio como un fenómeno de feria ni de alcoba. Quizá sencillamente ni siquiera lo vio.

Jim se dirigió a la camioneta. Había avanzado solo unos metros cuando le llegó desde atrás la voz de aquella chica. En contraste con su aspecto delicado, le habló con un inesperado tono de dureza.

—Discúlpeme.

Jim se volvió. La muchacha había tirado el cigarrillo y avanzaba hacia él.

—¿Usted es Jim Mackenzie?

—Pues sí. ¿Nos conocemos?

La muchacha tendió una mano seca y segura.

—Me llamo Charyl Stewart. Soy...

Se interrumpió.

—Era amiga de Caleb. Él me ha hablado mucho de usted.

Jim no se molestó en preguntar cómo lo había reconocido.

—Caleb ha muerto.

Charyl pronunció las palabras con un sentido de ineluctabilidad. Había muerto y jamás volvería. Ni para ella ni para nadie.

Jim mostró respeto por su desolación. Por eso prefirió no bajar la mirada.

—Lo sé. Lo encontré yo.

—¿Y cómo sucedió?

—Todavía están investigando. No puedo decir nada.

—Entiendo.

Charyl buscó en los bolsillos de su liviana chaqueta y sacó una pitillera de piel.

—Ya sé que para usted soy una perfecta desconocida. Pero Caleb le tenía afecto. También a mí. Y eso, de alguna manera, nos vuelve menos extraños.

Extrajo de la pitillera una tarjeta de visita y se la dio.

—Este es mi número de teléfono. Me quedaré en la ciudad esta noche. Le agradecería...

Calló, quizá porque recordó que a través de un afecto común eran menos extraños.

—Te agradecería mucho si mañana por la mañana, antes de que me vaya, me acompañaras a ver dónde vivía Caleb. Podría pedírselo a otro, pero me gustaría que fueras tú.

Jim cogió la tarjeta y la guardó en el bolsillo de la camisa, junto con las gafas. Esbozó una leve sonrisa que deseó que resultara reconfortante.

—Muy bien. Hablamos mañana, Charyl.

Siguió hacia la camioneta, dejando a una muchacha rubia de pie en medio de un aparcamiento, sola con sus ojos húmedos y su voz sin ilusiones en una cara demasiado dulce. No veía un solo motivo para hacer lo que acababa de pedirle Charyl. Sin embargo, se dijo que en el pasado había hecho muchas cosas sin explicarse el motivo.

Y eran casi todas cosas malas.

Pero esa muchacha rubia no lo sabía, y podía ser un buen modo de iniciar algo de una manera distinta.

20

Jim detuvo el Ram frente al Wild Peaks Inn a las diez y media.

Había telefoneado a Charyl Stewart bastante antes, sorprendido de lo que hacía. La noche que acababa de pasar no había sido mejor que la anterior. Silent Joe le había hecho compañía, sin faltar al comportamiento que indicaba su apodo. Lacónico de carácter y hambriento por vocación.

Había muchas cosas que lo acometían cuando se quedaba solo, y al menos otras tantas cuando se encontraba en contacto con el resto del mundo. Jim no estaba preparado. Antes no le había sucedido nunca, ni lo uno ni lo otro. Quizá por eso había decidido llamar a aquella muchacha de la que no sabía absolutamente nada, salvo el afecto en común por un hombre muerto de una forma horrible.

Ella respondió en tono impersonal al segundo timbrazo.

—Diga.

—Charyl, soy Jim Mackenzie.

El tono de la muchacha viró al calor de una voz amiga.

—Hola, Jim. Esperaba tu llamada. ¿Crees que podrás acompañarme?

—Sí. Si te va bien, pasaré a recogerte hacia las diez y media. ¿Te parece?

Un segundo de silencio. Con los ojos de la imaginación Jim la vio alzar la muñeca para consultar la hora.

—Perfecto. Estoy en el Wild Peaks Inn. ¿Sabes dónde queda?

—¿No es en la esquina de la ruta 66 con la Fourth, en East Flagstaff?

—Exacto.

—Estupendo. Hasta luego, entonces.

Al cortar la comunicación se preguntó por qué había aceptado, y ahora, ya en el aparcamiento del motel, seguía preguntándose lo mismo. Puntual como no lo había sido nunca, salvo cuando le convenía. Cogió el móvil y se dispuso a marcar el número de la muchacha, pero ella lo interrumpió, al salir por la puerta de su habitación. De pronto, ese reducido panorama del centro comercial cobró un centro de atracción. Vestía la misma chaqueta, pero se había cambiado los pantalones y la camisa. Llevaba el pelo rubio recogido en la nuca en una cola de caballo. No iba maquillada y se la veía más joven que el día anterior. Aunque sin experimentar por ella ningún interés en particular, Jim se dijo que de la figura de esa mujer parecía emanar una vibración diferente, como si sobresaliera por encima de todas las demás imágenes que la rodeaban.

Mientras Charyl se acercaba, Jim se apeó de la camioneta y fue a abrir la puerta del lado del acompañante. Silent Joe, sentado allí, parecía mirar con atención un punto imaginario situado frente a él.

—Anda, baja. Hoy debes ir atrás.

El perro volvió la cabeza y lo miró como un noble inglés a su chófer un instante antes de despedirlo. Poco después fijó la vista en el espacio que se extendía al otro lado del cristal, sin la menor intención de moverse.

Como si fuera sordo. Jim contuvo una sonrisa, para no parecer vencido.

—Anda, chaval. Me has entendido perfectamente. Por una vez harás de perro, en lugar de turista.

Silent Joe se decidió por fin. Se movió con lentitud, con toda su suficiencia canina. Mientras subía a la parte trasera de la camioneta, su aire acongojado expresaba todas las injusticias del mundo.

La voz de Charyl lo sorprendió a sus espaldas. Pero no había en ella ningún rastro de la dureza del día anterior.

—Después de esto, no creo que tu perro me quiera.

—Mi perro no quiere a nadie más que a sí mismo. Estoy convencido de que, según sus parámetros, permitir que yo me ocupe de él significa una gran concesión.

Subieron a la camioneta y Jim puso en marcha el motor. No consideró oportuno aclarar que Silent Joe había sido, hasta hacía pocos días, el perro de Caleb. Era un comentario que solo serviría para retorcer cuchillos en llagas recientes.

Salió del aparcamiento del Wild Peaks Inn. Dobló a la izquierda y se introdujo en el tráfico de la 89, que conducía hacia el norte y hacia las promesas incumplidas del campamento The Oak.

Pasaron algunos minutos antes de que Charyl se decidiera a romper el silencio.

—¿Caleb te habló de mí en algún momento?

—No. Hacía mucho que no lo veía. Casi cinco años. Me sorprende que él te haya hablado de mí.

—Ah, Caleb te estimaba mucho. Creo que hasta te envidiaba un poco. Decía que en cierto sentido él te había enseñado a volar.

Era cierto. Gracias a Caleb había aprendido, en un primer tiempo, a valorar la habilidad, la elegancia y la libertad del vuelo de las aves. Después comenzó a ansiar imitarlo. Por último, el vuelo se transformó en su razón de vivir.

—Así es. También es mérito o culpa de él que yo sea piloto de helicópteros. Y tú, ¿qué haces en la vida?

Charyl se quedó un instante suspendida entre la pregunta y su respuesta. Luego se resignó al hecho de que todos somos zorros perseguidos por nuestros propios sabuesos.

—Tarde o temprano lo sabrás. Más vale que te lo diga yo.

Hizo una pausa y miró por la ventanilla, como si lo que estaba a punto de decir se hallara escrito en el cristal.

—Soy prostituta.

A Jim le sorprendió su brutal sinceridad, pero no dijo nada. Le dio tiempo de recobrarse. Ninguna mujer del mundo podía confesar lo que acababa de confesar Charyl sin necesitar unos segundos para sí.

Continuó conduciendo, aguardó. Hasta que llegó el resto de la historia.

—Conocí a Caleb en un local de Phoenix, hace un par de años. Al principio era solo un cliente como tantos otros. Para mí no era más que una suma de dinero, una frase repetida continuamente: doscientos dólares si quieres ver mi dormitorio, cuatrocientos si quieres ver salir el sol por mi ventana. Él parecía vivir al borde de la ruina, pero, no sé cómo, conseguía el dinero para seguir viéndome. Era bueno, amable. Demasiado. Me hablaba de sus sueños, de sus proyectos, de sus esperanzas. De ese extravagante asunto de los rayos. Un absurdo sin futuro, quizá. Pero daba la impresión de creerlo, y de algún modo empecé a creerlo también yo.

Hizo otra pausa. Jim la miró. Observó el juego de la tensión en su bonita mandíbula.

—Después, un día, me dijo que me amaba y que quería casarse conmigo.

Buscó en el bolsillo y sacó la pitillera. Un instante de respiro para acallar los gritos interiores.

—¿Te molesta si fumo?

Jim meneó la cabeza. No quería invadir con su voz aquel momento que pertenecía solo a Charyl. Ella encendió un cigarrillo. Las siguientes palabras salieron de su boca junto con la primera bocanada de humo.

—Era la primera vez que un hombre me decía algo así. Bueno había sucedido antes, y quizá de mejor manera. Pero en su caso las palabras eran de un hombre sincero. Yo lo sabía. Se lo leía en los ojos. He visto y sufrido suficientes mentiras como para saber reconocer la verdad.

Calló de nuevo. Jim se preguntó si le habría contado todo aquello a la policía. Era probable que sí. Tal vez tratando de disimular, por pudor, la añoranza y el dolor que se le reflejaban en la cara y la voz.

—Le respondí que no. En el pasado he tenido decepciones, y ya no quiero correr más riesgos. Pero desde entonces ya no gasté el dinero que me daba en nuestras citas. Lo puse todo en una libreta de ahorros, dólar a dólar. No sé por qué lo hice.

Jim aventuró una hipótesis.

—¿Quizá porque también tú lo amabas?

—Quizá porque también yo lo amaba...

Charyl agachó la cabeza al repetir casi en voz baja la pregunta, a modo de respuesta. Jim comprendió que trataba de engañarse, obstinadamente, de pensar en ello solo como una teoría, para no tener que admitir que había vuelto a perder, una vez más. Después la vio recobrarse de ese instante y volver a la camioneta, junto a él.

—¿Sufrió?

—La policía dice que no.

«La policía no sabe nada. Y de esto, menos todavía...»

—Cuando me enteré, creí que había sido víctima de sus experimentos con la electricidad. Pero después ese detective me dijo que no fue así, aunque no añadió más.

Por el rabillo del ojo, Jim vio que se volvía a mirarlo. Se hallaba en el centro de una historia oscura y daba la sensación de esperar de él una luz que no podía brindarle.

«¿Alguna vez has sufrido un accidente con el helicóptero?»

Cuando comprendió que no obtendría de él ninguna aclaración, Charyl abrió la ventanilla y arrojó fuera la colilla del cigarrillo.

—Hablé por teléfono con Caleb un par de días antes de lo ocurrido. Estaba eufórico. Como si hubiera ganado la lotería.

Decía que pronto tendría a su disposición mucho dinero y que podría llevar otra vida, si quería. Me propuso pasar un fin de semana en Las Vegas.

Jim se quedó perplejo. Robert no le había dicho nada. Resultaba comprensible desde su punto de vista, pero constituía una sorpresa por lo que Jim sabía de la vida de Caleb. En general, él y el dinero formaban una antítesis. Si el dinero era hielo, Caleb era una plancha candente. Se disolvía enseguida, en una nube de vapor.

—¿No te dijo nada más?

—No. Se cortó la línea, y después no volvió a llamar...

Dejó la frase en suspenso, para no tener que decir que había muerto antes de llegar a hacerlo.

Jim guardó un momento de silencio, para pensar. ¿Qué podía haber provocado tanta euforia a Caleb? ¿Dónde podía haber encontrado el dinero del que le había hablado a Charyl?

«Están en la caja fuerte de la familia. Me ha dicho que tú lo entenderías.»

Sin ninguna relación volvieron a su mente las palabras de Charlie, cuando en el Ranch habían hablado de las cosas de su abuelo. Sus «esencias», como las llamaba él. Se acordó de que en el laboratorio de Caleb, en una trampilla del suelo, existía un compartimiento secreto. Mucho tiempo atrás, mientras estaban en su casa, se lo mostró bromeando a Jim y al abuelo, y afirmó que aquello sería la caja fuerte de la familia, de haber poseído algo para guardar dentro. ¿Sería posible que el viejo Richard Tenachee, que conocía a los hombres, hubiera dado sus pocas posesiones en custodia a Caleb, a pesar de todo? ¿Y que Caleb, después de la muerte del abuelo y la ausencia del nieto, hubiera decidido apropiarse de aquello que custodiaba pero que no le pertenecía?

No, se respondió. No se correspondía con el carácter de su amigo. Nadie que hubiera criado a un perro como Silent Joe podía hacer algo semejante, si es cierto que los animales se parecen a sus dueños. No respondía a la naturaleza de aquel desventurado soñador, perdedor hasta el sacrificio, honesto como nadie.

Jim intentó poner en la balanza la teoría contraria. Caleb estaba desesperado y enamorado. Y un hombre en esa situación podía ser capaz de todo. La historia del mundo y la suya personal abundaban en episodios a favor de esta teoría. Jim necesitaba saber. No le importaba el valor de la supuesta e imprevista herencia. Pero deseaba poder pensar en Caleb con el mismo respeto que sentía por los pocos bienes de un viejo jefe indígena que había sido su familia.

Los había decepcionado en todo. Por lo menos les debía eso a los dos.

Tan absorto se hallaba en estos pensamientos que pasó la bifurcación, a la izquierda, que llevaba al campamento. Frenó con bastante brusquedad y por el espejo retrovisor vio que la cabeza de Silent Joe asomaba por la luneta. Le llegó a los oídos un molesto chirrido de uñas sobre la superficie de metal. Se detuvo para dar paso a un gran vehículo con remolque que bajaba hacia Flagstaff. Mientras trazaba la curva para coger el camino de tierra, Charyl dejó escapar una sonrisa irónica.

—¿Conduces los helicópteros de la misma manera?

—Discúlpame. Estaba distraído.

A Charyl no le costó justificar el estado de ánimo de Jim. En cambio, el hocico del perro se asomó por el cristal de atrás, en actitud de reproche mudo pero evidente.

Prosiguieron rumbo a la casa, en silencio. Cada uno iba sumido en sus propios pensamientos, con el ruido de las ruedas sobre la grava de fondo. Cuando divisaron el gran roble que había dado nombre a la propiedad, Jim vio que en el terreno delantero de la construcción principal había un coche aparcado.

Detuvo el Ram al otro lado, bajo el roble, junto a la red metálica que delimitaba la vieja caseta de Silent Joe. Abrió la puerta y bajó de la camioneta. Al ver esos lugares familiares, el perro empezó a dar algunas muestras de impaciencia. Jim fue a la parte de atrás y bajó la portezuela que le permitiría bajar.

Tras un salto tan desarticulado como su andar habitual, Silent Joe aterrizó y se encaminó directo al que antaño debía de haber sido su árbol preferido.

Mientras el perro se reencontraba con su hábitat, Jim echó una mirada a su alrededor.

La casa estaba como la recordaba, pero la sensación de abandono resultaba todavía más evidente después de la muerte del propietario. El poco tiempo pasado parecía haberlo desteñido todo, como sucede con los recuerdos carentes de importancia. Cada objeto estaba cubierto con un imaginario velo de polvo, que en la percepción de Jim daba un alma dolorida hasta a los objetos inanimados.

Se acercó al coche detenido, una camioneta Volvo de color gris. En el parabrisas había un adhesivo que la identificaba sin lugar a dudas como propiedad del First Flag Savings Bank. Buscó algún rastro del ocupante, pero no había nadie cerca. El único indicio del paso de seres humanos eran las cintas amarillas de la policía que sellaban la vivienda y el laboratorio, por ser la escena de un crimen. Y sobre el camino la huella de una ambulancia que había transportado el cuerpo descoyuntado de un amigo suyo.

Oyó que detrás de él la grava crujía bajo las botas de Charyl. Poco después la tuvo a su lado. Entretanto el sol se había ocultado, atenuando los tonos de verde y reemplazando las sombras con una luz monótona y gris.

—¿Aquí vivía Caleb?

—Sí. Como ves, el lugar donde se alojaba refleja a la perfección la descripción que nos han dado.

La muchacha dio otros dos pasos inseguros hacia la casa. Quién sabía lo que estaría pensando. Tal vez no tenía ni idea de cuál era la situación económica real de Caleb Kelso y el estado en el que vivía. Y ahora que lo comprobaba en persona, quizá no pudiera siquiera definir lo que experimentaba.

Jim fue al Ram para dejarla sola, porque eso era lo que debía hacer. Charyl Stewart llevaba sobre los hombros una vida llena de promesas y esperanzas perdidas a lo largo del camino. Su sendero personal hacia el infierno no tenía siquiera el privilegio de estar pavimentado de buenas intenciones. Rogó, por ella, que Caleb fuera un recuerdo al que aferrarse y no el enésimo dolor por una oportunidad desvanecida.

Permanecieron así, en silencio e inmóviles. Un hombre medio blanco y medio indígena, una prostituta y un perro. Los tres, en cierto modo, pertenecían a aquel lugar y por el mismo motivo ese sitio les pertenecía. Gracias a la presencia, que aún flotaba en el aire, de un loco chalado que como tal los amaba.

Dispusieron de unos segundos más antes de que, del ángulo izquierdo de la casa, saliera un hombre vestido con un terno gris. Al verlos se quedó perplejo un instante. Luego avanzó hacia ellos, con el paso apresurado de unas piernas demasiado cortas para un torso demasiado largo. Jim lo reconoció. Lo había entrevisto el día de su visita a Cohen Wells, en el banco. Era el empleado que se hallaba en un despacho detrás de la recepción. Cuando Jim preguntó por el presidente, apenas alzó los ojos, perdidos tras unas gruesas gafas de miope, y su mirada le taladró la espalda hasta que alcanzó la escalera.

Jim vio con sorpresa que era casi tan alto como él. De lejos, la desproporción del cuerpo lo hacía parecer mucho más bajo.

—Buenos días, señor. Soy Zachary Van Piese, del First Flag Savings Bank. ¿Puedo preguntarle el motivo de su presencia aquí?

Visto que el juego de Zachary era la oficialidad, Jim decidió mantenerse en el mismo terreno.

—Buenos días también para usted. Yo soy Jim Mackenzie, responsable de la flota aérea del Cielo Alto Mountain Ranch. En esta casa vivía uno de mis mejores amigos. ¿Puedo preguntarle el motivo de la suya?

Se quitó las gafas y miró fijamente a los ojos del hombre, con la máxima dureza de que era capaz. Vio con claridad cómo aparecería cierta incomodidad en el semblante del empleado.

—¿El señor Mackenzie? Pues claro... Discúlpeme usted, no lo había reconocido.

Los hombros del señor Van Piese se relajaron. El matiz agudo de su voz se perdió en algún lugar de la garganta y volvió a hablar como un ser humano común.

—Soy el perito inmobiliario del First, y he venido a tasar la propiedad. El señor Kelso tenía una hipoteca con nosotros y el banco es, por lo tanto, un acreedor privilegiado. Después de su deceso, en ausencia de herederos, no hay duda de que este lugar se revenderá. Dado el monto de la deuda, se puede decir que este terreno es ya propiedad del banco.

«De Cohen Wells, querrás decir. Su poder en la ciudad se vuelve cada día mayor.»

—Es por eso que me ha preocupado ver que llegaban ustedes.

El primer impulso de Jim habría sido el de coger por la chaqueta a aquel usurero por cuenta ajena y enviarlo a patadas en el culo por toda la ruta 66 hasta Oatman. En cambio, se le acercó y bajó apenas la voz, en tono confidencial. Rogó por los dos que no tuviera mal aliento.

—Señor Van Piese, la joven que me acompaña es la prometida de Caleb Kelso. Por diversos motivos se encontraba lejos el día en que murió y no ha podido asistir a las exequias. Me ha pedido el favor personal de acompañarla aquí, donde vivía su novio. Creo que desearía quedarse unos instantes a solas.

El semblante de Van Piese se distendió en señal de comprensión. Llevaba impreso el falso pesar de algunos empresarios de pompas fúnebres.

—Comprendo. Pues claro, no hay ningún problema. De todos modos ya había terminado mis pesquisas para la peritación.

Cuando alzaron la mirada, Charyl ya no se encontraba a la

vista. Probablemente había doblado la esquina de la casa y en aquel momento estaba mirando la montaña de la parte posterior o subiendo hacia el laboratorio.

«La caja fuerte de la familia.»

Jim volvió a pensar en el escondite disimulado bajo la trampilla y su contenido. Por desgracia, aquel sitio, lo mismo que el resto de la casa, todavía se hallaba clausurado. Entrar era ilegal. Violar los sellos de la policía podía acarrear consecuencias poco agradables. No sabía aún qué iba a hacer, pero desde luego no permitiría que las cosas de su abuelo pasaran a ser propiedad de ningún banco.

En aquel momento sucedió.

Precedido por un largo gemido, Silent Joe corrió hacia el Ram, se irguió sobre las patas traseras y apoyó las delanteras en la puerta cerrada. Empezó a arañar el metal, frenético, como si quisiera cavar un agujero para entrar en la camioneta. Mientras se acercaba a él corriendo, Jim oía el ruido de las uñas sobre la chapa y veía dibujarse los surcos en la pintura de la carrocería.

—Basta, Silent Joe. ¿Qué te ocurre?

El perro no le prestó la menor atención. Cuando entendió que la puerta no se abriría, abandonó el costado para dirigirse a la parte de atrás, que había quedado abierta. Saltó a ella con tanto ímpetu que resbaló con un ruido sordo al dar con el cuerpo contra el exterior de la cabina.

Recobró el equilibrio casi de inmediato. Entonces alzó el hocico hacia el cielo y se puso a aullar.

Una fracción de segundo después, desde algún lugar de detrás de la casa llegaron los gritos de Charyl. Agudos, casi inhumanos. Parecía imposible que una persona pudiera poseer dentro de sí la capacidad de sufrir de ese modo, como si experimentara todo el horror y el dolor del mundo.

Jim sintió que la carne de gallina recorría su cuerpo como una ráfaga de aire frío. Y que el terror congelaba ese viento.

Pero de algún modo se obligó a actuar. Se volvió hacia Van

Piese: sus ojos parecían aún más aterrorizados que los del perro. Le habló en tono tajante, con la máxima claridad de que era capaz en aquel trance.

—¿Tiene usted un móvil?

—Sí.

—No se mueva de aquí. Llame enseguida a la policía. Pregunte por el detective Beaudysin, dígale mi nombre y pídale que venga ahora mismo a la casa de Caleb. ¿Me ha comprendido?

Los gritos continuaban, implacables y antinaturales. Van Piese no entendía nada, lo que parecía aumentar su terror.

—Sí.

Jim casi no oyó la respuesta. Ya había salido corriendo, en dirección a la esquina de la casa.

Los gritos continuaban.

Una nube oscura pasaba por el cielo de The Oak, dibujando una larga sombra negra en el terreno. Daba la impresión de que cruzaba el cielo simultáneamente en todo el mundo y que el sol no volvería a salir nunca más.

Jim llegó a la esquina y la superó corriendo, aterrado ante la idea de lo que podría encontrar.

El lado izquierdo de la casa se veía despejado. Nada ni nadie.

Los gritos cesaron de golpe.

Jim siguió corriendo. Maldiciendo y rogando pasó también la esquina siguiente.

Y allí la vio.

Yacía en el suelo, en la parte llana que bordeaba un tramo del lado posterior de la construcción, antes de volverse cuesta y luego montaña. Estaba tendida sobre la espalda, con la cabeza vuelta hacia el lado opuesto del que llegaba él. Una de sus piernas estaba superpuesta sobre la otra de manera antinatural, como si tuviera los huesos despedazados.

Jim disminuyó el paso y la inercia lo llevó al lugar desde donde podía verle la cara.

La cola de caballo se había deshecho y el pelo le cubría el

rostro. Jim vio los rasgos deformados, lo mismo que los huesos del cráneo.

Sin necesidad de tocarla supo que estaba muerta.

Logró vencer su piedad, que le pedía inclinarse, apartarle el pelo de la cara y coger entre los brazos a aquella muchacha demasiado joven para morir y demasiado herida para morir de esa forma. Pero la poca lucidez de que disponía le ordenaba no tocar nada hasta que llegara la policía. Cayó de rodillas junto al cuerpo de Charyl y se agachó hasta apoyar la frente en el suelo. Se quedó allí, llorando sin lágrimas y maldiciendo al mundo por aquella muerte sin sentido, hasta que oyó a lo lejos el lamento de las sirenas.

Entonces se recompuso y levantó la cabeza.

En el preciso momento en que el primer uniforme azul de un policía aparecía por detrás de la casa, resonó el primer trueno.

Inmediatamente empezó a llover.

21

El resto fue, si ello era posible, una pesadilla todavía peor.

La lluvia que caía a cántaros, el cadáver sobre la camilla, el brazo, doblado a la altura del codo de manera antinatural, que resbaló de debajo de la manta pese a las correas que sujetaban el cuerpo. Las luces de la ambulancia, la sirena. El viaje hasta la Central escoltado por el coche de la policía, con Silent Joe por fin calmado, acurrucado a su lado. El pensamiento constante de la cara deformada y el cuerpo destrozado de aquella que en vida había sido una muchacha guapa sin suerte. En sus oídos todavía resonaba el recuerdo de sus gritos. Las horas pasadas respondiendo cien veces las mismas preguntas.

«No, nunca había visto a Charyl Stewart hasta anteayer por la tarde.»

«Sí, sabía que era prostituta. Me lo dijo ella.»

«Sí, conocía su relación con Caleb Kelso.»

«No, no creo que nunca antes hubiera estado en The Oak.»

«¿Que qué ha ocurrido? Es la centésima vez que lo digo. Cuando la oí gritar, corrí hacia la parte trasera de la casa, y ella...»

Jim agradeció a todos los santos del Paraíso haber encontrado en The Oak a aquel paliducho empleado de banco, Zachary Van Piese. Le había dado una coartada que valía su vida. De haberse hallado solo, ¿cómo habría explicado su presencia en compañía del cadáver de una prostituta de Scottsdale, en el mismo lugar donde ya habían asesinado a su amante, de la misma forma?

Durante todo el tiempo que compartió el despacho con otro policía, Robert aceptó el flujo de preguntas que se arremolinaban como ondas de radio en torno de la figura sentada de Jim. Tras el descubrimiento del nuevo homicidio, había descendido sobre él una especie de resignación. Por un par de miradas que le había echado, Jim supo que habría dado un mes de salario para encontrarse a solas con él y preguntarle las cosas que de veras le interesaban. En uno de los pocos momentos en que se quedaron solos, el detective le dirigió un interrogante seco que, como tal, obtuvo una seca respuesta.

—¿Ha sucedido de nuevo?

—Sí.

—Lo hablaremos cuando nos dejen a solas.

Jim entendió el mensaje. Significaba: «No digas lo que sabes». Significaba: «No digas lo que sé». Por pura suerte, Van Piese, aturdido por las emociones vividas, recordaba de forma confusa la sucesión de los hechos e interpretaba el comportamiento frenético de Silent Joe como una reacción al violento temporal.

Jim no lo contradijo.

Hacia el final de su declaración, llegó al despacho de Robert nada menos que Donovan Cleese, el jefe de policía de Flagstaff. Tras entrar en la sala, indicó con la mano que continuaran y se sentó en un rincón. Asistió sin abrir la boca al resto de las preguntas y respuestas. Llevaba estampadas en el semblante las señales de eso que en los comunicados de prensa se definía como «una viva preocupación».

Jim pensó que tenía sobrados motivos para ello. En la animada pero inocua pequeña ciudad de Flagstaff habían muerto tres personas, asesinadas de manera bárbara por la misma mano. Y dado que en cuanto a las primeras dos no había modo de saber en qué dirección encaminarse, nada hacía presuponer que con esta tercera víctima las cosas cambiarían.

No obstante, la esperanza es lo último que se pierde y por eso estaba allí, rogando en silencio, preso también él de su pequeño terror. Se cernía sobre él el espectro del FBI, que de un momento a otro podía aparecer en la sede de Phoenix para imponer su autoridad y apartar del caso a la policía local.

Después de haber repetido sus respuestas por enésima vez, terminó para Jim el calvario del interrogatorio. Pese a la presencia de su jefe, Robert decidió acompañarlo en persona hasta la salida. Ni siquiera necesitó inventar una excusa. Por supuesto, frente a la entrada principal se habían reunido los representantes de todos los medios periodísticos del estado. Si se enteraban de que Jim se hallaba presente por segunda vez en el lugar de un crimen, habría terminado, tanto para él como para la investigación, ese mínimo de reserva que les hacía falta para intentar encontrar una solución. Esperaron, pues, a alejarse lo suficiente del despacho antes de entablar cualquier conversación. Ahora que iban bajando escaleras y recorriendo diversos pasillos en dirección a una salida secundaria, el detective Robert Beaudysin tuvo al fin la oportunidad de hablar con su principal testigo.

—¿Y bien...?

—No sé qué decir, Bob. Esto es increíble.

—¿Te refieres al perro?

—Sí. La misma reacción que el otro día, en el aparcamiento. Saltó a la parte trasera de la camioneta, poseído por un auténtico terror. Después se puso a aullar, y te aseguro que era un lamento como para helarte la sangre en las venas. Poco después empezó a gritar la chica. Lo demás ya lo sabes.

—¿Qué crees tú?

—¿Yo? ¿Qué quieres que piense? Me parece todo de lo más absurdo. ¿La chica murió de la misma forma que los otros dos?

—Idéntica. Todos los huesos hechos añicos, como si la hubieran puesto bajo una prensa.

—Desde que la oí gritar hasta que llegué donde estaba, debieron de transcurrir a lo sumo treinta segundos. ¿Qué puede haber reducido así a una persona y desaparecer en la nada en tan poco tiempo?

—No lo sé. Y encima esa maldita tormenta ha borrado cualquier huella que hubiera.

Robert traicionó cierta vacilación. Jim tuvo la impresión de que su amigo le escondía algo, pero no consideró conveniente insistir. Lo único que deseaba era salir de allí, respirar aire fresco, alejarse mil kilómetros de aquella ciudad y olvidar todo lo sucedido en los últimos días.

Pero con el terror de que de un momento a otro Silent Joe se echara a aullar de nuevo.

Cuando llegaron al final del pasillo se encontraron ante una puerta de metal. Una luz verdosa caía atenuada de unas pequeñas ventanas situadas en lo alto. Hacía calor y olía a cemento húmedo.

Robert se detuvo ante la puerta. El policía era él, así que Jim se adaptó a su papel.

—Dime qué debo hacer.

—¿Y cómo podría decirte qué hacer, si soy yo quien necesita que alguien me lo diga?

Robert abrió la puerta. Fuera, el temporal había dejado charcos que reflejaban un cielo azul, recién lavado, listo para el ocaso. Jim no se había dado cuenta de cuánto rato había transcurrido desde su entrada en el edificio.

—Ve a tu casa, emborráchate y duerme unas horas. Es lo que haría yo, si pudiera.

—Hasta luego, Robert. Buenas noches. Te lo deseo de veras.

El detective hizo apenas un movimiento con la cabeza para dar a entender que le había entendido.

—Vigila a tu perro.

Dijo por segunda vez estas palabras que, a la luz de los hechos, sonaban más a amenaza que a consejo. Después desapareció tras el leve chirrido de la puerta.

Jim volvió a hallarse solo en el aparcamiento reservado a los coches del personal y a los vehículos de servicio. En una de las últimas filas asomaba el techo de su camioneta.

Se dirigió hacia allí al tiempo que buscaba las llaves en el bolsillo.

Cuando vio que su presencia en la Central se prolongaría mucho, pidió a un agente de la Unidad Canina que llevara a Silent Joe a la cabaña de Beal Road. Jim no tenía ni idea del estado en que lo encontraría. En general, sus ataques de pánico no dejaban secuelas. Su comportamiento volvía a ser el de siempre, indolente y adaptable, dócil y autosuficiente. Pero aquel no era un momento de certezas, y menos con un animal tan impredecible.

Cuando llegó a la camioneta tuvo que rodearla para alcanzar el lado del conductor. Pasó sin mirar al lado de la puerta arañada por el pánico de Silent Joe, como si al no fijarse en ese detalle pudiera también evitar pensar en todo lo que sucedía.

Antes de subir sacó el móvil del bolsillo y marcó el número del Ranch.

La voz de barítono de Bill Freihart respondió al segundo timbrazo.

—Cielo Alto Mountain Ranch. ¿En qué puedo servirle?

—Hola, Bill. Soy Jim. Necesito hablar con Charlie. ¿Por casualidad anda por ahí?

—Tienes suerte. Ha salido hace un segundo. Todavía debe de estar aquí fuera.

Jim aguardó, oyó cómo se acercaba el ruido de pasos de botas sobre el suelo de madera. Poco después surgió en el aparato, seca como siempre, la voz de su viejo *bida'i*.

—Sí.

—Charlie, soy Jim. Te necesito para un trabajo. ¿Podrás llegar a la ciudad para el anochecer?

—No hay problema.

—Bien. Entonces nos vemos a eso de las diez en mi casa. Beal Road 29, en la esquina de Fort Valley.

—De acuerdo.

El viejo cortó la comunicación. Había dicho «de acuerdo», y por lo tanto a las diez en punto estaría esperando ante la puerta de su cabaña. Jim cerró el móvil, dudando si hacía bien en involucrar a Charlie en sus planes. Sin embargo, como lo conocía perfectamente, llegó a la conclusión de que el viejo se sentiría muy mal si no le pidiera que lo acompañara.

Subió al Ram, puso en marcha el motor y salió lentamente del aparcamiento. A la misma velocidad recorrió el trayecto hasta su casa.

Se tomó el tiempo que nunca había querido tomarse en la vida. Condujo despacio, mientras repasaba en su mente, una por una, todas las cosas que habían ocurrido en el transcurso de aquellas pocas horas. Aunque no por ello logró arriesgar una hipótesis sobre su vida futura.

Cuando llegó a la cabaña, apoyada en la puerta de su Honda, lo esperaba April Thompson.

Las horas pasadas respondiendo las preguntas de la policía le parecieron de pronto una realidad preferible a esa. Todavía no había digerido el encuentro del día anterior. No estaba preparado para enfrentarse con ella otra vez, ni para sufrir otra noche de insomnio. El nuevo homicidio había marcado una pausa. Era algo terrible por el modo en que había ocurrido, e inquietante por todos los interrogantes que añadía a los ya planteados. Pero se trataba de un hecho del cual él era un simple testigo, solo un hombre que había visto y que podía contar lo que sabía, pero dejando a otros la tarea de entender. Todo el resto era su prisión. Hacia donde se volviera se encontraba ante un muro, y cada muro llevaba escrito un nombre.

Alan, Swan, Cohen Wells, Caleb Kelso, Charles Begay y Richard Tenachee.

April.

Seymour...

Esta vez no era posible volver la cabeza hacia otro lado, no era posible fingir que no había pasado nada. Como la pobre Charyl Stewart, había intentado despistar a los perros, pero toda persona deja tras de sí un rastro imborrable. Cualquiera que sea el fantasma del que se huya, no hay modo de eludirlo: siempre se encontrará esperando justo en el lugar donde uno se consideraba a salvo.

Detuvo la camioneta detrás del Honda y se apeó. Ella se acercó caminando con indolencia, como si le costara dar esos pasos, por la distancia y por el destino al que la llevarían.

—Hola, Jim.

April interpretó la expresión y el silencio de Jim como una reacción de sorpresa por su presencia.

—Soy periodista y soy de Flagstaff. Si quieres, puedes admitir que tengo una pizca de cerebro. ¿De veras creías que no iba a descubrir dónde te metías?

Jim intentó hablar con firmeza sin mostrarse grosero.

—¿Qué puedo hacer por ti?

—¿Qué puede querer una periodista? Una historia.

—¿Qué historia?

—Una verdadera. Quiero que me digas qué está pasando.

A Jim le costó no echarse a reír.

—¿Quieres que...? También yo necesitaría que alguien me lo dijera.

April captó la amargura y el cansancio en su voz. Le concedió un instante de silencio. Volvió la cabeza para mirar hacia la entrada de la pequeña cabaña.

—¿Hay alguna contraindicación a que me invites a pasar?

Jim no consiguió encontrar una excusa plausible. Habría bastado con decirle que estaba cansado, habría bastado con decirle que necesitaba estar solo, habría bastado con...

Habría bastado con decirle la verdad. Que hallarse entre cuatro paredes con ella le daba miedo.

—No, ninguna. Ven, tengo que ver cómo está mi perro.

Recorrieron el breve sendero de acceso, unas losas de cemento entre dos franjas de hierba. Jim abrió la puerta y se hizo a un lado para ceder el paso a April.

En el interior el aire olía a limpio, señal de que Silent Joe, pese al encierro, no había perdido el control de su cuerpo. Precedido por un resonar de uñas contra el suelo, fue a comprobar sin prisa la identidad de los recién llegados. Cuando los vio no mostró reacción alguna, como si estuviera viviendo un momento previsto y previsible.

April lo miró con más simpatía de lo que indicaban sus palabras.

—No se puede decir que sea un perfecto perro guardián.

—Ni siquiera de defensa. Creo que la única manera de volverlo peligroso sería alzarlo en brazos y arrojárselo a alguien a la cara.

Indiferente a estos comentarios poco elogiosos, el perro dio media vuelta y adoptó sin prisa una actitud de espera, delante de la puerta de la cocina que daba al jardín. Jim fue a abrirle para que pudiera salir. Mientras el perro se paseaba fuera en busca de un lugar donde aliviarse, comprobó que dispusiera de agua fresca que beber y le echó en la escudilla una ración de alimento para perros.

Luego volvió a la salita que hacía también de comedor. April permanecía de pie, con las manos en los bolsillos de los tejanos, mirando a su alrededor. Jim trató de ganar tiempo.

—¿Te apetece un café? Es lo único que puedo ofrecerte.

April lo miró evaluando la conveniencia de tomar un café a esa hora. Quizá incluso la capacidad de Jim para preparar un café decente.

—De acuerdo, tomemos un café.

—Creo que no tengo leche.

—Precisamente estaba pensando que sin leche sería perfecto.

Jim apreció el intento de rebajar un poco la tensión. O tal vez fuera solo una técnica periodística para poner cómoda a una probable fuente de información.

Mientras él cargaba el agua y el filtro de la máquina, April se asomó por la puerta de la cocina.

—Veo que has conseguido un buen lugar.

Jim le restó importancia con un encogimiento de hombros.

—Solo es temporal, hasta que encuentre algo mío.

Ella lanzó un comentario, con aire casi distraído.

—Sé que ahora trabajas para Cohen Wells.

«Ya verás como pronto descubrirás qué quiere de ti el amo de la ciudad.»

Jim ni siquiera se preguntó cómo se había enterado. Ella misma acaba de decirlo poco antes: era una periodista y vivía en Flagstaff. Y poseía un buen cerebro.

—Sí, soy el piloto del Ranch y el responsable de la futura flota aérea.

—Ah, sí, ese hombre está en condiciones de comprar muchas cosas. Y a muchas personas...

Hizo este comentario con suavidad, sin subrayar las palabras. No había sarcasmo en su voz, sino cierta conmiseración.

A pesar suyo, Jim reaccionó de un modo que habría deseado evitar. Por agotamiento, por tensión, por culpa. Tuvo un arrebato que hizo que le cayeran de la mano las tazas en las que estaba sirviendo el café. Una cayó al suelo, se rompió con un ruido seco y esparció alrededor pedazos de loza y líquido hirviendo. Sofocando una maldición entre dientes, abrió el grifo y puso la mano escaldada bajo el agua corriente.

Luego se volvió y la miró, extrayendo de ese pequeño dolor la fuerza necesaria para enfrentar la discusión.

Se sorprendió al oír que alzaba la voz más de lo que habría deseado.

—De una vez por todas, April, ¿qué quieres de mí? Sé que me he portado mal contigo. Sé que me he portado mal con todos los que me rodeaban. Y decir «mal» es un eufemismo. ¿No podrías escupirme en la cara que soy una mierda que merecería morir cien veces, darme dos bofetadas y marcharte dando un portazo?

April no mostró reacción alguna. Se limitó a mirarlo fijamente un instante, sin hablarle. Jim se sorprendió al ver que asomaba una sonrisa en sus labios. Le sorprendió todavía más ver que no era de añoranza, sino solo de una melancólica ternura.

—No, Tres Hombres. No, desdichado niño que no quiere crecer. Esa época ha quedado atrás. Han pasado demasiados años desde aquel estado de ánimo. No sé cuántos puentes hemos pasado tú y yo desde entonces, pero sé cuánta agua ha pasado por debajo. Yo he cambiado, he tenido que hacerlo. En aquella época era una chiquilla, pero ahora sé en qué mujer me he convertido. Lo que no sé es en qué hombre te has convertido tú.

Jim la miró por primera vez con los ojos del hombre que habría deseado ser. Había huido de todo tan deprisa que no había logrado memorizar qué hermosa era, en todos los sentidos. Se había liberado con tal violencia de aquello que consideraba una cárcel, que no había tomado conciencia de que April no era una carcelera, sino que estaba presa en la celda junto a él.

Ella continuó con la misma voz tranquila, que era al mismo tiempo un afilado puñal.

—Te repito lo que quiero de ti: una historia. Quiero que me cuentes qué está ocurriendo en esta ciudad, qué es lo que la policía esconde con tanto esfuerzo. Quiero que me digas qué has visto. Por una vez, quiero de ti la verdad. Me la debes.

—¿Me estás chantajeando?

April hizo un gesto elocuente con los hombros.

—¿Por qué no? ¿Crees merecer algo mejor?

Jim cambió de tema abruptamente. Ya no podía defenderse, por lo que buscó refugio en el ataque.

Seco, imprevisto, afilado.

—¿De quién es hijo Seymour?

Ella se quedó un instante petrificada. Luego, sin responder, salió de la cocina. Jim la siguió y le bloqueó el paso en medio de la sala. Le puso una mano sobre el hombro y la obligó a volverse. April lo rechazó con un gesto brusco, pero permaneció firme frente a él sin amenazar con marcharse. Tenía los ojos húmedos de lágrimas y una expresión de odiarse por ello.

No le dio tregua.

—¿De quién es hijo Seymour?

—¡Mío! —le gritó April en la cara.

Jim se acercó tanto que sintió el perfume de su aliento. Había iniciado la caza de la sinceridad y ahora no podía volver atrás sin haberla alcanzado, aun a riesgo de que lo matara. La cogió por los brazos y la sacudió.

—Ahora dime tú la verdad. ¿De quién es hijo Seymour?

Las lágrimas caían por las mejillas de April, arrastrando años de soledad, de días de lucha sin tener a nadie a quien mostrar las heridas, de noches transcurridas intentando divisar un futuro entre la niebla del presente.

—¿De veras quieres saber de quién es hijo Seymour?

Se soltó de nuevo y lo miró con ojos de desafío, ojos azules tras el velo salado de las lágrimas. Los mismos que había regalado a su hijo.

—¡Es mío! ¡Es mío! ¡Es mío!

De pronto se desmoronó. Se le aflojaron los hombros y la voz se tornó un soplo. Se acercó un paso y apoyó la frente sobre el pecho de él, procurando un refugio que le había sido negado durante años.

—Es mío...

Dijo estas últimas palabras ahogadas contra la tela de la camisa. Jim la rodeó con los brazos y la estrechó contra sí, notó el calor de ese cuerpo fundido con el suyo.

Jim sintió que algo se le disolvía por dentro. No sabía qué, porque nunca lo había experimentado. Todas las preguntas encontraron en un segundo una respuesta. No segura, pero posible. Quizá, para obtener esa libertad que había perseguido al marcharse, debería haberse quedado. Y tal vez había respirado menos cada vez que había aumentado el espacio que lo rodeaba.

Permaneció atrapado en ese lugar de tiempo y añoranzas,

mientras el perfume del pelo de April le devolvía recuerdos y su firme cuerpo de mujer le recordaba que era un hombre.

Cuando la apartó de sí y la besó saboreando sus lágrimas, Jim Mackenzie experimentó por primera vez en su vida la sensación de haber llegado a casa.

22

Todavía hoy lo ahogaba ese recuerdo.

Habían pasado tantos años, se había derramado tanta sangre... Sangre salida de las venas y sangre salida de las palabras, de las que matan a las personas de forma mucho más dolorosa que las armas. Todo lo que parecía haberse hecho añicos se recomponía poco a poco, por la magia y el capricho del azar. Con nuevas formas y nuevos colores, para recordar que nada puede ser igual. Ese encuentro para el que no estaba preparado, ni en ese lugar ni en ese momento, le había dejado una sensación de vacío difícil de explicar, cuando en cambio un deseo de revancha habría resultado mucho más comprensible. En el instante en que se encontraron de frente y se miraron a los ojos todo pareció tan lejano, tan inútil, tan carente de sentido... Ningún motivo para ganar, porque no había ningún motivo para combatir. La única emoción fue la nostalgia. No por lo que había sido, sino solo por lo que podía ser.

Se preguntó si a ella le pasaría lo mismo. Sabía quién era ahora y sabía dónde estaba. Y conocía sus pensamientos. Esos pocos kilómetros que los separaban no los volvían más cercanos. Ya en una ocasión nada había sido posible. Lo que se había sumado en el transcurso del tiempo solo habría podido transformar la indiferencia en piedad.

Y él no quería...

El bastón se hundió en un pequeño hueco del terreno, y Alan sintió que su equilibrio se tornaba precario. Dos brazos robustos que lo sostenían para evitar que cayera lo apartaron de sus pensamientos.

—¿Está usted cansado? ¿Quiere que volvamos a casa, señor Wells?

Alan Wells se apoyó en el bastón y negó con la cabeza. Wendell, el fisioterapeuta encargado de su rehabilitación y ejercitación con las prótesis, había decidido dejar el gimnasio y aventurarse a una caminata por un terreno poco accidentado. Se trasladaron fuera, a la hierba que se extendía delante de la casa, a la sombra de los olmos.

Las cosas no marchaban bien, y Alan comenzaba a perder la confianza.

—Creo que no lo lograré nunca.

—Si que lo logrará, ya lo verá.

«No lo lograré. Por el simple motivo de que no consigo encontrar una sola jodida razón para hacerlo.»

Wendell le sonrió, seguro de que las palabras de su paciente eran producto de un momento de pesimismo. Ya lo había oído en otras ocasiones, de otras personas que estaban en la misma situación.

—Señor Wells, ¿conoce usted a un piloto italiano que se llama Alessandro Zanardi?

A Alan no le interesaba mucho el automovilismo, pero sabía que había ganado un par de campeonatos de monoplaza en Estados Unidos.

—Sí, lo he oído nombrar.

—Pues bien, ese chico padeció un problema como el suyo. Perdió las dos piernas en un accidente en una carrera, en Alemania.

Hizo una pausa efectista y Alan se vio obligado a admitir que Wendell era muy capaz para motivar a las personas.

—En estos momentos ha vuelto a correr. Con ayuda de prótesis como las suyas está corriendo un Campeonato de Turismos mundial.

—¿Y gana?

Wendell hizo un gesto con los hombros.

—Eso no tiene importancia. Cualquiera que sea el puesto en el que llegue, de todos modos habrá ganado.

Alan no dijo nada. Wendell era un muchacho sano y por naturaleza lleno de entusiasmo, y lograba transmitirlo en su trabajo. Reconocía en él la sinceridad y un laudable compromiso humano y profesional con esa, su pequeña empresa. Aun así, no podía evitar pensar que cada vez, al final de la sesión, regresaba a su vida de siempre caminando con dos piernas, y Alan Wells pasaba a ser un nombre en una agenda y en un informe clínico.

El fisioterapeuta cogió las muletas, que había apoyado contra un árbol, y se las tendió.

—Por hoy, creo que es suficiente. Tenga fe en mi experiencia. Sucederá de repente. Una mañana se despertará y se dará cuenta de que es capaz de caminar sin problemas.

Alan se acomodó las muletas bajo las axilas y juntos se dirigieron hacia la casa. Dejaron aquello que familiarmente llamaban «jardín» pero que en realidad era un gran parque. Se extendía alrededor de un terreno que hacia el oeste limitaba con el hoyo número tres del campo de golf.

Wendell hizo deslizar sobre los quicios la gran cristalera que llevaba al salón.

—¿Quiere que lo ayude a darse un baño?

—No, no estoy sudado. Me echará una mano esta tarde el chófer de mi padre.

Jonas era una de las tantas personas que se hallaban al servicio de los Wells, una especie de factótum que, entre sus múltiples méritos, poseía también el de haber sido durante un tiempo enfermero del Flagstaff Medical Center.

—Bien. Entonces, si ya no me necesita usted, me marcho.

Alan permaneció de pie mirando la Harley de Wendell que salía de la parte posterior de la casa y desaparecía por el sendero de acceso. Nunca le habían gustado las motocicletas, pero en aquel momento pensaba cuánto le habría complacido poder conducir una.

Shirley apareció a su lado.

—¿Necesita usted algo, señor Wells?

Alan no tuvo más remedio que sonreír, desarmado, como siempre, por la puntual presencia del ama de llaves.

—Shirley, tienes que explicarme dónde está la cámara.

—¿Qué cámara?

—La que me enfoca todo el tiempo y te avisa cuando me quedo solo. No es posible que tengas semejante sentido de la oportunidad sin recurrir a alguna ayuda externa. ¿O debo pensar que se debe a alguna percepción extrasensorial?

Dio unos pasos por la habitación. Las muletas dejaban en el suelo huellas que enseguida absorbía la moqueta. Fue hacia la otra parte de la estancia, seguido por la mujer.

—Puedes retirarte tranquila. Iré al estudio a leer mi correspondencia. ¿También me vigilarás en internet?

Shirley dio un paso atrás, y Alan percibió que se había excedido un poco con la broma y que ella lo había entendido mal. Se volvió a mirarla con una sonrisa.

—Sé que haces por mí todo lo que puedes. Y quizá algo más. Te lo agradezco mucho, Shirley. No necesito nada, en serio.

—Muy bien, señor Wells.

El ama de llaves se retiró sin añadir nada más. Alan continuó avanzando hacia la parte de la casa donde se hallaba el estudio. Tenía que adaptarse a una manera de desplazarse muy diferente de la de antaño. Además, usar las muletas no solo lo convertía en un hombre sin piernas, sino también en un hombre sin manos. Pensó que debería inventar algo que le permitiera transportar pequeños objetos sin verse obligado cada vez a pedir ayuda a alguien. Al fin llegó al estudio de su padre, que armonizaba a la perfección con el resto de la casa. Una impecable combinación de muebles antiguos y diseño actual.

Alcanzó el escritorio, con la superficie de cristal, el verdadero protagonista de la estancia, y tras unas molestas maniobras con las muletas y el sillón logró acomodarse frente al monitor del ordenador. Mientras lo ponía en marcha recordó que su padre había olvidado apagarlo y que en uno de los puertos USB había una de esas unidades portátiles para guardar datos.

El contenido apareció en la pantalla apenas se iluminó.

El Alan Wells de unos años atrás habría cerrado el archivo sin dedicarle una mirada. Ahora las cosas eran diferentes. Con toda probabilidad aquella sería su vida futura: él era en todos los sentidos el heredero de Cohen Wells, aunque no fuera eso lo que un día había elegido para sí.

La pantalla estaba llena de carpetas con diversos nombres. Alan las abrió una por una y les echó una rápida ojeada. Eran informes de cuentas corrientes de bancos de las islas Caimán, Barbados, Irlanda y Montecarlo, las cuales ascendían a cientos de millones de dólares. Había copias escaneadas de documentos de bienes muebles e inmuebles y participaciones más o menos considerables en una cantidad indeterminada de empresas y sociedades. Probablemente los originales se hallaban a buen recaudo en una caja de seguridad en alguna parte.

Alan se sintió incómodo.

Se dio cuenta de que se trataba de la lista completa de las actividades de su padre. Y que no todo lo que figuraba allí podría mostrarse al fisco. Estaba a punto de cerrar el archivo cuando observó una carpeta con el nombre «Cielo Alto Mountain Ranch».

Pinchó el icono y la carpeta reveló su contenido. Se trataba de una serie de archivos referentes a la actividad del Ranch. Uno era un mapa de la zona en que se levantaba el complejo, con toda el área de la propiedad destacada en violeta. Dentro, algo apartada del centro, había un zona más pequeña, con la forma aproximada de un rombo, realzada en amarillo. Sobre ella había una leyenda en negro: «Flat Fields - Eldero 1868».

Qué extraño. Por lo que veía y por lo que decía su padre, esa zona debía de ser totalmente de su propiedad, incluida la parcela de Flat Fields. El mapa era reciente, de modo que no conseguía explicarse los dos colores, y mucho menos la inscripción con esa fecha de hacía cien años y un nombre que pertenecía mucho más a la leyenda que a la historia.

Abrió otro documento. A medida que avanzaba en la lectura se sentía cada vez más inquieto. Era la copia de una confesión completa de Colbert Gibson, que admitía haberse apropiado de manera fraudulenta, y para uso personal, de fondos del First Flag Savings Bank.

Hasta donde él sabía, Colbert Gibson era en aquel momento el alcalde de Flagstaff, pero la fecha del documento se remontaba a una época en que todavía desempeñaba el cargo de director del banco. Alan comprendió por qué su padre había apoyado en aquel entonces la elección para el cargo de alcalde de una persona manifiestamente deshonesta. Ese hombre estaba por entero en sus manos. Bastaría con hacer público ese documento para mandarlo a la cárcel. Y Gibson haría todo lo que su padre le pidiera con tal de evitarlo.

El tercer archivo en que posó los ojos era el certificado de un cuantioso préstamo personal otorgado en privado por Cohen Wells, un par de años atrás, a una persona a la que Alan no conocía, un tal David Lombardi.

Alan no sabía qué hacer. Y sobre todo no sabía qué conclusiones sacar de lo que acababa de leer. Era consciente de que en el mundo de los negocios, para no ser devorado, hacía falta en cierto modo estar dispuesto a devorar. Sin embargo, no era más que una metáfora popular. La cosa cambiaba mucho cuando uno se encontraba frente a los restos de gente hecha pedazos.

Apagó el ordenador y con ayuda de las muletas se levantó del sillón. Decidió dejar el dispositivo de memoria en su lugar. Sin duda su padre lo vería al llegar a casa y lo pondría donde solía guardarlo. Si Alan lo quitaba y lo guardaba en un cañón, podía pensar que había leído lo que contenía. Y eso era algo que Alan quería evitar como fuera.

Salió del estudio y con la misma lentitud regresó a la sala.

Se sentó en un sofá y con el mando a distancia cerró las cortinas para resguardarse de la luz del crepúsculo.

Shirley se presentó de repente cuando se disponía a encender el televisor.

—Ha llamado John, el vigilante de la entrada. Estaba muy alterado. Hay una visita para usted.

—¿Una visita para mí? ¿Quién?

—En el primer momento ha creído que era una broma. Pero cuando se ha dado cuenta de que era realmente ella, por poco se desmaya.

—Entiendo, Shirley. ¿Pero quieres decirme quién es?

Alan sentía que le latían las sienes. Esperaba no oír ese nombre. Pero Shirley lo dijo.

—Swan Gillespie.

Solo dos palabras, que se perdieron en las cortinas de la habitación pero rebotaron en la mente de Alan como un disparo entre las montañas. Su primer impulso fue negarse. Advertir a John o a quien fuese que se hallara en la caseta de la entrada que no le permitieran entrar ni ese día ni nunca.

O por lo menos hasta que volvieran a crecerle las piernas.

Pero ese impulso se apagó enseguida. No podía escapar toda la vida. El espectro de Swan seguiría presentándosele durante mucho tiempo, si no tenía el coraje de enfrentarlo y borrarlo para siempre de su imaginación.

Ahora.

—Dile que la haga pasar.

Antes de que Shirley tuviera tiempo de salir de la sala, la detuvo. Le señaló el sillón en el que había apoyado las muletas.

—Y esconde esos malditos trastos.

El teniente Alan Wells se había enfrentado a la muerte y mientras lo hacía había visto morir a otros hombres. Había esperado, tendido sobre la arena, mientras sentía que la sangre y la vida lo abandonaban, a que acudieran en su ayuda, sin saber si gritar para que llegaran deprisa o rezar para que no lo hicieran nunca.

Pero el tiempo que pasó esperando que entrara Swan Gillespie fue uno de los más difíciles de su vida. Demasiados recuerdos, demasiadas palabras no dichas, demasiada ira contenida, demasiado dolor expulsado a la fuerza hacia la nada para hacerse la ilusión de que no existía.

Pero todo se borró cuando se abrió la puerta y la vio frente a él.

Swan Gillespie era una de esas personas que poseían el don de transformar en un acontecimiento su entrada en un lugar. Al contrario de lo que suele suceder con los seres humanos, en ella el todo superaba el valor específico de los componentes separados. Era una cara, un cuerpo, una mirada, una voz, pero combinados por el azar con el mismo afortunado esmero que crea las obras de arte.

En el pasado, cada vez que la tenía delante se daba cuenta de que, por muchos esfuerzos que hiciera, no lograba nunca que quedara grabada en su mente tan hermosa como en realidad era.

—Hola, Swan.

—Hola, Alan.

Avanzó dos pasos en la estancia.

Vestía un simple par de pantalones y una camisa deportiva, que llevaba por fuera. Encima, un chaleco de abrigo, sin mangas. En la mano sostenía un gorro y un par de gafas oscuras. Cuando se dio cuenta de que aún las llevaba consigo, se las mostró a Alan, incómoda.

—Disculpa. Tendría que haberlas dejado en el coche, pero estos objetos se han convertido en parte de mi profesión. A veces tener una cara famosa puede resultar un fastidio.

Alan lo sabía bien. Entendía lo que ella quería decir. De un modo trágico y extraño, ambos eran una perfecta antítesis. Ella se había hecho famosa por sus piernas, y él, porque ya no las tenía.

—¿Cómo estás?

Había en el aire la herrumbre del tiempo transcurrido y las cosas ocurridas y esa pérdida de confianza que llega, entre dos personas que han creído amarse, apenas un instante después de que sus vidas se separan.

—Bien.

Swan señaló la sala.

—Qué bonito lugar. Está distinto de como lo recordaba.

—Pues sí. Mi madre, antes de irse con su nuevo marido, hizo un buen trabajo. Justamente se casó con el arquitecto que reformó la casa. En estos momentos debe de andar por algún lugar del mundo.

Decidió adoptar un tono ligero para evitar dar más explicaciones.

—No creo que las anécdotas arquitectónicas de mi familia sean importantes. Tú lo eres mucho más. A estas alturas tengo que felicitarte. No dejo de leer en los periódicos comentarios sobre tus éxitos. Flagstaff debe de haberte recibido de manera triunfal.

Swan le restó importancia con un vago gesto de la mano y miró hacia el suelo.

—Ah, eso. No es como crees. Como dicen los sabios o los hombres banales, no es oro todo lo que reluce. Cuando estaba aquí no veía la hora de irme. Pero he descubierto que el mundo es igual en todas partes. El único lugar que cambia de veras es el sitio donde has nacido. Tal vez no habría que regresar nunca.

Cuando alzó los ojos y lo miró, Alan vio una pena que se arrastraba durante años. En ocasiones el presente puede ser un pésimo lugar, si conserva los residuos de un pasado difícil de olvidar.

—Te preguntarás por qué he venido hoy.

Alan intentó sonreír.

—Supongo que para pasar a saludar a un viejo amigo sería una buena explicación.

Con un movimiento fluido y natural, Swan se sentó en el sofá y dejó el gorro y las gafas en el sillón de al lado.

—Sí, en efecto he venido a ver cómo estabas. Pero también a decirte algunas cosas. Debería haberlo hecho hace mucho tiempo, y aún más después de lo que te ha pasado. Pero, como sabes, el valor nunca ha sido mi fuerte.

—Sin embargo, para llegar adonde has llegado has necesitado tenerlo.

—No era valor. Era joven, y también yo creí tenerlo, durante un tiempo. Después entendí qué era en realidad.

Alan aguardó en silencio que continuara. En ese momento experimentaba por ella la misma compasión que por sí mismo.

—Era desesperación.

Swan lo miró con una expresión por la que él, en otros tiempos, habría dado la vida por verle una sola vez.

—Así, sin valor, logré llegar a ser solo una persona famosa. Tú, en cambio, eres un héroe.

«Los héroes están todos muertos. Incluso los que han conseguido regresar...»

—No, no lo soy.

—Sí que lo eres. Lo has sido siempre, aunque no lo supieras.

—No ha servido de mucho.

—Te equivocas, sí ha servido. Ha servido a esos chavales a los que salvaste. Ha servido para convertirte en el hombre que eres. Ha servido...

Swan calló un momento y a Alan le bastó ese instante para evocar crueles pensamientos.

«El hombre que soy...»

Lo había pensado largamente, echado de noche en una cama de hospital, con desgarradores dolores en las piernas, mientras entre las lágrimas que se deslizaban de sus ojos miraba el cielo raso sin verlo. Se lo había preguntado muchas veces, para su vergüenza de soldado. Se había preguntado si, a la luz de todo lo que experimentaba ahora, habría tomado la misma decisión. Se había preguntado si aún mostraría la misma determinación en elegir la opción más peligrosa o si habría permanecido en su puesto, a salvo, obligado después a rendir cuentas a su conciencia pero íntegro, intacto.

Vivo.

Se había preguntado mil veces si tendría todavía la fuerza de arriesgar la vida por aquellos muchachos. Y no había podido encontrar ni una sola vez una respuesta.

Swan concluyó su difícil monólogo con apenas un hilo de voz.

—Me ha servido a mí para reunir el valor para venir aquí.

Alan permaneció en silencio. Esperaba con ansia que ella continuara, aunque al mismo tiempo no era capaz de contener su temor.

—En todos estos años me he dado cuenta de que he vivido las cosas agradables que me han pasado con la sensación de no tener pleno derecho a ellas, como si lo hubiera usurpado todo y de un momento a otro fuera a llegar alguien a exigirme explicaciones y arrebatármelo. Vivía como siempre había deseado, y sin embargo...

Dejó en suspenso la frase, pero esa pausa era mucho más explícita que las palabras no dichas.

—Después comprendí por qué.

Otra pausa, el tiempo justo para un suspiro. Y una última, deshilachada bandera blanca.

—Cuando se actúa mal, hace falta tener la fuerza para olvidarlo. Y yo nunca he encontrado esa fuerza, aunque me creía capaz. Es por eso por lo que hoy estoy aquí.

Lo miró a los ojos y Alan leyó la verdad y una espera de años.

—¿Puedo soñar con que algún día logres perdonarme?

Alan la miró en silencio durante un rato que a Swan le pareció interminable. Aquel era un momento que cualquier hombre habría aceptado como una prueba de la justicia divina.

Ella estaba allí, frente a él, sin defensas. Podía aprovecharse de esa posibilidad y gozar de su revancha. Podía destruirla con las palabras. Pero al mismo tiempo podía obtener una respuesta a sus preguntas. En unos segundos resolvió todas las dudas y entendió que la respuesta era sí. De haberse hallado en la misma situación, se habría comportado de la misma manera y de nuevo habría arriesgado la vida para salvar a aquellos muchachos.

Pero no dijo esas palabras.

—Por supuesto. Ya te he perdonado hace mucho, Swan.

El tiempo volvió a fluir entre aquellas paredes, y la pequeña sonrisa en los labios de Swan equivalía a un incendio.

—Entonces ¿puedo regresar alguna vez?

Alan se dio cuenta de que durante toda la conversación los ojos de Swan no se habían posado ni por un instante en sus piernas.

—Swan, está todo bien. Éramos jóvenes y cometimos errores. Tú, Jim, yo. El único perdón que debes buscar es el que viene de ti misma. No hay nada por lo que debas pagar. No hay nada que te obligue a volver.

—¿Y si lo hiciera porque me complace?

Alan dirigió la mirada a las prótesis ocultas por los pantalones, para poder hablar sin mirarla a la cara.

—Swan, debemos enfrentarnos a la realidad. Tú eres una mujer que tiene el mundo a sus pies. Yo soy un hombre que en lugar de pies tiene piezas de plástico y metal. ¿Qué placer puede darte frecuentar a una persona así?

Levantó la cara y le sonrió sin darse cuenta de que las palabras, sumadas a esa expresión, adquirían un significado cruel.

—Tal vez la palabra «placer» podría reemplazarse con la palabra «piedad». Y eso es lo último que necesito en este momento.

Swan tenía los ojos húmedos. Hizo un leve gesto afirmativo con la cabeza.

—Lo comprendo. Es justo.

Se levantó del sofá. Alan tuvo una rápida vislumbre de sus ojos llenos de lágrimas, antes de verlos desaparecer detrás de las gafas oscuras.

—Creo que a estas alturas no me queda más que irme.

Se acercó y le dio un rápido beso en la mejilla.

—Adiós, Alan.

Ese beso tenía un perfume que no se olvida y una promesa de ternura que no le estaba permitido sentir.

—Adiós, Swan. Buena suerte.

Swan le dio la espalda y poco después desapareció del otro lado de la puerta. Todo lo que significaba su presencia se disolvió en la nada, como sucedía cada vez que se marchaba. Alan quedó solo a la luz del ocaso, en aquella habitación que un instante después de la partida de Swan le pareció inmersa en la oscuridad.

23

—¿Por qué no me lo dijiste?

April dejó solo por unos segundos el refugio de su hombro, sin alejarse demasiado del calor de su cuerpo. Jim sentía la presión de la redondez de uno de sus senos, y la piel lisa de las piernas que rozaban las suyas. Ella se quedó mirándolo en silencio, tendida en la cama a su lado pero de nuevo presente en el mundo.

Cuando se habían besado en la sala, la ternura de ese beso se transformó de inmediato en pasión. Las lágrimas se convirtieron en uñas afiladas. Las heridas de ambos se convirtieron en bocas y labios. Se abrazaron, y sus ropas cayeron como si las hubieran hecho para ese único fin. Jim reencontró intacta en el recuerdo esa piel conocida, al mismo tiempo que jamás había experimentado nada similar.

Sin embargo, ella era solo una mujer, y él, únicamente un hombre. La historia de siempre.

Esa lucha de lenguas, de senos, de manos y de roces de pieles que llamaban sexo era algo que ya había experimentado mil veces por sí mismo y por no sabía quién en aquel momento. Sin conseguir nunca darle un nombre diferente. Sin ni siquiera el deseo de vencer el hastío. Ahora algo lo había transformado, pero Jim no tenía ganas de saber en qué. Solo deseaba vivir aquello que estaba sintiendo.

Y para poder hacerlo plenamente debía saber. Aun a riesgo de sufrir.

Repitió la pregunta, por si April no la había oído.

—¿Por qué no me lo dijiste?

—¿Qué?

—Lo de Seymour.

La superficie lisa de aquella piel se alejó, reemplazada por el caparazón áspero de la realidad. April se volvió y se inclinó a recoger la camisa del lugar donde la había hecho caer la prisa por desnudarse. Jim adivinó el movimiento de los músculos de la espalda bronceada. Tendió una mano para acariciarla, pero no llegó a tiempo. La cabeza de April volvió a emerger en un rápido movimiento de cabellos, y ella comenzó a ponerse la camisa. Jim vio desaparecer sus senos, botón tras botón.

—¿Decírtelo habría servido de algo?

Jim guardó silencio. Habría necesitado años para dar esa respuesta. Y no disponía de tanto tiempo.

—Tú solo querías huir. Esa estúpida historia con Swan no tenía nada que ver. El problema no era ella, sino tú. No habría sido más que un medio para retrasar tu fuga, y mientras tanto habríamos sido dos infelices, tanto tú como yo. Con serias probabilidades de crear a un tercero.

—¿Y qué hiciste?

April se sentó en el borde de la cama y comenzó a ponerse los pantalones.

—Cuando supe que estaba embarazada fui a Phoenix, a casa de mi hermana. Tenía el diploma de la Northern Arizona University, así que asistí a una escuela de periodismo hasta que nació el niño. Después conseguí empleo en el *Arizona Daily Sun* durante un par de años. Me creé un pequeño nombre. Cuando se me presentó la ocasión, acepté la oferta del *Chronicles* y volví a Flagstaff.

—¿Qué les dijiste a los tuyos?

—La verdad. Que había amado a un hombre que no merecía vivir pero que no por eso mi hijo merecía morir. Para mi gran sorpresa, lo comprendieron.

—¿Qué le dijiste a Seymour?

—Que no tenía padre porque no fue posible. Con el tiempo creo que lo entenderá.

—¿Y qué le dijiste a la gente?

Jim se arrepintió enseguida de esta última pregunta. April se encogió de hombros con despreocupación.

—Nada. Es mi vida. Solo me incumbe a mí. Aunque sé que no lo entenderán nunca.

La fuerza de esa mujer golpeó a Jim con más fuerza que el puño de cualquier hombre. Le asombró que hasta cierto punto ella hubiera creído que él estaba a su altura.

Dirigió la conversación hacia otro tema, aunque sabía que fueran cuales fuesen las palabras de algún modo darían en algún punto doloroso.

—¿Cómo es Seymour?

—Igual que tú. Tiene apenas nueve años, pero ya muestra la inteligencia y el encanto que no dudo tenías tú a esa edad. Hago todo lo posible para que los use como es debido. Incluso lo hago rezar.

Jim permaneció en silencio, con la cabeza baja. April se hallaba de pie al otro lado de la cama. Se estaba liberando de todos sus fantasmas.

—Tú has querido saber la verdad. Aunque no siempre es un lugar donde uno se siente cómodo.

Jim volvió a levantar la cabeza y la miró sin saber qué decir. Luego confesó lo que sentía, esperando que fuera lo adecuado.

—Necesito conocerlo.

April se acercó a su lado y se sentó en el borde de la cama. Le cogió la cara entre las manos y lo besó con suavidad en los labios.

—No, Tres Hombres.

—Pero yo...

Le puso una mano sobre los labios para impedirle continuar. Jim vio en los ojos de esa mujer todo aquello por lo que un hombre daría la vida por merecer. Y que tres hombres en uno solo no habían logrado.

April se levantó y se quedó mirándolo desde arriba, como debía ser.

En su semblante había todavía ternura y añoranza.

—Esto no es un juego, Jim. Es la vida. Y en este aspecto no creo que puedas merecer confianza. No permitiré que vuelvas a estropearlo todo.

Fue a sentarse en un sillón al otro lado de la cama, cogió del suelo las botas y se las puso con el gesto brusco de un adiós.

En ese momento sonó el timbre de la puerta. En un acto reflejo, Jim miró el reloj. Las diez. Había llegado Charlie, y traía consigo el sentido del tiempo.

Ese tiempo que dentro de la casa había volado, mientras que fuera había pasado demasiado lentamente.

Jim se levantó de la cama y comenzó a vestirse.

—Es Charlie. Le pedí que viniera. Me había olvidado por completo.

Su voz contenía excusas que April no necesitaba.

—No hay problema. Tú tienes visita y yo debo irme.

Jim comprendió el sentido de las palabras, no por el significado sino por el tono.

«Tú tienes tu vida, yo tengo la mía. Se tocan, pero no se unen. Ya no.»

April se levantó del sillón y se dirigió hacia la puerta, en busca de su abrigo. Jim la detuvo cuando estaba a punto de salir de la habitación.

—April.

—Sí.

—Ahora no puedo. Pero en cuanto me sea posible, te prometo que tendrás tu historia.

Ella le sonrió y le dio la estocada final.

—Ya tengo una. Y a pesar de todo, ha sido la mejor historia del mundo.

Se marchó, dejándolo más viejo y más solo de lo que podía soportar. Oyó que de la sala llegaba el ¡clac! de la puerta al abrirse. Le llegaron unas voces desde la entrada de la casa y luego el ¡clac! de la puerta al cerrarse. Después, silencio.

Cuando Jim se asomó, aún poniéndose la camiseta, Charles Owl Begay estaba de pie en medio de la sala.

—Hola, Charlie. Gracias por haber venido. En un segundo estoy listo.

El viejo respondió con un simple movimiento de cabeza. Jim volvió a la alcoba para buscar los zapatos. Desde la sala llegaron las palabras del viejo.

—Esa muchacha tiene mucha música y mucha fuerza en su interior. Es una verdadera Mujer Cambiante. El hombre que se la lleve a su casa será un hombre de suerte.

La Mujer Cambiante era una vieja leyenda navajo, la esencia de la mujer perfecta. Jim pensó que una mujer así no habría elegido a un ser sin colores, como él.

—No lo dudo.

Volvió con Charlie y se sometió al juicio de su mirada. No añadió que jamás habría podido ser ese hombre.

Charlie lo entendió de todos modos, pero no dijo nada más.

Silent Joe salió en aquel momento de la cocina, como si hubiera intuido que en la casa estaban sucediendo cosas de las cuales él quedaba excluido. O que esas vivencias humanas eran demasiado insignificantes y no valía la pena prestarles atención.

Jim pensó que ese perro lo divertía. Era el único ser viviente capaz de despertar su buen humor. Quizá fuera también el único ser viviente que confiaba en él.

—Quédate aquí, perro. Debo salir de nuevo. Cuando regrese te llevaré a pie al Colorado.

Silent Joe tomó la promesa como una amenaza, no como un premio. Volvió a la cocina con el entusiasmo con que se sientan ante el televisor los espectadores de un partido cuyo resultado ya conocen.

Jim cogió un abrigo de tela tejana y salió de la casa, seguido por Charlie. Dejó la luz de la cocina encendida, no tanto por el perro sino por él mismo. Era solo una ilusión, pero sabía que a su regreso le gustaría imaginar que lo esperaba alguien.

Subieron al Ram y Jim puso el motor en marcha. Charlie no preguntó adónde iban. Según su filosofía, si Jim le había pedido que lo acompañara a algún lugar, había un motivo. Cuál era el motivo y cuál era el lugar ya lo descubriría cuando llegaran.

Jim sabía todo esto, pero aun así se sintió en el deber de advertirle que lo que estaban a punto de hacer podía acarrear consecuencias desagradables para ambos.

—*Bidà'í*, sé dónde están las esencias de mi abuelo. Vamos a buscarlas.

Charlie hizo una seña de asentimiento con la cabeza. El ala del sombrero le dibujó una sombra en la cara.

—Tal vez para obtenerlas debamos hacer algo que vaya contra las leyes.

Charlie conocía bien la historia del Pueblo. Sabía de reglas justas e injustas, de abusos y de promesas no cumplidas. De gente obligada a caminar y de gente obligada a permanecer inmóvil. Para él, ninguna ley que privara a un ser humano de las pocas cosas que valía la pena poseer podía ser una ley justa.

Señaló con la mano la calle que se abría ante ellos y dijo una sola palabra:

—Vamos.

Dejaron atrás las luces de la ciudad siguiendo el flujo del tráfico de la 89, bastante escaso a aquella hora. La gente estaba en su casa, y los conductores de camiones, en las cafeterías, ante cerveza fría, nachos y chile. Solo se veían algunas almas obstinadas en buscar la noche o apresuradas por huir de ella. Y almas condenadas que cortaban la respiración de los seres humanos y hacían aullar a los perros.

—Presta atención a tu sombra, Tres Hombres.

Charlie había roto el silencio de repente. Había hablado en voz tan baja que Jim no comprendió el sentido de lo dicho.

—¿Qué quieres decir, *bidá'í*?

Charlie respondió sin dejar de mirar hacia delante, hacia la calle.

—Cada hombre tiene un hermano que es su copia exacta. Es mudo, ciego y sordo pero dice, ve y lo oye todo, lo mismo que él. Llega de día y desaparece por la noche, cuando la oscuridad vuelve a llevárselo bajo tierra, a su verdadera morada. Pero basta con encender un fuego y él está de nuevo allí, bailando a la luz de las llamas, dócil a las órdenes y sin posibilidad de rebelarse. Yace en la tierra porque se lo ordena la Luna, está de pie en una pared cuando el Sol se lo permite, está pegado a sus pies porque no puede marcharse. Nunca.

Volvió la cabeza y lo miró. Los ojos eran una mancha bajo la oscuridad del sombrero.

—Ese hombre es tu sombra. Está contigo desde que naciste. Cuando pierdas la vida, la perderá contigo, sin haberla vivido nunca.

Hizo una pausa y para perplejidad de Jim dijo aquello que precisamente estaba pensando.

—Trata de ser tú mismo y no tu sombra, o te marcharás sin saber qué es la vida.

Jim guardó silencio. Aquel era el discurso más largo que le había dirigido Charlie desde que lo conocía. Se preguntó de qué hablarían él y su abuelo cuando se hallaban solos, de cuántas cosas no contaminadas por máquinas y móviles y pantallas de ordenadores vivirían, de qué vuelos serían capaces de emprender sin necesidad de helicópteros, de qué riquezas sin necesidad de dinero poseerían.

Y cuánto dolor experimentarían por él. No por lo que les había hecho a ellos, sino por lo que se estaba haciendo a sí mismo.

No dijo nada porque no era capaz. Apartó una mano del volante y la apoyó en el brazo del viejo. Y supo sin una verdadera razón que había hecho lo apropiado.

Poco antes de la bifurcación que llevaba a casa de Caleb, Jim dobló a la izquierda y detuvo la camioneta en el desierto arcén.

Cogió de la guantera la linterna eléctrica y una palanca de la caja de herramientas del Ram, y luego bajaron. Avanzaron tras los árboles que bordeaban el camino. Existía la remota posibilidad de que la policía hubiera dejado en el lugar a algún agente, aunque Jim no lo consideraba probable. En The Oak se habían cometido dos crímenes, pero ya en ocasión del primero la zona y las construcciones se habían inspeccionado meticulosamente. Más aún cuando ocurrió el segundo. En aquel lugar no había nada que custodiar. Nada que justificara la presencia de centinelas.

No obstante, para mayor tranquilidad convenía asegurarse, antes de encontrarse desprevenidos ante una desagradable serie de problemas.

Poco después cortaron en diagonal hasta cruzarse con el camino de tierra que subía hacia la casa de Caleb. Los árboles todavía los protegían de la vista y no era posible distinguir si desde las ventanas se filtraba alguna luz o si había en los alrededores señales de alguna presencia. Siguieron el camino un trecho, todavía bajo la protección de los pinos. Había un atisbo de luna que esparcía una claridad que delataba sus pasos, pero que rescataba el recorrido de la oscuridad total.

Cuando pudieron divisarla, vieron que la casa se hallaba oscura. Jim sintió que se estremecía bajo el algodón de la chaqueta. Dos personas habían muerto en aquel lugar, asesinadas de una manera horripilante. Lo reconfortó la presencia de Charlie. De haber estado solo no habría tenido el coraje de volver allí.

Se aproximaron más y se detuvieron al amparo de un tronco. De la casa envuelta en aquella luminosidad de media luna no llegaba ninguna manifestación de presencia humana.

Atajaron camino por la parte más alejada del terreno, dejando la construcción principal a la izquierda, y subieron hacia el laboratorio. Caminaban prestando atención, tratando de no hacer crujir la grava bajo los pies. Llegaron a la hierba del sendero que conducía al edificio bajo que se elevaba un poco más arriba, y todo ruido de pasos cesó.

Cuando se encontraron frente a la puerta, Jim se vio obligado a encender un instante la linterna eléctrica. Él y Charlie la cubrieron con sus cuerpos, para que la claridad se filtrara lo menos posible. Bastaron unos segundos para ver que la puerta, después de que Jim la rompiera con la camioneta, había sido bastante bien reconstruida. La policía confiaba en los sellos y en el poder de disuasión de los delitos cometidos en aquel lugar para mantener a distancia a cualquiera. Los equipos de Caleb podían atraer a muchos, pero no eran transportables con un vehículo normal. Un movimiento de camiones, por poco voluminosos que fueran, no habría pasado inadvertido.

Jim localizó el punto de menor resistencia e introdujo allí la palanca. Se oyó un golpe seco y un ruido que en el silencio pareció el estrépito de un disparo. Luego se abrió una grieta suficiente para dejar pasar el cuerpo de un hombre.

Esquivando las cintas amarillas puestas por la policía para marcar la escena del crimen, entraron en el laboratorio. Allí Jim tuvo que encender de nuevo la linterna, para poder orientarse. Lo hizo protegiéndola con la mano, para reducir el haz de luz. En la penumbra, las maquinarias y los alternadores que Caleb había instalado en ese lugar parecían amenazadores y poco reales al mismo tiempo, como los aparatos del laboratorio de un científico creador de monstruos de las películas de Ed Wood. La puerta trampa estaba en el sitio exacto donde la recordaba, sobre el lado izquierdo con respecto a la entrada.

Se acercaron a la trampilla de madera y Charlie lo ayudó a levantarla. Jim apuntó con la linterna y vieron los escalones que bajaban hacia el cuarto subterráneo lleno de anaqueles. Jim hizo una seña a Charlie para que bajara, y le iluminó el camino. Luego descendió él también y se detuvo frente a los estantes de la izquierda.

Los examinó unos instantes a la luz de la linterna y...

—Salgan de ahí con las manos sobre la cabeza y sin hacer movimientos bruscos. Un solo movimiento y los dejo secos a los dos.

La voz emergió imperiosa de un rayo de luz fortísimo, deslumbrador. Jim alzó instintivamente una mano para protegerse los ojos. Un segundo después la luz bajó.

—Santo cielo, Jim. ¿Qué coño haces aquí?

Al reflejo de una linterna muy potente apuntada hacia el suelo, Jim reconoció la voz del detective Robert Beaudysin. Y vio con alivio que bajaba el cañón de la pistola que les apuntaba.

Jim agradeció al cielo que fuera él.

—Hola, Bob. Apaga esa luz y baja. En cuanto me recupere del infarto te lo explicaré todo.

La luz se apagó y la linterna que Jim sostenía en la mano pasó a ser la única fuente de iluminación. Las piernas del detective fueron apareciendo a medida que bajaba los escalones de madera hasta que bajo el reflejo surgió su rostro.

Su expresión no era muy amable, pero Jim no tuvo más remedio que admitir que no había muchos motivos para esperar una actitud amistosa.

Robert miró a su alrededor y tendió una mano hacia el interruptor.

—A estas alturas me parece absurdo no utilizar una luz de verdad.

Una lamparilla desnuda que colgaba del techo esparció una claridad cruda. El recinto se reveló como lo que era, un cuartucho con utensilios y equipos dispuestos en ordenadas estanterías.

—Espero que ahora me expliques qué haces aquí.

—Mi abuelo le dio unas cosas en custodia a Caleb. Esta casa, con todo lo que contiene, es propiedad del banco de Cohen Wells. No tengo ningún modo de demostrar que esos objetos me pertenecen. Pero eran de mi abuelo y deseo tenerlos, más allá de su valor. No estoy aquí por codicia, sino por respeto.

Jim señaló con la cabeza los estantes que había frente a él.

—Si mal no recuerdo, aquí detrás hay un compartimiento escondido que Caleb llamaba «la caja fuerte de la familia». Dentro encontrarás una cantidad de muñecas kachina bastante antiguas y otras cosas de las que no estoy al corriente pero que Charlie reconocerá.

Hizo un gesto con la mano para disipar la expresión todavía dudosa de su amigo.

—Solo hay que descubrir cómo se abre.

Los tres se pusieron a trabajar. Los intentos de desvelar el mecanismo se prolongaron cerca de veinte minutos, hasta que Robert se cansó.

—Pero ¿estás seguro de que este compartimiento existe realmente?

Jim acababa de meter la mano bajo un estante y había empezado a recorrerlo con detenimiento. En cierto punto encontró una acanaladura que no debía estar allí.

—Tal vez lo he hallado.

Metió los dedos en la fisura y tiró hacia fuera.

Se oyó un chasquido seco, y el lado derecho del anaquel se apartó apenas de la pared. Jim se hizo a un lado para permitir que Robert fuera el primero en abrir. El estante se movió sin ningún ruido y reveló la abertura de un pequeño hueco situado detrás.

A la derecha, sobre el suelo, había unos objetos que se asemejaban a pequeñas estatuas. Aunque aquel escondite secreto parecía muy seco, estaban envueltas con plástico para embalajes, con el fin de preservarlas de la humedad y el polvo. Los colores que se adivinaban atenuados por la precaria transparencia del envoltorio indicaban sin duda que se trataba de obras de arte kachina. Junto a ellas había un gran sobre de tela impermeable marrón sobre el cual había escrito un nombre, con letra angulosa y rotulador negro:

«Jim Mackenzie.»

—Parece que has dicho la verdad.

Las palabras de Robert llegaron a los oídos de Jim como una absolución. Agradeció al sabio Richard Tenachee, que había tenido la sagacidad de testimoniar de ese modo a quién pertenecían esos objetos.

Sobre el lado opuesto había apoyado en el suelo de madera un objeto envuelto en una raída manta indígena. Parecía muy vieja, pero entre los desgarros y las manchas destacaban los colores originales: rojo, azul, índigo, negro y blanco.

Robert la señaló y se dirigió a Jim.

—¿También eso es tuyo?

—No lo he visto nunca. No creo que fuera de mi abuelo.

—Es la manta de un jefe. Muy vieja.

Desde que los había sorprendido Robert, era la primera vez que Charlie hacía oír su voz. Pasó junto a ellos y se acuclilló ante el objeto que descansaba en el suelo. Apoyó con delicadeza la mano en la tela que lo envolvía.

Confirmó la opinión expresada poco antes.

—Muy vieja. Y perteneció a un jefe muy poderoso. No era de Richard.

El viejo comenzó a desenvolver con cuidado la delicada envoltura, para sacar a la luz lo que contenía. Cuando retiró hasta el último trozo, la atención de Jim y Robert estaba tan fija en lo que surgía ante sus ojos que no repararon en la expresión de Charlie.

Ninguno de los dos lo vio palidecer. Ninguno de los dos vio la reacción que lo impulsó por instinto a alejarse de aquella cosa centelleante.

La voz del detective salió de su boca embargada de estupor.

—Por todos los santos. ¿Qué es este objeto?

Ante ellos había aparecido un gran recipiente de metal. Su color y su consistencia permitían suponer que se trataba de un objeto precioso. La luz de la lamparilla arrancaba de su superficie reflejos que solo la magia del oro podía generar. Alrededor del borde había unos signos grabados, una suerte de escritura en una lengua que de momento ninguno supo distinguir.

Resultaba claro, incluso en una valoración apresurada e inexperta, que el valor intrínseco debía de ser muy elevado. Un eventual valor arqueológico lo aumentaría hasta la desmesura.

Charlie murmuró algo en lengua navajo. A Jim le pareció entender dos palabras: *ásaa'* y *nahasdzáán*.

Àsaa'. Vasija.

Nahasdzáán. Tierra.

Pero a Robert lo confundió su entusiasmo de investigador, y pensó que había oído mal.

—Esto es lo que provocó la felicidad de Caleb. Debe de valer una fortuna. ¿De dónde habrá salido?

Charlie se levantó y se alejó del recipiente. Se apoyó en el anaquel de enfrente. Jim lo miró y, por primera vez desde que lo conocía, lo vio trastornado.

—Charlie, ¿te encuentras bien?

El viejo hizo un breve gesto afirmativo con la cabeza. Luego se quitó el sombrero como si este le oprimiera la cabeza insoportablemente. Jim vio sus ojos, escondidos bajo las arrugas, recorridos por un temor que venía de muy lejos.

Señaló el recipiente que sobre el suelo reflejaba indiferente la luz.

—La Vasija de la Tierra.

—¿La Vasija de la Tierra? ¿Qué significa?

Charlie no pudo responder. De alguna parte del exterior del laboratorio llegó con claridad un ruido metálico. Robert y Jim se quedaron perplejos.

Robert escuchó un instante. Luego, con un solo movimiento, empuñó su linterna y sacó la pistola.

—Hay alguien. No os mováis de aquí.

Jim y Charlie se quedaron solos a la luz implacable de esa lamparilla desnuda, en silencio, frente al centelleo del oro, sin conseguir mirarse a los ojos.

Desde el subterráneo oyeron voces, pero no pudieron reconocerlas. Poco después llegó a sus oídos un ruido de pasos. Por fin, Robert Beaudysin se asomó por el hueco de la trampilla. Al reflejo de la luz de abajo, Jim reconoció el movimiento del pelo color caoba de April Thompson.

24

Ahora se hallaban los cuatro sentados alrededor de la mesa en el comedor de la casa de Jim.

En el centro de la superficie de madera descansaba el gran recipiente dorado, sobre la vieja manta indígena a modo de mantel. La luz de la araña paseaba sus reflejos dorados por la superficie gastada por el tiempo. Después de que Robert sorprendiera a April fuera del laboratorio de Caleb, hubo un momento de justificado embarazo general. Todos se miraban como si no consiguieran explicarse la presencia de cada uno de ellos en aquel lugar y a aquella hora. Evidentemente, todos, por una u otra razón, tenían derecho a una explicación. Y también debían dar la suya. Decidieron marcharse de allí y hablar con calma en un lugar menos expuesto a la rareza de los hechos. La cabaña de Jim, en Beal Road, les pareció el mejor sitio.

Jim fue autorizado por Robert, de manera informal, a coger el sobre y las kachinas que le pertenecían. Cargó las estatuillas en la camioneta y guardó en el bolsillo interior del abrigo el paquete envuelto en tela impermeable. Charlie hizo todo el viaje de regreso sentado en el asiento del acompañante, en silencio. Todavía se lo veía turbado, y Jim no quiso preguntarle nada.

Robert y April iban cada uno en su propio coche, tras el vehículo de Jim.

Cuando entraron, Silent Joe se asomó un instante por la

puerta de la cocina. Los miró hasta que entendió que la promesa o la amenaza de un paseo a pie hasta el Colorado no se cumpliría por el momento. Jim le dio comida y agua fresca y abrió la puerta contigua al fregadero para permitirle libre acceso al patio posterior.

Robert se volvió hacia April. Él representaba a la autoridad, por lo cual a todos les pareció normal que fuera él quien dirigiera la reunión.

—Ahora que estamos tranquilos, ¿puedo saber qué has ido a hacer a The Oak?

—¿Y vosotros?

April no se dejaba intimidar. También ella había aprendido hacía tiempo la lección de la defensa y el ataque.

—¿Debo recordarte que soy policía?

La joven respondió como si el desafío fuera lo más obvio del mundo.

—Y yo soy periodista. Estaba trabajando en mi investigación sobre la muerte de dos personas.

—Podría acusarte de...

Jim se dio cuenta de que las cosas adquirían mal cariz, de modo que decidió intervenir.

—Robert, estamos todos en el mismo barco. No es un caso como otros. Las reglas habituales no valen.

El detective se quedó perplejo un instante, pero pronto comprendió que las palabras de Jim contenían gran parte de razón.

Cuando volvió a dirigirse a April, su tono era diferente.

—De acuerdo. Habla tú, entonces.

April, más relajada, se apoyó en el respaldo de la silla.

—Me di cuenta de que Jim sabía mucho más de lo que decía. Y también sabía que sería imposible hacerlo hablar. Así que lo seguí para ver si surgía algo. Cuando vi que salía de la ciudad y se detenía en el aparcamiento de The Oak, deduje que allí había algo. Esperé a que os alejarais y fui hasta la casa. Allí os sorprendí. Eso es todo.

Jim observó que April no lo había mirado a la cara mientras hablaba. Tal vez se sentía culpable por haberlo seguido. Pero lo había dejado a salvo de toda sospecha de filtración de información y no había mencionado el encuentro de ambos por la tarde.

Él le reconoció y agradeció el gesto.

En cambio, las ansias periodísticas de April no estaban en absoluto satisfechas.

—Yo ya lo he dicho todo. Ahora os toca a vosotros.

Su actitud resuelta quedaba subrayada por los reflejos de sus ojos, semejantes a los del recipiente posado en medio de la mesa. Jim sintió que algo se movía en su interior, habría deseado coger su cara entre las manos y besarla. Pero no era el momento, y tal vez tampoco era él el hombre adecuado. Por su parte, Robert comprendió que no podría salir del paso con una historia cualquiera.

Resignado, se puso de pie.

—April, nos encontramos ante algo que difícilmente pueda explicarse de manera racional. Quiero tu promesa formal de que nada de lo que se diga en esta habitación se publicará.

April lo miró unos segundos en silencio. El detective la apremió.

—¿Cuento con esa promesa, April?

—Sí, puedes contar con ella. Pero cuando llegue el momento quiero la primicia.

Esta vez fue Robert quien tuvo que sopesar las ventajas y desventajas, y soportar la presión de April. Con las mismas palabras, cargadas de un matiz de ironía ella insistió:

—¿Cuento con tu promesa, Robert?

El policía cedió.

—De acuerdo, joder. Tendrás tu maldita primicia.

—Muy bien. Entonces contadme qué pasa.

Las miradas se concentraron en April. Nadie vio una pequeña sonrisa complacida que pasó como un relámpago por los labios de Charlie. La Mujer Cambiante había logrado una victoria.

Robert volvió a sentarse en la silla. Jim le cedió sin ningún pesar la palabra.

—Creo que te corresponde a ti, Bob.

El detective se permitió un instante de concentración antes de hablar. Resultaba difícil dar con palabras convincentes para los demás, cuando no conseguía encontrarlas ni siquiera para sí mismo.

Sin embargo, la esencia de lo sucedido, se mirara por donde se mirara, permanecía inalterada.

—Los hechos son los siguientes: han muerto tres personas, las tres del mismo modo. Caleb Kelso, una prostituta de Scottsdale que él frecuentaba, llamada Charyl Stewart, y Jed Cross, primo de Caleb...

April reaccionó enseguida.

—Me habían dicho que Jed murió durante un intento de fuga...

Robert se encogió de hombros, como para restarle importancia. La interrupción lo obligaba a considerar la palabra «*touché*».

—Nos pareció la mejor solución, antes que divulgar una verdad difícil de manejar. Si tienes una pizca de paciencia, comprenderás el motivo.

April volvió a quedarse en silencio y Robert se enfrentó solo a la aspereza de su relato.

—Salvo Stewart, que murió al aire libre, en el terreno posterior de The Oak, en los otros dos casos las cosas son un poco más complicadas.

—¿Es decir...?

—Son dos casos de manual. Caleb murió en su laboratorio, cerrado por dentro, sin huellas de que se forzara la entrada. Jed Cross murió en el patio de la cárcel, durante el recreo al aire libre, mientras lo vigilaba un agente.

—¿Y qué dice ese hombre?

El policía meneó la cabeza al tiempo que cerraba esa vía.

—Nada. Se cayó del muro y se rompió una pierna. Las últimas noticias que tengo no son muy alentadoras. Se quedó tan impresionado por lo que vio, que los médicos no están seguros de que pueda recobrarse del todo.

Jim sentía cómo aleteaba en el aire la sensación amenazadora de las cosas desconocidas. Esas que son tan difíciles de soportar cuando son pesadillas nocturnas pero que se transforman en monstruos feroces cuando siguen siendo realidad al sol de la mañana.

—¿Cómo murieron?

Robert hizo una pausa, como si pese a todo le costara tomar conciencia de los hechos.

—Los tres cuerpos tenían los huesos del cuerpo y del cráneo completamente fracturados, como si hubieran sufrido una presión enorme... como una prensa, o no sé qué diablos. Y además está la cuestión de las huellas.

—¿Qué huellas?

El detective eludió por el momento la pregunta y continuó:

—Por desgracia, cuando murió Stewart la tormenta borró cualquier rastro. Fui a The Oak para comprobar en el laboratorio un detalle que por su peculiaridad tal vez podía habernos pasado por alto cuando se efectuaron los reconocimientos relativos al homicidio de Caleb.

—¿Qué detalle?

Aunque había decidido ponerlo todo sobre la mesa, Robert aún parecía reacio a hablar. Como si, a pesar de lo absurdo de la situación, algo de lo que dijera pudiera hacerles creer que estaba loco.

Habló con el enfado de la desesperación.

—Oh, está bien, por todos los santos. Después de todo, no lo he visto yo solo.

Se apoyó en el respaldo de la silla, y fijó la mirada en el recipiente como si fuera capaz de descifrar los signos grabados en el borde.

—En el patio de la prisión había huellas de pies descalzos en la tierra. Pero no eran huellas normales. Quiero decir que no estaban impresas en el terreno, como es costumbre...

Se ayudó con gestos de las manos, para hacer comprender mejor el concepto.

—Estaban en relieve hacia arriba. Como si alguien se hubiera acercado caminando al revés. Es decir, apoyando los pies en la parte inferior del suelo.

Intervino Jim, para lanzar un cable al amigo y sacarlo de las arenas movedizas en las que se había metido él solo.

—Creo que también hay que tener en cuenta el comportamiento del perro.

April mostró de pronto una expresión desconfiada. Le daban demasiados datos, y todos al mismo tiempo. Jim pensó que cualquier persona, en una situación semejante, habría reaccionado de la misma manera.

—¿El perro? ¿Qué tiene que ver el perro?

Jim interpretó como un mérito personal el alivio reflejado en el semblante de Robert Beaudysin y continuó el relato en su lugar.

—Cuando llegué a casa de Caleb y descubrí el cuerpo, Silent Joe estaba aterrorizado. No asustado ni atemorizado. Era presa del más puro y auténtico terror. En el momento en que asesinaron a Jed Cross, yo me encontraba en el aparcamiento que hay frente a la central de policía. El perro empezó a aullar y después salió corriendo para subir a la camioneta. De nuevo actuaba con el mismo terror, y desde que se refugió allí no quiso volver a bajar al suelo. Lo mismo ocurrió cuando acompañé a Charyl Stewart en su desafortunado peregrinaje a The Oak.

Miró a April a los ojos, tratando de no ir más allá ni con la mirada ni con el pensamiento.

—Esa pobre chica quería ver el lugar donde vivía Caleb. Se alejó sola y mientras estaba en el terreno de atrás el perro se puso a aullar. Casi en el mismo instante ella empezó a gritar. Y puedo asegurarte que eran gritos que no querría volver a oír. Ni siquiera tuve tiempo de entender qué había pasado. Treinta segundos después había muerto.

April se levantó de la silla como impulsada por un resorte.

—Esperad un momento. ¿De verdad creéis que voy a tragarme este cuento? No sé qué habéis tomado, pero os aconsejo que reduzcáis la dosis. ¿Estáis diciéndome que anda suelto por allí un asesino que llega, destroza a sus víctimas y desaparece en la nada? ¿Y que, como si no bastara con eso, se hace anunciar con los aullidos de un perro?

—Sí.

Con perfecta sincronía, los tres se volvieron hacia Charlie. El monosílabo pronunciado por el viejo en el calor de la conversación hizo que el tiempo se detuviera. Había permanecido en silencio durante toda aquella vacilante exposición de los hechos. Charles Owl Begay era alguien sobre quien los ojos resbalaban para pasar a otras cosas, no porque fuera un sujeto insignificante, sino porque nunca hacía nada para atraer las miradas. Ahora era el centro de esa clase de atención que suele dirigirse a los oráculos.

El viejo murmuró algo en la lengua de los diné. Jim no logró entenderlo bien. Como ya antes en el subsuelo de la casa de Caleb, comprendió apenas un par de palabras.

La primera era *nahasdzáán*, que en la lengua navajo significa «la tierra»; la segunda, *biyáázh*, el término que designa al hijo cuando le habla la madre.

—¿Qué significa, *bidá'í*?

Charlie señaló con una mano el cuenco que descansaba sobre la mesa.

—La Vasija de la Tierra. No creía que existiera realmente.

Se quedó un instante reflexionando, como si le costara dar crédito a sus propios pensamientos. Después se decidió y los transformó en palabras, por muy extrañas que resultaran.

—La he oído mencionar alguna vez. Era una leyenda que los chamanes transmitían a media voz entre ellos, un recuerdo tan vago que no valía la pena tenerlo en cuenta. Y ahora me lo encuentro frente a mí. Se dice que es un objeto precioso no solo por el oro del que está hecho, sino por lo que representa. Es un augurio de muerte.

Jim comprendió de repente el modo de ser de Charlie, la razón de sus frecuentes períodos de soledad en el desierto, su reserva, sus estados de ánimo, sus palabras. La sensación de espacio que inspiraba su presencia aun en los recintos más estrechos y los lugares más limitados.

Y se sintió estúpido por no haberlo comprendido antes.

—Tú eres un chamán.

El viejo esbozó una sonrisa tenue entre desilusiones y arrugas.

—Es un poder de otros tiempos, Tres Hombres. Y desgastado por el pésimo uso que se le ha dado. Ya nadie cree en esas tonterías. No es con un puñado de arena coloreada y agitando algún amuleto como se vencen los demonios de los hombres de ahora...

La ansiedad de Robert interrumpió la confesión tardía entre Jim y Charlie. En su calidad de policía, se veía obligado a ser práctico.

—Disculpa, Charlie, pero acabas de decir que esta vasija es un augurio de muerte. Sin embargo, un augurio es por naturaleza una hipótesis, y tres personas muertas son una realidad. ¿Qué es esta cosa, en definitiva? ¿Y qué tiene que ver con los tres homicidios?

—La vasija es un objeto sagrado. Y maligno.

El policía cedió ante la evidente reticencia del viejo. Por el momento prefirió dejar esa cuestión de lado y dedicar su atención a un aspecto de los hechos igualmente significativo.

—En tu opinión, ¿cómo fue a parar a las manos de Caleb?

Charlie apenas meneó la cabeza.

—No tengo la menor idea.

Robert se impuso la tarea de resumir los hechos para todos

los presentes. Se levantó de la silla y se apoyó en un mueble dispuesto al lado de la mesa. Empezó a enumerar con los dedos. Jim entendió que se trataba de un pequeño ritual para favorecer la concentración.

Un dedo...

—Bill Freihart vio a Caleb la mañana anterior a su muerte. Por lo que contó, estaba bastante deprimido. Subrayo este detalle no al azar, sino por un motivo preciso. Subió al Ranch con la camioneta y siguió a pie hacia los Peaks. Llevaba consigo al perro, un arco y flechas para cazar. Sin muchas expectativas, según expresó. No regresó a buscar la camioneta. Bill no se inquietó, porque Caleb ya lo había hecho otras veces.

Ahora Robert hablaba para sí mismo.

Dos dedos...

—Por la tarde llamó por teléfono a su amante, eufórico. Le dijo que sus preocupaciones económicas habían terminado. A continuación la invitó a pasar un fin de semana en Las Vegas. Le habló de una gran suma de dinero que iba a cobrar. Poco después fue asesinado.

Tres dedos...

—Esto significa que ese pobre tipo encontró esta vasija en un lugar no identificado de la montaña, el mismo día de su muerte. Y que con toda probabilidad estaba más cerca de su casa que del Ranch, ya que decidió regresar a pie en lugar de ir a buscar la camioneta.

April le ahorró la molestia de comprobar la inutilidad de levantar el cuarto dedo.

—Sí, pero ¿qué conexión hay entre la vasija y la muerte de Caleb y esas otras personas, si es que hay alguna? ¿Charlie?

Jim conocía bien al viejo y sabía que por naturaleza se inclinaba más hacia el diálogo de miradas que al de las palabras. Sin embargo, en ese momento sus ojos se mostraban esquivos, como si se arrepintiera de haber hablado por impulso y hubiera dicho demasiado.

—Los únicos elementos de que dispongo se basan en una leyenda de quinientos años de antigüedad.

Apoyó sobre la manta gastada una mano que parecía tener la misma edad.

—Esta manta pertenecía a un jefe. Por los dibujos, diría que se trataba de un hombre muy importante, poderoso. Un hombre con poder político pero al que su gente tenía en gran estima por diversos motivos. Antes de poder decir más, necesito ver el lugar donde Caleb encontró la vasija.

Robert dejó escapar un gesto que pretendía ser sarcástico pero solo consiguió ser una declaración de impotencia.

—Sí, claro. Si dispusiéramos de mil hombres, en un par de semanas podríamos registrar los Peaks centímetro a centímetro. Siempre que el jefe de policía crea en esta historia y no nos haga internar a todos en un manicomio. Y que las carcajadas de todos los medios del Estado no hagan perder la concentración a los agentes.

Charlie continuaba alisando con la mano la manta que cubría la mesa. Al igual que antes, sus palabras produjeron de nuevo un silencio.

—Hay una manera de descubrir el lugar donde Caleb encontró la vasija.

Alzó la cabeza y los miró. Era la primera vez que Jim lo veía someterse al juicio de los ojos.

—Caleb no estaba solo en ese momento.

Jim comenzaba a comprender lo que iba a decir el viejo, y sobre todo lo que se proponía hacer.

—El perro. Lo acompañaba el perro.

Aunque el sentido era claro, no pudo menos que mostrarse perplejo.

—No quisiera ser pesimista, Charlie, pero yo no contaría demasiado con Silent Joe.

Como si hubiera entendido que hablaban de él, al oír pronunciar su nombre el perro asomó el hocico por el umbral de la cocina. Dio la impresión de dudar unos segundos si volver a la colchoneta y dejar a los humanos sumidos en su indiferencia, o refutar esos ofensivos comentarios. Al fin se decidió. Tranquilo y tambaleante avanzó hasta el centro de la sala y se sentó en el suelo de madera frente a Jim.

Se quedó a la espera, mirándolo fijamente.

Jim tendió una mano y le acarició la cabeza.

—Muy bien, jovencito. Parece que ha llegado el momento de demostrar al mundo que eres capaz de ganarte el pan.

Silent Joe bostezó y lo miró con expresión seria.

Jim lo interpretó como un reproche por la apresurada opinión de desconfianza que había expresado poco antes. Pero también vio en los ojos del animal la determinación de que, si al fin había llegado su día de gloria, pronto se demostraría capaz de cumplir con las expectativas.

25

Dejaron The Oak poco después de que saliera el sol.

Al cabo de menos de una hora de marcha, antes de entrar en la espesura del bosque, April miró hacia el valle que se extendía debajo. Se veían todavía las tejas canadienses de la casa de Caleb junto al gran roble. Sus coches, aparcados en el terreno, daban un toque de color al gris de la grava.

Había sido la primera en llegar a la cita y, tras detener el coche frente a la casa, un ligero escalofrío le recorrió con uñas puntiagudas la espalda. El aire era fresco, la hierba, verde, el cielo, azul como el dibujado por un niño. Enseguida pensó que los niños no dibujaban personas tendidas en el suelo, muertas de un modo incomprensible por un asesino con la consistencia de un fantasma. El escalofrío se convirtió en un estado de ánimo. Se tachó de estúpida, pero no logró reunir el coraje para apearse del coche.

Y en la precaria protección de esas cuatro paredes de metal se quedó a merced de sus pensamientos.

El encuentro con Jim, el día anterior, había sido un error. Por mucho que hubiera intentado inventarse una coartada y convencerse de que su visita se debía a razones periodísticas, sabía que no era cierto. En realidad solo deseaba volver a verlo, solo para quitarse las ganas, sin pensar en el precio que debería pagar. Ahora no era todavía el momento, pero estaba segura de que tarde o temprano llegaría, como todas las cosas ineluctables que acompañan a los errores. Tarde o temprano haría las cuentas, aunque todavía no. Ahora aún la embargaba el temblor de ese beso, después de un tiempo de espera tan largo que parecía excluido para siempre de la sucesión de las horas, los días y los años. Había redescubierto su cuerpo, la sensación de que la vida podía ser una hipótesis plausible.

Alguien le había dicho que en el curso una vida se ama una sola vez. Si era verdad, su única vez tenía la cara y el cuerpo de Jim Mackenzie. Sin ningún motivo convincente, sin una sola razón que avalara ese sentimiento tan inquietante, sin ninguna posibilidad de redención. Sin siquiera la voluntad de buscarla. No se hacía ilusiones ni acerca de él ni acerca de la relación entre ambos. Sabía que él se marcharía de nuevo y ella volvería a quedarse sola. Cuando todavía era la chica de Jim, cada vez que lo veía le sorprendía que un hombre tan guapo pudiera ser suyo, pero cometió el error de creer que lo sería para siempre. Sin embargo, esta vez era distinto. Se tenía a sí misma, tenía a Seymour, tenía su trabajo. Tenía su vida construida día tras día con el esfuerzo de las pequeñas cosas que, como tales, son en realidad grandes empresas. Tenía la fuerza para vivir cada beso que recibía como si fuera el último, con la sensación de que era el primero.

No estaba convencida de que en el fondo fuera un buen tipo, como piensan todos los que se enamoran de la persona equivocada.

No le permitiría interferir en la realidad. No le regalaría su vida, como antes. Solo le concedería destruir sueños que ya no le importaba construir. El perfecto equilibrio entre el instinto y la razón. Nada distinguía el amor entre los seres humanos del celo de los animales, salvo su conciencia, la posibilidad de sentir y comprender.

Y la capacidad de reaccionar.

Con Jim, el sufrimiento era una certeza, tanto como las emociones. Por eso no le causaba ningún miedo ese hombre que en su vida había complacido tanto a las mujeres que ya no se atrevía a creer que podría complacer solo a una.

La sorprendió el ruido de ruedas sobre la grava, y volvió a ser una periodista que esperaba en el terreno de una casa donde se habían cometido dos homicidios. La presencia de Jim, que abría la puerta de su Ram y bajaba seguido de Charlie y el perro, se superpuso a sus pensamientos. Casi al mismo tiempo apareció por el camino el coche del detective Robert Beaudysin, para cerrar el círculo. Volvieron a encontrarse todos en la explanada, con los pies sobre la grava, para recomponer intacta la atmósfera de la noche anterior.

Habían observado en silencio la indolencia vagabunda de Silent Joe, que no parecía del todo convencido de volver a su antigua vivienda. Robert, con expresión de duda, lo miraba merodear entre las matas en sus rituales caninos al aire libre. Quizá juzgaba improbable la obstinación de atribuir a Silent Joe facultades propias de su especie pero que en él parecían inexistentes.

«Nuestra única esperanza depende por completo del olfato de un perro.»

Así pensaba April, pero estaba segura de que en aquel momento todos temían lo mismo.

Cuando consideraron que ya había olfateado, regado y retozado en la hierba lo suficiente, Jim sacó la manta de la cabina de la camioneta. Se acuclilló y habló con Silent Joe. April se sintió asombrada y fascinada por el tono de su voz, un tono que nunca le había oído al dirigirse a un ser humano.

—Busca, Silent Joe. Encuentra el lugar donde estaba esto. Compórtate como un perro valiente y busca.

Silent Joe comprendió.

Olfateó la manta unos instantes y enseguida se puso a olfatear el terreno. Después levantó la cabeza y se dirigió sin prisa hacia la parte posterior de la casa. Durante unos momentos lo siguieron conteniendo el aliento, pero cuando lo vieron encaminarse por el sendero que pasaba al lado del laboratorio y subir a la montaña, la apnea se convirtió en un suspiro de alivio. El perro se volvió a mirarlos para comprobar que lo seguían. Daba la impresión de que presentía, de algún modo, que aquel podía ser para él un gran día. Era el protagonista, y sabía serlo. Hasta su andar era distinto, más fluido, menos torpe.

Penetraron en la zona boscosa caminando en fila india. Jim iba delante, con una mochila liviana al hombro. En la suposición de que Caleb hubiera completado el trayecto en un solo día, no consideraron oportuno cargar con lo necesario para pasar una noche allí. Solo llevaban la cantidad suficiente de comida y agua.

April se volvió. Charlie iba detrás de ella, siguiendo el rastro de modo ancestral, sin mostrar ni cansancio ni los pensamientos que lo ocupaban. Acaso temía no encontrar lo que buscaba, o acaso sentía terror de encontrarlo. Robert cerraba la marcha, incrédulo en cuanto a lo que estaban haciendo pero abierto a cualquier eventualidad capaz de disipar su escepticismo.

La única referencia era Silent Joe. Iba unos pasos delante del grupo, adecuándose a la marcha de ellos, oliendo y tanteando el camino que unos días atrás había recorrido en el sentido opuesto con su desdichado dueño.

April trataba de no pensar en la euforia que Caleb debió de sentir mientras transportaba sobre los hombros su ilusión de riqueza. Sin saber que iba contando, en lugar de los pasos del camino de regreso, los que lo separaban de un final horrible.

Se concentró en Jim, que la precedía, escogiendo el trayecto más accesible entre los arbustos. Avanzaba con los ojos fijos en la figura atlética y el pelo negro y brillante que caía sobre sus hombros, igual al de su hijo.

«De nuestro hijo.»

De repente se descubrió imaginando qué agradable sería si, en vez de un viejo indígena y un policía, los acompañara Seymour, y los tres fueran una familia estadounidense normal que va de excursión por las montañas con un perro raro, y su mayor preocupación consistiera en responder las incesantes preguntas de un niño sobre los animales y sobre todo lo que lo rodeaba.

Continuó caminando durante más o menos tres cuartos de hora con ese sueño en su interior que, aunque por momentos le parecía posible, sabía al mismo tiempo que no lo sería nunca.

Poco después Jim decidió hacer un alto. Charlie se adentró, solo, en la densa vegetación, al tiempo que Robert se sentaba aparte en un peñasco musgoso a la sombra de un pino y liaba un cigarrillo. Todos ellos estaban acostumbrados a ese tipo de excursiones, por lo que ninguno se sentía particularmente cansado.

Jim extrajo de la mochila una tableta energética y una cantimplora y las tendió a April.

—Toma. Come esto y bebe un poco de agua aunque no tengas sed. Te hará bien.

April abrió la envoltura de la tableta y mordió un trozo. Tenía buen sabor, así que no le costó terminarla. Un largo sorbo de agua lavó el regusto dulzón y la revitalizó para reanudar el camino.

Jim bajó la voz y se colocó de espaldas a Robert, para disponer de un mínimo de intimidad.

—April, en cuanto a lo de ayer, yo...

—No hace falta que digas nada.

Hizo ademán de esquivarlo y regresar junto a los demás. Jim la detuvo poniéndole una mano en el brazo.

—No. Al contrario, hay mucho que decir. He pensado en ello toda la noche.

April giró los hombros y dio unos pasos en la dirección opuesta. Jim la alcanzó y continuó caminando a su lado. Hablaba con la misma voz con que se había dirigido a Silent Joe dos horas atrás. Esa voz que ella no le había oído emplear nunca con ningún ser humano. Esa que sorprendía y fascinaba.

—Durante años me he sentido un híbrido, una especie de fenómeno de feria, mitad blanco y mitad indígena, sobre el cual ni siquiera sus ojos logran llegar a un acuerdo. Siempre he pensado que pasaré por este mundo sin dejar rastro, porque nadie puede hacerlo realmente. Deseaba tenerlo todo, y pronto, y quemarlo lo más deprisa posible porque creía que no podría llevarme nada conmigo. No me daba cuenta de que de ese modo quemaba también todas las cosas que me ofrecían personas mejores que yo, sin pedirme nada a cambio.

April conocía bien a Jim Mackenzie y sabía cuánto le costaba pronunciar esas palabras, por eso se alegró de no tener que responder nada. Ignoraba qué voz saldría de su boca después de superar el nudo que se le hacía en la garganta.

—Ahora la presencia de Seymour lo ha cambiado todo.

Estaba segura de que tarde o temprano llegaría ese momento, y ahora experimentaba enfado, una gran ternura, ninguna envidia por él y ningún sentimiento de revancha hacia ella.

—Cuando lo vi frente a mí y comprendí quién era, supe con total claridad que él representa mi huella en la vida.

De nuevo, April no respondió.

—No sé nada de sentimientos. Nunca los he experimentado, por lo cual siempre he tratado de reemplazarlos con pasiones. Pilotar helicópteros, conducir coches veloces, ser libre a cualquier precio. Por ese motivo ahora no sé definir cómo me siento. Pero después de anoche, por primera vez en mi vida, cuando me encontré solo sentí que me faltaba alguien.

Jim calló. Por una rama pasó como un relámpago gris una ardilla. Sobre las cabezas de ambos volaban pájaros. Se arrastraban serpientes sin ruido entre las rocas. Quizá más abajo un ciervo había alzado la cabeza para olfatear el aire. April pensó que no existía ninguna manifestación de vida capaz de igualar la maravilla de un segundo de silencio después de aquellas palabras.

—No te pido que me perdones porque no veo una sola razón por la que deberías hacerlo. Pero sé lo que pienso hacer yo.

En ese momento se acercó Silent Joe, que se detuvo junto a Jim. Levantó el hocico, buscando su mirada y tal vez una caricia.

Jim sonrió y le pasó la mano por la cabeza. April vio que el perro lo quería y que Jim le devolvía ese afecto.

La caricia pasó rápida pero la sonrisa permaneció. Y esta vez era para ella.

—Me quedaré, y estaré aquí. Sé que es tarde, y no me hago ilusiones. Pero aquí estaré para cualquier cosa que tú y Seymour podáis necesitar. Y espero que algún día me des la oportunidad de conocerlo.

April levantó la cabeza. Luego tendió las manos y le quitó las gafas. Le dedicó una mirada larga, sin caer en la trampa de sus ojos.

La voz salió, pero el nudo se había disuelto. Su tono era firme y seguro como solo sabe serlo la verdad.

—Si es uno de tus trucos y haces daño también a nuestro hijo, te perseguiré por toda la tierra y te mataré.

April lo dejó atrás y fue en busca de la compañía de los demás. Jim permaneció un instante contemplando su figura que se alejaba, hasta que el eco de sus últimas palabras se apagó del todo.

Luego se agachó y dio una palmada en el costado a Silent Joe.

—Vamos, chaval. Te recuerdo que tenemos un trabajo que hacer.

Cuando alcanzaron a April, Charlie y Robert se hallaban de pie, listos para partir. Jim hizo que Silent Joe olfateara de nuevo la manta, y el perro pareció contento de que continuara el juego. Tras una rápida flexión con las patas delanteras, enseguida se puso en marcha, en pos de un rumbo que su olfato parecía hallar con seguridad.

Jim confió en que así fuera.

Mientras el perro los instaba a seguir subiendo hacia la cima de la montaña, se dio cuenta de que caminaba mirando hacia delante pero escuchando los pasos de April a sus espaldas. Le agradaba sentir que estaba, allí y entonces. Le agradaba pensar que estaba, simplemente.

«Si haces daño también a nuestro hijo te mataré.»

No albergaba la menor duda de que sería capaz de hacerlo. Le alegraba que Seymour tuviera al lado a una persona como April. Era una buena referencia para un niño, al igual que para cualquier hombre. Él no lo había entendido. Haberla provocado a decir esas palabras constituía otra de las culpas que pesaban en su conciencia.

Sin saberlo, Robert acudió en su ayuda. Aprovechando un trecho particularmente despejado, se puso a su lado y lo sacó de la emboscada de sus pensamientos.

Se quitó la gorra de caza y se pasó una mano por el pelo.

—¿Adónde crees que nos lleva este perro?

—La verdad es que no lo sé, Robert.

—No he dejado de pensarlo desde que partimos, y todavía no he conseguido encontrar un solo motivo convincente para esta expedición.

Jim señaló con la mano hacía algún lugar que se alzaba por encima de ellos. Como si hubiera oído lo que decían, Silent Joe se detuvo y se sentó al lado de algo que a primera vista parecía la entrada de una cueva.

—Tal vez Silent Joe acaba de darte el motivo.

Salieron de pronto de la espesura de los árboles y se hallaron en un claro, sobre la ladera de la montaña. En el terreno rocoso, unos pocos arbustos disputaban a la tierra el derecho a la vida. En lo alto, a la derecha, había un gran pino caído, partido en sentido longitudinal. Bajo el árbol, podían verse unas piedras que habían rodado cuesta abajo, por una pendiente desprovista de vegetación. El tronco medio carbonizado les dio a entender lo que debía de haber ocurrido. El árbol, derribado por un rayo que le había arrancado las raíces de la tierra, había provocado un desmoronamiento.

Y debía de haber sucedido hacía poco.

Robert se rindió a la evidencia y a su estupor.

—Santo cielo, de veras nos ha traído. No habría apostado un céntimo por este perro.

—Y eso que conoces a los hombres. Por lo cual deberías tener más confianza en los animales.

Se acercaron con cierta emoción a esa rendija oscura abierta en el terreno. Robert abrió la cremallera de su cazadora. Jim observó que debajo, sujeta al cinturón, llevaba la funda con la pistola. El significado de ese gesto maquinal no se le pasó por alto. Por instinto se volvió para comprobar que April se hallara segura, cerca de él. Vio que Charlie se había detenido un poco más abajo que ellos. Inmóvil, miraba fijamente la entrada de la cueva como un condenado a muerte mira los fusiles apuntados hacia él.

—¿Estás bien, Charlie?

El viejo respondió con un gesto afirmativo casi imperceptible.

Luego avanzó. Mientras se les adelantaba hacia la abertura de la gruta, dijo unas palabras con voz neutra.

—Primero entraré yo. Vosotros esperad aquí.

Ninguno de ellos puso objeciones. El tono y la expresión de Charlie no las admitían. Sin un motivo preciso, todos comprendieron que solo podía ser así.

Charlie pasó delante del perro y le hizo una caricia rápida en la cabeza. Unos pocos pasos más y desapareció en la oscuridad de la gruta.

Los demás permanecieron fuera, en pesada y silenciosa espera.

Al cabo de unos minutos que les parecieron años, Charlie reapareció en la entrada.

—Venid.

Se acercaron y lo siguieron hacia el interior. Silent Joe los miró pasar uno por uno y se quedó sentado donde estaba, sin ningún deseo de acompañarlos.

Se encontraron en una suerte de corredor que hacía las veces de antesala de una cueva no demasiado grande pero que mostraba señales de presencia humana. En las paredes había unas figuras dibujadas, que indudablemente formaban parte de la simbología y la mitología de los nativos. A la derecha se veía una especie de camastro de pieles consumidas por el tiempo, y al lado, en el suelo, yacían los restos de un arco y una aljaba con flechas.

Charlie les pidió que se detuvieran, al tiempo que tapaba con su cuerpo parte de la vista del lugar.

—Esta cueva es un lugar sagrado. Es donde un chamán venía a hacer sus meditaciones. Durante sus visiones hablaba con los espíritus. Sus señales se conservan en las paredes, y esto es lo que queda de sus objetos y su bolsa de medicinas.

Su rostro, en la penumbra, era una mancha oscura bajo el ala del sombrero. Sus palabras se dirigían a todos, pero en particular a Robert.

—Ven, hombre de la ley. Hoy es un buen día para ti. Al cabo de tantos años acabas de resolver un misterio.

Charlie se apartó y todos pudieron abarcar, con una mirada, toda la cueva.

Tendidos sobre el suelo había dos cadáveres descarnados por el tiempo y momificados por la humedad. Uno estaba apoyado sobre un costado, y el otro se hallaba tendido en el suelo un poco más adelante, sobre el vientre, con la cabeza vuelta hacia la parte opuesta de donde ellos se encontraban. Parecía que los años habían sido mucho más clementes con las ropas que con los cuerpos.

Charlie señaló con un gesto los restos más cercanos.

—Esto que veis es el cuerpo de un hombre que en un tiempo fue un gran jefe de la nación navajo. Cuando vivía se llamaba Eldero.

El estupor de todos se concentró en las palabras del detective, que fue el más rápido en expresarlo.

—¿Te refieres a *ese* Eldero, el jefe de la aldea de Flat Fields?

Charlie lo confirmó con su silencio. Avanzó y se aproximó al segundo cuerpo. Introdujo un pie bajo el hombro derecho y de un empujón giró hacia arriba esos pobres despojos.

—Eldero no era solo un jefe. Era algo más. Mirad.

Al observar, todos vieron lo que el viejo quería mostrarles, y sintieron cómo el hielo y la oscuridad que salía de la tierra se apoderaban de aquel lugar.

En el suelo, ante ellos, envuelto en prendas polvorientas, yacía el cadáver de un hombre con los huesos del cráneo completamente facturados.

Il yá yęę dąą

Los orígenes

26

Stacy Lovecraft abrió la puerta de madera, salió de la casa y admiró el sol que emergía de las sombras de los pinos del lado oriental de los Peaks. Desde el interior lo siguió un agradable aroma a huevos, cebollas cocidas, tocino y pan frito. Ese apetecible perfume se perdió en el aire fresco de la mañana y fue a excitar el olfato de algún animal que anduviera por aquellos parajes. Una vez más, bendijo la elección que lo había llevado a abandonar la ciudad para establecerse en aquel sitio encantado. A su alrededor reinaba una sensación de espacio, de inmensidad, de constante presencia de Dios. Y de la gran ansia de los seres humanos que se afanaban por dejar un rastro, aun minúsculo, dispuestos a todo con tal de poder decir en presencia de la azul maravilla del cielo: «Aquí estoy. Yo también existo».

Se volvió a contemplar el lugar donde vivían él y su familia.

Había construido su primera casa sobre la nueva propiedad apoyada contra el muro de roca, con paredes de arenisca y troncos de árboles cortados por la mitad y aislados con una capa de barro. El techo, fabricado de la misma manera, estaba impermeabilizado con paja, tablones y pez. Habían elegido levantarla allí porque, un poco más arriba, un desagüe natural la protegía durante la breve estación de lluvias, al desviar hacia otro lado el agua que caía por las laderas de la montaña. Y porque al frente se desplegaba el siempre diferente espectáculo del ocaso. Una morada bastante cómoda pero provisional. Había optado por esa solución por razones prácticas. Al tener que construir solo tres lados, la casa había quedado lista mucho más rápida y fácilmente. Sin embargo, la superficie habitable no alcanzaba en absoluto a satisfacer sus necesidades, sobre todo con la inminente llegada del niño. Por el momento vivían todos apiñados en las dos estancias de las que se componía la vivienda, pero en poco tiempo ya no les resultaría posible adaptarse a las nuevas exigencias.

Del otro lado de la explanada que se abría frente a la baja construcción, Thalena, su nuera, volvía por el sendero que subía del manantial, con un cubo lleno de agua en cada mano. Aun desde esa distancia se veía el reflejo de la primera luz incierta sobre su pelo negro y brillante de guapa mujer indígena. Caminaba sin aparente esfuerzo, pese al evidente bulto del vientre, señal inequívoca de una gravidez avanzada.

Kathe, su esposa, salió del recuadro oscuro de la puerta y se detuvo un instante en el umbral. Se acercó a su marido y miró también hacia la muchacha.

Stacy adivinó qué iba a decir.

—Thalena me preocupa. Tiene la cabeza más dura que un carnero. En su estado no debería cargar tanto peso.

Stacy sonrió y le rodeó los hombros con un brazo.

—Esa muchacha pertenece a un pueblo que tiene unas costumbres demasiado diferentes a las nuestras como para aceptar ciertos consejos de una madre de Pittsburgh. Son mujeres acostumbradas a trabajar hasta el último minuto y a parir y cortar el cordón umbilical con los dientes. Si la obligáramos a hacer otra cosa se sentiría humillada.

Mientras tanto la muchacha había llegado cerca de ellos, sumida en el cono de sombra que proyectaba la montaña. El reflejo de su pelo se apagó, pero continuaron encendidas las luces de sus ojos negros como el carbón.

—De acuerdo, pero yo estoy acostumbrada a echar una mano a las mujeres embarazadas.

—Thalena, *ádaa áholyá.*

Kathe Lovecraft, en el complicado lenguaje de los nativos, instó a la nuera a cuidarse más. Stacy había manifestado gran sorpresa primero, y gran admiración después, por la facilidad con la que su esposa había aprendido a hablar con cierta propiedad esa lengua tan difícil. El idioma indígena se basaba, además de en las consonantes y las vocales y su pronunciación, en las entonaciones. Un tono grave o agudo al pronunciar una palabra podía cambiar por completo su significado.

La muchacha decidió entregar al menos uno de los cubos a su *bizháá'ád jílíní*, la madre de su marido.

—*Ahéhee*, Kathe. Muchas gracias.

A diferencia de la suegra, Thalena todavía no había asimilado totalmente la lengua de los blancos. Aun así, se expresaba bastante bien y su acento daba al inglés un sonido muy particular.

Las dos mujeres llevaron los cubos de agua al interior de la casa. Stacy las siguió, atraído por el incentivo de un buen desayuno.

Ya mucho antes del alba, Thalena se había levantado para comenzar a «fabricar», como decía ella en su extraño inglés, de matices disonantes pero siempre tierno y humorístico. Desde la habitación en la que dormía con Kathe y Linda, la hija menor del matrimonio, Stacy oyó el ruido de los cacharros de barro cocido en que mezclaba la harina con el agua para elaborar la masa con la que preparar el pan frito, una especie de tortilla a la manera de los navajos.

Mientras contemplaba sus movimientos delicados, no le asombró que su hijo se hubiera casado con ella, y sobre todo que se hubiera enamorado. Estaba acostumbrada a vivir en un *hogan*, entre las pieles de un tipi, por lo que la arquitectura cuadrada de la casa parecía encantarle, como el camino de piedra que reemplazaba el respiradero central de las construcciones indígenas. Si se hubieran quedado en Pittsburgh, a un joven como Colin no le habría costado esfuerzo alguno encontrar una novia primero, y luego una esposa. De hecho tenía ya una prometida, Lorraine Sunquist, una guapa muchacha rubia en cuyas mejillas se formaban hoyuelos cuando reía, algo que hacía con bastante frecuencia. Pero, cuando Colin le propuso que se casara con él y lo siguiera en la aventura que su familia había decidido emprender en el sudoeste, desaparecieron los hoyuelos, y luego ella.

En ese orden.

Stacy pensó que su hijo no había perdido con el cambio. Thalena era una verdadera Mujer Cambiante, como definían los navajos a la mujer ideal. En aquellas tierras donde todo era todavía un poco precario y la civilización existía más teóricamente que en realidad, cualquier mujer constituía ya suficiente regalo del destino. Muchos hombres, con tal de tener compañía en las noches frías, no se andaban con remilgos. Había llegado del este un grupo de mujeres con la cara marcada de equivocaciones poco claras. Pero por aquellos lares sobraba agua pura para lavarles cualquier mancha del pasado, siempre que ofrecieran a cambio ganas de trabajar y atender a un marido. De modo que una mujer atractiva y dulce como Thalena, con la cual compartir las emociones del corazón además de la dura vida del sudoeste, podía considerarse un auténtico milagro.

Su nuera se acercó y le puso delante un plato con huevos y pan frito crujiente, con guarnición de cebollas y tocino.

—¿Cuándo vuelve Coly?

Stacy sonrió. Pese a las divertidas protestas de su hijo, no había forma de que pronunciara correctamente su nombre. Ahora, para todos ellos, esa pequeña distorsión sonaba como una especie de diminutivo afectuoso.

—Mañana, supongo.

Thalena asintió con la cabeza, como para asimilar mejor el concepto.

—Mañana es un buen día.

Kathe Lovecraft buscó los ojos de su marido y también sonrió. Colin había subido, con dos ayudantes indígenas, a los pastos altos. Poseían algunas vacas de raza Austin que planeaban vender al puesto de abastecimiento de Santa Fe Railway, que se encargaba de alimentar al personal responsable de los estudios topográficos para la construcción del ferrocarril.

El buen forraje de las alturas resultaba crucial para que los animales desarrollaran carne y grasa y adquirieran un buen peso para el momento de la venta. Gran parte del sustento de la familia dependía de la cría de esos bovinos. Poseían también, en un pequeño establo construido sobre el lado izquierdo de la casa, un discreto rebaño de ovejas, media docena de caballos y un par de vacas lecheras, aunque sin duda constituían la parte menos decisiva de sus ingresos.

En lo que concernía a los indígenas, la unión entre Thalena y Colin había significado para todos un auténtico golpe de suerte. Las relaciones entre las dos etnias siempre habían sufrido altibajos. Había épocas de beligerancia que desembocaban en verdaderas acciones de guerrilla y medidas de relativa represión, y otras en las que se llegaba a un estado de distensión que, con entusiasmo e hipocresía, se definía como «paz». Thomas Keam, el agente indígena, había logrado mucho en tal sentido, al solicitar al gobierno que se ampliara el territorio de la reserva hacia sectores donde resultara más fácil procurarse alimento: más abundantes en animales que cazar o menos sometidos al flujo migratorio de los saltamontes, que no dejaban más que desierto a su paso. Gracias a él, los navajos estaban alcanzando, tras un pasado de divisiones en bandos más o menos numerosos y más o menos belicosos, un sentimiento de pueblo. Episodios como la Larga Marcha y el cautiverio en Bosque Redondo hicieron que todos comprendieran que la unión significaba mayor fuerza y poder de representación.

A la luz de este cambio, Keam invocó la ayuda de Barboncito, Manuelito y Ganado Mucho, jefes reconocidos del pueblo navajo, para luchar contra los responsables de las frecuentes razias que atentaban contra el proceso de paz.

El capitán Bennett, comandante de Fort Defiance, llevó la aprobación del gobierno de Washington, que apoyó esa política mediante la autorización de un grupo de tres representantes elegidos entre las personalidades eminentes de las tribus.

Cuando Barboncito fue elegido jefe supremo de los navajos, escogió a su vez a dos vicejefes, Ganado Mucho y Manuelito, para que se ocuparan respectivamente del sector occidental y del oriental. El trío era libre de designar según su criterio a los diversos líderes de las comunidades de *hogan*.

Por parte del gobierno había el deseo de consolidar el sentimiento de unidad nacional y sensibilizar a los jefes, para lo cual concedió a algunos de ellos el papel de emisarios del poder federal. A principios de 1871, Barboncito murió tras una larga enfermedad, y Ganado Mucho lo sucedió en el cargo de jefe supremo. A mediados del año siguiente se constituyó un cuerpo de policía indígena, comandado por Manuelito y compuesto por ciento treinta hombres pagados por el gobierno federal.

Se propuso a un nuevo jefe, Eldero, para que ocupara el lugar de Ganado Mucho en el sector del que ya no podía ocuparse debido a su nuevo cargo. En esa agitada época de cambios, Eldero se negó a ocuparse de la vida pública y tener que colaborar con el hombre blanco. Era un individuo orgulloso, religioso y muy apegado a las tradiciones de su pueblo. Además de un gran combatiente era un «hombre del espíritu» y sentía como pocos la unión con Shimah, la Tierra, que para los nativos constituía un ser vivo, la sola y única Madre de todos. Según una antigua creencia, las gigantescas rocas que se erguían de la tierra, tortuosas y doloridas, no eran más que monstruos petrificados que poblaban el planeta desde antes de la aparición de los seres humanos. Eldero respondía ante su gente y no tenía intenciones de poner en peligro sus vidas con las incursiones que habían caracterizado los últimos años, ni tampoco de estar en contacto directo con aquellos a los que juzgaba seres incomprensibles, a los cuales concedía escasa confianza.

Sobre la base de uno de los numerosos pactos estipulados, y con demasiada frecuencia incumplidos por ambas partes, su esposa tenía derecho a una parcela de tierra que limitaba con la de los Lovecraft. Así, Eldero, con su familia y algunos hombres leales, se retiró a vivir en el pequeño territorio que le había asignado el gobierno.

Thalena era su hija.

Stacy lo conoció cuando acompañó a Colin a solicitarla como esposa y llevarle los debidos regalos nupciales. Mientras la mujer de Eldero observaba complacida un collar de perlas que había pertenecido a la madre de Kathe y las mantas mullidas características del Este, el viejo apenas echó una ojeada a los dos caballos y las ovejas que los dos hombres blancos habían transportado hasta la vivienda de los indígenas, detrás del pequeño grupo de *hogan*.

Se quedó sentado en un tronco ante la puerta de su casa, la más grande, construida con gran esmero, como correspondía a un jefe. Junto a él un perro de pelaje amarillo se hallaba acurrucado como si con el tiempo hubiera adquirido el mismo carácter del dueño.

Siguiendo las reglas, Thalena no estaba presente.

Stacy dejó el grupo de las mujeres y se acercó a él. Se miraron durante un instante, y al fijar los suyos en esos ojos negros y profundos experimentó una sensación de vértigo que siempre se repetiría cuando se encontraba en su presencia. No transmitía amenaza ni peligro, solo la impresión de que las huellas que aquel hombre dejaba en la tierra eran distintas, como si comprendiera mejor que los demás el sentido de todo lo que lo rodeaba y gozara del privilegio de llevar dentro de sí la mejor manera de formar parte de ello.

Eldero le indicó con una seña que se sentara sobre el tronco, a su lado.

—Tu hijo pretende a Thalena.

No fue una pregunta, sino una afirmación. Stacy comprendió que en ese momento la diplomacia estaba de más. No sería un medio para comprar o vender, como tampoco servirían los regalos. Solo valía la verdad, porque intuía que, de lo contrario, Eldero lo percibiría.

—Mi hijo dice que Thalena puede ser una buena esposa.

—Podría comprar una buena esposa a los comerciantes mexicanos, si quisiera.

—Mi hijo no quiere una buena esposa cualquiera. Quiere a Thalena.

Stacy encontró ante sus ojos otros ojos ardientes que lo miraban fijamente, ocultos tras una maraña de arrugas.

—¿Por qué?

—Mi hijo ama a Thalena.

Eldero se acomodó sobre los hombros la suntuosa manta de jefe que lo protegía, tejida por las mujeres de su tribu en los tradicionales colores rojo, azul, índigo, negro y blanco, adornada en el centro con un motivo en forma de rombo y triángulos en los cuatro lados.

Hablaba de ellos como si se tratara de otros.

—¿Y Thalena ama a tu hijo?

—Sí.

Fue la única vez que Stacy vio en su semblante algo que podía asemejarse a una sonrisa.

—El amor está hecho de lluvia. Solo el viento sabe cuándo y dónde puede llegar. Pero si la Tierra ama a los hombres sin pedir nada a cambio, entonces tu hijo, sobre esta misma Tierra, puede amar a Thalena.

Stacy quedó impresionado por la simplicidad y la profundidad de aquella fe. Y supo que la conversación había concluido. Ese hombre que lograba convertir el sometimiento en paz había aceptado a Colin como marido para su hija.

Se pusieron de pie. Eldero era algo más bajo, pero Stacy se sentía más pequeño, lo veía alzarse sobre él y sobre todo lo que había a su alrededor, como los Peaks. Se volvió hacia el perro y el animal se levantó y se puso a su lado. Stacy pensó que había reaccionado como si su dueño le hubiera dado una orden en voz alta.

Sin embargo, no había emitido sonido alguno.

Eldero paseó la mirada por el campo, absorto. Por un instante Stacy tuvo la impresión de que intentaba comunicarse con él del mismo modo que con el perro. Luego le habló, y Stacy pensó que esa habría sido exactamente la voz de la Tierra, de haber podido hablar a los humanos.

—¿Cómo te llamas?

—Stacy Lovecraft.

—Eres un hombre sincero, Stacy Lovecraft. Y también lo es tu hijo.

—¿Cómo lo sabes?

Dos sílabas, secas, precisas, sin presunción. Como si no pudiera ser de otra manera.

—Lo sé.

Y Stacy no tuvo la menor duda de que así era.

Después, Colin y Thalena se casaron y, gracias a esa unión, nunca más tuvieron ningún problema con los indígenas. Los dos grupos vivían en buenas relaciones, sin invadir ninguno de ellos el espacio del otro. Algo más allá de los límites de las dos parcelas, Stacy tenía un manantial en su terreno, y permitió el acceso a Eldero para que bebieran allí sus animales. En esa zona, poseer agua era un privilegio para cualquiera, pero sobre todo para los indígenas, pues se trataba de un derecho que a menudo se les negaba. El gesto de Stacy causó una óptima impresión en los miembros de la pequeña comunidad de nativos.

Por su lado, la influencia de Eldero les evitó todo tipo de molestias. En una ocasión, tres jóvenes navajos exaltados entraron en la propiedad de los Lovecraft y robaron media docena de ovejas y dos caballos. Un par de días después se presentaron a devolverlos, al tiempo que pedían disculpas y trasmitían los saludos del jefe.

Ahora, Stacy estaba terminando su desayuno, cuando Linda salió del dormitorio. Aunque ya estaba vestida, todavía se restregaba los ojos. Como se había levantado durante la noche para ordeñar las vacas, Kathe le había permitido que durmiera un poco más que de costumbre. En esa casa, el alba sorprendía a la familia Lovecraft ya en pie.

—¿Qué hora es?

—Hora de que desayunes, Bella Durmiente del Bosque.

—¿Por qué no me has despertado antes?

—¿Cómo? Dormías tan profundamente que no lo he logrado. Solo soy tu padre, no el Príncipe Azul.

Mientras se acercaba a los tablones que constituían la mesa, Stacy miró con afecto a su hija menor, que era una fiel copia de su esposa. La semejanza entre ellas se limitaba, sin embargo, a su aspecto físico. En cuanto a carácter, en cambio, se parecía mucho más a él que Colin. Su primogénito, el hijo varón, representaba para él el orgullo y la certeza de la continuidad. Linda, por su parte, significaba la extensión de la ternura que experimentaba por la madre.

Después del traslado desde la ciudad, había seguido con ansiedad las fases de su adaptación a esa nueva vida. Linda reaccionó de un modo que, aún ahora, sorprendía a Stacy. La hija amaba y estaba deslumbrada por todo lo que la rodeaba, y no pasaba día en que no lo hiciera partícipe de algún nuevo hallazgo.

Thalena hizo ademán de levantarse para ir a llevarle la comida. Linda debió de seguir el mismo hilo de pensamiento que la madre, ya que posó una mano en el brazo de su exótica cuñada, para indicarle que permaneciera sentada.

—Quédate donde estás, mamá. Puedo hacerlo sola. Si se entera de que me sirves tú no habrá quien aguante a *Coly* cuando vuelva.

La relación entre las dos muchachas fue estupenda desde el comienzo. Thalena estaba fascinada por el pelo rubio de Linda. A menudo, a la hora que precedía al crepúsculo, se sentaban fuera de la casa y la joven indígena le aplicaba un bálsamo que extraía de las hierbas del bosque. Luego se lo peinaba largo rato, con delicadeza, como si fuera un bien precioso al que dedicar los mayores cuidados.

Linda estaba sirviéndose los huevos cuando llegó de fuera el relincho de un caballo.

Stacy frunció la frente ante la expresión de sorpresa de las mujeres. Era bastante improbable que fuese Colin, cuyo regreso se preveía para el día siguiente.

Se levantó de la mesa y se dirigió hacia la puerta. Se detuvo en el umbral para observar a los recién llegados.

Cuatro hombres a caballo salidos del bosque atravesaban el tramo despejado en dirección a la casa. No ocurría con frecuencia que la familia recibiera visitas, aunque de vez en cuando alguien que pasaba se dejaba tentar por el humo que salía de la chimenea y la promesa de una taza de café caliente.

Se quedó de pie, a la espera de que los visitantes se aproximaran. Thalena salió también, seguida por Linda, y se pusieron a su lado. Stacy sabía que Kathe había cogido el Winchester Yellow Boy que estaba colgado encima de la precaria repisa de piedra del hogar, y que desde dentro controlaba la situación.

Estaba tranquilo. Por la manera en que se acercaban, no parecían personas en busca de problemas. En todo caso, Kathe ya había demostrado un excelente dominio del arma y ningún escrúpulo en usarla en caso de necesidad.

Ahora que se hallaban cerca, Stacy podía verles la cara. Tres eran blancos, y el cuarto, un indígena, probablemente un hopi. De mediana edad, en la medida en que resultaba posible calculársela. Iba vestido a la manera de los blancos, con una chaqueta de terciopelo muy gastada; por debajo del sombrero adornado con una pluma sobresalían unos mechones de pelo canoso. Incluso desde esa distancia podían distinguirse en sus mejillas las cicatrices de la viruela.

Aunque en la funda de la montura cargaba un Sharps 45, llevaba en bandolera un arco y unas flechas. Stacy sabía que, a pesar del contacto con las armas de fuego, los indígenas seguían prefiriendo, en muchas ocasiones, las armas de sus ancestros. Sobre todo cuando el estrépito de un disparo podía alertar a las víctimas, humanas o animales.

El hombre que cabalgaba a su lado también iba armado. Por la montura asomaba la empuñadura de un arma que parecía un Henry, y en la funda sujeta al costado cargaba una Remington Army 44. Una buena pistola, muy eficaz. Y ese viajero mostraba la actitud del que sabe usarla. Pese al aire fresco, iba en mangas de camisa y con la cabeza descubierta. Sobre la espalda, atado con una correa de cuero, le colgaba un sombrero negro con adornos de plata.

Aunque actuaban con aparente indiferencia, Stacy juzgó enseguida que eran dos tipos peligrosos.

Los dos hombres blancos no estaban armados. De rostro más bien anónimo, no parecían particularmente resueltos. En comparación con los otros, daban también una impresión de mayor limpieza, menos descuidada. Tal vez no portaban armas porque se sentían suficientemente defendidos por la presencia de sus compañeros de viaje.

El hombre sin sombrero condujo casi hasta la casa el ruano que montaba. Los otros se detuvieron unos seis metros detrás, en actitud de espera. Cuando pudo verle bien la cara, Stacy observó que era más bien joven: la distancia y la barba oscura lo habían engañado. Tenía ojos hundidos y recelosos. Una cicatriz cruzaba la parte de la mejilla no cubierta por la barba. Pensó que tal vez se la había dejado crecer para tratar de ocultarla.

Pese a la sensación de inquietud, se esforzó por mostrarse cordial con el extraño.

—Buenos días. Soy Stacy Lovecraft. Si quieren ustedes dar de beber a los caballos, allí detrás hay un manantial. Si les apetece una taza de café, tenemos un poco recién preparado, todavía caliente.

El hombre sin sombrero no consideró oportuno presentarse. Señaló con la cabeza a Thalena.

—¿Es tu esposa?

Su voz fría, desagradable, recordó a Stacy el ruido de una lima al raspar el hierro. Trató de responder en tono normal.

—No, es mi nuera. La esposa de mi hijo, Colin.

—¿Es un *squaw man*?

Lo preguntó en un tono que no conseguía disimular un ligero matiz de desprecio. Los *squaw men* eran una categoría social muy desacreditada: los blancos a quienes la comunidad acusaba de haberse casado con mujeres indígenas para echar mano de las tierras que los pactos habían asignado a los nativos.

Y en la mayoría de los casos tal acusación respondía a la realidad.

—No. Esta propiedad es mía. Esta es mi hija, Linda, y esta es Thalena, mi nuera e hija del jefe Eldero.

Pronunció estas palabras con voz bastante alta como para que lo oyera el hopi. Las relaciones entre hopis y navajos no eran idílicas, pero el nombre de un personaje como Eldero causaba siempre una fuerte impresión. Como única respuesta el indígena hizo un leve gesto afirmativo. Su expresión no cambió, pero esa seña de la cabeza indicaba que había asimilado la información.

El hombre sin sombrero se levantó en la montura y echó una ojeada a su alrededor. Cuando volvió a mirar a Stacy, parecía satisfecho con el examen.

—Hummm... Bonita propiedad. Tanta tierra para un solo hombre... Demasiada, tal vez...

—Escuche, joven. No sé quién es usted, ni me interesa. Y tampoco me interesa saber qué ha venido a hacer a este lugar. Si no necesitan agua para los caballos, lo único que deseo es que den la vuelta y se marchen de mi propiedad. Y olvídese de la invitación al café.

El hombre sin sombrero se permitió un esbozo de sonrisa, en el que aleteaba una sutil mofa.

—Conque nada de café, ¿eh?

Guardó un instante de silencio, como si reflexionara. Luego, con gesto casi distraído, llevó la mano a un costado y la apoyó en la funda del arma.

—¿Y si de todos modos quisiéramos ese café?

—No cre...

El ruido de un disparo interrumpió la respuesta de Stacy. Una nube de polvo se levantó ante las patas del ruano. La bala rebotó y se perdió a la derecha, seguida por un fuerte silbido.

Kathe salió de la casa, con el Winchester en los brazos, todavía humeante. Sus ojos despedían relámpagos. El hombre sin sombrero se encontró mirando de cerca la boca del cañón, que apuntaba a su cabeza.

—Si de todos modos quieren ustedes ese café, a varias millas de aquí hay una ciudad en la que podrán conseguir lo que deseen.

El hombre sin sombrero no mostró la menor impresión. Ni siquiera lo hizo su caballo, al oír el estrépito del disparo. En sus ojos no había miedo, solo un vacío que daba escalofríos.

—Muy bien, señora. Veo que en este lugar los forasteros no son bienvenidos. Así que creo que ya nos lo hemos dicho todo.

Hizo girar el caballo, en ademán de marcharse. Los otros entendieron que la visita había concluido y lo imitaron. Solo el indígena no volvió su cabalgadura, sino que la hizo retroceder de frente, para no ofrecer la espalda al fusil.

—No, joven. No nos lo hemos dicho todo.

El hombre sin sombrero se quedó un instante perplejo. No contestó, pero pidió explicaciones elevando una ceja en gesto interrogativo.

—Es de buena educación, delante de las damas, presentarse diciendo el nombre.

El hombre sin sombrero sonrió. Una sonrisa tensa, que mostró unos dientes estropeados de mascar tabaco.

Stacy, de una manera que quizá había aprendido de Eldero, sintió que aquel era un ser malvado.

—Es cierto, soy un verdadero maleducado.

Hizo una pausa, como meditando qué definición dar de sí.

—Mi nombre...

Tendió una mano hacia atrás y se colocó en la cabeza el sombrero negro con adornos de plata. Luego su sonrisa se amplió, como si hubiera decidido hacer una buena broma.

—Le diré cuál es mi nombre. Me llamo Wells, señora. Jeremy Wells.

Giró el ruano y se reunió con sus compañeros de viaje. Stacy y su familia siguieron a los cuatro con la mirada hasta que penetraron entre los árboles que limitaban con el bosque y desaparecieron de la vista. Aun así persistió en Stacy la clara sensación, incluso mucho rato después de que se alejaran, de que algo maligno había quedado flotando alrededor de su casa.

27

—Esta no es en absoluto una buena noticia. Y si no lo es para mí, tampoco lo será para usted...

Las palabras y la mirada de Clayton Osborne dirigidas a su interlocutor no dejaban lugar a dudas. El hombre sentado con expresión de hastío en su incómoda silla en una habitación de la parte posterior del Big Jake's Trade Center no se alteró ante la velada amenaza.

Se llamaba Fabien Leduq y era ingeniero civil. Los ojos y la tez claros y el pelo de un castaño casi rubio daban un aire albino a su aspecto. Vestía ropa cómoda, pero con cierta afectación típicamente europea. Con fuerte acento francés, su inglés tenía un claro origen anglosajón, todavía no contaminado por el sonido nasal y las diversas influencias lingüísticas del inglés estadounidense.

Del bolsillo interior de la clara chaqueta extrajo una elegante petaca de piel. La abrió y sacó un cigarro negro, largo y delgado. Lo encendió y soltó el humo mientras miraba a su alrededor con aire desdeñoso. Bebió con evidente renuencia un sorbo del vaso de whisky que sostenía en la mano.

Fabien Leduq detestaba aquel lugar en el que Clay Osborne se obstinaba en citarlo.

Era una suerte de barraca que estaba en el límite de la decencia, no solo para sus gustos sino para cualquiera que tuviera una pizca de sentido del decoro. El hombre apodado Big Jake la había construido, sin ningún cuidado con su apariencia, a más de una decena de kilómetros de ese otro grupo de chabolas que en el entusiasmo general habían bautizado «New Town». El Trade Center se hallaba en una posición estratégica, pues servía como centro de intercambio comercial para una zona de cerca de cincuenta kilómetros a la redonda. En BIG JAKE, según rezaba el cartel, se podía hacer de todo, intercambiar de todo y, con el debido preaviso, encontrar de todo. Sin embargo, en general lo que más abundaba eran las bebidas alcohólicas y los artículos de primera necesidad: semillas, herramientas, harina, judías, tocino, *pemmicam*, armas y municiones. Una vez cada dos meses un par de putas subían desde Fort Defiance acompañando las provisiones de reabastecimiento y se quedaban el tiempo necesario para atender a todos los solteros de los alrededores. Alguna que otra vez había ocurrido que alguna de esas mujeres recibiera una propuesta de matrimonio de algún cliente y se convirtiera en ciudadana permanente de la región.

Una de ellas era Bess, la esposa de Big Jake.

Leduq se levantó y se acercó a Osborne, que estaba mirando algo por la ventana, tan sucia que el panorama parecía envuelto en niebla. Un par de moscas se paseaban por el vidrio, indiferentes a las cuestiones humanas.

—Imposible hacerlo así. Quizá yo tenga cierta influencia, pero no puedo llegar al extremo de hacer desviar el curso de un ferrocarril. Ni ahora ni nunca. Piénselo.

Clay Osborne se enfrentó a él con expresión belicosa.

—Pero ya han hecho un desvío. ¿O no?

—Por supuesto que sí. Pero creo que este no es un buen momento para proponer otro cambio. El consejo de administración ha tomado esta decisión sobre la base de los nuevos estudios que han solicitado de fuera. Incluso es posible que surjan sospechas acerca de mí y de nuestros acuerdos. Por eso no considero oportuno presionar mucho por este lado.

—Hace años que trabajo en esta idea. Me he adueñado de todas las tierras que usted me ha ido indicando. ¿Y ahora me dice que el ferrocarril pasará por otra parte?

Leduq le habló con la paciencia que se emplea con un niño porfiado. Para dejar bien clara de una vez por todas su postura en aquel asunto, explicó una situación que Osborne conocía de sobra.

—Este proyecto surgió hace unos quince años. Los ingenieros que me precedieron cumplieron con la tarea, encargada por Santa Fe Railway, de planear una línea de ferrocarril que siguiera el paralelo 35. Sobre el mapa hicieron un buen trabajo, pero un poco apresurado, diría yo, ya que no efectuaron reconocimientos sobre el terreno. Entonces, llegado el momento de poner manos a la obra, al hacer una inspección más precisa de la zona ha resultado que el desnivel del terreno es tan pronunciado que modificarlo resulta económicamente imposible. Por lo cual es mucho más conveniente desviar el curso hacia el este. Donde, además, desde un punto de vista morfológico el proyecto sería mucho más fácil de realizar.

Clayton Osborne era un hombre muy hábil para los negocios, pero carecía de la instrucción más elemental. Solía tener problemas para asimilar las palabras que sonaban difíciles. El término «morfológico» lo ponía de mal humor y lo predisponía de modo negativo hacia su interlocutor, que exhibía la superioridad de sus conocimientos al tiempo que destacaba la ignorancia de él.

—Lo único que sé es que yo, ahora, me encuentro con que soy propietario de unos terrenos que no me sirven para nada.

Con gesto distraído, Leduq molestó con la punta encendida del cigarro a una de las moscas que se entretenían sobre el vidrio. El insecto voló apenas sintió la cercanía del calor.

—Pasarán por lo menos cinco o seis años hasta que la línea que está construyendo Santa Fe Railway llegue hasta aquí. Gracias a mí, está usted al tanto de informaciones reservadas, a las que nadie más tiene acceso. Dispone de mucho tiempo para trazar un nuevo plan de acción y ponerlo en marcha.

Osborne guardó silencio, al tiempo que trataba de ver a través de la ventana opaca. Muy probablemente sus ojos se fijaban en todo y en nada mientras maquinaba su contraataque.

Desde su primer encuentro, el ingeniero Leduq había aprendido a no subestimar el cerebro de aquel hombre. Era ignorante como un cubo de estiércol, pero poseía una innata y envidiable capacidad estratégica. Su aspecto ordinario podía engañar, pero no era más que otra de sus armas. De los propietarios de tierras y los especuladores con los que él trataba, era sin duda el menos agraciado físicamente, pero el que tenía más agilidad mental.

Leduq se había mudado de Europa a Estados Unidos por un problema vinculado con deudas de juego contraídas con cierta ligereza y sin ninguna posibilidad de poder pagar. Era un hombre atractivo, que cautivaba a las mujeres del lugar con su encanto europeo. Había conseguido, por intermedio de una amiga a la cual atendía bien, entrar en contacto con el consejo de administración de Santa Fe Railway y los responsables de la construcción del ferrocarril; uno de ellos era, además, el marido de ella. Le habían dado el cargo de supervisor logístico del territorio y, de acuerdo con su superior, se había puesto en contacto con las personas adecuadas que vivían en las tierras por las que pasarían las vías. Poseía informaciones confidenciales que habrían permitido, a cualquiera que tuviera acceso a ellas, ganar sumas muy importantes.

Ese acceso era lo que vendía Fabien Leduq, y a un precio muy elevado.

No sabía si el ferrocarril llevaría prosperidad y riqueza a aquel territorio olvidado de la mano de Dios, lleno de gente tosca y de esos horribles indígenas, pero a él le estaba llenando los bolsillos.

Clayton Osborne salió de su silencio y pronunció de repente un nombre.

—Arny.

Leduq se quedó perplejo.

—¿Arny qué?

Osborne meneó su gran cabeza y habló sin mirarlo, como si en realidad estuviera pensando en voz alta.

—Thomas Keam ha hecho un buen trabajo. Demasiado. Por aquí todo está pacífico gracias a él. Reina una calma que no permite ninguna libertad de movimiento. Se necesitaría un agente indígena un poco más enérgico y un poco más...

Se interrumpió un instante. Leduq no sabría nunca qué «poco más» debería ser el agente indígena ideal. Luego Osborne se dirigió de nuevo a su interlocutor, como si solo en ese momento hubiera reparado en su presencia. Hablaba con rapidez, nerviosamente, como si las ideas que se agolpaban en su cabeza fueran más veloces y apremiantes que su capacidad de expresarlas.

—He conocido a un tal Arny, en Fort Defiance. William o Wilton, no recuerdo. Se hace llamar «mayor», pero en realidad se cree un misionero y está firmemente convencido de que Dios lo ha enviado a estos parajes para redimir todos los pecados del sudoeste. Está convencido de que los indígenas son los pecadores más obstinados y los más necesitados de la intervención divina. Una especie de profeta, en suma. De cualquier modo, todo esto no le impide ser sensible a las lisonjas del dinero. Muy sensible...

—Me parece haber entendido que usted ya sabe dónde recurrir.

La voz de Osborne provenía de un mundo de maquinaciones y avidez al que nadie podía acceder.

—Pues claro que sí. Siempre trato de actuar de tal forma que nada pueda sorprenderme. Trabajaré en esa dirección. Y en otra, mucho más inmediata. En este momento tengo a un hombre que se está ocupando de ello.

El tono del ingeniero sonó decididamente más aliviado. Su

gallina de los huevos de oro no dejaría de incubar sus preciosos polluelos.

—Bien, creo que esto es todo. Me despido, señor Osborne. Si me necesita usted, ya sabe dónde encontrarme.

Sin volverse, el hombre, que estaba inmerso en sus pensamientos frente a la ventana, hizo un rápido gesto de saludo con la mano. Oyó los pasos de Leduq que se alejaban, el ruido de la puerta que se abría y se cerraba. Permaneció inmóvil hasta que vio a través del cristal que montaba su caballo. Se apartó de la ventana y fue al centro de la estancia. El suelo de madera resonó bajo las botas de tacón, pero él no lo oyó. Los proyectos y las ambiciones se agolpaban en su cabeza, cada uno alimentado por los demás.

Cuando llegara el ferrocarril, esas cuatro chozas que ahora llevaban el nombre pomposo de New Town se transformarían en una verdadera ciudad. Y cuando terminaran toda la línea, se convertiría en un centro de primera importancia. Osborne sabía muy bien cómo funcionaban las cosas. Ya había sucedido otras veces. En primer lugar llegarían los colonos, gente desesperada sin ninguna perspectiva ni pasada ni futura, en busca solo de un pedazo de tierra fértil para cultivar y sudar a la espera de una cosecha abundante. Para muchos de ellos, la única tierra que llegarían a poseer sería el metro cuadrado en que los sepultarían. Los supervivientes se marcharían, impulsados por una ilusión que solo el mar podía detener y apagar.

Estas no eran tierras aptas para la agricultura, pero había abundantes pastos verdes. Acudirían criadores de ganado que se establecerían y comenzarían a utilizar el ferrocarril para su actividad. Y entonces New Town se convertiría en un óptimo negocio para el hombre que hubiera tenido la habilidad de ser su dueño.

Y ese hombre quería ser él, Clayton Osborne.

Sin embargo, ahora, entre él y su proyecto se interponían ciertas personas, los dueños de las tierras en las cuales debería desarrollarse aquello que, en su mente, él llamaba «Osborne City».

Ese Lovecraft, por ejemplo, y ese maldito Eldero con sus indígenas.

Terminó su bebida de un sorbo y dejó el vaso en la desvencijada mesa situada bajo la ventana. Como una reacción simultánea a su gesto, se abrió la puerta y entró Bess, la dueña de la casa. Una mujer ya no tan joven, de pelo teñido y cuerpo con tendencia a desbordar, pero con una vitalidad en la mirada que la hacía muy atractiva.

—¿Estás solo?

Osborne no respondió. Señaló con un gesto la estancia vacía para subrayar lo evidente.

La actitud de la señora Big Jake cambió de repente. Se volvió persuasiva, sugerente, al tiempo que empleaba un tono de voz que lo prometía todo.

—Entonces puedo quedarme unos minutos...

Atravesó la habitación con actitud desenvuelta y unos movimientos sensuales que a pesar de su físico no resultaban ridículos. Sin dejar de mirar a Osborne a los ojos, llegó a la mesa y se sentó encima. Se levantó la falda y estiró las piernas. De la sobria tela emergió el pubis peludo y la franja de piel blanca de sus piernas rechonchas que dejaban libre las medias.

Osborne sintió en la garganta un nudo que no habría podido bajar con ayuda de ninguna bebida.

—¿Y tu marido?

—Mi marido sabe que cuando tú andas por aquí debe quedarse en su sitio.

Abrió del todo las piernas y con las manos le pidió que se acercara.

—Ven y móntame.

Clayton Osborne sintió en los pantalones el estremecimiento de una erección. Esa mujer tenía el don de excitarlo como ninguna. Tenía fuego entre los muslos, pero sabía utilizar las palabras tan bien como la mano y la boca, o mejor aún.

Se desabrochó el cinturón, se aflojó los pantalones y avanzó unos pasos apresurados. Apenas tuvo tiempo de bajárselos, que ya alcanzaba su meta entre las piernas de la mujer. Bess cogió su miembro con la mano y lo guió hasta su interior. La notó mojada de deseo, lo que aumentó aún más su excitación. Mientras empezaba a moverse, ella se aferró a su cuello.

—Ay, sí, Clay, házmela sentir.

Fue un momento breve, rápido, esencial, sin respeto. Como debía ser.

Luego Osborne lanzó un grito semejante al de una bestia herida y derramó en ella todo lo que tenía dentro mientras la mano de Bess descendía, sabiamente, a masajearle en los testículos. Se apartó de pronto, con la sensación de que las piernas no le respondían.

—Por todos los santos, Bess, yo...

La mujer le apoyó un dedo sobre los labios.

—Chis... No digas nada.

Sacó un pañuelo del bolsillo del delantal y se lo pasó con un gesto descarado entre las piernas, para enjugarse. Sus ojos no se habían apartado de los suyos ni por un solo instante. Osborne, estremecido, se sintió de repente recuperado y listo para una segunda vuelta.

Con una sonrisa, Bess se dio cuenta y frenó sus ardores.

—Ahora no, Clay. Debo irme.

Bajó de la mesa y se arregló. En su cara no quedaba rastro de lo que acababa de ocurrir. Fue hasta la puerta y la abrió con despreocupación, pero antes de marcharse le dirigió una sonrisa pícara.

—Vuelve pronto a verme.

Mientras la puerta se cerraba, Clayton Osborne se dio cuenta de que, desde el comienzo de la relación, no se habían besado ni una sola vez.

Se acomodó la ropa un poco y salió por la puerta de atrás, sin preocuparse por ir a saludar a Big Jake. Un poco por vergüenza y un poco por jactancia. Con el dinero que le dejaba cada dos meses por sus provisiones, ese hombre podía aceptar tanto los cuernos como aquella pequeña descortesía.

Fuera lo esperaba Doug Collier, su ayudante. Cuando lo vio salir liberó los caballos del poste al que estaban atados. Montó el suyo y llevó por las riendas el del jefe hasta la entrada. Era alto y delgado y llevaba un sombrero de ala dura. Vestía pantalones de trabajo con los protectores de piel que usaban los vaqueros.

—¿Vamos a casa?

—No, tenemos otro compromiso, en Pine Point.

Quedaba a pocos kilómetros. Era una pequeña colina que se caracterizaba por la presencia solitaria de un gran pino en la cumbre, un punto de referencia exacto para los hombres de la zona y a menudo un lugar de encuentro.

Osborne subió al caballo con cierta dificultad. Se dijo que ya no tenía edad para montar una mujer y poco después un caballo. Con una ligera languidez residual en el estómago al pensar en Bess, espoleó al animal y, seguido por el otro, salió al trote corto, dejando atrás el Big Jake's Trade Center y a su fogosa dueña. Avanzaron en silencio, el uno junto al otro. Collier había aprendido a conocer las expresiones de su patrón y sabía que en determinadas situaciones no convenía hablarle. En el mejor de los casos, no contestaría.

En su momento no había dado mucho crédito a lo que se comentaba acerca de Osborne. Contaban que había acumulado una verdadera fortuna durante la guerra de Secesión comerciando con idéntica pasión patriótica tanto con los sureños como con los norteños, vendiendo a las dos facciones en lucha todo lo que era posible vender, información incluida. Al final de la guerra, con independencia de quién venciera, él habría ganado. Se decía que era un hombre codicioso y carente de escrúpulos. Pero, por otra parte, ¿quién no lo era, en esos parajes? Collier era un individuo capaz, según le conviniera, de creer en todo o no creer en nada. Desde que trabajaba para Osborne siempre se sentía bien. Cobraba con puntualidad su generoso salario, además de la comida y el alojamiento, como habían acordado. Por lo demás, su manera de pensar podía resumirse a que todo lo que sucediera a un palmo de su culo no le concernía.

Tal vez por eso todavía continuaba vivo.

Y planeaba seguir así el mayor tiempo posible.

Cuando llegaron a Pine Point, las personas con las que debían encontrarse ya los esperaban.

Collier sentía curiosidad, pero no lo dejó entrever. Mientras se aproximaban al árbol que dominaba la pequeña altura donde los aguardaban dos hombres a caballo, reconoció al indígena. Había oído hablar de él y sabía que en Cañón Bonito había matado él solo a tres hombres que lo habían molestado. Sabía que lo llamaban «One Feather», porque solía llevar un sombrero adornado con una pluma de águila, y que era hopi. Lo había visto un par de veces por aquella zona, y su cara inexpresiva le había provocado escalofríos. Por lo demás, no sabía mucho y no creía querer saber más. El otro hombre no le resultaba conocido, pero por la compañía que había elegido y por la manera como llevaba el arma en la funda sujeta al costado no debía de ser precisamente un santo.

Era joven, tenía barba y su expresión era la de alguien que cuenta ya más de una muesca en las cachas de la pistola. Cuando detuvieron los caballos frente a ellos, fue él quien se dirigió a Osborne.

—Buenos días, Clay.

El jefe mostró cierta impaciencia.

—Wells, debo recordarte que para ti soy siempre y solamente el «señor Osborne». Si sabes mantenerte en tu lugar, iremos bien. Yo pido y pago, y tú haces. En lugar de expresarte con una confianza que no te está permitida, dime si has hecho todo lo que te he pedido.

El hombre montado a caballo, el llamado Wells, no respondió a la reprimenda. En todo caso, no pareció muy impresionado.

—No, señor Osborne.

Imitó la voz del otro al pronunciar la última parte de la contestación, para exclusivo beneficio de su interlocutor. Ahora exhibía una sonrisa que lo enfadó.

—¿Y por qué?

Wells se encogió de hombros.

—No ha sido posible. Al parecer, los Lovecraft son una familia tranquila pero muy decidida. Los hombres que usted mandó, los que me acompañaron, se lo pueden confirmar.

—¿Dónde están Lewis y Colman?

—Les he dado permiso para que se fueran.

Osborne se quedó un momento perplejo antes de estallar, como si no creyera a sus oídos.

—¿Que... les has dado... qué?

Wells se mantuvo impasible.

—Ha oído usted bien. Los he dejado libres. Para nuestra charla prefiero no contar con demasiados testigos. Creo haber entendido lo que tiene usted intenciones de hacer, y se me ha ocurrido una idea mejor.

Osborne sintió que por dentro crecía su ira. Su voz se volvió estridente al subir de tono.

—Tú no debes tener ideas. No te pago para pensar, sino solo para obedecer mis órdenes.

El otro calló un instante, pensativo, reflexionando.

—Ya. Usted no quiere gente que piense. ¿Es por eso que anda con esa especie de mono que monta a su lado?

Todo ocurrió a tal velocidad que Osborne solo consiguió darse cuenta cuando el cuerpo de Collier cayó a tierra con una mancha de sangre que se ensanchaba sobre la camisa. Un segundo antes, apenas había adivinado con el rabillo del ojo el movimiento de su ayudante en el intento de sacar la pistola. No llegó a ver el arma de Wells, tan rápido había sido. Oyó el estrépito. Luego, una nube de humo y el olor penetrante de la pólvora.

Cuando el humo se disipó, Wells continuaba sentado tranquilamente en su caballo, la pistola de nuevo en la funda. Lo único diferente era que había el cuerpo de un hombre en el suelo y que su montura vacía estaba manchada de sangre.

Wells se mostraba relajado como si acabara de beber un buen vaso de cerveza fría. Osborne, todo lo contrario. Como le ocurría siempre ante un muerto.

—¿Ve usted, señor Osborne, como en definitiva acabo de ganarme mi salario?

El hombre de hielo ostentó el tono exagerado de un niño satisfecho tras cumplir con sus tareas.

—Hoy, usted me había ordenado matar a un hombre. Y yo lo he hecho.

Señaló con la cabeza el cadáver de Collier. La sangre se esparcía alrededor del cuerpo tendido sobre un costado y teñía de rojo las agujas de pino.

—Con esto quedamos en paz.

Clayton Osborne conocía a los hombres y conocía a los asesinos a sueldo como Wells. Por suerte tenía un plan bien claro en la cabeza, de lo contrario en aquel momento los cadáveres habrían sido dos.

Así que se decidió a iniciar la inevitable negociación.

—¿Qué quieres, Wells? ¿Más dinero?

—No. O por lo menos no quiero los cuatro dólares que piensa ofrecerme...

Dejó un instante de suspense.

—Como le he dicho, usted tiene un problema y yo tengo la solución. Y estoy seguro de que le parecerá brillante.

Osborne soltó un suspiro de alivio. El hombre no iba a matarlo. No aquel día, al menos. Al fin y al cabo se trataba, como siempre, de una cuestión de dinero.

—¿Cuánto me costará?

Wells respondió con un conciliador encogimiento de hombros. Su actitud despreocupada no coincidía mucho con el hecho de que acababa de asesinar a un hombre.

—Ah, no se preocupe. Ya encontraremos una manera de ponernos de acuerdo.

—¿Qué significa «ponernos de acuerdo»?

En la boca de Wells surgió una sonrisa que pretendía ser ingenua pero que en cambio puso la carne de gallina al pobre señor Osborne.

—Significa que a partir de hoy somos socios a partes iguales, amigo mío. ¿Ahora puedo llamarte Clay?

Mientras la sonrisa de Jeremy Wells se hacía más amplia, Osborne se dio cuenta de que en todo ese tiempo el indígena llamado One Feather no había movido un solo músculo del rostro.

28

Colin Lovecraft condujo el caballo cuesta abajo con toda la prudencia posible. Equilibró el peso del cuerpo sobre la silla para permitir a su cabalgadura encarar del mejor modo el escarpado descenso. La senda que bajaba de los pastos altos por el lado sur del Humphrey's Peak era mucho más practicable, pero también mucho más larga. Bajar por este otro lado constituía una imprudencia, pero le haría ganar por lo menos tres horas.

En el despeñadero, que ahora se extendía en diagonal, crecían unos pocos y endebles arbustos de rosas silvestres y caoba de montaña que encontraban en las grietas de las rocas la tierra necesaria para arraigarse. Algo más adelante, al final de una formación natural semejante a un sendero excavado por el agua y la erosión del viento, la vegetación del bosque volvía a tomar posesión de su territorio tras aquella interrupción yerma y pedregosa del paisaje.

Colin amaba todo lo que lo rodeaba.

Los árboles, el sol, el cielo, el perfume húmedo de los pinos, la luz y las sombras que se proyectaban sobre la tierra y la vida, buscar y descansar con igual fuerza. La existencia era dura, pero abundante en colores que siempre le exigían una segunda ojeada. Tal vez aquella fascinación no resultara tan evidente para todos. Para muchos, aquella era todavía una zona para pasar deprisa, un lugar en el que el instinto humano de ir a ver qué había más allá no permitía considerar en toda su verdadera esencia.

Colin no era tan religioso como habría deseado Stacy. Dios era algo que le costaba imaginar, pero tenía tanta fe en su padre que se consideraba creyente por intermediación suya. Por eso, aunque no sabía de quién era la mano que había moldeado y pintado todo lo que lo rodeaba, pensó que sin duda se trataba de alguien que dominaba su oficio. Además, según él, solía proteger a los seres humanos que cuidaban lo que él había creado.

Cuando su familia decidió correr aquella aventura, Colin se entregó en cuerpo y alma, ansioso por descubrir y con el deseo de lo nuevo que debía de ser propio de la familia, dada la rapidez con que todos se adaptaron al diferente estilo de vida. Hasta su madre, la más sorprendida y apegada a la vida en la ciudad, parecía rejuvenecida desde que se habían establecido allí. Colin recordaba su salud delicada, su nariz enrojecida y los frecuentes accesos de tos durante la época invernal, malestares que ahora solo eran un recuerdo de Pittsburgh y del pasado. En una ocasión oyó sin querer una conversación entre sus padres. Estaban frente a la casa, el uno junto al otro, sumidos en la luz del crepúsculo, que quizá no llegaban a captar en todo su esplendor, distraídos por su mutuo e intacto cariño.

Ella se acercó al marido, buscando su presencia, con los ojos fijos en el azul intenso y en el sol rojizo del horizonte.

—¡Qué hermoso! Y pensar que cuando partimos temía este lugar como al diablo.

Stacy Lovecraft sonrió y apoyó una mano en el hombro de la esposa. La atrajo hacia sí y la rodeó con el brazo.

—Lo sé. Y te agradezco que vinieras de todos modos.

—No, yo te lo agradezco a ti. Desde que llegamos no consigo quitarme un pensamiento de la cabeza.

—¿Cuál?

La madre abrazó al padre. Era una mujer alta pero menuda, y al lado de él lucía aún más delicada.

—Ojalá lo hubiéramos hecho antes.

Colin se alejó sin revelar su presencia, con una especie de pudor por haber sido testigo de esa escena de intimidad. Todavía no conocía a Thalena, y no podía comprender totalmente lo que experimentaban en aquel instante Stacy y Kathe Lovecraft.

Respiró hondo, y tuvo la impresión de que el aire le llevaba el perfume de su joven esposa indígena. Sintió un brinco en el estómago, como si tuviera dentro un pajarillo que agitaba las alas tratando de salir. Debía de tenerlo también en la cabeza, porque cada vez que pensaba en ella le parecía oírlo cantar. Desde el momento en que Thalena entró en su vida, todo cambió. Con ella descubrió el amor, y le enorgullecía saber que para ella había sido igual. Por la noche, cuando en la casa todos dormían, su esposa lo estrechaba con fuerza y guiaba sus manos por su piel ambarina y él la penetraba con el asombro temeroso que experimentaba cada vez que entraba en una iglesia. Después se quedaba despierto oyéndola dormir, con la sensación de que la noche era un lugar maravilloso porque contenía el perfume de los pinos, el canto de las aves nocturnas y la respiración suave de su esposa, que descansaba satisfecha entre sus brazos.

El caballo hizo un movimiento brusco que devolvió la atención de Colin a lo que estaba haciendo. Al otro lado del borde del declive, unas piedras cayeron rodando hacia el fondo del despeñadero. Al observar cómo se precipitaban hacia abajo experimentó un ligero estremecimiento imaginando lo que habría podido suceder si en lugar de esas piedras hubiera sido él.

Se concentró en el sendero y poco después alcanzó la mancha tranquilizadora de los árboles y los arbustos del sotobosque. Llegó a un pequeño claro que se abría algo más adelante y se apeó del caballo. Tanto él como su resistente animal merecían un descanso. Cogió la cantimplora de la montura y bebió un largo trago. Después se quitó el sombrero, echó en su interior abundante cantidad de agua y lo tendió al caballo, que ya la había olido y alargaba el hocico.

Una vez que el animal bebió, Colin se sentó tranquilamente sobre un tronco a masticar unos pedazos de carne seca que cortaba con el cuchillo que llevaba a la cintura, al tiempo que su cabalgadura se encargaba por su cuenta de abastecerse de su alimento cotidiano.

Colin Lovecraft se consideraba un hombre con la suficiente buena suerte para poder definirse como «feliz».

Había decidido adelantar un día su regreso a casa, dado que los animales que formaban su pequeño rebaño estaban en buenas manos. Los había dejado pastando, confiados al buen cuidado de sus dos ayudantes indígenas, Copper Pot y Juanito, elegidos por Eldero para que lo ayudaran y en quienes Colin confiaba por completo. Parecía increíble la influencia que ejercía ese anciano sobre el pequeño grupo de personas que habían decidido quedarse con él. Todos los hombres y las mujeres que vivían en el pequeño campo de Flat Fields parecían estar dispuestos a morir por Eldero, acaso porque eso era lo mismo que sabían que él haría por ellos.

Colin recordó la ceremonia de la boda con Thalena, un rito pagano que inspiraba una espiritualidad inocente, inspiradora, propiciatoria. Hubo danzas y cantos de sonido incomprensible que celebraban la vida mejor de lo que Colin había experimentado jamás en manifestaciones análogas de la civilización de su gente.

Después, mientras Thalena era atendida por un grupo de mujeres vestidas de Corn Maidens (las «Doncellas del Maíz»), figuras que simbolizaban el cambio de los estados y la fertilidad de la tierra, Eldero se acercó a él. Sin hablar, le indicó un sitio. Colin se encaminó hacia allí, seguido por Eldero, dos sombras que bailaban a la luz de las fogatas. Poco después se encontraron fuera del pequeño grupo de *hogan*, apenas iluminados por la reverberación de las llamas. En cierto momento, el anciano se detuvo y se volvió para quedar frente a él. Apoyó las manos en sus hombros y lo miró largo rato. Ojos oscuros, hundidos, magnéticos, que hablaban un idioma silencioso que Colin aún no era capaz de comprender. Luego, de pronto, tuvo la impresión de ser sacado fuera del cuerpo, como si por un instante Eldero hubiera ordenado a su mente que saliera para ocupar con su propia voluntad el lugar que acababa de quedar vacío. En ese extravío, Colin se encontró ante un rostro trémulo que le resultó familiar. Al fin comprendió que ese rostro era el suyo y que en ese trance estaba viendo el mundo a través de los ojos de Eldero.

Era algo antinatural, pero no le provocaba miedo. Colin percibió poco a poco que una gran sensación de paz se apoderaba de su interior. Ahora se sentía parte de todas las cosas que había a su alrededor. Ahora era una brizna de hierba, un árbol y luego una nube, y luego de nuevo él mismo, como si acabara de aprobar un examen y la tierra, los árboles, el cielo y las nubes hubieran aceptado comunicarse con él. Desde fuera, vio que su cara mostraba una sonrisa y, mientras se sentía lleno de bienaventuranza, se reencontró con sorpresa de nuevo dueño de sí y gozando de la sensación maravillosa que había encendido esa sonrisa.

En el rostro de Eldero se veía la misma expresión, pero su voz sonó profunda cuando le habló en su dificultoso inglés.

—Ahora has visto. Ahora sabes.

—¿Qué era?

—Shimah. El espíritu de la Tierra. Thalena es mi hija y forma parte de ese espíritu. Ahora, también tú. Vuestros hijos caminarán por el mundo y serán bendecidos.

Sin decir más, Eldero dio media vuelta y regresó hacia el campo. Cuando volvieron a la luz del fuego, Colin vio que Thalena dirigía una mirada ansiosa a su padre. No pudo leer la expresión con que Eldero respondió a la muda interrogación que contenían los ojos de su hija. A Colin le pareció ver que solo asentía levemente. Quizá fue un movimiento tan breve que costaba descifrarlo, o bien una pequeña ilusión provocada por el temblor del fuego. Pero el semblante de Thalena se distendió en una sonrisa, y sus ojos brillaron. Después se sentó al lado de ella y no preguntó nada más. No lograba acabar de entender lo que había ocurrido, pero debía de ser algo bueno, si su mujer parecía tan feliz.

Desde entonces no había vuelto a tener la ocasión de hablar a solas con el viejo jefe, pero no olvidaría jamás esa experiencia vivida en los ojos de Eldero.

Colin volvió a ponerse el sombrero húmedo, disfrutando de la fresca sensación en el pelo. Se levantó del tronco donde se hallaba sentado y se acercó al caballo, que pastaba dócilmente un poco más allá. Montó y lo apartó suavemente de la hierba. Debía de haber comido suficiente, porque bastó con un leve talonazo en los flancos para reanudar el camino hacia casa.

En esos vastos espacios los desplazamientos eran interminables, y más si se hacían solo. En tal caso, un hombre no disponía de más compañía que la del animal que montaba, la de su fantasía y la de una voz con la que cantar canciones. Colin Lovecraft poseía una buena voz y fantasía de sobra, pero la invertía toda en «construir» en su cabeza el momento en que Thalena lo viera y le echara los brazos al cuello.

Pasaron otras dos horas hasta que llegó a los alrededores de la casa, dos horas interminables. Era joven, y la impaciencia de la juventud hacía que los granos del reloj de arena cayeran mucho más lentamente de lo que corría la sangre por sus venas.

Salió del bosque, a la explanada sobre la que la familia Lovecraft había levantado su precaria morada. Ese había sido su primer refugio, un techo al fin, al cabo de meses transcurridos durmiendo al raso sin más protección, cuando llovía, que la cubierta impermeable de una carreta. Frente a él, un poco a la izquierda, se alzaba la estructura de madera de la casa nueva, que iban construyendo poco a poco. Más grande, más amplia, con habitaciones luminosas y un gran camino de piedra, según el deseo de su madre.

Un lugar donde ver envejecer a sus padres y crecer a sus hijos.

Poco importaba que fueran mitad blancos y mitad indígenas.

Le asombró no ver salir humo por la chimenea. Con tres mujeres en la casa, el fuego se mantenía siempre encendido, incluso en los días más calurosos del verano. Sin un motivo preciso, sintió que algo frío bajaba por su pecho y atenuaba el placer del regreso.

El humo de la chimenea era una señal de vida. Y ahora había solo inmovilidad y silencio.

Le resultó extraño que nadie saliera al terreno delantero para darle la bienvenida. De la pequeña vivienda sobre la ladera de la montaña no llegaba ningún signo de presencia humana. Dio un pequeño talonazo en los flancos del caballo para acelerar el paso. La sospecha de que pasaba algo malo se convirtió en certeza. A medida que se aproximaba, se abría la visión del lado opuesto de la casa.

Y entonces lo vio.

Junto a un arbusto de salvia silvestre que Kathe Lovecraft cultivaba a la derecha de la vivienda, apoyado sobre un costado, yacía el cuerpo de un hombre con una flecha que le salía por el hombro. Colin soltó un grito que resonó como un eco de muerte por todo el valle y espantó al caballo, que salió al galope. Bajó de la montura antes de lograr que el animal se detuviera totalmente y se precipitó hacia el hombre tendido de espaldas a él, al tiempo que rogaba a Dios que no fuera cierto lo que en el fondo ya sabía.

Stacy Lovecraft estaba muerto, con los ojos abiertos y la cabeza levemente vuelta hacia arriba, como si hubiera dirigido una última mirada a la montaña. Parecían dos estrellas apagadas en medio de la cara cubierta de la sangre que había manado de las profundas incisiones practicadas en el cuero cabelludo. Colin se estremeció de horror al darse cuenta de que a su padre le habían quitado por completo el cuero cabelludo. Y en ese mismo instante tuvo la seguridad de que el autor de ese acto perverso lo había cometido mientras la víctima aún vivía. En realidad, los ojos de ese cuerpo martirizado que había sido su padre habían mirado hasta el último segundo a los ojos de su asesino.

—¡Thalena! ¡Mamá! ¡Linda!

La voz salió de su garganta en cuanto la imagen de las mujeres atravesó su cerebro. Se puso de pie y corrió enloquecido hacia la casa. La puerta estaba abierta. En cuanto llegó al umbral y pudo ver el interior, el horror de la certeza se apoderó de su cuerpo y de su mente. Kathe Lovecraft yacía de espaldas junto a la chimenea. Con las manos aferraba el asta de la saeta que le había traspasado el pecho: era el mismo gesto con el que llevaba a casa las flores silvestres que recogía cerca del manantial. La flecha debía de haberla alcanzado en la puerta, y ella debió de tambalearse unos pasos hasta el lugar donde había caído. Se veía una silla tirada en el suelo, y bajo las patas, fragmentos del recipiente de barro cocido que solía adornar la mesa. Kathe conservaba su cabellera; Colin agradeció al cielo y a quienquiera que lo habitase que le hubiera ahorrado esa tortura.

—¡Thalena! ¡Linda!

Una vez más, nadie respondió a su llamada. Llegó sin aliento a la puerta del otro cuarto. Se hallaba apenas entornada, y el batiente de madera gris crujió ligeramente cuando lo empujó. Su hermana yacía acurrucada en la cama, como si estuviera dormida, con la cara vuelta hacia él. De una profunda herida en la garganta la sangre había manchado primero la ropa y luego la manta. Parecía imposible que un cuerpo tan pequeño pudiera contener tanta... parecía estar totalmente empapada.

Colin sintió que estaba a punto de enloquecer.

Gritó tan fuerte que le dolió la garganta, en la absurda esperanza de ver levantarse el cuerpo sin vida de Linda y oír que le contestaba la voz de su esposa. Volvió fuera, después de pasar, sin el valor de mirarlo, junto al cadáver de su madre.

—¡Thalena!

Llamó de nuevo con el mismo alarido desesperado. Como única respuesta obtuvo el mismo silencio. Mientras recorría los alrededores con una mirada obsesionada, Colin se dio cuenta de que en el corral faltaba un caballo, Metzcal, un pequeño zaino de carácter dócil. Era el preferido de Thalena, al que atendía ella misma. Esto encendió en Colin una tímida esperanza. No lograba comprender qué había ocurrido, pero probablemente ella había advertido el peligro a tiempo y había conseguido huir. Imaginó, con el corazón acongojado, a Thalena cabalgando en avanzado estado de gravidez, y los riesgos que correría el niño. Pero por lo menos no yacía en el suelo junto con los demás integrantes de su familia, con el cuerpo atravesado por una saeta o la garganta cortada.

Colin contaba poco más de veinte años, pero se dijo que no podía sentarse a llorar, como le pedía a gritos su corazón.

Intentó calmarse y reflexionar.

Las flechas que habían matado a su padre y a su madre eran sin duda de origen navajo. Medían, más o menos, cerca de un metro de longitud. Por lo poco que sabía, las saetas de esa medida solo las utilizaban ellos y los utes. Todos los demás indígenas fabricaban flechas más largas. Le parecía extraño que algún navajo hubiera atacado la familia de la hija de Eldero. Se preguntó quién podía haber cometido tamaña matanza. Y no debía de haber ocurrido hacía mucho rato, porque la sangre de las heridas aún estaba fresca.

Quienquiera que fuese, quizá se hallaba todavía por las cercanías. Al tiempo que pedía mentalmente disculpas a los cuerpos tendidos en el suelo, decidió que por el momento urgía ocuparse de los vivos. Si le pasaba algo también a él, no quedaría nadie para ayudar a Thalena. Se acercó al caballo y a la tranquilizadora culata de la escopeta guardada en la funda de la montura.

Ahora, antes que nada, debía encontrar a su esposa, estuviera donde estuviese.

Tal vez necesitaba su ayuda, o tal vez estaba herida, o...

Con esfuerzo obligó a su mente a detenerse en la primera posibilidad.

Aturdido por esos pensamientos, no oyó el rumor de la flecha que recorría el aire con sus pequeñas alas. Un segundo después se encontró mirando aturdido esa varilla de madera que se había hundido en su corazón. Luego, con la inexorabilidad de un ritual, un fino hilo de sangre salió de su boca, mientras las rodillas se le doblaban y caía hacia delante. Cuando se desplomó en el suelo, la fecha se rompió y el peso del cuerpo hizo que saliera por el hombro lo que de ella quedaba. Lo último que pensó Colin fue que no le importaba morir si Thalena lograba ponerse a salvo.

Durante un instante, permaneció en el aire un silencio irreal, como si el silbido de esa saeta hubiera ocupado el lugar de cualquier otro sonido de vida. Al final, de los matorrales de más allá del corral de los caballos asomó un sombrero decorado con una pluma. El indígena hopi One Feather se levantó de entre las matas en las que se hallaba agazapado y se acercó al cuerpo tendido. Dejó el arco en el suelo y se agachó junto al cadáver para comprobar que estuviera muerto.

Mientras el indígena volvía a ponerse en pie, la sombra de un hombre se alargó sobre el terreno que lo rodeaba.

La voz de Jeremy Wells sonaba irritada mientras daba al cadáver de Colin un ligero puntapié con su bota polvorienta.

—Este pobre desgraciado ha elegido el peor momento para regresar. El peor para nosotros y para él. Ahora la muchacha nos saca mucha ventaja.

One Feather se inclinó a limpiar el cuchillo sucio de sangre en la chaqueta del hombre al que acababa de matar.

—Podemos seguir sus huellas. No ha pasado mucho tiempo. La atraparemos, si quieres.

Wells confirmó su intención en tono seco.

—Por supuesto que quiero. Nos ha visto, y eso puede comprometerlo todo. Por suerte, también nosotros le llevamos una ventaja. En su estado, no podrá ir al galope. Y sin duda se ha dirigido a Flat Fields, el campamento de su padre. No debemos permitir que llegue a tiempo para advertir a Eldero. Perderíamos el factor sorpresa.

Mientras hablaban, se acercaron otros dos hombres, que habían salido al descubierto. Iban armados y podía apreciarse en su cara esa indiferencia ante el asesinato de otros seres humanos que solo puede dar una larga práctica con la muerte. Se llamaban Scott Truman y Ozzie Siringo, y eran buscados en varios estados por delitos menos graves que los de Jeremy Wells. Con él habían hecho negocios en diversas ocasiones y sabían que no convenía contrariarlo. Cuando los atrajo con la promesa de un trabajo ventajoso y definitivo no se hicieron de rogar.

Ni siquiera preguntaron si había que disparar y matar. Simplemente lo dieron por descontado.

Wells los oyó llegar y se volvió hacia ellos.

Truman, un sujeto de alrededor de cuarenta años, poco pelo y largos bigotes que le caían a los costados de la boca, se dirigió al jefe en tono casi aburrido.

—¿Y ahora qué hacemos?

—Coged los caballos. El trabajo todavía no ha terminado. Ante todo hay que encontrar a la muchacha y cerrarle la boca. Después debemos subir a Flat Fields y ocuparnos de los indígenas.

Ozzie Siringo lanzó un escupitajo de saliva manchada de tabaco de mascar. Se limpió la boca con la manga de la camisa de algodón.

—¿Podría haber problemas por los indígenas?

Wells meneó la cabeza, aprovechando la ocasión para desentumecerse los músculos del cuello.

—No creo. En total son unas quince personas, la mitad mujeres y niños. Y los hombres casi no tienen escopetas. Si los cogemos por sorpresa será todavía más fácil que con estos desdichados.

—Muy bien.

Sin más comentarios, los dos dieron media vuelta y fueron

hacia un lugar entre los árboles, donde habían escondido los caballos.

Wells y One Feather se quedaron solos. El indígena miraba un lugar indefinido de la montaña cuando habló en voz baja a su cómplice blanco.

—Te equivocas si subestimas a Eldero.

Wells lo miró asombrado. Conocía a ese hombre lo suficiente para considerarlo impermeable a las emociones. Su voz, ahora, contenía algo que sonaba a preocupación. De no haberse tratado de One Feather, habría sentido miedo.

—¿De veras? No es más que un viejo rodeado de cuatro locos que solo él sigue llamando guerreros.

One Feather bajó la vista al suelo y agachó la cabeza. Su voz parecía teñida por el temor a las palabras que pronunciaba.

—Tú no lo entiendes. Eldero es un *brujo* —dijo en castellano.

Wells sabía un poco de español y conocía el significado de esa palabra.

—¿Un hechicero, quieres decir?

—Sí, un hechicero muy poderoso.

Jeremy Wells era un asesino, y, como todos los asesinos, era asimismo un hombre práctico. Para él existían solo la causa y el efecto. Un golpe de espuelas, y el caballo partía al galope. Algunos dólares, y una puta se metía en su cama. Un disparo de pistola, y un hombre caía muerto en el suelo.

Nada más que causa y efecto. En su cabeza no había espacio para esas tonterías en las que creían los indígenas, todas esas fantasías sobre chamanes y espíritus y quién sabía qué más.

Sin embargo, esta vez parecía distinto. Conocía a One Feather y ahora tenía en los ojos, si no miedo, una viva aprensión.

Y un profundo respeto.

Mientras tanto, Ozzie y Scott habían salido de la protección de los árboles y se acercaban a ellos, llevando cada uno, por las riendas, un caballo.

Wells habló deprisa, antes de que se acercaran lo suficiente para poder oírlo.

—Si tienes miedo puedes quedarte aquí. Nos encargaremos nosotros.

Pronunció estas palabras casi con indiferencia, pero sabía que el hopi no reaccionaría con indiferencia a aquella insinuación. El hombre que sabía clavar una flecha en un corazón desde cincuenta pasos de distancia permaneció un instante en silencio.

Cuando contestó, su voz volvía a ser neutra, como siempre. Apenas contenía un leve rastro de compasión por ese hombre que no quería creer.

—Yo no tengo miedo. Eres tú quien debería tenerlo.

Poco después, Ozzie Siringo hizo que el caballo que llevaba de las riendas se detuviera mansamente a su lado.

Mientras ponía el pie en el estribo y se acomodaba en la silla, pensó en las palabras de One Feather. Jeremy Wells no pudo evitar una extraña sensación de inquietud.

29

Sentada precariamente en el lomo de Metzcal, Thalena cabalgaba el caballo tan rápido como su estado de gravidez le permitía. Estaba acostumbrada a cabalgar a pelo desde niña, de modo que ello no le significaba ningún problema. Desde que Cochito, su único hermano, fue asesinado por error por un soldado ebrio, su padre la había considerado el varón de la familia y le había enseñado a montar como un hombre. Se aferraba sin esfuerzo a las crines y agradecía en su mente la seguridad y la fuerza de ese noble animal al que debía la vida.

Todo había ocurrido con una rapidez pasmosa. Ella salía del lado izquierdo de la casa, donde guardaban en un pequeño cobertizo el alimento para los caballos y otras provisiones, para protegerlos de las correrías de los mapaches. Con un cubo lleno de pienso se dirigía al corral para ocuparse de Metzcal. Mientras se aproximaba a la cerca, sintió que el niño hacía un fuerte movimiento en su vientre, y enseguida notó una intensa sensación de presión en la vejiga.

Con una sonrisa, se dijo que el hijo de Colin iba a tener mucho carácter, si ya antes de nacer le causaba tales incomodidades. Superó la franja de matas que bordeaba el lado derecho de la construcción y, cuando se había alejado lo suficiente para disponer de intimidad, se levantó la falda y se acuclilló a orinar. Era una mujer indígena, acostumbrada a la vida al aire libre. Para resolver ciertas necesidades urgentes no tenía los problemas de Kathe y Linda, que habían pedido y obtenido que se construyera a cierta distancia de la casa un pequeño y rudimentario retrete de tablones de madera.

Desde el lugar donde se hallaba, entre los matorrales, vio que su suegro, *bizháá' ád jílíní* Stacy, salía de la casa y se encaminaba hacia donde se encontraba ella hasta hacía unos instantes. Había dado unos pocos pasos cuando de la nada salió silbando la primera flecha. Le dio en la espalda y el hombre se desplomó sobre un costado con un grito sofocado. Poco después, Kathe se asomó a la puerta, probablemente atraída por la urgencia dolorosa de ese gemido. Una segunda flecha la alcanzó a ella, en el pecho. La fuerza del golpe la hizo retroceder, tambaleándose, hacia el interior de la vivienda. Luego, se oyó el ruido de una silla caída y un cuenco que se rompía.

Llegó un hombre corriendo, silencioso como la muerte que acababa de arrojar con sus flechas. Entró veloz en la casa, seguido de otro. Después Thalena oyó que Linda gritaba aterrada, y luego nada. La esposa de Colin se metió en la boca una parte de la manga de gamuza de su chaqueta y la mordió hasta que le dolieron las mandíbulas, para evitar echarse a gritar.

Los reconoció enseguida. Eran dos de los hombres a los que había visto el día anterior: el hopi de la cara picada de viruela y el blanco de barba y ojos malvados. Al vivir en un campamento indígena, Thalena había crecido con el constante peligro de sufrir incursiones. En esos casos, la primera preocupación consistía en no dejarse descubrir y ponerse a salvo. Ignoraba por qué esos hombres habían atacado la casa, pero estaba segura de que si la encontraban la matarían también.

Avanzó agachada, para mantenerse al amparo de las matas de salvia, hasta llegar al corral de los caballos, y abrió la verja tratando de que no crujiera al manipular las correas de cuero que la cerraban. Se acercó a Metzcal y, ocultándose tras el cuerpo del caballo, lo guió fuera. Mientras lo montaba con esfuerzo, rogando que el niño no eligiera ese momento para moverse de nuevo, otros dos hombres salieron del bosque que se extendía frente a la casa. Iban a pie, por lo que Thalena dedujo que sus caballos estaban atados a cierta distancia entre los árboles para impedir que algún relincho delatara su presencia. En la medida en que podía, se recostó sobre el lomo de Metzcal. Era bastante improbable que los hombres no la vieran, y un disparo de escopeta constituía un peligro considerable, incluso desde esa distancia.

Echó al galope a su cabalgadura, al tiempo que pedía mentalmente disculpas al niño que llevaba dentro. Mientras se alejaba del lugar de esa matanza cuyo motivo ignoraba, Thalena pensó con alivio que Colin, en aquel momento, se hallaba a salvo en los pastos altos, protegido por los hombres elegidos por Eldero. No llegaría hasta el día siguiente, de modo que ella disponía de bastante tiempo para avisarle de lo ocurrido y librarlo del peligro.

Ahora iba a advertir a Eldero. Él sabría qué hacer. Thalena estaba convencida de que ese ataque no era más que el primer paso de un objetivo mayor y que, fuera lo que fuese lo que esos hombres tenían en mente, todavía no había terminado. Rogó a su protectora, la Mujer Araña, que no les pasara nada malo a su marido, a su hijo y a su gente.

Por diversos motivos decidió no dirigirse a Flat Fields. En primer lugar, esos hombres la conocían, y enseguida deducirían que allí sería donde iría. En segundo lugar, el camino hacia el campamento indígena era largo y difícil, y Thalena sabía que no encontraría allí a su padre. En ese período del mes Eldero subía solo a la montaña para hablar con los espíritus e invocar su protección. Permanecía algunos días en completo ayuno en su lugar sagrado, que ella había visto una sola vez, de niña, pero que confiaba poder localizar.

Para su suerte, el sol estaba aún bastante alto y hasta en la maraña del bosque se filtraba la suficiente luz como para permitirle orientarse con precisión.

Guió el caballo por un desvío, manteniendo la luz a su derecha como punto de referencia. Sabía que los cascos de Metzcal iban dejando en el terreno huellas que los hopi podrían seguir sin dificultad. Sin embargo, algo más arriba había un arroyo por el que Thalena se proponía avanzar durante un trecho, hasta un punto en el que lo dejaría para aprovechar la ventaja de proseguir por una zona rocosa.

Ello no impediría al indígena descubrir tarde o temprano adónde se había dirigido, pero le costaría más. Era la única forma de ganar algo de tiempo, que en aquel momento era el bien más precioso.

El vientre le molestaba un poco y temía que los bruscos movimientos afectaran al niño. Por otra parte, no podía dejar de correr en busca de ayuda. Todavía llevaba grabada en los ojos la imagen de dos personas atravesadas por una flecha y el grito aterrorizado de una niñita de trece años que...

Al crecer junto a un hombre como Eldero, Thalena siempre había estado en contacto con su sabiduría, heredada de los humanos y de los dioses. Como todos los indígenas, sabía que la muerte era la otra cara de la vida, y que nadie podía eludirla. Como todos ellos, había aprendido a convivir con la muerte y a creer que era solo un regreso a Shimah, el espíritu de la Tierra del que habían surgido todos los seres humanos.

Sin embargo, la fe o el conocimiento no le servían de ayuda cuando pensaba en esas personas queridas a las que había dejado tiradas y muertas en una casa que hasta hacía pocas horas representaba para todos ellos la esencia de la vida misma.

En ese momento se concedió llorar, porque sabía que en poco rato, frente a su padre, no se le permitiría. Desde la muerte de su único hijo varón, Eldero había depositado en ella todas las expectativas malogradas con la desaparición de Cochito.

Después, frente a él, no lloraría.

Pero ahora era solo una joven mujer que esperaba su primer hijo, a la cual unos hombres, sin que ella comprendiera por qué, habían arrebatado casi todo lo que poseía. Dejó que las lágrimas fluyeran de sus ojos libres como la lluvia que, en aquella tierra de desierto y sequía, salvo el paréntesis verde de la montaña, todos consideraban una bendición.

Mientras veía el mundo a través del filtro de las ramas y las lágrimas, llegó al arroyo. El agua de los ojos se mezcló con la que corría a sus pies, y juntas se llevaron ese instante de abatimiento.

Se obligó a pensar en Colin, su marido.

El recuerdo de su cara le devolvió las fuerzas que en aquel momento empezaban a flaquear. Debía resistir y continuar, para que él estuviera orgulloso del coraje de su esposa. Ella era la mujer que él había elegido y a la cual había encomendado la misión de traer al mundo a su hijo, un hijo importante, que algún día sería un gran hombre y como tal caminaría por el mundo con la valentía y la sabiduría de un jefe.

Remontó la corriente hasta llegar al lugar, a la derecha del arroyo, donde se abría el ancho trecho rocoso en el cual los cascos del caballo apenas dejarían un rastro difícil de seguir.

Además, al llegar al arroyo, sus perseguidores deberían dividirse y recorrerlo en ambas direcciones para tratar de descubrir hacia dónde se dirigía. Esto los retrasaría aún más. Thalena se concedió un pequeño respiro de esperanza y antes de proseguir por terreno seco dejó beber a Metzcal.

Ahora el camino, más accidentado, no permitía que el caballo avanzara con la rapidez que ansiaba la urgencia de Thalena. Los cascos resonaban sobre las piedras con un ruido sordo que sonaban más fuertes que disparos.

Pese a todos sus razonamientos y a la prudencia con que obraba, no conseguía evitar, de vez en cuando, volver la cabeza para vigilar el camino que iba dejando atrás. Temía oír de un momento a otro el ruido de cascos herrados y ver surgir entre la maraña de los árboles a cuatro jinetes lanzados en su persecución, guiados por un indígena que llevaba una pluma en el sombrero y la muerte como trofeo.

Continuó hasta alcanzar la protección del bosque. Al cabo de un rato que le resultó interminable, llegó a un tronco doblado contra la tierra por la fuerza del viento y el peso de la nieve.

Era la señal que recordaba. Después de haber bordeado la gran montaña, manteniéndose siempre a la misma altura, se desvió rumbo al este y comenzó a subir hacia la cima. Sabía que en lo alto, en algún lugar, estaba el lugar de meditación de su padre, el sitio que Eldero definía en su lenguaje secreto como *Áá*, «Allá». No obstante, debía prestar suma atención, porque el acceso se hallaba oculto entre unas rocas que una mirada distraída no lograría encontrar.

Había estado con su padre en aquel lugar hacía años, cuando era apenas una niña. Subió en la grupa del caballo de él. Pese a la curiosidad ingenua de la infancia, sentía de algún modo el carácter sagrado de lo que su padre iba a compartir con ella. Cuando llegaron a la meta, Eldero se apeó del caballo pero dejó a la niña en la montura. Le recomendó que, durante su ausencia, no posara los pies en el suelo por ningún motivo, como si la Tierra, en aquel lugar, en vez de ser una Madre fuera un peligro.

Luego se alejó y tras subir un corto trecho desapareció en un paso estrecho entre dos rocas. De no haber visto el cuerpo del padre entrar y esfumarse por ese reducido espacio, Thalena no habría sospechado nunca que allí pudiera haber una abertura.

Eldero tardó un buen rato y, cuando regresó, su espíritu, al igual que su andar, parecía más ligero. Volvió a montar con agilidad y le rodeó los hombros con los brazos.

Thalena sintió sus ropas todavía impregnadas de la oscuridad y el frío de la cueva, y la recorrió un escalofrío. Luego su padre le mostró su mano abierta, en cuya palma brillaba un amuleto redondo de plata que reproducía de forma aproximada la figura de Kokopelli, el flautista mágico, el señor de la abundancia, el que les advertía, acostándose sobre la espalda, de la llegada del hambre. Sin duda habían hecho ese amuleto fundiendo uno de los dólares de plata que el hombre al que todos llamaban Washington les había dado junto con la tierra.

Ella no veía la cara del padre, pero por el tono de la voz profunda que sonaba a sus espaldas comprendió que estaba viviendo un momento importante.

—Esto es para ti. A partir de hoy no debes quitártelo nunca.

La atrajo hacia él y se lo colgó al cuello con un pequeño lazo de cuero. Thalena levantó sus manos de niña para tocar el objeto que pendía sobre su pecho enjuto.

—¿Qué es?

—Protección y fortuna. Y todo lo que tú creas que es.

Tras esas pocas palabras de mil significados, espoleó al caballo y emprendieron el camino de regreso. Thalena no volvió nunca más a ese lugar que Eldero, en su fantasía de sabio, denominaba simplemente *Áá*, como si Allá fuera donde comenzaba y terminaba el mundo. Muchos años después, al casarse con Colin, algo le recordó aquella tarde. Concluida la ceremonia, su marido le preguntó la razón y el significado de un regalo de Eldero. Abrió la mano y Thalena se sintió proyectada hacia atrás en el tiempo al ver en su palma el centelleo de una pequeña figura de plata casi igual a la que ella aún llevaba al cuello.

Colin la miró con sus ojos de joven apenas convertido en hombre.

—¿Qué es?

Le hizo la misma pregunta que ella había hecho tanto tiempo atrás. Thalena le respondió con las mismas palabras.

—Protección y fortuna. Y todo lo que tú creas que es.

Se alzó en puntas de pie y le colgó del cuello el amuleto.

—A partir de hoy no debes quitártelo nunca.

Colin aprovechó el gesto para abrazarla e intentar besarla. Thalena se apartó con una sonrisa complacida, entre las risitas y las miradas sugerentes de las mujeres del campamento que habían presenciado la escena.

Ahora el camino se componía de luces y sombras, de tramos sumergidos en el bosque y claros abiertos a los rayos del sol. Continuó subiendo hasta que llegaron a sus oídos las notas suaves de una flauta de caña. Thalena se preguntó quién podría tocar una música como aquella en un lugar tan remoto, pero decidió seguir la dirección que le señalaban las notas. Atravesó con esfuerzo los intrincados arbustos de rosas de montaña que formaban una especie de barrera en torno de un grupo de alisos.

Cuando salió al descubierto, reconoció el lugar y lo vio.

Eldero estaba sentado sobre un peñasco, con las piernas cruzadas. Con los ojos cerrados, movía con agilidad las manos sobre los agujeros de la flauta apoyada en su boca. Era una música lenta y dulce, una melodía simple pero que parecía abarcar y contener la perfección de la naturaleza que lo rodeaba, como escuchándolo. Thalena se sorprendió ante lo que veía y oía. No sabía que su padre fuera capaz de tocar la flauta. Nunca se lo habría imaginado, y menos aún con semejante capacidad evocadora.

A pesar de la urgencia que la golpeaba en el pecho y las sienes, le costó interrumpir ese momento de contacto con algo que apenas conseguía imaginar. Durante unos instantes se quedó escuchando al borde del espacio rocoso, abierto como una herida entre la vegetación.

Luego Eldero percibió su presencia y abrió los ojos.

La música terminó de golpe, y quedaron solo el silencio y las miradas de ambos.

Por la manera como se levantó, Thalena se dio cuenta de que su padre había comprendido de inmediato que algo malo ocurría. Su presencia significaba muchas cosas, y ninguna de ellas podía ser buena. Thalena espoleó al caballo para que trepara hasta donde el jefe de los navajos de Flat Fields se hallaba de pie, con los ojos ya llenos de malos presagios, ansioso por saber qué la había llevado hasta allí.

Ella aceptó sin vergüenza que la ayudara a bajar del caballo.

Apenas tocó el suelo sintió como si su cuerpo se vaciara de toda energía, y se apoyó en el consuelo de los brazos del padre.

—¿Cómo has logrado llegar hasta aquí?

—Recordaba el camino. Sabía que te encontraría en este lugar.

La expresión de Eldero se suavizó por un instante, complacido por las cualidades de su hija, tan sobresalientes que no hacían añorar las de ningún hijo varón.

—¿Por qué?

—Están todos muertos, *bizhé'*.

Se sentaron el uno junto al otro sobre el peñasco tibio de sol, y Thalena le contó lo sucedido. Le habló también del día anterior, cuando esos hombres fueron por primera vez a la casa, y cómo Kathe los echó amenazándolos con la escopeta. Y luego le contó, tratando que el llanto no le entrecortara la voz, que habían regresado y matado a todos los integrantes de la familia.

Cuando iba a decirle cómo se había salvado ella, sintió un dolor en las vísceras, como si un hierro candente le atravesara la carne. Poco después sus muslos se empaparon de líquido. Comprendió que había roto aguas y comenzado el parto.

Llegó una nueva punzada. Para resistir el dolor, se apoyó sobre un costado, aferrándose al hombro de su padre. Mientras él la ayudaba a recostarse sobre el peñasco, Thalena pensó en Colin. Se dijo que ese hijo suyo, de carácter ya rebelde, había elegido el momento menos indicado para nacer.

30

Solo cuando llegó a las proximidades del campamento, Eldero vio los cuervos.

En lo alto, por encima de Flat Fields, volaban como negras profecías, trazando arcos oscuros y quebrados en lo que quedaba de azul en el cielo del ocaso. Sintió que aquello que había temido durante todo su viaje desde el *Áá* hasta su pequeña aldea se había convertido en realidad.

Por mucho que se repitiera que debía obrar con prudencia, no pudo evitar echar su caballo al galope.

Un rato antes, al comenzar los dolores, había asistido a Thalena en el parto. Fue una niña, y él y la madre la ayudaron a venir al mundo tal como les había enseñado la vida nómada. Después la lavaron con el agua del pequeño odre que Eldero llevaba sujeto a la silla de su caballo, y la envolvieron en una de las mantas de jefe que él cargaba consigo como símbolo de su poder. Cuando vio que Thalena se encontraba bien y miraba con amor de madre a su hija que se alimentaba de su pecho, se puso de pie.

—Ahora debo irme.

Tanto él como Thalena sabían que era necesario. Ya habían perdido mucho tiempo, y ello podía significar la imposibilidad de salvar vidas.

—Ve. Yo estaré bien aquí. Busca a Colin y cuéntale que tiene una hija.

Eldero le dejó las pocas provisiones de que disponía. Luego salió de la cueva, montó su mustang y partió tan rápido como le permitieron el terreno y las patas del caballo. Durante todo el viaje no cesó de preguntarse quiénes serían esos hombres y cuál podría ser la razón de aquella matanza. Por las descripciones de Thalena había deducido quién podía ser el hopi que formaba parte del grupo de asesinos. One Feather era famoso tanto por su habilidad con el arco como por su crueldad y su indiferencia por la vida humana. Se contaba que un día cortó los pies de un hombre, le clavó unos pedazos de madera y lo obligó a correr antes de matarlo. La presencia de One Feather entre los ejecutores de la matanza dejaba lugar a hipótesis que ahora el vuelo de los cuervos no hacía más que confirmar.

Manteniéndose al amparo de los árboles, llegó a las cercanías del campamento. Se apeó del caballo y lo dejó suelto, pues sabía que no haría nada que pudiera delatar su presencia. Se echó al suelo y, empujando delante de sí la escopeta, avanzó en una posición en la cual podía abarcar todo el lugar de una sola ojeada.

No vio más que muertos.

Por todas partes, en un amplio radio en torno del pequeño grupo de *hogan*, había solo cadáveres. Hombres, mujeres, niños, todos sorprendidos durante una normal y pacífica actividad cotidiana, asesinados sin darles tiempo a reaccionar. Hasta Bonito, su perro, yacía muerto en el suelo. Alcanzaba a ver su cuerpo tendido en la hierba, el pelo amarillento manchado de sangre por una herida abierta un poco más abajo del omóplato.

Buscó señales que pudieran revelarle si los que habían cometido el crimen se encontraban todavía por allí. Pronto se convenció de que se habían marchado, sin duda para perseguir a la única presa que aún escapaba a su ira.

Thalena.

Se levantó y salió al descubierto. Avanzó hasta la primera vivienda de barro, y de inmediato su dolor se convirtió en cólera. Mientras pasaba junto al cuerpo de un niño con la cabeza casi destrozada por un disparo de escopeta, se prometió que los culpables de esa matanza lo pagarían con sufrimientos indescriptibles, en esta vida y en la otra. Cualquiera que hubiera sido capaz de tanta crueldad no tenía derecho a una muerte honorable ni a una eternidad de olvido. Al atravesarla, vio los cuerpos de los que poblaban su pequeña aldea. Todos ellos eran personas a las que conocía desde hacía años, que habían formado parte de su vida, en la esperanza de que fuera pacífica. Y cuando necesitaron su protección, él se hallaba lejos. Ahora no podía hacer más que formar, también él, parte de esas muertes.

Se detuvo unos instantes ante el cuerpo de un hombre llamado Little Joseph, uno de los mejores jinetes que hubiera conocido nunca. Yacía en el suelo, con el pecho desgarrado por el disparo de un arma de fuego. Junto a la mano derecha se hallaba su cuchillo manchado de sangre. Su mano izquierda agarraba un jirón de tela, que parecía un pedazo de una camisa de hombre.

Little Joseph debía de haber herido a uno de sus atacantes, antes de que tuvieran tiempo de sacar la pistola y hacerle ese agujero en el pecho del cual los espíritus le habían absorbido la vida.

Eldero se agachó y cogió de la mano del muerto ese pequeño testimonio de su valor. Levantó del suelo el cuchillo manchado con la sangre del asesino y lo limpió en la tela, que se tiñó para siempre de rojo.

Pronto, ese pedacito de tela le serviría de mucho.

En ese momento algo le llamó la atención, un poco más allá del límite del campamento, del otro lado de donde había llegado él. Fue corriendo hasta el cuerpo tumbado en el suelo, rogando que sus ojos de hombre ya mayor lo hubieran traicionado y que en realidad no fuera cierto lo que creía haber visto.

Pero cuando llegó junto al cadáver, su vida quedó suspendida durante unos segundos. Se dijo que en aquel instante, en la montaña, esperaban dos mujeres: una no vería nunca más a su marido, y la otra jamás conocería a su padre. Ante él, tendido de espaldas con los ojos vueltos hacia el cielo y el pecho atravesado por una flecha, yacía el cuerpo de Colin Lovecraft, el hombre blanco de los ojos sinceros con el que se había casado su hija.

Se inclinó sobre el cadáver de su *baadaaní*, su yerno. Le pasó las manos alrededor del cuello hasta sentir bajo los dedos una correa de cuero. La quitó por la cabeza de ese pobre joven y sostuvo en sus manos el amuleto de plata con la figura de Kokopelli, igual al que, en una ocasión, él había dado a Thalena.

Le limpió la sangre y lo guardó en el bolsillo de su chaqueta.

Se levantó sobre sus piernas de hombre.

A pesar del dolor y la ira, Eldero conservaba la frialdad suficiente para sentirse perplejo. Y su perplejidad fue aún mayor cuando un poco más allá encontró el cuerpo de otro hombre blanco, el que un día le dijo que se llamaba Stacy, cuando fue a sellar un compromiso de amor junto a su hijo. Lo habían herido en la espalda y después de muerto le habían arrancado el cuero cabelludo. A un par de pasos de distancia había una escopeta, y junto al cuerpo, el cadáver de Many Steps, otro de los hombres de su campamento, que todavía sujetaba en una mano un cuchillo manchado de sangre y en la otra un sanguinolento cuero cabelludo.

Todo parecía demasiado evidente para ser cierto.

Intentando hacer caso omiso de las moscas y del olor de la muerte, Eldero se sentó en el suelo con las piernas cruzadas, concentró su mente y pidió ayuda al espíritu que lo había guiado siempre. Un velo negro se deslizó sobre sus ojos y por un instante vio...

... el viento llevaba el olor de los jinetes. Venían del oeste, con el sol a la espalda. Disparaban primero a los pocos hombres capaces de defender el campamento. Eran solo cuatro, pero no les costó dar cuenta de ellos, aunque Little Joseph consiguió herir a uno. Había un indígena que actuaba con la misma frialdad y rapidez que la muerte. Y un hombre joven, de barba, que se apeaba del caballo y parecía disfrutar al matar a sangre fría

a todas esas personas inermes que corrían alrededor de él tratando de ponerse a salvo. Era él quien disparaba al niño y también a Bonito, el perro que se le había acercado, ladrando y rechinando los dientes, para atacarlo.

Y también era él quien...

Tal como había llegado, la visión se desvaneció, pero Eldero ya tenía la confirmación que necesitaba. Thalena le había dicho que a su *bizhá' áád jílíní*, el padre de su marido, lo habían asesinado en su casa, a muchas millas de allí. No le había hablado de Colin, pero Eldero tenía motivos para suponer que el joven había regresado a su casa guiado por la mala suerte. Debió de llegar poco después de la huida de Thalena, justo a tiempo de morir con su familia.

Pero si todo había ocurrido en otra parte, ¿por qué llevar los cadáveres hasta allí?

¿Y por qué solo a esos dos hombres?

Eldero conocía a los seres humanos y sabía de qué eran capaces a veces. Una pequeña luz se abrió paso en la oscuridad de su desconocimiento, y poco a poco empezó a entenderlo.

Quizá llegaría a deducir el motivo por el que esos hombres se habían tomado la molestia de arrastrar esos dos cuerpos hasta Flat Fields.

Era todo una puesta en escena.

Las flechas que sobresalían de los cuerpos de Colin y su padre eran de origen navajo. Eldero estaba seguro de que, si bajaba hasta la casa de los blancos para ver las que habían matado a las mujeres, serían iguales. El propósito era hacer creer que se trataba de un ataque de la gente de Eldero aprovechando la ausencia de los dos hombres, y que a continuación estos, tras regresar y ver lo ocurrido, habían ido hasta el campamento en busca de venganza.

Durante el enfrentamiento, todos habían muerto.

Esa era la razón de la presencia de los cuerpos de los dos blancos.

Y el motivo por el cual nadie debía sobrevivir para contar una verdad embarazosa.

Si había deducido bien la finalidad de tamaña representación, se trataba de algo carente de toda lógica. Pero por aquellos lares la justicia de los blancos, cuando se trataba de los indígenas, no se esforzaba mucho por cumplir su deber.

Lo que aún ignoraba era el motivo, pero no era tan importante como su deseo de justicia, la verdadera, la única posible, la única que ansiaba aplicar.

La suya.

Se levantó y volvió junto a su caballo, dejando a los cuervos los restos de esos pobres muertos. Se dijo que los responsables de aquella matanza pagarían también por ello. Mientras tanto, el sol ya empezaba a ponerse tras la silueta de la gran montaña. El aire se hacía más transparente, como cada atardecer al prepararse para adquirir el color de la noche.

Disponía de poco tiempo.

Debía apresurarse, porque con la oscuridad no conseguiría seguir el rastro de los hombres. Y nada deseaba más que encontrarlos. Aunque sentía que el coraje y el sentido de justicia combatían en su interior contra la razón.

Estaba solo y no podía hacer mucho contra cuatro individuos fuertes, decididos y bien armados. Ni siquiera tenía la posibilidad de arriesgarse demasiado porque, en aquel momento, él era la única referencia que les quedaba a Thalena y a su hijita.

Regresó a los arbustos donde se había ocultado y encontró el mustang en el lugar exacto donde lo había dejado. Lo montó y comenzó a escrutar el lado oeste siguiendo líneas paralelas hasta que halló señales de la llegada de los asesinos. Eldero sabía distinguir mejor que nadie las marcas que hombres y animales dejaban en la tierra, como si la propia tierra se abriera como una flor al alba para mostrar sus secretos a ese hijo tan cercano a su esencia.

Había en el terreno huellas de cuatro caballos que bajaban al galope, y en su secuencia se hallaba escrito todo lo sucedido en aquel lugar. Los cascos estaban todos herrados, lo que demostraba que One Feather había asimilado las costumbres de los blancos. Después de la matanza, dos jinetes se habían alejado para ir a coger otros dos caballos que se encontraban entre los árboles. Eldero vio huellas de la impaciencia de los animales y su reacción aterrada a los disparos. Después habían vuelto al campamento guiando a los animales que sin duda cargaban los cadáveres de los dos blancos, a los que habían dejado pastando para que no obstaculizaran el ataque.

Continuó dando vueltas hasta encontrar el rastro de los cuatro al marcharse. Poco más allá vio el cuerpo de una joven que había intentado desesperadamente alcanzar la protección del bosque. La habían matado justo antes de alcanzarlo.

Eldero la conocía, como conocía a todos.

Era la mujer de Copper Pot, uno de los hombres que él había asignado como ayudante del marido de Thalena para cuidar del rebaño.

Se apeó del caballo al ver una manta que la mujer había dejado caer, quizá para poder correr más rápido. Al tiempo que pedía disculpas a la muerta, la recogió y con un movimiento ágil volvió a montar el caballo.

Se alejó sin mirar atrás. Pensó en su pobre esposa, que había fallecido hacía tanto tiempo, cuando intentó, a una edad demasiado avanzada, traer al mundo otro hijo varón. Ella y el pequeño se habían ido juntos, como sucedía a menudo en esos casos. Él había llorado la muerte de ambos, pero ahora se dijo que no habría soportado ver a su mujer y a su hijo tendidos en la hierba asesinados por la furia de unos asesinos despiadados.

Siguió el rastro que se dirigía al este, del otro lado de donde habían llegado los atacantes. Por la humedad de la tierra musgosa supo que no debían de llevarle demasiada ventaja. No disponía de agua ni comida, pero no le preocupaba en absoluto. La convivencia con la naturaleza le había enseñado a encontrar alimento en los lugares más impensados, y el contacto con su espíritu, a desoír las exigencias de su cuerpo. Continuó tras las huellas, que perdía y volvía a hallar, hasta que cayó la oscuridad. Hizo un breve alto, a la espera de que la luna subiera lo suficiente para guiarlo con su luz pálida. Cuando las laderas de la montaña quedaron bañadas por una claridad plateada, reanudó la marcha, ayudado no solo por la luna sino también por su capacidad para distinguir en la oscuridad más profunda cosas que nadie más era capaz de ver. Sujetaba en una mano el jirón de camisa ensangrentada que había cogido de entre los dedos contraídos de Little Joseph. Eso lo ponía en contacto con el que había perdido esa sangre, establecía un vínculo que le indicaba el camino que recorrer para alcanzar a ese hombre.

Y en consecuencia a los demás...

Prosiguió durante casi toda la noche, hasta que vio contra el fondo de un pequeño valle que se abría a sus pies el temblor de un fuego entre los árboles. Lo habían encendido intentando evitar al máximo que se notara, pero aun así Eldero se quedó atónito. Esos hombres debían de sentirse muy seguros para permitir que las llamas del vivaque revelaran su presencia.

«El fuego y el agua son hijos rebeldes.»

Esto decía la sabiduría de Eldero, pero en ese momento le alegró que así fuera, porque de este modo el agua y el fuego se tornaban aliados suyos. Bajó de la cabalgadura sin soltar la manta que había cogido de la *squaw* muerta a un paso de la salvación. La cortó con el cuchillo y envolvió con los pedazos los cascos del caballo.

Era una precaución que le daría una pequeña ventaja en caso de que debiera atravesar un tramo rocoso. De cualquier modo, en algún momento debería dejar el mustang y continuar a pie, para no alertar a los hombres acampados.

Habría deseado tener consigo a los guerreros que conducía en los tiempos en que todos eran libres, mucho antes de que muriera Barboncito y Ganado Mucho ocupara su puesto en ese ridículo papel de jefe mandado por blancos. Y mucho antes de que Manuelito el Guerrero aceptara convertirse en el cabecilla de esa policía indígena que jamás entregaría a la justicia a ninguno de los asesinos a los que él había seguido hasta allí.

En otros tiempos habrían bajado de la montaña como las sombras de la noche y en pocos instantes esos hombres habrían muerto. Al día siguiente sus cueros cabelludos habrían sido colgados a secar junto a la puerta del *hogan* de la purificación.

Apartó de su mente ese momento de añoranza, ese instante de flaqueza. El pasado yacía sepultado en la tierra como una simiente, y él debía actuar solo cosechando los frutos del presente.

Eldero no pensaba nunca en el futuro, para no tener que pensar, al mismo tiempo, en el destino de su gente.

Dejó el caballo al lado del tronco de un enorme pino, y simplemente ató las riendas en una rama baja. Con ese sencillo gesto daba al animal la orden de no moverse, y además evitaba, en caso de tener que partir con urgencia, perder un tiempo precioso deshaciendo nudos.

Sin el menor ruido, se acercó a la luz de la fogata que un poco más abajo titilaba entre los árboles. Trató de distinguir el lugar donde los cuatro hombres habían atado los caballos. No temía que los animales lo oyeran llegar. Ante todo, porque se hallaba a sotavento, y además estaba seguro de que esos sujetos acostumbrados a matar, y por ende a ser perseguidos, utilizaban caballos adiestrados para no revelar su presencia.

Prosiguió con una lentitud que solo la prudencia justificaba. Al final llegó a una distancia suficiente para poder observar con tranquilidad a los hombres sentados alrededor de la fogata.

Se dijo que tanta prudencia había sido en parte inútil.

Junto a las piedras, dispuestas en forma de cono con una gruesa losa en lo alto para disimular al máximo la luz, brillaba el vidrio de una botella vacía. Eldero vio que era una botella de whisky y comprendió que los cuatro hombres dormidos a la tibieza del fuego estaban completamente ebrios.

Uno de ellos roncaba como un cerdo, con esos gruñidos sordos que solo provoca el alcohol.

Eldero conocía bien los efectos de esa bebida y recordaba los daños que había causado a todos los indígenas que se habían convertido en sus esclavos y aún lo eran. Volvía necios a los hombres sabios, frágiles a los guerreros y valientes en la batalla a los temerosos, en la medida justa para procurarles una muerte rápida y estúpida.

Sintió que una ira fría crecía en su interior. Esos asesinos estaban tan orgullosos de su fechoría que habían querido emborracharse para festejarlo. Estaban tan seguros de su fuerza que no imaginaban que alguien pudiera desafiarla.

Y ahora, si él hubiera querido, se hallaban a su merced...

En otros tiempos habría empuñado la escopeta y los habría matado a todos, uno por uno. O habría muerto en el intento. Ahora la sabiduría debía llenar el vacío dejado por los años transcurridos o, de lo contrario, habrían pasado en vano.

Thalena y la pequeña, solas en la montaña, lo necesitaban.

Por ellas, no debía correr riesgos. Sobre todo ahora, que contaba, para utilizar contra esos malditos, con un arma mucho más eficaz que un simple disparo de escopeta.

Se echó al suelo y observó mejor la escena que tenía delante.

One Feather dormía sobre una manta en el extremo izquierdo del campamento, de cara a la luz del fuego, sus mejillas picadas de viruela iluminadas por el resplandor. Probablemente se había tapado el rostro con el sombrero para protegerse del reflejo de las llamas, pero al moverse, durante el sueño, se le había resbalado. Al lado de One Feather, de frente con respecto al puesto de observación de Eldero, otro hombre dormía tendido de costado. Eldero no alcanzaba a verle la cara, pero reconoció sus ropas. Era el joven que en su visión disparaba al niño y a Bonito con expresión excitada.

Eldero contuvo el impulso de saltar al campamento y atravesarle el corazón con su cuchillo, y observó a los otros dos.

Dormían el uno junto al otro, de costado con respecto a él. Uno descansaba con la cabeza descubierta y un brazo doblado sobre la cara para resguardarse los ojos. No alcanzaba a verle el rostro, pero no le parecía muy joven. En el otro brazo, estirado a lo largo del cuerpo, se veía la camisa desgarrada hasta el hombro y un vendaje improvisado con lo que quedaba de la manga, teñido con su sangre. Eldero dedujo que se trataba del agresor al que Little Joseph había hecho probar la hoja de su cuchillo. En ese momento era lo que menos le importaba. De él ya tenía todo lo que necesitaba, de modo que dirigió su atención al otro.

Desde su puesto de observación veía una silueta envuelta en una manta y oculta bajo un sombrero de ala ancha. El hombre se había dormido estrechando en la mano el pañuelo que habitualmente debía de llevar al cuello. Eldero se consideró afortunado y no se preguntó por qué el asesino habría hecho eso. Acaso porque temía que le molestara durante el sueño, o acaso por alguna estúpida broma entre borrachos.

O porque los espíritus ayudaban a Eldero.

El detalle que le interesaba era que la mano se había abierto y ahora ese pequeño trozo de tela roja se hallaba a su alcance.

Se aproximó arrastrándose, pidiendo a la Tierra que lo ocultara entre sus brazos hasta donde fuera posible y le concediera los dones del silencio y la invisibilidad. La Tierra debió de atender su ruego, porque ni la menor señal de su presencia llegó a los hombres dormidos.

Continuaron su sueño sin advertirlo, mientras una sombra se aproximaba y se proyectaba para apoderarse de dos sombreros y un pañuelo. Ese gesto se tornó un triunfo en el pecho de Eldero pero careció de significado para el estupor plateado de la noche.

Obtendría justicia, y esos hombres pagarían con la peor de las muertes.

Aferrando su botín salió del círculo de las llamas y poco después llegó sin dificultad junto a su caballo, con un grito de satisfacción guerrera atravesándole silenciosamente el pecho. Mientras montaba y se alejaba sin hacer ruido, igual que como había llegado, se dijo que debía darse prisa.

Todavía le quedaba mucho camino por recorrer, antes de que saliera el sol.

31

Cuando Eldero llegó cerca de la cueva, el sol ya estaba alto.

En el trayecto de regreso no se preocupó demasiado por borrar sus huellas, pues confiaba en la ventaja que llevaba. Cuanto antes llegara a *Áá*, más deprisa terminaría todo. Solo necesitaría tiempo para llevar a cabo sus preparativos. Llegado ese momento nada ni nadie podría interrumpir aquello que solo él podía iniciar.

Todo quedaría concluido en pocas horas.

Entonces, de esos hombres con un alma tan negra como el lugar que los esperaba solo restaría sobre la tierra el recuerdo del mal que habían hecho y por el cual habían pagado.

Se aproximó a la entrada de la cueva y pronunció el nombre de su hija sin alzar mucho la voz. Dentro estaban el arco y las flechas que utilizaba para cazar cuando subía hasta allí. Thalena sabía usarlos con bastante habilidad, y ahora, trastornada por los hechos recientemente ocurridos, Eldero no quería que, además, cargara también en su conciencia la culpa de haber matado por error a su padre. Por otro lado, consideraba demasiado valiosa su vida para perderla antes de realizar la tarea que se había fijado.

La cara de Thalena asomó entre las rocas. Cuando se dio cuenta de que la voz que la llamaba era la de su padre, salió al descubierto. Eldero dejó el caballo y con pocos y ágiles pasos la alcanzó.

—¿Cómo está la niña?

—Bien. ¿Has visto a Colin? ¿Por qué no ha subido contigo?

Eldero la miró a los ojos sin decir una palabra. Era la misma mirada que le dirigió cuando tuvo que anunciarle la muerte de su hermano Cochito. Después se llevó una mano al bolsillo de la chaqueta y tendió a su hija el amuleto de plata que antes pendía del cuello de Colin.

Cuando lo tuvo en las manos, Thalena lo comprendió todo y dejó escapar un gemido sofocado. Con ojos incrédulos y llenos de dolor, retrocedió un paso, al tiempo que se llevaba una mano al estómago y otra a la boca, como si fuera a vomitar. Se volvió de golpe y entró en la cueva. Eldero se quedó fuera para darle tiempo a llorar cuanto quisiera, sin que se avergonzara por su presencia. Aguardó un rato que le pareció interminable, mientras pensaba en ese joven al que había concedido como esposa a su hija y que le hacía experimentar por segunda vez la pena que se siente por la pérdida de un hijo.

Eldero, gran jefe de la nación navajo, por primera vez en su vida desde que se había hecho hombre, se permitió el lujo de unas lágrimas.

Cuando calculó que había dado a Thalena tiempo suficiente para llorar a su marido, entró también en la cueva. La encontró apoyada en la pared de rocas, sentada en el suelo con la niña en los brazos. Estaba amamantándola, como si alimentar a su hija fuera en aquel momento el único gesto posible para aferrarse aún a la vida.

Thalena lo miró con ojos límpidos, sin lágrimas. Si había llorado, en su rostro no quedaba señal alguna. En su voz resonaba el coraje con la fuerza de un río en crecida.

—Se llamará Linda.

Eldero pensó que el espíritu de la Mujer Araña se hallaba presente en el ánimo de su hija y sintió en el pecho una oleada de orgullo. Sabía que ese era el nombre de la pequeña *bá' jíyéhé* blanca, la hermana de Colin.

Y se dijo que era justo.

Por la vida de una mujer enviada a la muerte, la vida de una mujer llegada a la luz.

—De acuerdo.

Esperó hasta que la pequeña terminó de alimentarse. Después, vio cómo se dormía en los brazos de la madre. Thalena la envolvió en la manta y la acomodó con cuidado para que durmiera en un pequeño lecho que había improvisado con una piel.

Luego se volvió hacia él. Su voz era firme.

—¿Cómo ha sido?

Eldero sabía a qué se refería Thalena. Pero no quería horrorizarla con los detalles.

Había otras cosas más urgentes que hacer.

Meneó la cabeza para subrayar sus palabras.

—No hay tiempo. Ahora debes marcharte.

Thalena no preguntó por qué, solo preguntó adónde.

—Baja la montaña y sigue el camino hacia el este. Debes continuar hasta Fort Defiance y llegar al campamento de Herrero y sus hombres. Allí estarás a salvo.

—¿Tú no vienes?

—Sí. Te alcanzaré en cuanto pueda. Antes debo hacer algo, y para hacerlo debo estar solo.

Thalena no puso objeciones. Sabía que no era momento para el orgullo. Si Eldero así lo quería, así debía ser. Cogió las pocas provisiones y el agua y se preparó para partir. Levantó en brazos a la pequeña envuelta en la manta con el emblema de Eldero. Con una piel de gamo pintada con figuras rituales que vio en una pared de la cueva improvisó una rudimentaria bolsa para cargarla sujeta al pecho. Estaba segura de que a los espíritus no les molestaría que sus imágenes se usaran para proteger a una joven vida del frío y la intemperie.

—Voy a buscar el caballo.

Eldero salió de la cueva y fue hasta el lugar en el que dejaba los animales cuando se retiraba a la montaña para entregarse a sus meditaciones. Era un lugar apartado, oculto entre las rocas, bastante resguardado de la vista de cualquiera que por casualidad pasara por allí.

Acarició el hocico de Metzcal para tranquilizarlo. Luego le echó sobre el lomo la montura liviana, la ajustó, y a continuación le colocó la cabezada con las riendas. Cuando volvió junto a la entrada, Thalena lo esperaba, con la niña colgada junto al pecho y la mirada ya puesta en el viaje que debía realizar.

Eldero la esperó y sostuvo a la pequeña mientras ella montaba. Luego le tendió el minúsculo envoltorio de su nieta. Se aseguró de que quedara bien sujeta al pecho de Thalena, a quien entregó su escopeta.

—Ten. Yo no la necesitaré.

Sin decir nada, Thalena cogió el arma como prenda del amor de un padre. Si no volvían a verse, aquel sería el último momento que tendrían para recordar. Se miraron un instante... sus ojos contenían toda la añoranza por lo que habían perdido.

Tal vez porque acababa de convertirse en madre, ahora Thalena sabía mejor qué significaba ser hija.

—Ven pronto. Te esperaremos.

—Márchate.

Thalena espoleó a su cabalgadura, y Eldero permaneció de pie junto a la entrada de su refugio secreto hasta que la vio echarle una última mirada y desaparecer entre los árboles.

Luego volvió a entrar con decisión en la cueva. Cuando salió llevaba en una mano los sombreros, el jirón de camisa y el pañuelo robados en su incursión de la noche anterior. En la otra cargaba una vasija de terracota ancha y baja.

Colgada al hombro como un arma llevaba su bolso de medicinas, el símbolo de su poder, el medio ancestral de su venganza.

Dejó su carga en el suelo y fue a recoger unas ramitas secas en la linde del bosque. Las rompió y las puso en la vasija. Agregó un puñado de agujas de pino que olían a resina y encendió el fuego en un brasero improvisado. Cuando las llamas se elevaron, cogió el cuchillo y cortó un pedazo de cada uno de los sombreros. Los mantuvo suspendidos sobre las llamas hasta que ardieron. Luego los dejó caer en el brasero. Lo mismo hizo con un pedazo del pañuelo y del jirón de la camisa ensangrentada que había encontrado en las manos de uno de los muertos en Flat Fields. Contempló el humo oscuro que se desprendía de esos trozos de telas, que se quemaban con dificultad. De su saco de medicinas cogió una pizca de un polvo amarillento y lo esparció sobre las llamas. De inmediato el fuego se avivó. El color del humo viró enseguida hacia el blanco sucio y se esparció por el aire con un leve olor a azufre.

Eldero removió con un palito los residuos y agregó más polvos para alimentar la combustión hasta que en la vasija no quedaron más que cenizas. Cogió del suelo una piedra redondeada en un extremo y, empleándola como la mano de un mortero, las molió hasta hacer una masa homogénea.

Permaneció un instante contemplando el resultado, mientras oía cómo su corazón latía en su pecho como un tambor de guerra.

En ese momento, las cenizas que había en el brasero contenían la esencia de cuatro hombres. La sangre, el sudor y los humores de sus cuerpos de asesinos de mujeres, viejos y niños.

No habría piedad para ellos.

Colocó la vasija frente a él y se quedó un cuarto de hora sentado, con las piernas cruzadas y los ojos cerrados, pronunciando entre dientes un cántico seco, unos pocos versos repetidos con la misma melodía que Thalena había oído salir de su flauta. La música era igual, pero las palabras que la acompañaban pedían la ayuda de Shimah, la Tierra Madre de todos los seres humanos, para obtener justicia por un mal sufrido.

Por su mente pasaban imágenes del pasado, épocas felices vividas por su gente en el comienzo de los tiempos. Escenas de vida y de caza, de amor y de danza, cielos azules y polvo del desierto, matas rodantes empujadas por el aire y el verde del bosque, rostros de hombres y de mujeres que ya estaban muertos antes de que él viniera al mundo pero que habían vivido libres en una tierra que con todo derecho llamaban suya.

En cierto momento sintió cómo se levantaba el viento, aunque a su alrededor el aire seguía quieto. Cada parte de su cuerpo se envolvió en ese remolino inmóvil, tanto que por instante tuvo la sensación de que alzaría el vuelo, que subiría leve en el torbellino como una pluma para competir con el águila en el azul del cielo y ver el mundo desde lo alto.

Luego todo se detuvo, quizá también el tiempo... y su corazón, que latía con el tiempo.

Cuando abrió los ojos supo que su plegaria había sido escuchada.

Miró esas cenizas hijas del fuego y recuerdo de hombres y supo que todavía faltaba algo.

Cogió el cuchillo que había dejado en el suelo junto a él. Lo empuñó con firmeza y con la punta afilada se hizo un corte en la palma de la mano derecha. No experimentó ningún dolor mientras la hoja trazaba un surco en su carne.

Su sangre manó roja de ira, ansiosa por conocer el mundo.

Eldero mantuvo la mano suspendida sobre el brasero de terracota y dejó que cayeran unas gotas para que impregnaran las cenizas que cubrían el fondo.

Ahora el pacto estaba completo. Faltaba un solo gesto, y luego, la sombra alimentada en el seno de la Tierra llevaría a los hombres su justicia. Embargado por la satisfacción y la tristeza de su poder, Eldero se puso en pie y, llevando consigo el saco y el brasero, entró de nuevo en la cueva.

32

One Feather tenía miedo, y no conseguía decidirse a salir de su escondite.

Había visto cómo la mujer se alejaba a caballo con un niño al pecho y había dejado que se marchara. En esas condiciones no podría viajar con rapidez, de modo que en poco tiempo él la alcanzaría. Aunque llevaba una escopeta, matarla sería fácil como todas las cosas desprovistas de honor.

Había llegado sin dificultad a ese lugar de las montañas. La noche anterior, se había despertado en el campamento con la vejiga llena y la boca todavía pastosa por el efecto del whisky. Antes de ponerse en pie y alejarse a orinar, tendió la mano por instinto en busca del sombrero.

No lo encontró. Se sentó y miró en torno, desconcertado. Sin embargo recordaba muy bien, a pesar de los efectos del alcohol, que lo había usado para taparse la cara antes de quedarse dormido. Lo buscó, y observó que también faltaba el sombrero de Wells. Nunca lo utilizaba para resguardarse la cara de la humedad cuando hacían vivaque. Ese hombre era muy maniático en el cuidado de su sombrero. Todas las noches lo colgaba del pomo de la silla mexicana que usaba como almohada, y lo frotaba continuamente con la manga de la camisa para quitar el polvo a la plata de los adornos.

Y ahora el pomo de la silla estaba vacío.

También faltaba el pañuelo que Scott Truman había agitado, entre las carcajadas de todos, simulando que era un cuero cabelludo. Se había dormido sosteniéndolo en las manos, mientras mascullaba algo indescifrable pero que sonaba a una especie de amenaza contra el que tocara su trofeo.

De pronto One Feather se sintió despierto y lúcido.

Cogió la escopeta y se levantó al tiempo que recorría con la mirada la oscuridad que reinaba entre los árboles, más allá del círculo visible delimitado por la luz del fuego. Tocó ligeramente con el cañón del arma el costado de Wells, que dormía a su izquierda. Este abrió los ojos enseguida y lo miró sin sorpresa, ya alerta. Su voz no denotaba rastros de la borrachera de la noche anterior.

—¿Qué pasa?

—Ha venido alguien.

Por debajo de la manta emergió de inmediato su mano, que empuñaba la Remington. Masticó una maldición y un instante después estaban los dos de pie, protegiéndose las espaldas, con las armas preparadas y listas para disparar. No era más que un reflejo condicionado. Ambos sabían que si alguien había merodeado por el campamento habría podido matarlos mientras se hallaban dormidos e indefensos. Si no lo había hecho en ese momento, era bastante improbable que se hubiera quedado por los alrededores para dispararles ahora, ya alertados.

Tras coger del fuego una brasa encendida, One Feather pasó por encima del cuerpo de Ozzie, que roncaba, y avanzó unos pasos, escrutando con atención el terreno con ayuda de esa débil fuente de luz.

—Aquí. Ven.

Wells se acercó y él le señaló, a la claridad de la antorcha improvisada, una huella en el suelo.

—No son botas de blancos. Mocasines. De un solo hombre.

Miraron alrededor. Luego, mientras Wells volvía junto al fuego para despertar a los compañeros de viaje, exploró las cercanías hasta encontrar el lugar donde el visitante nocturno había dejado el caballo.

Entonces tuvo la absoluta certeza de que se trataba de una sola persona.

Cuando volvió al lado de la fogata, una leve claridad hacia el este dibujaba entre los árboles el contorno de las montañas. Ahora también los demás estaban en pie y despiertos y lo miraban con ojos enrojecidos y legañosos.

—¿Has encontrado algo?

Truman se lo preguntó articulando con dificultad. Todavía tenía la boca pegajosa.

No contestó. Se dirigió a Wells.

—Tenía razón. Un solo hombre. Y un caballo sin herraduras.

Ese blanco que sabía ser casi tan cruel como él volvió la cabeza hacia la primera luz del alba.

—Dentro de poco habrá luz suficiente para poder seguirle el rastro.

Se miraron a los ojos. Wells había dicho las palabras que se esperaban de él.

—Ve y mátalo. Nos vemos en Pine Point.

Sin añadir más fue hasta los caballos y partió siguiendo una huella desconocida, cuyo final era la certeza de la muerte de un hombre. El rastro resultaba evidente y fácil de seguir. Correspondía a un hombre despreocupado de que lo siguieran, lo cual facilitaba la tarea.

Las huellas lo llevaron hasta la cueva oculta entre las rocas. No le asombró en absoluto descubrir que el visitante nocturno era Eldero. Solo sintió que lo atravesaba una leve inquietud. Aquel debía de ser su lugar sagrado, donde hablaba con los espíritus. Todos los hechiceros tenían uno, y One Feather sabía que el viejo navajo era un brujo de los más poderosos.

Desde su escondite tras los arbustos, después de que la muchacha partiera, vio cómo cortaba con el cuchillo su sombrero, el de Wells, el pañuelo de Truman y algo que parecía un jirón de la camisa de Ozzie. Apenas obtuvo los pedazos, los puso a quemar en una vasija de terracota.

Sin duda estaba realizando una de sus magias.

Había algo de tenebroso en esa ceremonia, algo que, mientras miraba, sentía que le corría por el estómago, las piernas y la cabeza. Nadie había nunca sido testigo de los ritos secretos de los chamanes. One Feather conocía el miedo y sabía cómo lograr vencerlo.

Pero no ese.

Desde su puesto de observación habría podido poner fin a todo y lanzar al corazón de Eldero una flecha certera. Pero sabía que se encontraba en presencia de algo que no podía detenerse con una flecha ni con un disparo de escopeta.

Con toda seguridad Wells se habría reído de sus temores y le habría preguntado si se estaba convirtiendo en una estúpida *squaw*. Pero Wells era solo un blanco, y por lo tanto no podía saber.

Una vez que Eldero terminó su ceremonia y desapareció dentro de la cueva, One Feather dejó pasar unos instantes antes de decidirse a seguirlo. Cuando logró hacerlo, fue solo porque el miedo a que lo llamaran cobarde era más fuerte que el temor que Eldero despertaba en él.

Dejó el arco y las flechas en el suelo y se dirigió a la entrada de la gruta, sin más arma que el cuchillo. Acababa de ver el lugar por el cual Eldero había penetrado entre las piedras, pero aun así le costó distinguirlo, tan oculto se hallaba.

Permaneció unos segundos al acecho, aguzando el oído.

Del interior llegaba el sonido lento y sinuoso de una antigua letanía cantada a media voz. No conseguía comprender las palabras, pero la voz de Eldero le causó escalofríos. Era la voz de un hombre en contacto con algo cuya fuerza los demás seres humanos solo podían imaginar, y temer por su debilidad ante ello. Su mano apretó la empuñadura del cuchillo, como para aferrarse a lo único seguro con que contaba en aquel momento.

Luego se giró de costado y pasó el cuerpo por la abertura.

Al cabo de unos pocos pasos por un pasaje oscuro y estrecho, alcanzó el espacio central de la cueva, que se abría hacia la derecha de la entrada. Esperaba encontrarse con la oscuridad o a lo sumo con un corredor apenas iluminado por el resplandor de alguna antorcha colocada por Eldero. En cambio, para su gran sorpresa, desde una abertura que había en lo alto se filtraban unos débiles rayos de sol. Y las paredes de arenisca los refractaban en una suerte de iluminación natural.

Se detuvo un instante, oculto detrás de un saliente formado por un gran peñasco que prolongaba sobre el lado derecho el pasaje de entrada. Ahora la voz de Eldero se oía más fuerte, pero las palabras de su cántico seguían siendo incomprensibles. One Feather se dio cuenta de que no se trataba de ninguna de las lenguas indígenas que conocía. Probablemente fuera un canto en la lengua de los antiguos, los que habían poblado la Tierra antes que ellos y que habían dejado su herencia de sabiduría a unos pocos elegidos.

Ese cántico contenía un lóbrego presagio de muerte, pero no de la muerte que un hombre puede dar o recibir. Era la oscuridad de una noche sin luna y sin estrellas, pero sobre todo sin la promesa del alba.

Aspiró una bocanada de aire y se asomó con sigilo sobre el borde rocoso.

Eldero estaba sentado en el suelo con las piernas cruzadas, de espaldas a la entrada. Su cuerpo se mecía hacia delante y hacia atrás, como si la voz no proviniera solo de su boca sino de todo su ser.

One Feather no alcanzaba a distinguir qué tenía Eldero en el suelo frente a sí. Solo, en determinado momento, lo vio levantar la vasija de terracota que contenía las cenizas producto del extraño rito realizado fuera.

Cuando Eldero bajó los brazos y agachó la cabeza, One Feather decidió entrar en acción. Dejó su escondite y, con movimientos silenciosos como si careciera de cuerpo, llegó a espaldas de Eldero. Le aferró la cabeza con la mano izquierda y, mientras pedía perdón a los espíritus, con la derecha le cortó la garganta.

El canto se interrumpió de golpe.

El hombre al que había matado cayó sobre el costado izquierdo. La sangre que manaba a borbollones de las arterias cortadas empapaba la tierra. Antes de morir, Eldero tuvo fuerzas para volverse, como si quisiera conocer la identidad de su asesino.

Cuando vio de quién se trataba, no mostró sorpresa. Solo hizo algo que provocó que recorriera un intenso escalofrío todo el cuerpo de One Feather.

Sonrió.

Unos segundos antes de cerrar los ojos e iniciar su viaje hacia el reino de los muertos, le dejó como único mensaje esa sonrisa burlona que quedó en su cara aun después de que su espíritu se marchara.

One Feather se levantó de golpe. De pronto sintió un frío que le atravesaba la carne y los huesos. No se llevaría el cuero cabelludo de ese hombre que yacía muerto a sus pies. No le reportaría honor alguno, y además sentía que, de hacerlo, la mala suerte lo acompañaría hasta el fin de sus días.

Antes bien, abandonaría de inmediato aquel lugar y...

Entonces vio lo que Eldero tenía delante.

A un paso del cuerpo tendido en el suelo, apoyado sobre una piedra plana, había un gran recipiente de metal amarillo. One Feather advirtió enseguida de qué se trataba. La vasija era de ese material que los navajos llamaban *óóla* y que los blancos, en su codicia, adoraban con el nombre de «oro». Alrededor del borde se veían unos signos grabados en una lengua que One Feather no sabía leer. La escasa luz jugueteaba sobre la superficie brillante. Bastaba con mover apenas la cabeza, y se dibujaban reflejos de color cálido y agradable, como el de los cereales maduros.

El interior estaba lleno de una arena blanca, de aspecto finísimo, casi impalpable. Sobre la superficie destacaba la mancha oscura de las cenizas de la vasija de terracota, que Eldero había derramado allí. Eran los signos de la vida y de la muerte, el blanco del amanecer y la oscuridad de la noche, el reflejo del sol en el agua y la despedida cuando desaparece en las profundidades de la tierra.

Se aproximó con el temor y la reverencia que inspira un objeto sagrado. Pero había tenido demasiado contacto con los blancos para no habérsele contagiado su misma codicia.

Colocó las dos manos bajo la vasija. En sus ojos brillaba, junto con el reflejo del oro, la ilusión de la riqueza que le esperaba.

No llegó a levantarla del suelo.

De golpe se quedó ciego, mientras una punzada insoportable atravesaba su cabeza con la hoja de mil puñales candentes. Cayó de rodillas, sin más recuerdo que ese dolor jamás experimentado por ningún hombre.

No vio una leve lluvia de tierra que caía del techo de la cueva. No notó cómo cubría sus ropas y sus manos como un velo tenue. Solo sentía en la carne ese dolor inhumano con sus miles y miles de puñales ardientes. Ante ese sufrimiento, hasta la razón buscaba refugio en la locura.

Se desplomó en el suelo implorando una piedad que sabía que no llegaría.

Todo duró pocos instantes. Pero cuando llegó la muerte para brindarle su oscuro alivio, le pareció que la espera para hacer ese viaje había sido interminable.

Áná'í

El enemigo

33

En la cueva, cuatro personas se habían quedado mudas.

Nadie parecía capaz de salir de ese silencio que excluía toda certeza y dejaba espacio solo a la imaginación más oscura y a un aquelarre de hipótesis, a cual más descabellada. Parecía que el tiempo fuera un detalle que solo concernía a las piedras, a las raíces que surgían del techo de la gruta y al polvo sobre el que se posaban los pies.

Robert fue el primero en recobrarse ante la calavera risueña y destrozada del cadáver que yacía en la tierra.

—Santo cielo, es para volverse loco. Charlie, en nombre de Dios, ¿qué significa todo esto?

El viejo Charles Owl Begay parecía el más conmocionado por el hallazgo. Su cara era un bloque de piedra surcado de arrugas talladas por las lágrimas.

—Es una vieja e increíble historia. Una historia que no tiene sentido. O al menos así lo pensaba...

Jim apoyó una mano en su brazo.

—Por muy increíble que sea, opino que ahora debes intentar explicarla, Charlie.

Charlie miró a su alrededor y decidió sentarse en una roca, antes de continuar.

—Para comprender hay que retroceder en el tiempo. Hasta el mito navajo de la creación.

Si bien entender resultaba lo más difícil, explicar era lo más fatigoso.

—Según la tradición, el universo se concibe como una serie de mundos superpuestos. En el comienzo de los tiempos, en el primero de ellos vivía en paz y absoluta bienaventuranza el Pueblo de los Insectos. Estaba compuesto por una docena de seres, machos y hembras. Eran las libélulas, las hormigas, los melolontas, los escarabajos, las babosas y las langostas. Vivían en la única isla de ese mundo en el centro de la tierra, inmersos en la luz roja que llegaba del cielo, bajo la protección de cuatro dioses benévolos. Pero el Pueblo de los Insectos se dedicaba a la fornicación y el adulterio, y cuando los dioses se dieron cuenta los expulsaron.

Jim conocía la historia. Era el mito del Paraíso Terrestre, el lugar maravilloso que la estupidez y el afán de poder transformaban en un recuerdo inaccesible.

—Por un agujero de la bóveda celeste salieron al mundo superior, el mundo azul, habitado por el Pueblo de las Golondrinas, donde todas las casas tenían la entrada por el techo. Los recién llegados fueron al encuentro de las Golondrinas con palabras de fraternidad, y las Golondrinas, bondadosas como eran, los recibieron. Pero al cabo de veinticuatro días el jefe se dio cuenta de que un Insecto había seducido a su esposa. Fueron expulsados también de ese nuevo mundo y, siguiendo los consejos del Viento, lograron, tras mil dificultades, alcanzar una entrada en el mundo superior, el mundo amarillo.

Charlie tendió una mano hacia abajo y cogió un puñado del polvo fino que cubría el suelo de la cueva. Mientras hablaba lo dejó escurrirse con un movimiento fluido entre los dedos.

—Allí habitaban los Saltamontes, pero la relación con el Pueblo de los Insectos no fue muy distinta de las anteriores. También de este nuevo mundo los obligaron a huir hacia el mundo superior, el mundo negro.

El puño estaba vacío, terminada la arena.

—Era un mundo privado de sol, luna y estrellas. Allí encontraron a hombres y mujeres que les dijeron que eran kisanis y les mostraron campos de maíz, calabazas y judías cultivados con esmero en los alrededores de la aldea. Los invitaron a quedarse allí, y con ellos el Pueblo de los Insectos enmendó su forma de vivir y prosperó durante mucho tiempo en paz. Hasta que un día aparecieron sus cuatro divinidades con cuerpos de colores. Una roja, una azul, una amarilla y otra negra. Hicieron diversos prodigios pero el más importante fue la creación, a partir de una espiga de maíz blanco y una de maíz amarillo, del Primer Hombre y la Primera Mujer. Ellos poblaron el mundo. El origen de la civilización se representa con ese símbolo, que luego tomaron los nazis para su esvástica, que significa el lugar del cual provino todo.

Charlie hizo una pausa. En cualquier otra situación la impaciencia de los presentes habría bastado para que pasara por alto ese preámbulo relativo a cosas que más o menos eran del conocimiento de todos. En ese momento, sin embargo, la voz del viejo recreaba intacta en aquella gruta la fascinación de la memoria íntegra de un pueblo. Al mismo tiempo, despertaba algo con lo cual no estaban seguros de querer enfrentarse.

—Esta es la historia de los mundos superpuestos. Pero en el centro exacto de esos mundos había eso que se ha llamado Shimah, el espíritu de la Tierra. Y que a través de esos pasadizos comunica con el exterior y manda sobre todo. Todo lo que existe en la superficie, cada piedra, cada planta, cada curso de agua, cada nube, obedece a la Madre Tierra y del mismo modo crea su voluntad.

Robert, que guardaba silencio, avanzó unos pasos hacia la salida, al tiempo que extraía del bolsillo el paquete de tabaco y el papel.

April hizo oír su voz por primera vez.

—Pero eso es solo una leyenda sin ningún fundamento. ¿Dónde entra Eldero?

Charlie la miró decepcionado, como a alguien que se niega a creer en lo evidente.

—Ninguna leyenda carece de fundamento, April. Eldero era un jefe. Un jefe muy influyente aunque se hubiera retirado de la vida pública y eligiera vivir en paz con su pequeña tribu en el territorio llamado Flat Fields. Pero era también un brujo, un hechicero, un chamán, como queráis llamarlo.

Todos sabían a qué se refería Charlie, de modo que nadie pidió más explicaciones.

—Él podía hablar con Shimah, y podía oír sus respuestas. Los relatos sobre él dicen que poseía los Polvos de los Muertos y era capaz de moldear y dar vida a la arena, la que, según el mito, representa los huesos quebrados de la Tierra. Esto le había dado un gran poder. Un poder que aumentó cuando tomó posesión de la Vasija.

—¿Y de dónde viene esa vasija?

Charlie meneó la cabeza.

—Nadie lo sabe. Algunos dicen que vino con los españoles y que es fruto de sus correrías por América del Sur. Otros afirman que se le apareció directamente a Eldero como un regalo de Shimah. Pero en realidad nadie la había visto nunca. Es un objeto que en la imaginación colectiva tiene la misma consistencia que el Santo Grial. Es una leyenda, y como tal es confusa y difícil de descifrar.

Jim estaba cautivado por la expresividad de Charlie. Desde que lo conocía nunca lo había oído hablar durante tanto rato. Solo ahora descubría cuántas maravillas escondía la mente de ese hombre que durante toda su vida había hecho lo imposible por resultar invisible.

April lo urgió a continuar, a un tiempo atemorizada y entusiasmada. Jim se preguntó hasta cuánto más allá de los límites de su miedo podría empujarla su oficio de periodista.

—¿Y en qué consistía ese poder?

Por el momento Charlie no respondió. Se limitó a señalar los dos sombreros que yacían en el suelo. Uno conservaba un adorno: los restos de una pluma consumida por la humedad y rota en la base. El otro tenía alrededor de la copa una cinta con adornos de plata. A cada uno le faltaba una parte del ala, como si los hubieran cortado con un cuchillo afilado. Había también un pedazo de un viejo pañuelo rojo y un jirón de tela con una mancha oscura en el centro.

Charlie tendió una mano hacia la tela, la cogió y la olió. La sostuvo entre los dedos con descuido, como si ese examen superficial le confirmara algo que ya sabía.

—En cada objeto que posee una persona, en cada prenda que viste, queda un poco de su alma, un rastro de su esencia vital...

Hizo una mínima pausa para mostrar a todos el pedazo de paño que tenía en la mano. Luego lo arrojó al suelo para que hiciera compañía a los otros hallazgos.

—... de su sangre. El rito que Eldero hizo aquí, en su lugar sagrado, fue para vengarse de los que habían matado a su gente y a la familia de su hija, Thalena. No sé cómo los consiguió, pero estoy seguro de que estos objetos pertenecían a esos hombres.

Dio tiempo a su auditorio, que seguía atónito su relato, para que absorbiera lo revelado hasta entonces.

—Eso es lo que ha sucedido.

Todos se dieron cuenta de que Charlie ya no se hallaba en la gruta con ellos, sino reviviendo en su mente lo que había ocurrido en aquel mismo lugar hacía más de cien años. Algo indefinible pero confirmado por la presencia de los cuerpos en sus respectivas posiciones.

—Eldero tiene frente a sí la Vasija. Coge unos fragmentos de los objetos que pertenecen a los hombres a los que quiere dañar. Los sombreros, el pañuelo, el pedazo de camisa manchado de sangre. Los quema en este cuenco de terracota que veis en el suelo y añade las cenizas así obtenidas a la arena que contiene la Vasija. Está a punto de concluir el rito, pero este hombre lo sorprende y lo mata antes de que pueda terminarlo.

April, con los ojos húmedos, habló con la expresión de quien no logra frenar las palabras.

—¿Qué fin tenía el rito? ¿Y qué había dentro de la vasija?

El viejo se encogió de hombros, como si un cansancio imprevisto le hubiera recordado su edad.

—No tiene un nombre preciso, y al mismo tiempo tiene muchos. El Guerrero Silencioso, el Durmiente, el Hijo de la Tierra. Pero el que mejor lo define es *Chaha'oh*.

—¿Qué significa?

Jim respondió por Charlie. Mientras lo hacía acudió a su mente lo que el viejo le había dicho el día anterior. Se preguntó si habría sido solo una coincidencia.

—*Chaha'oh*. La Sombra. Es la tierra misma quien la genera, la nutre y le da vigor. Se mueve sin esfuerzo y alcanza todos los lugares en que la tierra está presente. De la tierra sube y a la tierra vuelve y en sus recovecos se esconde. Así como la sombra de un ser no puede existir sin el ser que la ha generado, del mismo modo *Chaha'oh* no puede existir sin la tierra. El rito que Eldero realizaba tenía el fin de devolverlo a la vida. Pero no fue posible...

Hizo un gesto vago que conllevaba el sentido a menudo absurdo de lo ineluctable. Luego se agachó de nuevo y cogió del suelo otro puñado de polvo. Ese gesto tan simple les pareció a todos cargado de amenaza.

—El tiempo ha pasado pero la fuerza de Eldero no ha desaparecido. Solo ha permanecido dormida a la espera de que llegara alguien a despertarla. Cuando Caleb entró en la cueva encontró un recipiente precioso lleno de algo que para él eran solo arena y cenizas. Para llevárselo arrojó al suelo su contenido. Y el círculo se cerró. Se ha creado la Sombra.

Jim se adelantó, previendo la pregunta que quizá April no se atrevía a plantear.

—¿Cuál es la misión de esa sombra?

Charlie lo miró un instante, como asombrado de que todavía no hubiera comprendido. Luego dijo una sola palabra, que paralizó a todos los presentes.

—Matar.

Les dio de nuevo un tiempo para comprender, para creer o no creer, un tiempo interminable que solo lo ignoto puede generar. Al fin señaló con la cabeza el cadáver tendido en la tierra.

—Y en primer lugar ha matado a este hombre.

Jim se agachó y examinó con atención el cuerpo.

—Pero este no es como los demás. ¿Cómo es que tiene solo la cabeza hecha pedazos, y no todo el cuerpo?

—Es difícil de explicar. Esa vasija es al mismo tiempo la libertad y una prisión. Lo que había dentro, fuera lo que fuese, no tenía posibilidad de salir de allí. Es probable que este hombre viera la vasija y para levantarla inclinara sobre ella la cabeza. Y con eso bastó...

En el silencio subsiguiente, cada uno de ellos pudo imaginar según sus propios demonios personales la escena de aquella muerte. April, la primera en recobrarse de esa especie de hipnosis, se rebeló contra esa verdad con todo el racionalismo con que contaba en el momento. Aunque no lo pretendía, en su voz sonó una ligera nota estridente.

—No, esperad un minuto. Debéis explicarme qué significa todo esto. Si todavía nos queda una pizca de lógica, o si se ha perdido del todo. Me habéis pedido formalmente que no escriba nada acerca de esta historia. Pero ¿qué creéis que pasaría si la escribiera? Oiríais las carcajadas de mis colegas de una costa a otra. Después me vería obligada a pagar al peor de los periódicos del país para que me permitieran escribir aunque solo fueran las notas necrológicas.

Jim se volvió hacia Charlie con el tono de quien no desea herir pero que acaba obteniendo justamente el efecto contrario.

—Charlie, debes admitir que esta historia es realmente difícil de aceptar.

El viejo sonrió, y Jim se sintió un idiota. Sin duda era una manera muy eficaz de devolver un golpe inesperado.

—Lo sé. Es mucho más fácil creer en tus máquinas que vuelan y en la magia de un ordenador que te lleva a un lugar que no existe llamado internet o en un televisor que te hace ver lo que sucede en la otra punta del mundo.

Intervino April. Después del arrebato anterior se sentía culpable, de modo que aplacó su tono.

—Para esas cosas hay una explicación.

Charlie se volvió de golpe, como si tuviera la respuesta lista desde hacía tiempo.

—Para todas las cosas hay una explicación. Siempre. Pero no siempre es la más fácil de aceptar. Lo impide el miedo, aunque la evidencia lo imponga. Si no lo creo, entonces no existe. Como si no creer en los helicópteros les impidiera volar, o no creer en los televisores les impidiera mostrar las imágenes.

Bajó la cabeza, pero Jim se dio cuenta de que continuaba hablando con él, tal como habría debido y deseado hacer desde hacía años.

—Las cosas no son tan simples, Tres Hombres. No lo han sido nunca. Elegir el camino más fácil es solo una manera más honorable de huir.

Charlie se levantó, y de pronto Jim lo vio cansando. No por la fatiga ni por el temor a lo que se enfrentaba, sino por sus desilusiones de viejo indígena.

—Ahora puedes salir de aquí y hacer ver que no ha pasado nada. Esta noche habrá un programa de televisión, un helicóptero capaz de llevarte adonde quieras y alguien al otro lado de un ordenador con quien hablar. Pero eso no cambiará las cosas...

El breve silencio que siguió era como el ruido de un martillo que los clavaba a todos en la misma cruz.

—*Chaha'oh* no tendrá paz hasta que no haya matado a todas las personas que en su momento Eldero le señaló como objetivos.

April intentó una última y desesperada objeción antes del veredicto.

—Charlie, todo esto ocurrió en 1868. Esas personas han muerto hace tiempo.

Aun así, el veredicto llegó. Y era una condena.

—Entonces matará a todos sus descendientes, todos los que llevan la misma sangre en las venas.

Quedaba aún un punto oscuro en el aire. Jim lo planteó a Charlie, no para discutirlo sino en busca de una explicación.

—Charlie, hay un detalle que no me queda claro. Caleb Kelso y Jed Cross eran primos y probablemente descendientes de una de esas personas. Eso podría explicar sus muertes. Pero ¿qué tenía que ver Charyl Stewart?

Charlie debía hacer alguna concesión.

—También yo lo he pensado. Pero, por mucho que me he esforzado, no he logrado entenderlo.

—Eso lo puedo explicar yo.

Robert respondió a las miradas que se posaron en él al mismo tiempo. Había guardado silencio durante todo ese rato, manteniéndose al margen, mientras escuchaba las respuestas de Charlie a las preguntas de April. No había intervenido porque eran las mismas que habría deseado hacer él. No continuó hasta haber encendido el cigarrillo que acababa de liar. El humo subió lentamente hacia el techo de la cueva.

—De algún modo ella también tiene algo que ver. Esta mañana, antes de salir, recibí los resultados de la autopsia.

Respiraciones. Brasas en la penumbra. Humo que subía hacia quién sabía dónde. Y espera.

—Charyl Stewart estaba embarazada. El niño que llevaba en el vientre era de Caleb.

Les dio un momento para que asimilaran el significado de sus palabras. Luego dio voz al pensamiento de todos.

—Por ese motivo, en cierto modo, también ella tenía la misma sangre en las venas.

De nuevo el silencio, que a todos les resultó más amenazador que las palabras que lo habían precedido.

Charlie notó que Robert, la persona que él había considerado más difícil de convencer, era en cambio quien más deprisa se había rendido a lo evidente. Se habían cometido crímenes, había hechos inequívocos y un indicio de explicación rayano en lo increíble.

Ello bastaba para establecer un punto de partida para actuar, por muy endeble y frágil que fuese.

Charlie se volvió hacia él.

—En el laboratorio de Caleb el suelo es de tierra, y el lugar donde encontraron a la muchacha es un espacio abierto. Lo sé porque he estado allí. Y no dudo que incluso el suelo del patio de la cárcel, donde vieron las huellas, era también de tierra apisonada.

Robert cambió de tema, en una confirmación implícita de lo planteado por Charlie.

—¿Cómo podemos defendernos?

—No hay defensa. El hombre ha creado sus barreras: el asfalto, las casas, la ciudad. Otras las ha creado la naturaleza, como la piedra. Pero puede llegar a cualquier lugar donde haya tierra.

—¿Qué forma tiene?

—Sabemos que deja huellas de hombre. Pero no tiene forma. O, si la tiene, ninguno de los que la ha visto ha vivido lo suficiente para contarlo.

Todos pensaron lo mismo: el agente de guardia de la cárcel, que casi había enloquecido por haber presenciado el horror de la muerte de Jed Cross. Y Silent Joe, cuya percepción animal lo llenaba de terror en el momento en que la sombra surgía desde algún lugar en el fondo de la tierra.

Jim se puso frente a Charlie. Al fin había comprendido al viejo. Quizá fuera tarde, pero haría lo posible por aligerarle el peso de las cosas que sabía.

—¿Cómo podemos detenerlo?

Charlie aceptó con un movimiento rápido de los ojos la buena intención de Jim. Pero no por ello pudo aliviar su impotencia.

—No lo sé. El relato de los ancianos dice que la única persona capaz de terminar todo esto es la que lo inició. Pero, como ves, ya no está en condiciones de hacerlo.

El ademán con que señaló el cuerpo de Eldero conllevaba la amenaza siempre inminente de la muerte.

Robert se tomó el trabajo de resumir los hechos, porque era la persona a quien habían encomendado la misión de evitar que se repitieran.

—Dime si he comprendido bien, Charlie. En este momento hay seres humanos que corren peligro a causa de una vieja maldición indígena. No es posible detener al ser o a la cosa que los matará. La única forma de protegerlos consiste en encontrarlos y convencerlos de que se pongan a salvo tal como les indiquemos.

Todos podían ver el movimiento de los músculos de sus mandíbulas, mientras el viejo Charles Owl Begay le confirmaba lo que nunca habría querido oír pero que ya sabía que iba a decir.

—Exacto. Eres un hombre de la ley, Robert. Dispones de todos los recursos. La vida de cierta cantidad de seres humanos está en tus manos. Pero si quieres salvar a esas personas, antes que nada debes saber quiénes son. Y para saberlo debes descubrir quién llevó a cabo en realidad la matanza de Flat Fields.

De nuevo se hizo el silencio, como ocurre siempre ante lo increíble. Comprender a fondo qué significaban las palabras del viejo fue para cada uno de ellos un viaje largo y difícil a un pasado lleno de interrogantes. El sonido del teléfono que Robert llevaba en el bolsillo de la chaqueta les dio el billete de regreso. Pero el presente no era mucho mejor.

Todos lo vieron confirmado en cuanto el detective activó la comunicación.

—Diga.

Una pausa larga como un día.

—Dime, Cole.

Una pausa larga como un mes.

—¿Dónde?

Una pausa larga como un año.

—Entendido. En las montañas, ahora. Llegaré en cuanto pueda.

Cerró el móvil y se quedó mirándolo un instante, como si tuviera en la mano un objeto en cuya existencia le costaba creer. Luego lo guardó de nuevo en el bolsillo, alzó la vista y dijo lo que todos habían adivinado.

—No sé si es apropiado llamarlo así, pero *Chaha'oh* ha matado a otro.

34

El primer pensamiento de April fue para Seymour.

Siempre, frente a una demostración de la ferocidad humana, se preocupaba por su hijo. Se preguntaba qué estaría haciendo en ese momento, si se encontraba a salvo. Vivía protegido hasta de la mera sospecha de que en el mundo pudieran existir cosas como esas de las que ella era testigo. Cualquiera que se sentara ante un televisor que transmitía un noticiario o abriera las páginas de un periódico lo hacía con la suposición inconsciente de que nada era cierto, que esas imágenes, esas palabras y esas fotos se referían a algo que pertenecía a un mundo hipotético, irreal. Todo lo que ocurría solo podía pasar a otras personas y en otros lugares.

En cambio, April sabía demasiado bien qué fácil era que todo ocurriera aquí y ahora.

Mientras caminaban, se volvió a observar el heterogéneo grupo de personas que avanzaban en silencio, cada una inmerso en un estado de ánimo no muy diferente del de las demás. Cualquier otra situación los habría dividido. Robert era detective, ella era periodista; dos categorías muy diferenciadas, protagonistas, cada una a su modo, del viejo juego de policías y ladrones. Jim y Charlie eran dos simples ciudadanos. Su presencia ni siquiera se habría tomado en consideración en el momento de iniciar las investigaciones.

Pero esta vez era distinto.

Nada parecía ya pertenecer al orden establecido de las cosas. Habían dejado atrás la cueva en la montaña y su macabro contenido con un suspiro de alivio. Ahora iban con la sensación liberadora de que cada paso los alejaba de un lugar hostil, donde algo terrible había impulsado a un hombre a desencadenar algo más terrible aún. Pero al mismo tiempo se daban cuenta de que iban al encuentro de otra amenaza tan viva y real como difícil no solo de comprender sino de aceptar.

«Matará a todos los que llevan la misma sangre en las venas.»

En la gruta, las palabras de Charlie los habían enfrentado a su fragilidad y a su ignorancia. Al comienzo de ese tercer milenio se sentían asustados y aterrados en la misma medida en que un individuo primitivo, desde su refugio rocoso, observaba el fenómeno prodigioso de un rayo y oía con el corazón en la garganta el estrépito subterráneo de un trueno. Llevaban encima el teléfono móvil, la pistola, la brújula y ropas que habrían hecho llorar de alegría a hombres y mujeres que habían vivido antes que ellos, y sin embargo...

Habían tratado desesperadamente de no creer, para no tener que admitir sus límites. No obstante, ahora April se veía obligada a tener en cuenta la mirada circunspecta con que todos daban cada nuevo paso y el modo como cada uno prestaba atención a Silent Joe y a su comportamiento.

En realidad, su único recurso se hallaba representado por ese perro extraño, que solo hacía oír su voz en los momentos en que el horror se convertía en presencia y por lo tanto en terror. A April le parecía todo absurdo y significativo al mismo tiempo. Pensar que, tras siglos de civilización, se encontraban de nuevo obligados a confiar en el misterio de la percepción animal...

Después de la llamada que recibió Robert, cayeron en la cuenta de que se hallaban mucho más cerca del Cielo Alto Mountain Ranch que del campamento de Caleb, el lugar donde había comenzado todo. Por ese motivo bajaron hacia el oeste, con la intención de llegar a la aldea y buscar allí algún medio para volver a la ciudad.

Jim dejó a Charlie la tarea de encabezar la marcha y se puso al lado de Robert, detrás del grupo. April caminaba con los oídos alerta, para escuchar sus palabras. No para sonsacar, sino para saber. No por su curiosidad profesional de periodista, sino por su ansiedad de mujer. Necesitaba escuchar qué decían. No deseaba participar ni volverse a mirarlos. El aspecto de sus caras, blanco y agotado, debía de ser el mismo que el de ella.

Jim.

—¿Quién es el muerto?

Robert.

—Curtis Lee.

Jim.

—¿El arquitecto?

Robert. Seco, preciso, inexorable.

—Sí.

April conocía a Curtis Lee. Lo había entrevistado para el *Chronicles* hacía unos dos años. Vivía a cierta distancia de la ciudad, en un pequeño valle que corría paralelo al camino que subía hacia Sedona. Pese a su juventud, era muy valorado, incluso internacionalmente. Era un hombre raro pero rodeado del encanto y el carisma que trasciende el aspecto físico y la fama pasajera. Además de sus diseños revolucionarios, que habían merecido elogios que lo comparaban con los grandes innovadores del pasado, se había convertido en un ardiente defensor de un concepto de arquitectura muy riguroso, de una creatividad y una pureza sin concesiones al consumismo, inspirado en el que puso en práctica Frank Lloyd Wright en su casa de Taliesin West.

Cuando la recibió en su vivienda, April se encontró ante un pequeño prodigio de la inventiva humana. Aparte de los cimientos, el suelo y los muros del perímetro, en el interior las paredes eran muy escasas. Todas las divisiones de aquella casa experimento se habían realizado con combinaciones de plantas y arbustos de toda clase.

April no conocía bien los diversos ejemplares del mundo vegetal, pero supo que se hallaba en presencia de algo ambicioso y místico en igual medida. Se dio cuenta de que las plantas no se habían elegido al azar o por su valor estético y decorativo, sino a partir de un conocimiento y un estudio profundo del alma de cada árbol y cada arbusto.

El conjunto era tan delicado y pleno de energía que olvidó casi todas las preguntas que había preparado. Recorrió aquellas estancias semejantes a invernaderos, mientras Curtis Lee, con voz despreocupada, ilustraba sus conceptos inspiradores con tal precisión que no necesitaban aclaración alguna. Su objetivo consistía en construir una casa que tuviera vida, no solo en las formas sino también en su esencia más íntima. Además de las tres dimensiones conocidas quería abarcar también una cuarta: el tiempo. Un lugar en continua mutación donde la relación entre continente y contenido aportara beneficios a ambos. Cada parte técnica se transformaba en un concepto decorativo. La compleja instalación de riego, alimentada por un manantial que brotaba en la propiedad, era una verdadera obra de arte. Las canalizaciones llegaban a todos los rincones de la casa, con una armonía que revalorizaba al mismo tiempo el contexto. Hasta se había tenido en cuenta la emisión nocturna de anhídrido carbónico de las plantas, que se utilizaba en provecho de aquella forma de construcción biológica.

April recordaba que, cuando volvió a su casa, sintió durante un tiempo que, a su pesar, le resultaba antinatural el lugar donde vivía.

Ahora ese hombre tan brillante estaba muerto, asesinado por un ser que extraía su fuerza de esa misma tierra que alimentaba la vida de las plantas. Y lo había matado sin tener en absoluto en cuenta su genialidad. Había preferido obedecer una orden que venía del pasado, el fruto de una plegaria que quizá no comprendía pero que debía cumplir.

A sus espaldas, Robert había bajado un poco la voz. Poco después, April entendió por qué. No quería que lo oyera Charlie.

—Hay algo anómalo en este nuevo homicidio. La modalidad es la misma, pero el lugar donde encontraron el cadáver no es un espacio abierto. Curtis Lee tenía todos los huesos rotos, pero lo mataron dentro de la casa, donde había suelo, no tierra.

Robert no añadió más, Jim no replicó, y ella no intervino. No porque no sintiera la necesidad de aclaraciones, sino porque era consciente de que nadie podía dárselas.

Continuaron por el camino a paso rápido, y pronto vieron el espacio donde estaba aparcado el helicóptero azul del Cielo Alto Mountain Ranch.

Silent Joe, que hasta ese momento había caminado al frente del grupo como si supiera adónde iban y se encargara de guiarlos, se detuvo y se volvió a mirarlos. Tal vez tomaba conciencia de su responsabilidad. Aunque quizá atribuirle un sentido humano de la percepción fuera excesivo. Sin embargo, tampoco cabía subestimarlo, a la luz de los hechos, dado que su instinto se había revelado más eficaz que la inútil razón de todos ellos.

Cuando Jim lo alcanzó, trató de recompensarlo por su ayuda con una agradecida caricia en la cabeza. Como de costumbre, Silent Joe aceptó el gesto como algo debido. Aun así, cuando él se agachó a mirarlo, April habría jurado que, si un perro era capaz de sonreír, Silent Joe lo estaba haciendo en ese instante.

Descendieron hasta la aldea, tan agotados mentalmente que el cansancio físico pasaba a un segundo plano. El sendero se volvía más fácil a medida que se aproximaban.

Poco antes de llegar al claro donde se aparcaban los coches, sobre el tronco de un álamo alguien había tallado con mano firme un corazón que encerraba la leyenda «Cliff ama a Jane». April pasó al lado con el pensamiento amargo de que esas palabras sobrevivirían a las personas que las habían escrito.

Y también al amor de ambos.

Del aparcamiento salieron al gran corral entre las cabañas y fueron hacia la Club House en busca de Bill Freihart. Mientras tanto, April miraba a su alrededor con ojos nuevos.

Coches, casas, música, risas, esperanzas, hombres, mujeres, amor...

Todo lucía tan remoto y banal, tan inútil y frágil, ahora que el odio y la venganza parecían los únicos motores del mundo, y la muerte sin defensa, la única perspectiva. Bill se asomó a la galería vestido con el poncho y el Stetson que constituían su uniforme de trabajo en el Ranch y se quedó observando al extraño grupo que se acercaba.

En cuanto pudo hacerse oír sin gritar, Jim le avisó:

—Bill, hay una emergencia. Cogeré el helicóptero. Yo respondo ante Cohen.

Para subrayar sus palabras, Robert mostró su placa de policía.

Bill hizo un movimiento de aprobación con los hombros.

—En lo que se refiere al helicóptero, el jefe eres tú. No tienes que darme ninguna explicación.

April vio que Jim se volvía hacia ella. Sus palabras eran solo para ellos dos.

—Yo me voy con Robert. Tú ve con Seymour.

No era una orden, sino una preocupación. Esas palabras hicieron que acudieran lágrimas a sus ojos. Significaban que durante todo ese rato también Jim había pensado en lo mismo. No consiguió responder nada. Se limitó a hacer un ademán afirmativo con la cabeza mientras experimentaba la sensación tranquilizadora de no estar sola.

Después Jim se dirigió a Charlie. April tuvo la impresión de que entre esos dos hombres, ligados por la sangre y una civilización común que todavía sobrevivía, se había establecido una relación nueva.

—Tú quédate con ellos, por favor. Y llévate al perro.

—De acuerdo —respondió Charlie, como si no pudiera ser de otro modo.

Por último Jim se agachó y habló al oído de Silent Joe.

—Escucha, chaval, quiero que vayas con ella y te portes como un valiente. Es importante. ¿Me has entendido? Debes quedarte con ella y el niño.

El perro retrocedió y dejó escapar un rápido estornudo, que era su insólita manera de asentir.

Jim se irguió y April se encontró ante una persona distinta de la que conocía. Un hombre al que había amado y al cual había negado hasta el menor gesto de afecto. Todo este tiempo se despreciaba a sí misma, porque a pesar de todo no conseguía dejar de amarlo.

Ahora entendía que se estaba esforzando todo lo posible por reencontrarse. Todavía le temía, pero si lo que decía era cierto, habría ocasión de que recobraran la mutua confianza necesaria.

Se estiró y le besó en los labios.

—Ten cuidado.

El tiempo para una rápida sonrisa, y Jim ya se había alejado por el sendero entre los árboles, seguido por Robert. Poco después oyeron el silbido de la turbina y el flap flap sofocado de las aspas al ponerse en movimiento.

Permanecieron allí hasta que el helicóptero se perdió del otro lado del borde recortado de la vegetación. Jim mantuvo la máquina inmóvil apenas el tiempo necesario para echar una mirada a través del reflejo del plexiglás. Luego maniobró el helicóptero para que trazara un viraje y se convirtió en un proyectil azul engullido por el azul del cielo.

April se quedó aún un instante más en compañía del eco de la hélice que se alejaba y luego se volvió, pensando que se encontraría frente a Charlie. Pero en su lugar se encontró ante la belleza intemporal de Swan Gillespie.

35

Llegaron a la casa al cabo de veinte minutos, tras su vuelo de langosta.

Antes de aterrizar, con un viraje desde el norte Jim guió el helicóptero para realizar un superficial reconocimiento del terreno. A vista de pájaro, aquella cuenca natural se revelaba como un lugar comparable al Jardín del Edén. El gran espacio que rodeaba la vivienda de Curtis Lee era el fruto de una genial técnica de proyección del entorno y esmerado mantenimiento. El resultado era una sensación cromática casi táctil, como si lo que recorría la sombra del helicóptero no fuera un lugar real sino un tablero sobre el cual los elementos podían ubicarse como uno quisiera.

Jim se preguntó cuántas personas debían de trabajar allí para mantener en semejante nivel estético los prados, las plantas y todas las demás especies. Estaban tan bien combinadas que hacían pensar más en el arte de un pintor que en la simple técnica de un jardinero.

O bien, si de técnica se trataba, su forjador la había hecho salir de los cánones habituales para transformarla en una expresión de puro genio.

Por debajo se elevaba una construcción rectangular cuyo techo destacaba por el perfecto equilibrio entre tejas y terrazas de arbustos, como si su creador hubiera querido privilegiar, además de la de abajo, también la vista desde lo alto. Donde no dominaba el verde sobresalía el rojo de los tejados, que en ese caso se habían preferido a las tejas canadienses o a las tablas de madera. El conjunto reflejaba una simetría y una armonía que integraban a la perfección el edificio al entorno y que, pese a sus considerables dimensiones, le daban la apariencia de un producto espontáneo de la naturaleza.

Jim sabía que Curtis Lee, en los comienzos de su carrera, había proyectado varias casas en Sedona, un conjunto urbano habitado por gente rica y con declaradas ambiciones New Age. Incluso pasado el tiempo las construcciones que llevaban su firma resultaban las más originales y, algo raro entre los arquitectos muy innovadores, también eran cómodas para vivir.

Maniobró el helicóptero hasta posarlo sin sacudidas en un prado rodeado de arces japoneses. Todavía no había tocado tierra cuando su pasajero se desabrochó el cinturón de seguridad, se quitó los auriculares y abrió la puerta. Jim apagó los motores y lo imitó. Bajaron de la cabina agachando instintivamente la cabeza para evitar el radio de acción de la hélice, que continuaba con su inercia hasta detenerse.

Durante el viaje casi no habían hablado, como si callar fuera un modo de aplazar la sensación de lo que iban a ver en unos momentos. Robert sintonizó la frecuencia policial y advirtió por radio al agente Cole que estaban llegando por aire. Desde lo alto habían visto al policía con su uniforme azul oscuro de pie frente a la entrada de la casa, que con la cara levantada hacia el cielo seguía la maniobra de aterrizaje.

Mientras se acercaban a la entrada, Jim pudo valorar aún más el alcance de aquel proyecto que quizá se definiera mejor con el término «experimento». Durante el tiempo que había trabajado al servicio de Lincoln Roundtree, había visto casas de gente rica, algunas construidas a partir de proyectos de arquitectos reconocidos mundialmente, pero ninguna de ellas podía siquiera aproximarse a esa esplendorosa muestra de arte habitable.

La única nota que desentonaba era la presencia de los coches de la policía y la ambulancia, que habían hollado con sus neumáticos una zona de la propiedad generalmente reservada a pies humanos.

Cuando alcanzaron al agente Cole, su rostro no mostraba el cauto deslumbramiento de Jim ante lo que lo rodeaba. Si lo había sentido, se había disipado al descubrir lo que la casa escondía en su interior.

Robert no perdió tiempo en preámbulos. Además, Cole no parecía necesitarlos.

—¿Cómo ha sido?

—Como los demás.

Fin de toda esperanza, por muy débil que fuera.

—Joder. Anda, vayamos a ver.

Cole dirigió una rápida ojeada a Jim y poco después una mirada interrogativa a su superior, que lo liberó de toda responsabilidad en cuanto a la presencia de un extraño en el escenario de un crimen.

—No hay problema, Cole. No te preocupes.

El joven, con gesto aliviado, dio media vuelta y los precedió rumbo a la entrada principal.

Mientras caminaba los puso al corriente de la situación.

—El doctor Lombardi ha estado aquí hasta hace una hora. Ha hecho sus investigaciones iniciales y ha dicho que debía comparar las diferencias entre los otros homicidios y este. Ahora ya se ha marchado, pero me ha dicho que, en lo que a él concierne, podemos retirar el cuerpo cuando queramos.

El detective hizo apenas un gesto de asentimiento con la cabeza. No esperaba otra cosa, aun sin haber visto el cadáver.

Quedaban solo las palabras de Charlie para describir lo que sucedía.

«El círculo se ha cerrado. Se ha creado la Sombra.»

Una vez pasaron el umbral, siguió reinando la sensación de que el espectáculo de fuera continuaba en el interior, sin solución de continuidad. Sobre un suelo de resina blanca con un revestimiento que le daba un aspecto mojado, se desplegaba un conjunto de escaleras, plantas, arbustos y estancias sostenidas por troncos de árboles que se adivinaban vivos entre las pocas paredes de ladrillos. Perfectamente integrados en el ambiente, había unos tubos suspendidos, de un material que Jim no logró reconocer y que representaban, con toda probabilidad, el sistema de riego. Resultaba claro que el conjunto se inspiraba en el concepto del acueducto romano, pero interpretado a la luz de la tecnología actual, suspendido de manera que resaltara su impacto arquitectónico.

En una ocasión Jim había visto, en un semanario, un artículo sobre una casa construida en la copa de un gran árbol en el parque africano de Masai Mara. Pensó, al ver esa foto, que el crudo concepto de naturaleza que se desprendía de ella resultaba impresionante en comparación con las casas en las que la gente solía vivir en la ciudad.

No obstante, la casa de Curtis Lee superaba de lejos esa sensación. Se preguntó cómo debía de ser el cerebro del individuo que había ideado, proyectado y realizado la maravilla que lo rodeaba.

Pasaron por un vestíbulo cuyas paredes, a izquierda y derecha, estaban formadas por plantas de bambú combinadas con papiros más bajos, de modo que generaban un constante movimiento de las hojas, que parecían mecidas por una ligera brisa.

—Por aquí.

Siguieron al agente Cole, que los guió hacia una escalera de una docena de peldaños que subía hasta una plataforma cuadrada, un metro y medio más elevada que el suelo, de la cual partía un nuevo tramo de escalones.

Cole los precedió hasta alcanzar la plataforma.

Y allí lo vieron.

El cuerpo desarticulado de un hombre yacía desplomado en un cuadrado de resina blanca. Solo el físico y lo que quedaba de sus rasgos lo diferenciaban de los cadáveres de Jed Cross y Caleb Kelso. Por lo demás, el cráneo deformado bajo una masa de cabellos castaños, los ojos juntos, la boca torcida en una mueca paralizada en el último grito eran los signos de la misma ira y la misma fuerza implacable, del paso de algo terrible y sin remedio.

Sabían que si levantaban una articulación y giraban el cadáver el resultado sería el mismo que con los muertos anteriores. Sentirían como si le faltaran los huesos, y al perforar la piel verían salir, del interior de eso que había sido un hombre, solo un polvo muy fino.

Ver a las primeras víctimas los había llenado de horror por lo que creían fruto de la deformación de una mente humana. Pero ahora que conocían la verdad, o lo que un viejo indígena les había revelado como una probabilidad, ya no conseguían defenderse con las pobres armas de la lógica. Se veían obligados a recurrir a algo ancestral, a un instinto que acaso ya no poseían y que debían buscar en su interior con frenesí y con temor, para sacarlo a la luz.

La superficie en la que yacía Curtis Lee estaba rodeada por los cuatro costados por grandes tiestos, también de resina, alineados al nivel del suelo y animados por la gracia natural de plantas de bajo porte. Los arbustos eran cuidados con dedicación de modo que sirvieran de parapeto natural. Encima de cada uno de los tiestos pendía del techo, por medio de un sistema pensado expresamente, una canaleta de riego, por donde el agua corría libre a la vista, sin la opresión de tubos ni aspersores.

Robert permaneció unos instantes observando el cuerpo. El cadáver estaba sucio de tierra y tendido en parte sobre un estrato de humus que en la convulsión de la muerte aquel desdichado había arrastrado fuera de los tiestos.

Jim reparó en que Cole miraba hacia otro lado. Quizá en la academia de policía lo habían preparado para mucho, quizá creía estar preparado para todo, pero lo que tenía ante sus ojos superaba lo mucho y todo lo que una mente humana podría lograr imaginar.

—¿Quién lo ha encontrado?

El agente pareció contento de volver a los parámetros de una investigación policial normal.

—Theodore Felder, su abogado. Él nos ha llamado. Curtis Lee acababa de llegar inesperadamente de Europa. Lo había citado en la casa, y en el momento en que cogía el sendero de acceso lo oyó gritar. Apenas tuvo tiempo de llegar hasta aquí. Lo encontró así.

—¿Dónde está ahora?

—Le tomé declaración y cuando vi que no le sacaría más dejé que se marchara. Es bastante anciano y además estaba en un leve estado de choque. Los muchachos tuvieron que darle un tranquilizante.

La falta de objeciones hizo comprender al agente que había actuado según las reglas. Se relajó, pero su mirada se mantenía lejos del suelo.

—Dijo que pasará mañana por la Central a hablar con usted.

El detective dejó escapar un suspiro de consternación. Felder era una persona que conocía los procedimientos, que sabía cómo moverse y cuáles eran las preguntas. Pero no conocía las respuestas, al menos en ese caso.

—Muy bien, Cole, muy bien.

—¿Qué hacemos con el cuerpo?

—¿La Científica ya ha hecho todo lo que debía?

—Sí.

Robert guardó unos segundos más de silencio, con los ojos fijos en el hombre muerto caído en el suelo. Jim sabía qué estaba pensando su amigo. El problema no radicaba en lo que la Científica podía o debía hacer, sino, en aquel caso, en lo inadecuado de la definición de «científica».

—Creo que podemos retirarlo. Pero después cerradlo con cinta policial, así podré echar una ojeada por aquí.

El agente cogió el *walkie* del cinturón y se puso en contacto con los demás hombres. Al llegar, Jim no había visto a nadie, por lo que era de suponer que se hallaban en los coches esperándoles a ellos.

Tal vez se preguntaban qué cuernos estaba pasando en la ciudad.

—Muy bien, muchachos, podéis retiraros.

Poco después entraron los enfermeros con la camilla y se acercaron al cuerpo. Abrieron un saco de tela impermeable verde y lo metieron dentro. Jim pensó con amargura que el color del saco era sin duda el único tono de verde que el arquitecto no había previsto incluir en su casa. El ruido de una cremallera de plástico que se cerraba fue el elogio fúnebre de la tecnología a la memoria de Curtis Lee.

Cuando el suelo quedó libre, el detective se dio cuenta de que los lados se inclinaban en leve pendiente hacia el centro y que en medio de esa pequeña cantidad de tierra removida sobresalía el agujero de una rejilla de desagüe. Sin duda servía para despejar el suelo de los residuos del riego. Dado que no se conectaba con ninguna cañería por debajo, tanto él como Jim conjeturaron que se hallaba escondido en el suelo y corría disimulado por las barandillas. Ello constituía una prueba más, si todavía hacía falta, de la creatividad del hombre que había ideado aquella maravilla.

Jim había guardado silencio hasta ese momento. Cuando los hombres se marcharon y los dejaron solos en lo alto de la escalera, Robert se decidió a preguntarle su opinión.

—¿Qué piensas?

—Me pregunto una cosa. O dos.

—A ver si son las mismas que me pregunto yo.

—Ante todo, ¿qué tiene que ver el arquitecto Curtis Lee con Caleb Kelso y Jed Cross? No los unía ningún parentesco, ningún vínculo de sangre, que yo sepa.

—¿Y entonces?

—Entonces podríamos suponer que hay alguna otra persona con quien relacionarlo. Tal vez con el que llevaba el sombrero con adornos de plata, o el de la pluma. O el dueño del pañuelo rojo.

—¿Por qué?

—Si Lee era descendiente de uno de esos hombres, hurgando en su pasado quizá hallemos un indicio, una señal que nos lleve a lo que en realidad sucedió en Flat Fields. Pero sobre todo a los nombres.

Robert empezó a bajar la escalera. Caminar siempre lo ayudaba a reflexionar. Jim lo había comprobado cuando se encontraron los cuatro en su casa. Lo siguió.

—Estoy de acuerdo contigo. ¿Cuál es tu otra duda?

—Si lo que nos ha dicho Charlie es cierto, si *Chaha'oh* necesita de la tierra para reunir fuerza y cobrar vida, ¿cómo ha logrado subir la escalera y llegar a esta plataforma para matar a Curtis Lee?

—Si existe una respuesta, daría un año de salario por saberla.

La respuesta existía, y fue el propio genio de Curtis Lee quien se la dio sin gastar un solo dólar. Apenas habían pasado el umbral de la puerta de entrada, cuando del interior llegó un ruido de agua que corría por los aleros. Probablemente en alguna parte un temporizador había puesto en funcionamiento el riego.

Robert y Jim se miraron y reconocieron cada uno en la cara del otro la misma intuición. Jim sintió un escalofrío ante la idea de que lo que habían conjeturado fuera cierto.

—¡Cole!

El detective no tuvo que llamarlo una segunda vez. El joven agente apareció a la derecha, detrás del ángulo de la casa. Notó la conmoción de ambos hombres y, aun sin saber el motivo, se le contagió su estado de ánimo.

—Cole, ¿qué es lo que alimenta el mecanismo de riego?

—Creo que un manantial de agua natural que hay al otro lado de la casa.

—¿Lo crees, o estás seguro?

Era un muchacho listo. Aunque no sabía por qué, entendió enseguida que esa hipótesis debía ser reemplazada de inmediato con una certeza.

—Voy a comprobarlo.

Cole se alejó corriendo. El detective Robert Beaudysin y su ocasional piloto se quedaron solos, con una teoría y el estupor de pensar que pudiera confirmarse.

—No puede ser de otro modo, Robert. Ha pasado por allí. El manantial sube desde el subsuelo. A través del sistema de riego ha accedido a la tierra de los tiestos, y cuando Lee llegó a su plataforma lo cogió y lo mató.

—Sí, es plausible. No hay otra explicación. Pero si las cosas fueron en verdad así, ¿cómo lo hizo para irse?

Jim quedó atrapado en la misma obsesión que él mismo se planteaba. Pero la verdad es siempre más simple que cualquier suposición abstrusa. Llegó como un rayo, y tan fuerte que el detective lo vio palidecer de golpe.

—Esa tierra que había en el suelo. No se ha ido, Robert. ¡Todavía está aquí!

El detective comprendió de inmediato lo que quería decir. Con un sincronismo perfecto dieron media vuelta y entraron corriendo en la casa. Con toda la velocidad y la ansiedad de que eran capaces desanduvieron el recorrido que acaban de hacer. Subieron volando los escalones, como si fueran los de la escalera que llevaba al Paraíso.

Pero cuando llegaron arriba, se encontraron ante un anticipo de su infierno personal en la tierra.

Sin duda era un detalle que había previsto el diseñador de la casa. Probablemente el temporizador funcionaba no solo regido por la hora, sino también por el flujo del riego. Según la fuerza del agua, los tubos de irrigación cumplían la función de regar, o bien la de lavar la superficie donde se hallaban los tiestos.

Frente a sus ojos incrédulos, un último y sarcástico chorro de agua limpia cayó de lo alto hacia las profundidades de la tierra a través del hoyo de desagüe situado en el centro de un suelo perfectamente limpio.

36

April conducía hacia su casa sin dejar de repetirse que nada de todo aquello era cierto.

Pensaba que en poco rato una voz fuera de escena gritaría «¡alto!», se encenderían las luces y aparecería alguien para explicar que se trataba de una broma. Que ese tipo de cosas eran fruto de la pésima literatura o el peor cine y que nada semejante era posible en un mundo en el que volaban helicópteros, se recorrían los inexistentes caminos de internet y donde la gente vivía alimentándose de las imágenes de un televisor. Pero en cuanto volvía la cabeza, la presencia de Charlie y de Silent Joe bastaba para recordarle que lo imposible estaba sucediendo realmente. Y el pensamiento apabullante de cuatro personas asesinadas de un modo atroz por las malas acciones de sus antepasados adquiría un sentido de tragedia y de burla al mismo tiempo.

Era la vieja ley del talión, la que exigía ojo por ojo y por cada víctima otra víctima. Todos los hijos que cuatro asesinos sin piedad habían traído al mundo, y los hijos de sus hijos, hasta que se aplacaran un dolor y una ira tan fuertes que sobrevivían al tiempo y a la disolución de la muerte.

Silent Joe, en el asiento posterior del coche que habían pedido prestado a Bill Freihart, se movió para acomodarse mejor. Había subido sin rodeos, indolente y asimétrico, comprometido con su misión, como si para él fuera una sinecura ir con aquella muchacha a la que le había encomendado su dueño. Se lamió los labios con su lengua rosa, estornudó y la miró con los ojos pícaros de quien no habría desdeñado un tentempié.

April le sonrió. Era increíble cómo ese animal lograba entender, aun sin el don de la palabra.

—Tranquilo, perro. Cuando lleguemos a casa todos comeremos algo.

La larga caminata hasta la cumbre del Humphrey's Peak, el hallazgo de la cueva y su contenido y el regreso a paso de marcha forzada después de la llamada telefónica que anunciaba el nuevo homicidio habían desplazado a un segundo plano los normales hábitos alimentarios. Por otro lado, las cosas con las que habían entrado en contacto no eran de las que generan una buena relación con el estómago. Ninguno de ellos había sentido la falta de alimento.

Inmediatamente antes de partir del Ranch había telefoneado a Seymour, a casa de Carel Thorens. Para permitirse aquella excursión no programada a la montaña, había confiado su hijo al vecino, aprovechando que disponía del día libre. Carel se había mostrado encantado de pasar un rato con su compañero de náutica, y también Seymour había aceptado con entusiasmo la propuesta. Los había dejado de pie delante de la casa con un saludo desde la ventanilla y una sonrisa en los labios. Pero después se encontró con demasiadas cosas gélidas, y ahora esa sonrisa era una flor de hielo. Marcó el número con una ansiedad solo justificada por su sentido protector de madre.

Carel respondió al segundo timbrazo.

—Hola, Carel. Soy April. ¿Cómo estáis?

—Estupendamente. Hemos pintado e impermeabilizado durante toda la tarde. Estamos colocando el bote en el remolque.

Su voz tenía el timbre sereno de los que no saben. April lo envidió.

—¿Dónde estáis?

—En mi garaje.

Aunque se decía que su preocupación era exagerada, no consiguió evitar una intensa sensación de alivio al pensar en un sólido suelo de cemento.

—Fantástico. Esperadme allí, ya llego.

Levantando una pequeña polvareda, llegaron por fin a Gravel Highway. April dobló a la izquierda por Fort Valley Road y se encaminó entre el escaso tráfico vespertino hacia Flagstaff. Los coches ya habían encendido los faros. Y también las ventanas iluminadas en muchas casas constituían una presencia tranquilizadora. Del otro lado de los cristales, la gente se dedicaba a las tareas que formaban parte de la vida cotidiana. Comer, beber, reír, leer un libro, hacer el amor, hablar mucho para en realidad no hablar de nada. Todo, incluso lo que antes juzgaba banal, le parecía lejano y envidiable.

Un resoplido del perro le recordó que tenía compañeros de viaje y la devolvió al interior del vehículo. Se dirigió a Charlie, cuyo perfil se recortaba oscuro al contraluz del cristal. Su presencia significaba la única barrera posible contra la amenaza que se cernía a su alrededor, cualquiera que fuera su nombre.

Volvió a prestar atención al camino. Le habló sin mirarlo a la cara.

—Tú ves esas cosas, ¿verdad, Charlie?

—Sí.

Pronunció el monosílabo sin énfasis pero también sin ninguna indulgencia para consigo mismo.

—No debe de ser agradable.

—No. No lo es.

Su voz contenía todo el significado de la soledad. Y todo el cansancio del mundo. Ese cansancio inmóvil, sin sudor, que genera un agotamiento contra el cual no hay descanso.

April experimentó un instintivo impulso de afecto por ese viejo indígena. Era un sentimiento nuevo que se añadía al respeto que ya le merecía.

—No consigo imaginar cómo puede ser.

—Es como no poder cerrar nunca los ojos porque las imágenes siguen llegando de todos modos. Es como continuar soñando durante el día o estar despierto durante el sueño. En el mundo hay demasiadas cosas que saber para un solo hombre, aquí o en cualquier parte.

April contuvo el aliento. Era una periodista acostumbrada a hacer preguntas. No solía temer las respuestas. Aquella era una entrevista con el miedo que todo ser humano lleva dentro al venir al mundo y que arrastra, tratando de ignorarlo, hasta el fin de sus días.

Preguntar y arrepentirse de haberlo hecho fueron dos actos simultáneos.

—¿Cómo es saber?

—A veces es una pesada carga.

De pronto decidió que no quería oír más, si es que pretendía poder dormir aunque fuera un poco la noche siguiente. Cambió de tema con la razonable certeza de que Charlie adivinaría el motivo.

—¿Sabes lo de Jim y yo? ¿Sabes que Seymour es su hijo?

El viejo, sentado junto a la ventanilla, hizo una breve señal afirmativa con la cabeza. Su piel era la roca roja y estriada de un antiguo cañón. Su expresión parecía tallada en el mismo material.

—Saber es también eso.

Por un breve instante se quedaron en silencio. Luego, de manera sorpresiva, Charlie emergió de su reserva habitual.

—Él es diferente, ahora. Está encontrando un camino. Con esfuerzo, pero lo está encontrando. Ya no es el mismo hombre que partió de aquí hace mucho tiempo.

Las palabras de Charlie fueron como miel para April. Lágrimas de alivio cayeron contra su voluntad por las mejillas, pero las dejó correr sin pudor. Pese a todo, no quería ceder a la ilusión, así que se obligó a creer solo en el sentido común, cínico por naturaleza.

—Las personas no cambian, Charlie.

El viejo la miró.

—Tienes razón. Nadie cambia. A veces, sin embargo, alguno lo logra.

Hizo una pausa, como si necesitara buscar las palabras. Pero April sabía que se estaba tomando unos segundos de reflexión, para evaluar cuánto podía revelar sin asustarla.

—Eres una mujer fuerte. Para ti, tu hijo no ha sido una condena, sino una elección, porque tu amor ha sido más fuerte que todo. Por eso no te has perdido nunca, ni siquiera en los momentos en que has creído estarlo...

April no tuvo coraje para preguntarle cómo había llegado a percibir con tanta precisión esas cosas que decía de ella. Pero, de algún modo, ya se lo había explicado él mismo, hacía solo unos minutos.

«Saber es una pesada carga que llevar.»

Charlie continuó su breve viaje por sus historias de seres humanos.

—Tres Hombres siempre ha vivido con la ilusión de poder negar lo que es. Pero nadie lo logra de verdad. Incluso cuando optó por seguir el camino más fácil, en el fondo siempre supo que se equivocaba. Por eso le cuesta perdonarse, porque nunca ha conseguido tener el coraje de seguir su naturaleza.

La miró de nuevo. April habría jurado que por un instante vio que los ojos se le humedecían de emoción en la penumbra, mientras hablaba.

—Pero ahora ha encontrado ese valor. Y es, sobre todo, mérito tuyo.

Mientras tanto habían llegado a la ciudad, y April conducía el coche bajo las luces encendidas de la calle. Recorrió lugares donde la gente se movía con ansias de vivir. De pronto tuvo que reprimir una sensación de náusea al pensar que quizá a alguno de ellos ya le acechaba la muerte.

Y ella era una de las pocas personas que sabía cómo, aunque ignorara quién.

Avanzó por Columbus Avenue y en el semáforo dobló a la izquierda, por Leroux Street. Siguió un tramo para luego girar de nuevo a la izquierda por Cherry Avenue hasta San Francisco, que iba en dirección única rumbo al norte. Poco después se detuvo ante su casa, un pequeño chalet con la fachada de madera clara, que formaba parte de un conjunto de viviendas distribuidas entre el verde y el respiro de los olmos.

En otro tiempo había contemplado con agrado aquellas casas ordenadas, cada una rodeada por un pequeño terreno bien cuidado donde crecían flores y arbustos. Pero ahora todo era distinto. Lo que hasta entonces había sido un privilegio se había transformado en una amenaza. Su única defensa era el instinto de un perro.

—Hemos llegado.

—Bien. Qué bonito lugar...

Charlie abrió la puerta. Seymour y Carel debían de estar esperándola en la ventana, porque salieron enseguida de la casa de al lado, una construcción más grande, de ladrillos rojos. Se acercaron sonriendo al coche y April presentó a Carel y a su hijo, al tiempo que estudiaba con temor cómo reaccionaban los dos ante su primer contacto con Charlie. Cuando los vio sonreír comprendió que el hijo de Jim había entrado en los pensamientos del viejo indígena exactamente como el padre.

April se volvió hacia Seymour con ese aire misterioso que entusiasma a los niños porque saben que suele significar una agradable sorpresa.

—Tenemos un invitado. Ven.

Fue a la parte posterior del vehículo. Seymour la siguió, y cuando April abrió la puerta reconoció de inmediato al perro.

—Pero este es Silent Joe. ¿Cómo es que ha venido contigo?

—Es una larga historia. Ahora, creo que este señor tiene hambre. Y yo también.

April consultó la hora.

—Es tarde y no tengo ningunas ganas de ponerme a cocinar.

Miró a su hijo.

—¿Hamburguesa o pizza?

Seymour alzó los brazos como si desde una tribuna estuviera incitando a los gladiadores en la arena.

—¡Pizza! ¡Pizza! ¡Pizza! ¡Pizza!...

April calmó ese ímpetu, más vinculado con el movimiento perpetuo que con las manifestaciones de un niño.

—Muy bien. Ahora, hasta que no podamos comprarle la comida apropiada, darás a este perro una buena ración de espagueti y te pondrás unos tejanos y una camiseta limpios. Después, pizza para todos.

—¡Hurra! Ven, Silent Joe.

April siguió el entusiasmo de Seymour, y Carel y Charlie se quedaron solos. Desaparecieron en el interior de la casa y pronto el perro, en compañía de su nueva referencia alimentaria, fue a la cocina.

April, de pie en el pequeño vestíbulo, miró en el espejo su rostro cansado. Ahora que había aplacado la ansiedad por Seymour, el agotamiento llegó de golpe a reclamar su tributo.

Sobre la repisa situada junto al teléfono había un ejemplar del *Chronicles*, de algunos días atrás. En primera plana se veía una foto en colores de Swan y un artículo que celebraba el regreso a Flagstaff de la estrella de Hollywood. April trató de imaginar qué sentido de reverencia y sumisión debía de inspirar su belleza a los ojos de un hombre.

Swan Gillespie era uno de esos prodigios de la naturaleza que, cuando tiene ocasión de mezclar los genes con precisión, produce auténticas obras de arte. La madre era china, y el padre, al que nadie de la ciudad había conocido, debía de ser de raza negra. Su Yen Gillespie llegó a la ciudad con esa niña de cinco años y abrió una lavandería. Casi nadie reparó entonces en ella. Pero cuando la niña creció, los ojos de todos se posaban, obligados, en la hija.

Swan correteó en los sueños de todos los varones de la zona

hasta que al final se convirtió en la chica de Alan Wells, hijo de Cohen Wells. Y eso, en cierto sentido, la puso fuera de alcance.

Al menos hasta que Jim Mackenzie pensó lo contrario...

En el Ranch, cuando April se volvió y se la encontró de sorpresa, le pareció que para ella no había pasado el tiempo. La sensación de fragilidad que transmitía permanecía intacta, y la madurez solo había añadido un poco de misterio a su magnetismo innato.

La incomodidad que experimentaba transmitía una impresión evasiva, como si intentara estar allí y al mismo tiempo en otra parte.

—¿Podemos hablar un momento, April?

April sentía que la ansiedad le empujaba los hombros como una mano que la impulsara a correr hacia su casa. Swan notó su vacilación, pero la entendió mal.

—Te lo ruego. Es importante.

—De acuerdo.

Salieron de la galería y se alejaron por el terreno hacia los *hogan*, en la parte más alta del Ranch.

—Quisiera decirte algo con respecto a lo que ocurrió entre Jim y yo.

April la interrumpió, con la indulgencia que solo sabe dar la prisa.

—Swan, es una vieja historia. No hay nada que explicar. Ya ha pasado todo.

—No. No sabes cuánto querría que todo hubiera ya pasado de verdad. En cambio, algunas cosas no terminan nunca, por lo menos hasta que uno descubre el porqué...

Tras esa pausa, April tuvo la sensación de que Swan ya había pronunciado esas palabras en su cabeza muchas veces.

—No fue una historia de sexo, sino mucho peor, si ello es posible. Jim necesitaba dinero para poder obtener su licencia, y yo solo deseaba marcharme porque aquí sentía que me ahogaba. Tenía mis sueños, o al menos eso creía que eran. Estar con Alan me parecía una prisión. Luego Jim recibió esa propuesta...

—¿Qué propuesta?

—Cohen Wells le ofreció veinte mil dólares para que me llevara a la cama, hacer que Alan se enterara y consiguientemente se separara de mí.

April se sintió como suspendida en el vacío ante lo que oía. Y por la perfidia de ese hombre que se presentaba al mundo como el íntegro Cohen Wells.

—También yo necesitaba ese dinero para ir a Los Ángeles. Jim me lo contó, y nos pusimos de acuerdo. Tramamos el asunto en el motel y por pura casualidad Alan nos descubrió enseguida. Pensar que entonces me parecía una fortuna...

Se detuvo mientras meditaba en las explicaciones que la vida concede solo mucho tiempo después. Luego confesó su culpa.

—Nos repartimos el dinero y cada uno cogió su camino.

Se volvió y la miró a los ojos. En ellos había tristeza.

—Desde entonces nunca he sido feliz.

Sin lograr explicarse por qué, April supo que Swan Gillespie era sincera. De pronto pensó en ellos cuatro, cada uno con su destino a cuestas como una sombra pegada a las suelas de los zapatos, siempre con la ilusión de que eran ellos quienes lo manejaban.

Swan y Jim eran dos personas que podían poseer todo lo que quisieran gracias a su aspecto físico y al influjo que ejercían en la gente. Ninguno de los dos había considerado todo lo que deberían ignorar, sofocar y suprimir en el momento de tomar la decisión de vivir de esa manera. Estaban tan obsesionados por obtenerlo todo sin esfuerzo que habían olvidado que crecer es fruto del esfuerzo.

Como para confirmar sus pensamientos, Swan dijo lo mismo con otras palabras.

—Sí, he tenido éxito. Me aferré a eso porque no tenía nada más. Pero las únicas cosas bonitas que he vivido son las que compartí con Alan y descubrí gracias a él.

April comenzaba a comprender lo que Swan trataba de decirle. Sentía mucha pena por ella.

—¿Lo has visto?

—Sí.

—¿Y qué ha pasado?

—No le conté nada de esa historia. No puedo contarle lo de su padre. No puedo volver después de tanto tiempo y destruir lo poco que le queda. Sobre todo ahora...

La vida de Alan pasó rápidamente por la mente de ambas, como una sucesión de imágenes de sus propias vidas.

—¿Cómo está él?

—Ha madurado. Era un muchacho maravilloso, y yo no lo comprendí. Ahora sé que se ha convertido en un hombre fantástico, aunque no estoy segura de que él lo sepa. O de que quiera saberlo, lo que sería más grave. Habría podido destruirme y no lo hizo. Me di cuenta después de marcharme. Y...

Esbozó una sonrisa amarga que reflejaba la eterna burla de la vida.

—Soy una mujer rica y famosa. Puedo tener a todos los hombres que quiera. ¿No te resulta ridículo que haya descubierto que estoy enamorada del único hombre al cual le he hecho de todo para que me odie?

April no conocía al nuevo Alan. Pero si era el resultado lógico del muchacho que se presentó en su casa aquella noche, sabía que jamás habría sido capaz de odiar. A nadie en el mundo, y menos a Swan.

Sufriría sin dejar que se notara.

«Las personas no cambian. Pero a veces se reencuentran.»

Charlie tenía razón. Jim y Swan no habían cambiado. Simplemente habían tratado de ser diferentes de lo que la vida los llevaba a ser. Por miedo, por juventud, por ansia de vivir, por ese maldito vicio de no saber...

Acogió en los brazos como a una vieja amiga el cuerpo y el llanto de Swan Gillespie. Cuando se marchó del Ranch la vio de pie por el espejo retrovisor, una figura delgada y sola, en busca, también ella, de su pequeña redención. Aún guardaba en los oídos el «gracias» sofocado que había murmurado entre lágrimas.

—Mamá, estoy listo.

La voz de su hijo la sorprendió. Seymour salió corriendo de la cocina, vestido con ropa limpia, seguido por los pasos bamboleantes de Silent Joe. Era increíble la capacidad de ese perro para trabar amistad. Los dos parecían compañeros desde siempre. Y a April le alegraba que así fuera.

—De acuerdo. Sal y espérame en la calle. Tengo que hacer una llamada.

Cogió el listín telefónico y buscó un número. Al cabo de tantos años todavía lo recordaba de memoria. Comprobó que no había cambiado, pese al largo tiempo transcurrido. Lo consideró un buen augurio.

Marcó el número, y el teléfono comenzó a sonar.

Poco después respondió una voz de mujer.

—Mansión Wells. ¿En qué puedo servirle?

—Buenas tardes. Soy April Thompson, una vieja amiga del señor Alan. Necesito hablar con él con urgencia.

Una pequeña pausa, seguida de una reserva profesional.

—Un momento. Iré a ver si está en casa.

La persona que había contestado la dejó esperando. Mientras sonaba una música de fondo y aguardaba oír la voz de Alan, se preguntó qué palabras debía emplear para convencer a un héroe de no tener miedo.

37

A las once de la noche Jim Mackenzie y el detective Robert Beaudysin se enfrentaban a la amarga sensación del fracaso. Después de que eso que llamaban *Chaha'oh* consiguiera irse y volver a las profundidades de la tierra por culpa de su lentitud, los había invadido una frustración de la cual les resultaba difícil recobrarse.

El agente Cole olfateó aquel clima de derrota pero prefirió mantenerse al margen. Que un testigo de un crimen anterior se hallara presente como parte activa en el lugar de un nuevo delito era algo completamente ajeno a las pautas habituales. Y decía mucho de las características tan particulares de aquella investigación.

No llegaba a comprender por qué importaba tanto saber si el sistema de riego se alimentaba de un manantial natural o de un acueducto. Ni el motivo del frenesí que en determinado momento se había apoderado del detective y de su amigo, el piloto de los ojos raros. No obstante, pese a su poca experiencia con los superiores, había aprendido que cualquier pregunta podía ser una pregunta de más. Por ello se limitaba a responder si lo interrogaban y a obedecer si alguien le ordenaba algo.

—Hostia.

Mientras salían al aire libre, Robert farfulló esa palabra, aunque Jim estaba seguro de que tenía otras peores en mente.

—¿Ahora qué hacemos?

El policía lanzó un suspiro que hundía sus raíces en la práctica cotidiana.

—Ahora todo vuelve a los procedimientos policiales normales, amigo mío.

—¿Es decir?

Robert hizo un gesto circular señalando la casa.

—Coger toda la documentación que haya en esta cabaña vegetal y devanarnos los sesos hasta encontrar algo.

Aprovechando que todavía había luz, Jim había devuelto el Bell a la pista de aterrizaje del Cielo Alto Mountain Ranch, mientras Robert, con ayuda de Cole, cargaba en el coche todo el material que era posible y necesario llevarse.

Por un acuerdo tan tácito como espontáneo, ninguno de los dos propuso quedarse en esa casa a examinar los documentos. Eran dos hombres de su época, que sabían vivir en el mundo que los rodeaba. Sin embargo, ahora se hallaban frente a algo que trascendía su capacidad de simples seres humanos, algo que no comprendían y que, pese a todas las explicaciones, no podrían comprender jamás.

Y que temían.

Se citaron en el chalet de Beal Road, donde vivía Jim. Un lugar tranquilo, donde no los molestaría nadie. Robert convino en que resultaría difícil explicar la presencia en su despacho de alguien ajeno al cuerpo de policía. Por otro lado, dado el cariz que tomaba el asunto, no quería prescindir de las opiniones de un interlocutor de la agudeza de Jim.

Unas horas después, ante una mesa llena de papeles y cajas, aún intentaban entender algo. Poco a poco, guiándose por los documentos con que contaban y las notas biográficas del arquitecto, habían logrado reconstruir su pasado. Pero sin encontrar nada significativo.

La familia se había establecido en Flagstaff mucho después de que ocurrieran los hechos que habían dado origen a todo aquel problema. El abuelo materno de Curtis era un comerciante de origen polaco, cuyo verdadero apellido era Lentbowski. Tras la quiebra de su negocio se mudó a la ciudad, poco después de la Segunda Guerra Mundial, procedente de una pequeña localidad de Massachusetts. Se cambió el apellido por el de Lee y se dedicó a hacer un poco de todo hasta conseguir financiación para abrir una pequeña empresa de *catering*, que tuvo cierto éxito. Su hija, Catherine, se casó con un tal Fred Bowlton, agente de seguros de Santa Fe, que en su momento también se había afincado en Flagstaff y había abierto una agencia en la ciudad. Repartía su tiempo entre las pólizas contra rayos y granizo y los bocaditos de la otra actividad de la familia. Hasta que un buen día desapareció, engatusado por los discutibles encantos de una cantante country a la que conoció en el Orpheum, el teatro situado detrás del hotel Weatherford. La esposa no se mostró muy disgustada, pero de todos modos no volvió a formar pareja con nadie. Tanto el viejo Lentbowski como la señora Bowlton-Lee se fueron al otro mundo en rápida sucesión y el joven Curtis quedó como el único miembro de la familia que continuó en las tierras de Arizona. Más adelante, eligió el apellido de la madre para su actividad profesional y se convirtió, todavía joven, en un arquitecto de fama internacional.

Punto.

No había ninguna relación entre él, su familia y cualquier otra cosa que pudiera vincularse con aquellos lugares y lo que había sucedido en Flat Fields más de cien años atrás.

Jim arrojó el enésimo certificado sobre la mesa cubierta de papeles.

—Sin embargo algún nexo tiene que haber. Y estoy seguro de que si lo encontramos tendremos la posibilidad de completar el cuadro.

Robert se sentía tan decepcionado como él.

—Creo que debemos darnos prisa. Si no logramos algún resultado, es posible que mi jefe me retire del caso. O peor: que venga el FBI de Phoenix a reclamar su jurisdicción en el asunto.

Temo que sería de lo más embarazoso tener que explicar lo que está pasando.

—¿De veras crees que existe ese peligro?

Robert asintió y dijo un nombre.

—Cole.

Jim no comprendió. Y probablemente se le notó en la cara.

—No me entiendas mal. Es un buen chaval y estoy seguro de que confía en mí. Quizá hasta me tenga afecto. Pero la verdad, no creo que llegue a mentir por mí. Si alguien le hace preguntas, no arriesgará su carrera para cubrirme.

Señaló las hojas y las cajas que había por toda la habitación.

—Y todo esto, créeme, está muy lejos de corresponder a los procedimientos comunes.

Jim comprendía de sobra los problemas de su amigo. Se levantó y fue a coger un par de cervezas del frigorífico. Al otro lado de la puerta abierta, junto al fregadero lleno de platos, se veía la superficie cubierta de hierba del jardín. No conseguía mirarla sin experimentar una punzada de peligro, como si de un momento a otro fueran a emerger de la tierra huellas de pies descalzos dirigiéndose amenazadoramente hacia él. Huellas como las que habían encontrado en uno de los tiestos llenos de tierra en la casa de Curtis Lee.

Además había otro aspecto fundamental del problema, acerca del cual todavía no habían logrado hacerse una idea. El orden, pero sobre todo la frecuencia, con que la sombra elegía a sus víctimas. Sentían en la nuca el aliento de la urgencia. Debían averiguar, y debían hacerlo deprisa, si querían evitar que una nueva llamada les avisara de otro cadáver, tendido en la tierra con los huesos destrozados y el rostro reducido a una máscara de cera derretida.

Puso una cerveza delante de Robert, que se había inclinado para abrir otra caja.

—Joder, aquí no hay más que recibos y facturas.

Jim se sintió mal. Robert le había enseñado que, en el transcurso de la investigación de un caso tan complicado, no se pasaba por alto ningún detalle. Resultaba imposible saber qué dato sería el que revelaría la solución. Por ello, cada cosa se examinaba como si fuera a brindarles la iluminación.

Papel tras papel, examinaron recibos, extractos de cuentas corrientes, títulos de propiedad, facturas de electricidad y de teléfono. También las copias de algunos de los proyectos más importantes llevados a cabo por el arquitecto durante su carrera.

Muchos llevaban su firma de puño y letra.

Jim pensó que tras su prematura muerte esos documentos constituirían un plato muy sabroso para ciertos coleccionistas. Había allí muchos miles de dólares en forma de datos técnicos que testimoniaban el genio de un artista contemporáneo. Se avergonzó un poco por pensarlo.

Se preguntó si los que encontraron el material de Leonardo da Vinci después de su muerte habían sentido lo mismo, si habían pensado más en el dinero que de ello podían sacar que en la expresión de un intelecto superior.

Cogió el paquete de proyectos y se levantó para apartarlos y despejar un poco la mesa.

—Qué extraño.

La voz de Robert a sus espaldas lo sorprendió. Al volverse, vio que observaba una pila de recibos, sujetos con una goma elástica, que sostenía en la mano.

—¿Qué es extraño?

—Estos son recibos de depósitos.

El detective quitó la goma elástica y los colocó frente a él sobre la mesa. Empezó a examinarlos uno por uno.

—Son los comprobantes de unas cuotas mensuales depositadas en una cuenta corriente abierta en el First Flag Savings Bank, a nombre de la señora Gwendolyn Lee, pagos efectuados por un banco de Barbados, por un importe bastante considerable. Y luego...

Robert se tomó tiempo para hojear con rapidez los rectángulos blancos.

—Luego, a partir de cierta fecha, los depósitos se hacen a nombre del señor Curtis Bowlton Lee. Y aquí...

El policía tenía en la mano una hoja doblada en cuatro, adjunta a los recibos. La abrió y le echó una ojeada.

—Esto es una carta del gabinete jurídico del doctor Theodore Felder. No alcanzo a leer bien la fecha, pero debe de ser de hace mucho tiempo. Se anuncia a la tal señora Gwendolyn Lee que se le hará un depósito mensual hasta que el hijo, Curtis, cumpla los treinta años.

Robert dejó la carta y examinó el último talón de la pila.

—El último recibo lleva un sello de hace siete años. Según estas fechas, cuando murió Curtis tenía treinta y siete años, así que los datos concuerdan.

—Parecería una especie de beca para estudios.

—En general, las becas para estudios llegan del *college* o de alguna autoridad semejante. No creo que Barbados pueda considerarse algo así.

—Entonces ¿qué puede ser?

—No lo sé. Pero opino que hay que hacer una rápida investigación en el banco y con el abogado Felder, aunque no creo que logremos nada. Si ha dado estos rodeos para enviar el dinero, significa que el autor de los pagos se proponía resultar imposible de rastrear. Y ya verás como así será.

Ciertamente, Robert se sentía incómodo en el papel de Cassandra, pero Jim confiaba demasiado en la experiencia de su amigo como para llegar a otras conclusiones personales.

Jim se sentó y continuó bebiendo su cerveza.

Robert se apoyó en el respaldo de la silla y se hizo unos masajes en el cuello dolorido. Su tono de voz dejó de ser el de un policía para convertirse en el de un hombre atemorizado ante algo terrible y desconocido.

—Jim.

—Sí.

—¿A veces piensas en qué hay después?

Jim comprendió muy bien a qué se refería Robert. Era la misma pregunta que habría podido y deseado hacer él, aun sabiendo que obtendría la misma respuesta imprecisa.

—Cada vez que estoy a punto de ir en helicóptero. Es un pensamiento que no me abandona nunca. Después, cuando despego, todo pasa y solo queda la exaltación del vuelo. Pero sé que volverá a ocurrir la vez siguiente.

—¿Y qué opinas sobre ello?

Jim se encogió de hombros.

—Antes creía que era solamente un problema de ignorancia. O mejor dicho, de falta de conocimiento. Los seres humanos, por instinto, siempre han tratado de eliminar el miedo elevando al grado de divinidad las cosas que iban más allá de su capacidad de comprender. Según el grado de evolución, han adorado el rayo, el trueno, la lluvia, el sol, la luna. Cuando estuve en Egipto y en Grecia y vi los templos dedicados a Ra o a Júpiter, pensé que los habían construido con la misma fe con que se levantaron nuestras catedrales cientos de años después.

Jim hizo una pausa y se miró las manos, que sabía capaces de guiar una máquina voladora a cientos de pies de altura.

—Donde el conocimiento no llegaba, algunos intentaban ir más allá con la magia. Siempre he creído que era más útil al que la practicaba que a quien debía gozar de sus beneficios. Pero ahora...

Ahora todo era distinto. La realidad se había convertido en una sentencia impugnable, y lo imposible, en un sustituto válido. Se veían obligados a revisar sus viejas y presuntuosas convicciones, y no lograban encontrar nada para proponer a cambio.

Sepultada en alguna parte del fondo de la tierra había una sombra capaz de apagar vidas y certidumbres.

Robert fue el primero en reaccionar.

—Bien. Continuemos. Veamos qué hay aquí dentro.

Se acercó a dos cajas rectangulares de cartón azul, bastante voluminosas, que había cogido del estudio del arquitecto Lee. Levantó la tapa de la primera.

—Pero mira...

Jim se aproximó a ver qué era lo que había sorprendido al detective. En el interior estaban apilados unos grabados amarilleados por el tiempo, cada uno envuelto en una hoja de papel de seda opaco. Robert cogió con delicadeza el de arriba y lo sacó de su envoltorio protector.

Era un aviso de recompensa. La calidad del papel y del grabado y el cuidado con que lo habían conservado daban a entender que se trataba de un original. El estado de Nuevo México ofrecía una recompensa de quinientos dólares de plata por la cabeza de William Bonney, alias Billy el Niño, buscado por robo y homicidio.

—Creo que esto tiene cierto valor.

—Sin duda. Pero no me parece muy acorde con la personalidad de Curtis Lee.

—Me recuerda a una de esas colecciones que apasionan a los niños, esas que hacen sonreír al recordarlas y acaban criando polvo en un desván.

Examinaron uno por uno los avisos que contenía la caja. Pasaron ante sus ojos nombres, fechas, delitos y promesas de dinero a cambio de la vida o la muerte de diversos sujetos. A muchos los conocían. Eran nombres famosos de la historia de la frontera, mezclados con otros, olvidados pero portadores de la misma carga de culpa y la misma condena a vivir perseguidos.

Jeff Kingston, Emmet Dalton, Bill Doolin, Tom Evans, Scott Truman, Ozzie Siringo...

Al mirar esos rostros reproducidos toscamente por las técnicas fotográficas de aquel entonces, se enfrentaron a una época muy distinta a la que se recreaba en lugares como el Cielo Alto Mountain Ranch. Una época sin gloria ni héroes, en la que morían hombres por disparos de escopeta en la espalda, y en la que particularmente los indígenas eran exterminados en sus campamentos en la montaña.

Cuando sacaron el último, se dieron cuenta de que en el

fondo de la segunda caja había una más pequeña. Robert la cogió y levantó la tapa.

Dentro había fotografías originales, del clásico tono sepia de los retratos antiguos. Se repartieron el contenido y las revisaron una tras otra. También mostraban hombres, mujeres, niños y fragmentos de historia que ahora yacían sepultados en la tierra y los desechos del tiempo.

Entonces ocurrió.

Jim se encontró entre las manos con una foto que lo dejó sin aliento.

—Robert.

El detective alzó la cabeza, y por la expresión de su amigo supo enseguida que iba a suceder algo importante. Cogió la foto que Jim le tendía y cuando sus ojos se posaron en ella se dio cuenta del motivo de la sorpresa de su amigo. De golpe lo embargó el mismo estado de ánimo.

Era el retrato de dos personas, que miraban cohibidas el objetivo, con una timidez que con toda seguridad no habrían sentido en el momento de montar a caballo o disparar a alguien.

El primero era un indígena de edad indefinible, el semblante fijo en la imagen y tallado en piedra, con la piel picada de viruelas y un pliegue cruel en la boca. En la cabeza llevaba un sombrero adornado con una pluma que parecía de águila...

El segundo era más joven, poco más que un muchacho. Alto, con barba. Pero para Robert y Jim el rostro pasó a segundo plano cuando se fijaron en otro detalle. El hombre llevaba en la cabeza un sombrero negro con la copa rodeada de una cinta cubierta de adornos de plata.

—Santo cielo, pero este es...

Jim lo interrumpió para añadir estupor al estupor.

—Exacto. Es el sombrero que encontramos en la cueva. Y te diré más...

Jim se sentó en la silla, pero Robert no pudo imitarlo.

—Yo sé quién es este hombre.

—Coño. ¿Quién es?

Jim sintió de golpe todo el cansancio de la jornada. El leve alivio de haber hallado al fin un rastro era aún más fuerte que su emoción.

—He visto su retrato colgado en una pared, hace pocos días. Es Jeremy Wells, el abuelo de Cohen Wells.

38

Alan Wells ni siquiera había intentado dormir.

Estaba sentado en un sillón en su habitación, inmerso en la penumbra azulada proyectada por un televisor al que había quitado el sonido. Las imágenes se sucedían en el monitor sin el sustento de la voz y todo se convertía en lo que en realidad era. Un inútil y mudo movimiento de bocas en el intento desesperado de hacer oír palabras que nadie escuchaba.

Se había retirado a su habitación después de haber cenado solo. Cuando estaba a punto de sentarse a la mesa, llegó su padre y se asomó a la puerta del comedor en compañía de otros dos hombres. Entraron a saludarlo y Cohen Wells presentó con visible orgullo su hijo a sus invitados.

—Hola, Alan. ¿Todo bien?

—Sí.

—Quisiera presentarte a dos personas.

Aunque en el tono seco de Alan notó una leve impaciencia por la intrusión, continuó con lo suyo. Como siempre, por otro lado.

—Recuerdas a Colbert Gibson, ¿verdad?

Gibson dio un paso adelante, la mano tendida, cordial y falso en la misma medida.

—Hola, Alan, ¿cómo estás?

Consiguió mostrarse diplomático, a pesar de que su deseo

instintivo era mandar a tomar por culo a ese político aprovechado.

—Bien.

Se estrecharon las manos. Gibson no había cambiado nada, salvo por unas canas en las sienes. Era un hombre guapo y actuaba con conciencia de serlo. Alan lo había visto varias veces, cuando era el director del banco. Antes de que diversas apropiaciones indebidas lo hicieran ganar, en lugar de la cárcel, la promoción a alcalde.

Su padre le presentó al segundo hombre.

—Y este es Dave Lombardi. Insiste en pasar por médico forense, cuando es uno de los más importantes expertos en caballos de la región.

El apretón de manos de Lombardi era fuerte y seco, el rostro, bronceado, el pelo, canoso y peinado un poco al azar. Pero los ojos no tenían la fuerza para mantener la mirada. Alan no pudo discernir si se debía a su carácter o a la incomodidad de encontrarse frente a un hombre que cargaba a la espalda una historia como la suya.

Al fin decidió que se trataba de ambas cosas.

Su padre fue hasta la puerta, dispuesto a retirarse.

—Bien, no te molestamos más. Cena tranquilo. Tomaré un café con estos amigos y después saldré de nuevo. Nos vemos mañana.

Gibson y Lombardi lo saludaron con una deferencia que se repartía por igual entre él y su padre, y se dirigieron al estudio en compañía de su anfitrión. Alan pensó que esos «amigos» debían de sentir, cada uno por un motivo distinto, una justa dosis de aprensión en el momento de mantener una reunión con Cohen Wells. Recordaba bien en qué contexto había visto sus nombres últimamente. Ambos figuraban con fuertes adjetivos de censura en su libreta negra. Matices que podían tener como consecuencia la quiebra o la prisión.

Mientras se marchaban, se preguntó por qué su padre los

habría invitado a casa en lugar de recibirlos en el banco. No pudo formular siquiera una hipótesis, porque llegó Shirley a anunciarle una llamada telefónica. Con aire dubitativo añadió que se trataba de una tal April Thompson. Alan, en silencio, tardó unos instantes en decidir si quería hablar con ella. Al final autorizó al ama de llaves a pasarle la comunicación.

La voz de April salió del teléfono, tan dócil y afectuosa como la recordaba.

—Hola, Alan. Soy April. ¿Cómo estás?

—Bien, digamos. ¿Y tú?

—Decentemente. Siempre corriendo, como exige mi profesión. Pero la he elegido yo, así que no puedo quejarme.

—¿Cómo está tu hijo?

—Creciendo. Y con su edad me da todos los parámetros de la mía.

Alan consideró que ya eran suficientes los cumplidos, que entre ellos eran más afilados y puntillosos de lo necesario.

—Disculpa, April. Si es por tu entrevista, yo...

—No, no es por eso por lo que te he llamado.

Una pausa, quizá para buscar las palabras. Al fin salieron las justas. Las más simples.

—He visto a Swan, hace poco. Hemos hablado.

—Entiendo.

—Hemos hablado de ti.

—Esto ya no lo entiendo tanto. Hay mejores temas de conversación.

Su voz denotaba hostilidad, y April la percibió. No contra Swan ni contra ella ni contra el mundo, sino contra sí mismo.

—Alan, Alan, Alan... ¿Quieres parar un poco?

Era el tono afectuoso de una hermana mayor para con el hermano joven e incorregible.

—También yo estoy de por medio en esta historia, ¿recuerdas? Sé cómo has estado, porque yo he recorrido tu mismo camino. Lo que pasó nos marcó a todos, lo queramos o no. No voy a contarte historias. Solo quiero darte un consejo sobre esa vieja amiga que fue y que es todavía. Más allá de lo que haya pasado con ella, te ruego que creas que lo ha pagado de sobra. Yo creo que ha llegado el momento de un poco de paz, tanto para ella como para ti.

Habría debido seguir la regla tajante del basta y adiós. En cambio, era solo un hombre presa del eterno enigma de los sentimientos. Esos que eran capaces de causar heridas imposibles de remediar con prótesis.

En consecuencia, prefirió el recorrido demasiado breve de la ilusión.

—¿Qué debería hacer, a tu juicio?

—Si todavía sientes algo por Swan, dale una segunda oportunidad. Y dátela también a ti mismo.

Guardó silencio, para que ella concluyera su discurso.

—Sé que un hombre en tu situación siente terror a confundir la compasión con amor. Pero no cometas el error contrario. No confundas el amor con compasión.

Unas pocas palabras rápidas, para que la mujer que le hablaba no percibiera que le temblaba la voz.

—Lo pensaré. De todos modos gracias, April. Buenas noches.

Sin darle la posibilidad de añadir nada más, cortó la comunicación.

Se arrepintió casi enseguida de esa despedida telegráfica que debía de haber sonado a los oídos de April como una huida. Pero a partir de ese instante no cesó un segundo de pensar en esa conversación.

Había habido un momento en su vida en el que habría dado la vida por Swan y la habría arriesgado por Jim. Luego todo se precipitó y se encontró arriesgándola por unos chicos a los que en realidad no conocía. Pero que le habían dado más que aquellos a los que un día había considerado sus amigos.

Ahora de nuevo lo acompañaban pensamientos que parecían una réplica de los de tanto tiempo atrás. Muchas veces se había dicho que el pasado era el pasado, y por ende se había acostumbrado a manejarlo y desarmarlo. Pero ahora que cada cosa iba poco a poco reconstruyéndose en el presente, los sentía como el perfecto preludio de una de las burlas habituales de la vida.

Se daba cuenta de que, en su situación, pensar todavía en Swan constituía el mejor modo de hacerse daño. No obstante, esta vez contaba con una ventaja. Con la amargura de la ironía, era consciente de que, por primera vez, tenía el privilegio de poder dañarse él solo.

Se levantó del sillón y se acercó a la cama para llamar a Jonas y pedirle que lo asistiera esa noche. Acababa de sentarse y estaba a punto de coger el teléfono, cuando el aparato comenzó a sonar.

Había dado a Shirley permiso para retirarse y sabía que su padre, cuando recibía a alguno de sus colaboradores, no atendía ninguna llamada telefónica. Por un instante tuvo la tentación de no responder. Luego, resignado, cogió el teléfono sin hilos y activó la comunicación.

—Alan Wells.

—Alan, soy Jim.

Instintivamente consultó el reloj. Era casi medianoche.

—Hola, ¿qué te hace llamar a est...?

Su tono agitado lo interrumpió.

—No tengo tiempo para explicarte qué pasa. Creo que ni siquiera sabría cómo hacerlo. Pero debo decirte algo, y debes creerme. Corre peligro tu vida.

—¿Que mi vida corre peligro? ¿Qué me estás diciendo? ¿Estás loco?

—Te ruego que me creas, y debes prometerme que no saldrás de la casa. Aunque te parezca una estupidez, quédate en un lugar donde tengas suelo sólido bajo los pies. No salgas al jardín por absolutamente ningún motivo. Prométeme que lo harás.

—Jim, ¿acaso has bebido?

Se oyeron unos sonidos que indicaban un cambio de manos

del auricular. A continuación surgió del teléfono una voz profunda, que él no conocía.

—Señor Wells, habla el detective Robert Beaudysin, de la policía de Flagstaff. ¿Me oye?

—Sí.

—Le aseguro que no se trata de una broma. Dado que es usted militar, se lo diré de otra forma. Esto no es un simulacro. Haga lo que le indica su amigo. Y advierta a su padre. También él corre el mismo peligro. En pocos momentos estaremos ahí.

Clic.

El tono perentorio y la ansiedad de las voces siguieron en los oídos de Alan aun mucho después de cortada la comunicación. Sin embargo no conseguía creer lo que acababa de oír.

¿Él y su padre, en peligro de muerte? ¿Por qué diablos? Y, sobre todo, ¿de dónde provenía la amenaza? Ese asunto del suelo sonaba realmente absurdo. Por otro lado, no creía que Jim se hubiera comprometido a hacer una llamada así de no estar totalmente convencido de la necesidad de alertarlo. Por un instante sintió la tentación de llamar a la Central de Policía para asegurarse de la existencia de un detective llamado Robert Beaudysin, pero enseguida decidió no hacerlo.

Alan había sido entrenado para convivir con el peligro. Y a menudo el peligro se presentaba combinado con una situación de emergencia. Era la esencia misma del trabajo del soldado, su materia prima. Y la falta de sangre fría, el primer enemigo. No tenía miedo porque presentía que, si lo que acababan de decirle era cierto, no había tiempo para temer. Mientras permaneciera en su casa no tendría problemas, le habían asegurado.

Muy bien.

De modo que decidió que en primer lugar debía advertir a su padre. Después, tal vez, ya dispondría de tiempo para reírse de sí mismo y enfadarse con los que habían inventado ese cuento.

Cogió las muletas, apoyadas en la pared cercana a la cama, y se puso en pie. Gracias a Wendell comenzaba a cobrar confianza con las prótesis, por lo que recorrer el tramo hasta el estudio de su padre le resultó mucho más fácil que una semana antes.

Cuando se encontró frente a la puerta y empujó el batiente, comprobó que había llegado demasiado tarde. La luz estaba apagada, y la habitación vacía.

La reunión había concluido bastante deprisa y luego los tres hombres habían salido. Alan se hallaba tan sumido en sus pensamientos que no oyó el ruido de los coches que se marchaban, si bien era cierto que su cuarto quedaba al otro lado de la casa con respecto al aparcamiento.

Encendió las luces y entró en el estudio.

Se acercó al escritorio y se sentó con una nueva agilidad que lo sorprendió. Permaneció un momento perplejo, indeciso. No tenía la menor idea del lugar al que su padre planeaba ir. Sin duda no iba con el chófer, porque esa noche Jonas estaba a su disposición.

La única esperanza radicaba en que fuera en el coche con Colbert Gibson o ese Dave Lombardi, y que se hallara todavía en compañía de ellos. Alan no tenía sus números de móvil pero sin duda Beaudysin, en cuanto llegara, dispondría de los medios para conseguirlos.

En ese instante un pequeño detalle llamó su atención. Sobre la superficie del escritorio había una caja de medianas dimensiones, de madera de cedro con incrustaciones de plata. Por su aspecto parecía uno de esos recipientes para cigarros que servían también como humidificadores. Debía de haber llegado hacía poco, porque Alan estaba seguro de no haberla visto la última vez que había estado allí. El objeto le dio la impresión de hallarse fuera de contexto en aquella estancia, dado que su padre no fumaba y detestaba que lo hiciera cualquier persona en su presencia.

Probablemente se trataba de un obsequio al presidente del First Flag Savings Bank de parte de alguien que esperaba hacer negocios con él. O que ya los había hecho.

Tendió la mano y levantó la tapa. En el interior no había cigarros sino uno de esas pequeñas grabadoras digitales de bolsillo. Sin duda la habían dejado sobre el escritorio para registrar pensamientos y breves apuntes en voz alta, o dictar cartas para que transcribiera al día siguiente alguna secretaria. Vio que el LED rojo estaba encendido, lo que significaba que el aparato seguía grabando. En un primer momento se preguntó por qué su padre había decidido grabar la conversación sostenida con el alcalde y ese otro tío que le había presentado como médico forense. Luego llegó a la conclusión de que debía de haber ocurrido de manera accidental. La tapa de la caja tenía por debajo una serie de protuberancias que encajaban con las esponjillas humedecidas destinadas a mantener los cigarros a la temperatura adecuada.

Alan se imaginó lo ocurrido. Los tres entraron en el estudio. Como era de prever, su padre se sentó en su lugar, a la derecha del escritorio, y sus dos invitados, en los pequeños sillones de enfrente. Luego empezó a hablar y en el transcurso de la conversación abrió y cerró distraídamente el portacigarros. Una de las esponjillas de la parte interior de la tapa presionó la tecla y puso la grabación en marcha.

En otras circunstancias habría cerrado la caja y se habría marchado, pensando que no era asunto suyo. Pero ahora, después de las palabras urgentes de Jim y los archivos sobre Gibson y Lombardi que había visto en el ordenador, las cosas adquirían un matiz diferente.

Sacó la grabadora, la apagó y volvió al inicio. Luego pulsó la tecla de reproducción. A través de la pequeña caja del aparato, y pese a la mala calidad de la grabación por el obstáculo de la madera, un diálogo mantenido poco antes en esa estancia sonó por segunda vez con una nitidez sorprendente.

Alan reconoció las voces sin ningún problema.

Cohen.

—¿Nada?

Gibson.

—He mandado registrar la casa una vez más. Nada.

Cohen.

—Joder. Os habéis precipitado a despachar al viejo. Nos hemos sacado de encima a un fuerte opositor al proyecto del Ranch, pero en lugar de eliminarlo del todo no hemos logrado más que postergar el problema. Deberíais haber encontrado antes el documento.

Lombardi.

—Yo no tengo nada que ver. Solo he hecho una propuesta sobre el camino a seguir. Una inyección de éter habría sido la mejor manera, para que pareciera una muerte debida a un paro cardíaco. Tenachee era viejo, así que era un diagnóstico convincente. Después, yo mismo me encargué de la autopsia y confirmé la teoría. Sabiendo que el cuerpo sería incinerado, no era de esperar ninguna complicación.

Cohen. Impaciente.

—Pero sí que las ha habido, porque ese psicópata de Jed Cross estaba tan ansioso por matar a alguien que solo después se preocupó de encontrar el documento. Y no lo encontró.

Gibson. En su propia defensa.

—No me mires así, Cohen. Lo decidimos juntos. Jed había hecho muchos otros trabajos para nosotros, más o menos limpios, y siempre se había comportado bien...

Cohen. Expeditivo.

—Vale, vale. De todos modos ahora ya no podemos hacer nada. Con el viejo, al menos.

Gibson. Preocupado.

—¿Qué quieres decir?

Cohen. Intolerante.

—Piensa un poco antes de hablar. Ese Jim Mackenzie es el único heredero, y es evidente que no sabe nada de esa carta. De lo contrario, necesitado de dinero como está, ya se habría presentado a nuestra puerta. Hasta he tenido que contratarlo, para poder controlar de cerca si surgía algo. Pero ahora el riesgo es demasiado grande. Si fortuitamente le sucediera algo, todo habría terminado. Y el documento seguiría pudriéndose en el lugar donde lo escondió el viejo.

Gibson. Con una nota de pánico en la voz.

—No creo que sea un camino que pueda recorrerse otra vez.

Cohen. Resuelto.

—Todos los caminos del mundo pueden volver a recorrerse.

Lombardi. Con el timbre un poco más agudo de lo normal.

—Cohen, sé razonable. No se puede tirar demasiado de la cuerda.

Cohen. Imponiendo sobre los demás su cólera.

—No grites, idiota. ¿Cuándo te entrará en la cabeza que no puedo correr riesgos? Debo tener la seguridad de que nadie vendrá nunca a reclamar derechos sobre esa propiedad. No debo ponerme en situación de negociar. Cualquiera que no sea un marciano, apenas se dé cuenta de lo que tiene en la mano, pedirá una montaña de dinero.

Pausa de reflexión para los tres. Luego de nuevo Cohen, otra vez frío y dueño de sí.

—No. La única forma es la siguiente: hay que buscar una persona que se encargue. Él suele pilotar helicópteros. Y todos sabemos que son máquinas muy frágiles. Caen todos los días en todas partes del mundo. O pensad en alguna otra manera, siempre que dé resultado.

En la reproducción imperfecta de ese pequeño aparato, el silencio que hasta hacía poco reinaba en la estancia parecía más profundo que el de ahora.

Luego otra vez Cohen. Envolvente, sugerente, convincente.

—Si arregláis esto, no volveréis a tener que preocuparos. Tú recuperarás tu confesión, y tú...

Una pausa. Sin duda había vuelto la cabeza hacia Lombardi.

—Tú obtendrás la cancelación de tu deuda. Me parece un pacto justo.

Silencio y reflexión, esta vez solo para dos.

Luego un ruido de un sillón que se movía. A continuación, el de los otros. Fin de la reunión.

Cohen. La sartén por el mango y...

—Entonces estamos de acuerdo. Mantenedme informado.

... ya en otra parte.

—Disculpad que no me quede, pero tengo cosas que hacer. En Sedona hay cierta señorita que espera mi visita.

Pasos. Silencio. Hielo.

Alan notó en los oídos la sensación física del estruendo de algo que se derrumbaba. Todo lo que le había pasado en la vida no era nada comparado con lo que el azar le había puesto delante bajo la forma de una grabadora sobre un escritorio. Sabía que su padre no era un santo. Ningún hombre de negocios lo era. Se necesitaban decisiones duras y falta de escrúpulos para abrirse paso en el mundo de las finanzas.

Pero lo que había descubierto lo privaba de esa parte de su vida que no debería venderse jamás. Ese era el hombre que había sido su referencia en su infancia, el que se vestía de Papá Noel para dejar los regalos bajo el árbol, el que le habían enseñado a considerar el mejor hombre de la tierra.

Ahora todo quedaba borrado, anulado, destruido por cada una de las palabras salidas de ese aparato.

Alan pensó que nadie debería nunca llegar a conocer cosas como las que él había descubierto esa noche. Nadie en el mundo merecía saber que su propio padre es un asesino.

39

Cuando Jim y Robert llegaron a la casa, precedidos por Jonas, Alan los aguardaba sentado en el sofá, en la sala. Vestía un chándal, y las muletas de aluminio que Jim recordaba descansaban apoyadas en el asiento, a un costado. Los esperaba, pero, extrañamente, no se lo veía angustiado. En su semblante no se traslucía la menor señal del motivo por el cual se encontraban allí aquellas visitas nocturnas. Se lo veía cansado y ausente, lejano como si toda aquella historia no le concerniera, o, peor aún, no le importara nada. Jim había pensado que lo hallaría en compañía de Cohen, por lo que le sorprendió verlo solo.

Robert debió de haber pensado lo mismo, ya que dejó a un lado los cumplidos, obligado por la fuerza mayor.

—¿Su padre no está?

—No. Ha salido.

Intervino Jim, para que no se sintiera solo frente a Robert.

—¿No le advertiste?

Alan meneó la cabeza.

—No. Lo dejé en una reunión, aquí, en casa, con el alcalde y un tal Dave Lombardi, médico forense.

Robert miró a Jim con aire interrogativo. También él se preguntaba qué significaba esa visita. La presencia del alcalde era comprensible. La del forense resultaba menos justificable. Alan, sin darse cuenta de la perplejidad de ambos, continuó por el camino que tenía delante. O, mejor dicho, el que le habían puesto delante.

—Me dijo que después saldría. Cuando ustedes me telefonearon y bajé, ya no estaba. Intenté llamarlo al móvil, pero lo tenía apagado.

—¿Piensas que se ha quedado con Gibson y Lombardi?

—No creo. Me parece que tiene una relación con una mujer de Sedona. Y creo haber entendido que planeaba ir a su casa.

—Joder.

El detective se levantó. Se quedó de pie en medio de la estancia, su mente ya en acción.

—Para encontrarlo debo ir a la Central y poner en marcha los mecanismos de búsqueda.

Del bolsillo de la chaqueta sacó una libreta.

—Necesito los datos.

Alan entendió enseguida lo que le pedía el policía.

—Tiene un Bentley Continental azul o un Porsche Cayenne metalizado con matrícula de Arizona. No sé cuál de los dos cogió, pero si miran en el garaje lo comprobarán. Vestía un traje gris oscuro.

—¿No pudo habérselo cambiado?

—Quizá, pero no creo. Su habitación es la contigua a la mía, así que lo habría oído.

Una vez más, a Jim le pareció un tono fuera de sintonía con la situación de emergencia a la que se veían obligados a enfrentarse. Hablaba como si le costara formular las palabras, y su mirada bajaba al suelo con demasiada frecuencia.

Alan señaló una puerta, en el lado izquierdo de la sala.

—Al final de ese pasillo está su estudio. Si le sirve una foto, en un estante de la biblioteca podrá encontrar algunas recientes.

—Muy bien.

Robert salió de la sala y se quedaron a solas.

Jim se sentó en el sillón situado frente al sofá, con las piernas abiertas, las manos tendidas al vacío.

—Alan, sé que lo que voy a decirte no resultará fácil de aceptar. Por ello te pedimos que confíes en nosotros. Es una historia que comenzó hace mucho tiempo.

Él y Robert habían decidido contárselo a Alan, pero no todo. La realidad era ya bastante difícil para los que habían seguido paso a paso todo el asunto, y sería un esfuerzo tremendo tratar de convencer a un extraño de que aquello era realmente la verdad.

—Tenemos razones para pensar que tu bisabuelo Jeremy Wells fue, junto con otras tres personas, el autor de la matanza de Flat Fields. De modo que ahora todos los descendientes de esas personas corren un peligro mortal. Hay alguien que los está matando uno por uno.

Alan lo miraba fijamente y escuchaba. Jim tenía la impresión de que sus ojos se posaban en él pero que su mirada pasaba más allá, sin verlo. Percibió que con esas palabras había logrado devolver su mente a la habitación, a él y a los hechos que le exponía.

—Pero ¿cómo es posible?

Jim tendió los brazos, en un gesto que expresaba impotencia.

—No lo sabemos, y ese es el aspecto más importante. Ya han muerto cuatro personas. Debemos hacer lo posible para evitar que ocurra de nuevo. Y necesitamos tu ayuda.

—¿Qué puedo hacer yo?

—Tenemos que saber lo mismo que sabe el asesino. Aquí debe de haber documentación que atañe a tu familia. Debemos revisarla para ver si conseguimos hallar algún rastro que nos permita comprender quiénes acompañaban a Jeremy Wells en Flat Fields.

Jim extrajo del bolsillo la foto que había cogido de la colección de Curtis Lee. Se la pasó a Alan.

—Hemos encontrado esto. Es probable que el indígena que aparece con él en la foto sea uno de los...

Jim se calló de golpe. Pese a todo le costaba pronunciar la palabra «cómplice» frente a Alan.

—Es probable que sea uno de los responsables de esos hechos. Debemos averiguar quiénes eran los otros dos.

Alan permaneció aún un instante mirando la foto. Jim notó que la alusión al bisabuelo y a sus posibles errores no había pasado sin causar daños. Al fin, Alan cogió las muletas y se levantó del sofá con cierta desenvoltura. Por un segundo Jim pensó en tenderle la mano para ayudarlo, pero se contuvo a tiempo.

—Acompáñame.

Alan se dirigió hacia la puerta por la que había desaparecido Robert. El detective salió por ella justo cuando la alcanzaban. Se hizo a un lado para dejarlos pasar.

—Encontré algo que necesitaba. Ahora debo salir corriendo. Tú te quedas a cargo, Jim. Sabes qué buscar. Y si descubres algo, házmelo saber de inmediato. Buenas noches, señor Wells.

Sin esperar respuesta, se marchó atravesando la sala con paso rápido. Si Alan tenía todavía alguna duda, la urgencia de la voz y la actitud del policía habrían bastado para disiparla.

Mientras lo seguía rumbo al estudio, Jim pensó que su amigo no había manifestado la menor curiosidad al verlo envuelto en una investigación policial de la cual en general los ciudadanos quedaban excluidos. Luego se recordó que Alan era militar y estaba entrenado para, ante una situación de emergencia, actuar contra el objetivo y solo después plantearse preguntas superfluas.

Una vez que pasaron la puerta del estudio, Jim se encontró en un ambiente cuya decoración recordaba el despacho de Cohen en el banco. O quizá era la idea de su presencia lo que de algún modo los asemejaba. El padre de Alan era sin duda una persona muy discutible, pero había que concederle el mérito de una fuerte personalidad y un enorme carisma.

Con su andar condicionado por las muletas, Alan alcanzó una biblioteca de metal que ocupaba toda la pared izquierda, apoyada en una serie de módulos móviles. Se detuvo frente al del medio. Lo señaló con la mano y se apartó.

—Abre aquí.

Jim se agachó e hizo deslizar sin esfuerzo ni ruido la puerta sobre las guías.

En el interior vio apoyados, en la base, diversos volúmenes que a primera vista parecían álbumes fotográficos.

—Cógelos.

Jim extrajo los volúmenes encuadernados en piel y fue a depositarlos en el escritorio. En total sumaban ocho álbumes, bastante gruesos, por lo cual tuvo que hacerlo en dos veces. Entretanto Alan se sentó en el sillón de Cohen Wells, detrás del escritorio.

Causaba impresión verlo en el sitio que en general se identificaba con la figura del padre. Sin duda algún día pasaría a ser el dueño de todo y ese lugar le correspondería por derecho. Pero Jim sabía que Alan nunca sería como Cohen Wells. Quizá ello no significaría una gran suerte para los negocios, pero sí para Alan.

—Aquí están todas las fotos y los documentos que mi padre ha logrado reunir sobre el pasado de nuestra familia.

Jim empezó a examinarlos y se dio cuenta de que cada volumen llevaba una fecha. Tras una breve búsqueda, abrió el que comprendía el período que le interesaba. En hojas de papel marrón se habían fijado, con una técnica fotográfica fácil de datar, momentos de una historia que por aquellos lares todos se afanaban por exaltar y de la cual se jactaban. Con tal de destacar solo el aspecto épico y heroico, se trataba a cualquier costo de lavar las manchas del pasado. Con resultados más o menos convincentes.

Jeremy Wells apareció de inmediato, montado a caballo delante de una construcción que ostentaba el cartel del Big Jake Trade Center, en compañía del mismo indígena. En una de las dos imágenes llevaba puesto el sombrero negro con adornos de plata. En la página siguiente había solo otras dos fotos. En la primera se lo veía con un hombre de cierta edad, más bien corpulento, que miraba el objetivo con expresión no del todo serena.

Alan reparó en la secuencia que miraba Jim, y le explicó el momento y las personas.

—No sabemos exactamente de dónde era oriundo Jeremy Wells. Sabemos que llegó aquí poco antes que los primeros colonos, es decir, los que festejaron el 4 de julio de 1876 izando la bandera estadounidense en un pino. Por eso, cuando se fundó el banco le dieron el nombre de First Flag Savings Bank. El que está con mi bisabuelo se llamaba Clayton Osborne. Fue su socio hasta que murió.

Alan no dijo de qué había muerto Clayton Osborne, y Jim no se lo preguntó. Pero ambos sabían que, a la luz de la personalidad que se iba delineando, podía justificarse cualquier sospecha.

Jim se concentró en la segunda foto. Mostraba a tres personas contra el fondo de unas vías férreas en proceso de construcción. Jeremy Wells parecía un poco más viejo. El aspecto era más próspero, y la barba, más cuidada que en las imágenes anteriores. Apenas vio a los otros dos, Jim experimentó un relámpago de recuerdo. Acababa de conocerlos, aunque en una versión más joven. En la colección de avisos de recompensa de Curtis Lee aparecían con los nombres de Scott Truman y Ozzie Siringo. Y sus órdenes de captura correspondían al estado de Wyoming.

Sacó la foto de su lugar y la sostuvo en la mano, sin dejar de mirarla.

—¿Y estos quiénes son?

Alan meneó la cabeza.

—No los conozco. Hasta el día de hoy pensaba que eran empleados del ferrocarril, pero después de lo que me has dicho ya no estoy tan seguro.

Jim no notó el tono amargo de Alan. Su cerebro intentaba razonar a toda velocidad. ¿Qué hacía Jeremy Wells en compañía de dos criminales? ¿Y sobre todo de dos tipos buscados en una zona tan alejada de allí? Llegó a la conclusión de que los conocía desde hacía tiempo y que, cuando necesitó gente sin escrúpulos que actuara sin preguntar mucho, los llamó. Y, dado que el ferrocarril llegó mucho tiempo después de los hechos de Flat Fields, ello significaba que se habían quedado en la ciudad.

Jim no recordaba a nadie con esos apellidos. Truman era bastante común, pero Siringo era inusual, y estaba seguro de no haber conocido nunca en Flagstaff y sus alrededores a alguien que se llamara así. Existía la posibilidad de que, al establecerse allí, para evitar dificultades hubieran cambiado su identidad.

Era todo un tanto confuso, pero Jim presentía que había cogido el camino correcto.

—Tal vez esta resulte útil. ¿Puedo llevármela?

—Por supuesto.

Jim guardó la foto en el bolsillo de la chaqueta y continuó examinando el álbum. Pero, salvo la imagen de los tres hombres, no encontró ninguna otra cosa interesante. En las fotos, la edad del sujeto aumentaba poco a poco, y solo mostraban escenas de una serena vida familiar.

—Bien, he terminado.

Cuando alzó la mirada, Alan lo observaba incómodo. Jim tuvo la extraña sensación de que su actitud era la de una persona que se siente culpable. Y, hasta donde él sabía, era la última actitud que Alan Wells podía mostrar en su presencia.

El hombre sentado en el sillón del jefe le señaló un pequeño aparato semejante a un iPod que había sobre el escritorio, frente a él. Al mirarlo con más atención vio que se trataba de una de esas grabadoras portátiles que se usan para dictar memorias.

—Jim, hay algo que debes oír.

Tendió la mano y pulsó una tecla.

—Creo que no te costará reconocer las voces. La más importante, al menos.

Por tercera vez en pocas horas, en aquella habitación resonaron las mismas crueles palabras. Ambos escucharon en silencio, petrificados. Ahora Jim comprendía por qué Alan, al llegar él y Robert, parecía ausente y distraído. Acababa de oír la grabación y aún no había digerido que su padre fuera responsable de un homicidio. Y, desde luego, enterarse de que su bisabuelo era de la misma calaña no había mejorado las cosas.

Jim no llegó a preguntarse a qué documento se referían en la conversación. Sintió que lo invadía una ira fría que subía amenazadora contra Cohen Wells y los hombres que lo habían respaldado en su crimen y que se prestaban, una vez más, a ser sus cómplices en lo que se proponía hacer a continuación. Pero sobre todo la verdadera ira se dirigía contra sí mismo. Cuando el viejo Richard Tenachee había corrido peligro, él estaba lejos, indiferente y lejos. Y en ese aspecto debía compartir la culpa por su muerte en igual medida con el asesino.

—Duele mucho, ¿no?

Alzó la mirada y encontró los ojos de Alan. Todo lo que había habido entre ellos parecía de pronto débil y carente de sentido. El pasado quedaba destrozado y devorado por el presente, ahora que se hallaban cara a cara compartiendo ambos la misma pena.

—Sí, tienes razón. Duele mucho.

Alan señaló con la cabeza la grabadora y dijo una palabra. Jim se dio cuenta de que no esperaba otra cosa de él.

—Detenlo.

Guardaron silencio un momento, los dos pensando en qué significaba esa palabra. Para quienes los rodeaban, pero sobre todo para ellos mismos. Luego Jim reaccionó. El motivo por el que él y un policía habían ido a esa casa con paso impaciente volvió a reclamar su derecho a la urgencia.

—Lo lamento, pero debo irme, Alan. Te recomiendo otra vez, por muy absurdo que te parezca, que no salgas de la casa por ningún motivo. Aquí estás seguro. En cuanto sepa algo te avisaré.

Señaló la grabadora sobre el escritorio.

—¿Puedo llevármela?

—Por supuesto. Haz lo que creas conveniente.

Guardó en el bolsillo el pequeño aparato electrónico. Ya

alcanzaba la puerta cuando Alan vio que se detenía. Se volvió hacia él, pensativo. Tuvo la impresión de que entre ellos no todo estaba dicho y que Jim sopesaba si llenar o no esa laguna.

Era una noche de avalancha. Desde la cima, una piedra bajaba hacia el valle, arrastrando consigo todo lo que encontraba a su paso. Dependía de la fuerza de esos hombres no dejarse arrollar.

—Hay algo más que debo decirte, Alan. Quizá no sea el momento oportuno, o quizá sí. Pero tú eres un hombre superior a mí y sabrás evaluarlo mejor que yo. Y perdonarme, si te arriesgas.

Al cabo de tantos años, reveló a Alan Wells la verdad de lo sucedido entre él y Swan Gillespie. Cuando terminó de hablar, Jim sintió por dentro un alivio que buscaba desde hacía mucho. Y mientras salía de la estancia, para su sorpresa descubrió en el semblante de su amigo el mismo alivio.

Alan se quedó solo. Permaneció largo rato con la vista fija en la puerta por la que había salido Jim. Palabras y pensamientos interpretaban una danza arrebatada en su cabeza.

Volvió a pensar en April, en su voz plena de un afecto sin tiempo.

«Pero no cometas el error contrario. No confundas el amor con la compasión.»

Y poco después la voz de Jim. Un afecto nuevo y verdadero y la misma ansiedad.

«No salgas de la casa por ningún motivo.»

Alan miró el reloj de pulsera y se decidió, a pesar de la hora. Tal vez el peligro fuera cierto, o tal vez fuera solo un exceso de precaución de parte de Jim. Pero él tenía un motivo para salir, lo único que en aquel momento podía mantenerlo vivo.

Cogió el teléfono y marcó el número de la habitación de Jonas, el chófer. Sabía que lo encontraría despierto todavía.

—Diga, señor Wells.

—Necesito el coche. Tenemos que salir.

Aunque la hora era bastante insólita, Jonas no puso objeciones. Su salario no se lo permitía.

—Muy bien, señor Wells. ¿Adónde vamos?

—Es un buen trecho, lo sé, pero debemos llegar al Cielo Alto Mountain Ranch.

40

Jim conducía rumbo a la casa de April.

Un rato antes, al llamarla al móvil, ella había respondido enseguida, señal de que no estaba durmiendo. Aquella era una noche en la que nadie parecía encontrar no solo el sueño sino tampoco un mínimo instante de paz. Había demasiadas cosas en el aire, demasiadas amenazas y demasiados pasos que se acercaban en su incomprensible huella al revés. En todas partes se veían luces eléctricas encendidas, carteles que relampagueaban y faros de coches en marcha, pero no eran lo bastante fuertes para disipar la oscuridad.

—Hola. Soy Jim. ¿Todo bien?

—Sí, todo en orden. ¿Qué ha pasado?

—Muchas cosas. Y ninguna buena. Pero tenemos novedades. Necesito verte. ¿Dónde vives?

Jim se la imaginaba a la luz de una lámpara colocada sobre la mesita de noche, sentada en la cama a la espera de una llamada que por fin había llegado.

«Si hubiera reaccionado antes no tendría necesidad de preguntarle. Ahora estaría con ella compartiendo las llamadas telefónicas inesperadas en medio de la noche.»

Pero no podía transmitir sus pensamientos, encorsetado por el estrecho límite de las palabras.

—Estoy en la calle San Francisco, poco después del cruce

con Elm Avenue. Es una pequeña cabaña de madera clara al lado de una construcción más grande, de ladrillos rojos.

—Bien. Ahora mismo salgo de la casa de Alan, en Forest Highlands. Dame tiempo para llegar.

Cerró el Motorola y lo arrojó sobre el asiento del acompañante. Se sumergió en la calle, casi desierta a esa hora de la noche. Ahora conducía a la luz de los pocos faros, y el viaje de regreso hacia Flagstaff le parecía sin final y sin propósito.

La revelación de que Cohen Wells había ordenado el asesinato de su abuelo era un pensamiento constante que no le daba tregua. No cesaba de repetirse que si él hubiera estado presente lo habría sabido, habría reaccionado, lo habría impedido. Otro remordimiento que jamás lograría convertirse en nostalgia, una nueva certeza insidiosa, algo que, al igual que el gran pájaro blanco, llevaría siempre cargado sobre la espalda. Ahora que se esforzaba por ser esos Tres Hombres que el viejo Richard Tenachee había predicho, comenzaba a comprender que el perdón más difícil es el que uno debe encontrar para sí mismo.

Y además estaba el asunto del documento. No conseguía imaginar de qué podía tratarse. Cohen, en su delirante discurso, había afirmado que él era el único heredero. Por fuerza lo era de cualquier propiedad de su abuelo, pero Jim nunca había sabido nada de ningún objeto o inmueble de valor que le hubiera pertenecido, salvo la colección de muñecas kachina.

Este pensamiento ya comenzaba a engrasar de nuevo el mecanismo del sentimiento de culpa, cuando sonó el teléfono. Lo distinguió en la oscuridad gracias al piloto luminoso. Lo abrió y se lo llevó a la oreja.

—Diga.

—Jim, soy Robert. ¿No has encontrado nada?

—Sí, quizá algo pequeño. Hay una foto de Jeremy Wells con dos personas a las que he reconocido. Estaban entre los avisos de recompensa que vimos en la casa de Curtis Lee. Si eran ellos los cómplices de Jeremy, es probable que después se afincaran en la ciudad y se cambiaran el apellido.

—Podría ser una pista.

—Yo no soy tan optimista, pero por el momento no nos queda otro camino. Deberías investigar esos dos nombres. Toma nota.

—Un segundo.

Un ruido de papeles entremezclado con las habituales palabras poco edificantes de alguien que busca con rapidez un bolígrafo que escriba.

—Dime.

—Scott Truman y Ozzie Siringo.

Esperó que Robert terminara de escribir. No tuvo que repetir los nombres.

—Siringo me suena bastante raro. La única persona con ese apellido que recuerdo es un agente de Pinkerton que participó en la caza del Wild Bunch. Pero en todo caso nunca he oído por aquí un apodo así.

—Lo mismo he pensado yo. A ver qué puedes hacer. ¿Cómo te está yendo a ti?

—He descubierto por qué *Chaha'oh* mató a Curtis Lee.

No había orgullo en la voz de Robert, sino solo puro agotamiento.

—¿Y cómo lo has hecho?

—Saqué de la cama al doctor Felder. Seguí la misma línea que adoptamos con Alan Wells. Le conté bastante pero no todo. Y le expliqué que ante la amenaza contra la vida de seres humanos, dentro de la más estricta reserva pueden violarse hasta los secretos profesionales.

—¿Y qué dijo?

—¿Recuerdas los recibos de pagos, primero a nombre de la madre y después del hijo? Era Cohen Wells quien mandaba el dinero. Curtis Lee era hijo suyo.

—¡¿Cómo?!

—Como lo oyes. Tuvo una relación con la señorita Lee, y el fruto fue el pequeño Curtis. Cohen ya estaba casado y no podía arrojar por la ventana su matrimonio. En esa época ya tenía ambiciones políticas, y su imagen pública habría quedado destrozada. De acuerdo con el abogado Felder, encontraron a un tipo ahogado en deudas y lo convencieron para que se casara con ella a cambio de unos dólares. El asunto se solucionó ante la gente, pero nuestro amigo siempre se encargó, desde lejos, de mantener a su hijo ilegítimo.

—¿Curtis sabía quién era en realidad su padre?

—Felder dice que no. Al comienzo aceptó el dinero que llegaba todos los meses como una especie de beca de estudios. Hace poco había manifestado el deseo de llegar al fondo de la cuestión, pero ya...

Jim dedicó un rápido pensamiento a ese desdichado, con una carrera brillante por delante y llegado de Europa justo a tiempo para sufrir una muerte horrible en su ciudad natal.

Robert emitió mentalmente una orden de silencio para sí mismo y para la situación en la que se hallaba.

—Menos mal que por ahora la noticia de este nuevo homicidio no ha trascendido, pues de lo contrario estoy seguro de que tendría pisándome los talones al señor Wells, además de a mi jefe y a todos los medios.

Jim entendía su frustración. Y sabía que no se debía al temor a perder el empleo, sino a la imposibilidad de reaccionar a la amenaza a la que se enfrentaban.

Cambió de tema para brindarle algún alivio, si es que ello era posible.

—¿Cómo va la cosa con Cohen?

Jim había decidido no decir nada de lo que había descubierto sobre sí mismo. Por el momento prefería guardárselo, al menos hasta haber decidido cómo actuar.

—He distribuido la foto y los datos entre nuestros agentes y al mando de la policía de Sedona. Si Wells tiene allí una relación con una mujer, ha obrado con suma discreción. Nadie sabe nada. Y tampoco sabemos cuál puede ser el radio de acción de *Chaha'oh*, para poder confirmar si está a salvo a esa distancia. De modo que la única esperanza es que una patrulla se lo cruce por el camino y pueda advertirle.

Guardaron un instante de silencio, dos personas que pensaban en el mismo hombre, pero con diferentes intenciones.

Luego Robert volvió a ser el policía que era. Activo, agudo y eficiente.

—¿Y tú adónde vas ahora?

—Pensaba pasar por casa de April y mostrarle la foto que he encontrado. Es posible que en el archivo del *Chronicles* haya algo que nos ponga sobre la pista.

—Excelente idea.

Un silencio más, esta vez de uno solo de los hombres. Pero Jim sabía que Robert iba a formular la pregunta que varias veces se había planteado él solo.

—Jim, hay algo en lo que no puedo dejar de pensar.

—Dime.

—No sé si lograremos localizar a las personas que son el objetivo de esta sombra maldita antes de que las mate a todas. Pero en el caso de que lo consigamos, ¿qué haremos después?

Jim se alegró de no ver la cara de Robert, y de que Robert no pudiera vérsela a él.

—No lo sé. Por mucho que trate de imaginarlo, de veras que no lo sé.

Ambos sentían que la conversación había terminado y que necesitaban tiempo para cicatrizar esa sensación de estar inermes y sin voz.

—De acuerdo. Veré cómo marchan las cosas por aquí, y si es necesario me encontraré contigo en la casa de April.

—Hasta luego, entonces.

Jim cortó la comunicación y arrojó de nuevo el móvil sobre el asiento de al lado. Sentía la fuerte tentación de apagarlo, pero aquel no era precisamente el momento de suprimir los contactos con el mundo. Entró en la ciudad. Pasó el semáforo, siguió la ruta 66 hasta después de la estación y luego dobló a la izquierda por la calle San Francisco.

La recorrió lentamente, como haría un turista en un lugar que no conocía. Aquella era la ciudad donde había nacido y crecido, y en la cual crecería su hijo. La había sentido hostil solo porque él era hostil hacia ella. Pero ahora le resultaba diferente. Como todos, nada podía saber acerca de su futuro. Pero de una cosa estaba seguro: la regla del «otra parte» ya no valía.

Poco después del cruce con Elm encontró la casa. April debía de estar esperándolo en la ventana, pues apenas detuvo el Ram frente a la puerta la vio salir. Se había cambiado y vestía un chándal azul que aun a la luz tenue de la calle competía con sus ojos.

Iba descalza.

Se quedó en el umbral hasta que Jim llegó a su lado. Mantuvo la puerta abierta para permitirle pasar. Luego cerró, se acercó un paso y apoyó la cara contra el pecho de él.

—Jim, qué agradable es volver a verte.

La rodeó con los brazos y la estrechó contra sí. Se dio cuenta de que los cuerpos de ambos se amoldaban a la perfección, como si los hubiera diseñado no la corporeidad del azar sino el genio de un arquitecto como Curtis Lee, o mejor. Quizá siempre había sido así, pero hasta entonces él nunca había tomado conciencia de ello. Aspiró su deleitable aroma, mientras experimentaba pensamientos y estremecimientos que llegaban de un lugar que no conocía.

Habló entre sus cabellos cobrizos y con la incertidumbre de qué sentía.

—April.

—Sí.

—Hay algo que debo decirte. No sé mucho de ciertas cosas, pero creo que gracias a ti estoy aprendiendo deprisa.

La apartó para poder mirarla a la cara. Y para que lo viera ella. Rogó que sus ojos de colores diferentes reflejaran lo que él tenía dentro.

Luego lo dijo.

—Te quiero.

April se quedó un instante como suspendida, como si el aire que la rodeaba fuera insuficiente o demasiado denso para llegar a sus pulmones. Después se deslizó por su mejilla una lágrima que por sí sola valía cien noches de llanto.

—Yo también te quiero, Jim. En todo este tiempo no he dejado de quererte un solo instante, incluso me consideraba una estúpida porque tenía mil motivos para odiarte. Sin embargo, a pesar de todo, por la noche no consigo dormir porque todavía te deseo. He vivido diez años de mi vida soñando cada día con oírte decir esas palabras.

Se besaron, y ese beso lo era todo, en un segundo y por fin. Era el camino a casa y la llegada tras la espera. No había nada antes y nada después.

Era el único modo que se concede a los seres humanos, y a ellos dos, para engañar al tiempo.

Cuando el beso terminó, permanecieron todavía abrazados largo rato sin separarse. Sabían que no era posible retroceder diez años en un solo momento, pero no lograban apartarse el uno del otro.

El ruido de una puerta que se abría los devolvió al mundo y a sus razones.

Contigua a la pequeña entrada cuadrada había una sala, iluminada apenas por una lámpara sobre una mesa. En la pared de la izquierda había una puerta, y delante de esta se hallaba Charlie, de pie bajo la luz ambarina. Su cara reflejaba el cansancio de ese día y la soledad de siempre.

Jim sintió una oleada de afecto por aquel viejo indígena, y tuvo la seguridad de que él lo había sentido del mismo modo. Pero el instante pasó pronto, porque la presencia de Charlie conllevaba un significado. Una carrera demasiado corta para un salto demasiado largo, una persecución con las luces apagadas tratando de alcanzar algo que no podía cogerse.

Contra su voluntad se separó de April y, aún rodeándole los hombros con un brazo, fue al encuentro del viejo.

—Hola, Charlie. Gracias por haberte quedado aquí.

—Lo hago por ti y por ellos, Tres Hombres. ¿Has descubierto algo?

Jim vio que en el semblante de April urgía exactamente la misma pregunta.

Con un suspiro, se sentó en un sofá rojo situado junto a la lámpara. Tratando de exponer los hechos en orden, relató lo mejor que pudo todo lo sucedido en aquellas horas y los pequeños hallazgos logrados. Les contó la muerte de Curtis Lee y cómo se les había escapado la posibilidad de coger al ente que llamaban *Chaha'oh*. Les habló del vínculo de sangre del arquitecto con Cohen Wells, lo que explicaba por qué también él se había convertido en víctima de la Sombra. Les habló de las fotos y los avisos de recompensa y de los hombres a los que había reconocido y que constituían la única y endeble pista con la que podían contar.

Luego hizo una pausa. Al final, con un gesto que daba la impresión de costarle un cansancio inmenso, sacó del bolsillo la grabadora y la dejó sobre la mesita baja ubicada frente al sofá.

—Y además he descubierto esto.

Pulsó la tecla de reproducción y les dejó escuchar. Las palabras contra la vida que se movían por la sala se reflejaban una por una en las caras de April y Charlie. También a Jim le parecían nuevas, porque captaba matices de crueldad e indiferencia que se le habían escapado la primera vez.

Cuando concluyó, se quedaron todos mudos. Cada uno daba un matiz diferente a la misma furia.

La primera en recobrarse fue April, que desahogó su incredulidad.

—¡Pero es una locura! Cohen Wells no pudo haber hecho semejante barbaridad.

—El que posee muchas cosas querrá poseer otras. Y después otras. Y pronto se convertirá en un hombre que no se detiene ante nada con tal de satisfacer su codicia.

La voz de Charlie sonó calmada, como si no hubiera oído nada de lo que en verdad acababa de oír. Tanto April como Jim comprendieron que hablaba según su modo de ser y que su tono era el de un hombre que sabía. Nadie había dado nunca una mejor definición de Cohen Wells.

April se dirigió a Jim.

—¿Qué piensas hacer?

—Todavía no lo sé. Por el momento hay otro asunto del que preocuparse.

Jim abandonó lo incierto por lo cierto.

—¿En el periódico tienen un buen archivo?

—Enorme. Prácticamente desde que se fundó, en 1875, hasta hoy.

Jim extrajo del bolsillo la foto que había hallado en la casa de Alan.

—A ver si encuentras algo sobre estos dos hombres. Es probable que fueran los que acompañaron al indígena y a Jeremy Wells en Flat Fields. En esa época se llamaban Scott Truman y Ozzie Siringo. Los buscaban en Wyoming. Tal vez se establecieron en la ciudad y cambiaron de identidad.

April cogió el rectángulo descolorido y se sentó junto a él en el sofá, para mirar la imagen a la luz de la lámpara.

Jim la vio observar la foto y ponerse pálida de pronto.

—Oh, no.

—¿Qué pasa?

April levantó la cara, con la expresión de alguien que se esfuerza por no creer.

—A los otros dos no los he visto nunca. Pero sé quién es este...

Señaló con un dedo una de las tres figuras de la foto.

—Lo conozco como Lincoln Thompson, y era mi bisabuelo.

Todos se dieron cuenta en un segundo de qué significaban las palabras de April. Pero no lograron pronunciar siquiera una sílaba, porque fuera, en alguna parte, un perro empezó a aullar. Jim entendió enseguida lo que estaba sucediendo y se levantó de golpe, como si de repente se hubiera prendido fuego en el sofá.

—Ese es Silent Joe. ¿Dónde está Seymour?

También April se puso de pie de un salto.

—En su habitación.

—¿Dónde queda?

—Por allí.

Se precipitó hacia el pasillo, al fondo de la sala, a toda la velocidad de que era capaz. Jim la siguió. Aquel breve trayecto por el interior de una pequeña casa le pareció la distancia más grande del mundo.

April llegó a una puerta y la abrió de par en par. Se asomó dentro para encender la luz. Jim, a su lado en el umbral, sintió en el mismo momento la protección y la presencia de Charlie a sus espaldas. Cuando consiguió mirar la habitación, por primera vez en su vida tuvo la certeza de que era posible enloquecer de angustia.

Ante sus ojos apareció el cuarto normal de un niño de diez años, con colores y carteles en las paredes, ruedas de patines a la vista, juguetes y ropas ordenadas en una silla. En la pared frente a la puerta, una cortina ondeaba ante una ventana abierta.

En el centro de la habitación, la cama de Seymour estaba vacía.

Fuera, el perro seguía aullando.

41

Mientras subía hacia el Ranch, Alan no podía dejar de pensar. Iba hundido en el asiento posterior del coche y a cada salto de la suspensión oía el tintineo metálico de las muletas al chocar la una contra la otra. Las había apoyado a un costado para poder tocarlas con solo tender la mano. Eran el recuerdo de su estado, su ser presente en sí mismo, sus apuntes de viaje.

Alrededor, la vegetación era un dibujo abstracto iluminado por el paso de unos pocos faros, cuya luz apenas era suficiente para crear penumbra y dejar espacio a la imaginación. Había fantasmas por todas partes, fuera y dentro de ese vehículo demasiado bruñido que dejaba una estela de polvo que pronto la oscuridad engullía. Y la verdad que poco antes le había revelado Jim acerca de lo ocurrido en el pasado no había hecho más que definirlos de nuevo.

Habían acontecido demasiadas cosas, y todas muy seguidas. Intentaba con esfuerzo poner su cerebro en condiciones de poder aceptar y catalogar. Por mucho que tratara de concentrarse solamente en una, su mente seguía abierta y víctima de hechos que se habían sucedido a un ritmo contra el cual parecía no haber defensa. Por momentos todo le resultaba tan absurdo, luego confuso y después increíble. Apenas había pasado una sensación, todo comenzaba otra vez. April y sus consejos de amiga y de mujer, el nuevo Jim angustiado por una inexplicable alarma de muerte, y su padre en el centro de esa conversación grabada.

Y además, Swan.

No cesaba de repetirse que lo que estaba haciendo era un error. Por la hora, por el hombre que era, por la mujer que era ella, por la ilusión que perseguía. Y sin embargo, durante ese trayecto, por primera vez después de tanto tiempo se sentía de nuevo vivo. Veía ante sus ojos el último encuentro de ambos con la claridad del presente. Oía en su mente las palabras pronunciadas como si estuvieran resonando en ese preciso instante en el interior del coche.

«Entonces ¿puedo regresar, alguna vez?»

«Swan, está todo bien. Éramos jóvenes y cometimos errores. Tú, Jim, yo. El único perdón que debes buscar es el que viene de ti misma. No hay nada por lo que debas pagar. No hay nada que te obligue a volver.»

«¿Y si lo hiciera porque me complacería?»

Recordaba sus ojos húmedos mientras daba media vuelta y se marchaba, cuando habría querido levantarse, seguirla, abrazarla y enjugar esas lágrimas para ahora y para siempre. Si levantarse no hubiera significado acercársele caminando a gatas con la humillación de un animal herido. Si levantarse no hubiera conllevado el riesgo de caer, todavía y de nuevo, en todos los sentidos.

Tin, tin...

El ruido de las muletas borró el rostro de Swan y la sensación de vacío que experimentaba cada vez que la miraba y pensaba en ella. Llegaron las palabras de April, con su angustia encerrada en una línea telefónica, que habían producido, en su sencillez, un vacío aún más grande, una insaciable hambre de aire, como al asomarse jadeante al borde de un precipicio cuando las rocas del fondo son una llamada y un aviso de peligro al mismo tiempo.

«No cometas el error contrario. No confundas el amor con la compasión.»

Realmente habían ocurrido demasiadas cosas. Demasiadas cosas y demasiadas heridas. Necesitaba creer en las palabras de April y en lo que habían visto sus ojos, que por temor no se habían atrevido a juzgarlo posible. Lo necesitaba aun cuando todo durara solo el tiempo de ese trayecto. En aquel momento y en aquel coche se sentía más vivo al pensar en Swan que en todos los años transcurridos sin verla.

Cuando llegaron ante el cartel del Ranch, Jonas condujo el gran Bentley Continental hasta la bifurcación de la derecha sin perder velocidad ni adherencia.

Tin, tin...

—¿Todo bien, señor Wells? ¿Prefiere que disminuya la velocidad?

Alan intuyó, más que vio, los ojos de su chófer que lo espiaban por el espejo retrovisor.

—No, Jonas. Así está perfecto.

El hombre sentado al volante no añadió nada más y volvió a concentrarse en el camino. Alan se quedó un instante observando su silueta robusta en la penumbra del coche. Era una persona valiosa, tanto como chófer cuanto como ayuda para un hombre en sus condiciones. Además de la habilidad y la experiencia de su pasado de enfermero, poseía la suficiente sensibilidad para entender cuándo podía hablar y cuándo debía callar.

Era un don valioso, y aquella, una ocasión en la que se apreciaba.

Todavía faltaba un tramo más de aquel camino que parecía sin fin pero que encerraba el terror de que terminara. De que llegara el momento de encontrarse frente a Swan, sin saber en realidad qué decir ni qué hacer.

Sin saber, sobre todo, qué diría o haría ella.

Llegaron a las cercanías del Ranch y la valla empezó a correr al costado del coche. Hacía mucho tiempo que Alan no iba por allí, y le asombró comprobar cuánto lo habían ampliado.

Realmente, Cohen Wells hacía las cosas a lo grande.

«Tanto en el bien como en el mal.»

Jonas aminoró la marcha y detuvo el Bentley Continental en el aparcamiento reservado al personal. Se apeó del vehículo, sin apagar los faros, y fue a abrir la puerta del lado de Alan para ayudarlo a bajar. Alan apenas se había puesto en pie, cuando una hombre salió de la sombra para apostarse junto al capó del coche.

—Buenas noches, señores. ¿En qué puedo ayudarles?

Alan se dio cuenta de que era uno de los vigilantes del servicio de seguridad. En el campamento nunca había habido ningún problema, pero a los huéspedes les agradaba pensar que había alguien que velaba sus sueños. El hecho de que el sujeto hubiera aparecido en cuanto llegó el vehículo significaba que el servicio bien valía el gasto.

Alan se acomodó las muletas bajo los brazos y avanzó hacia el hombre, poniéndose entre este y Jonas.

—Buenas noches. Soy Alan Wells y...

El agente no le permitió concluir.

—Discúlpeme usted, señor Wells, no lo había reconocido. ¿En qué puedo serle útil?

Alan lo miró mejor, bajó la luz de los faros. Tenía más o menos su edad y los rasgos propios de un chico sano de Arizona. Era alto, de pelo claro, y la chaqueta oscura del uniforme dejaba adivinar un físico atlético. A un costado llevaba una funda con una pistola automática que en la penumbra Alan no supo reconocer. Su voz rebosaba de auténtica admiración. Alan tuvo la clara impresión de que se debía a su pasado de soldado y no al hecho de ser el hijo del dueño.

Tomó esta impresión como una señal de buen augurio.

—¿Cómo te llamas?

—Alan, señor. Como usted.

También este detalle insignificante fue catalogado en la columna de los elementos a su favor.

—Tengo que ver a una persona que se aloja aquí.

Si pensó en la hora avanzada, «Alan como usted» no lo dejó traslucir. Y menos aún objetó nada.

—¿Sabes cuál es la cabaña de la señorita Gillespie?

—Pues claro. Acaba de llegar.

—¿Acaba de llegar?

«Alan como usted» se encogió de hombros.

—Fue al aeropuerto de Phoenix a recoger a su prometido, que volvía de Los Ángeles en el vuelo de medianoche. El señor Freihart le propuso mandar un vehículo del Ranch, pero ella insistió en ir personalmente.

Hizo una pequeña pausa, justo el tiempo para considerar qué rara era la gente del cine.

—Tal vez no me incumba, pero cuando llegaron discutían bastante acaloradamente. Tuve que pedirles que bajaran la voz, para que no molestaran a los demás huéspedes.

Alan permaneció en silencio. Luego se dirigió a Jonas.

—Creo que será mejor que regresemos a casa.

El chófer se acercó un paso, para ponerlo al resguardo de la mirada del vigilante.

—Señor Wells, ¿puedo permitirme unas palabras?

—Por supuesto.

Jonas bajó el tono de voz lo suficiente para que solo lo oyera Alan.

—Tal vez me cueste el empleo, pero debo decirle lo que pienso. Hemos recorrido varios kilómetros para llegar hasta aquí. Supongo que un hombre como usted no querrá dejarse intimidar por unos pocos pasos más...

Alan dedicó un momento a sopesar las palabras de su chófer. Luego se descubrió sonriéndole en la penumbra. Jonas tenía razón. No había hecho todo ese camino para dejarse intimidar. Además, pensándolo bien, no se sentía intimidado en absoluto.

—Creo que seguiré tu consejo, Jonas. Lo que significa que no te costará el empleo.

El hombre respondió con otra sonrisa en la oscuridad.

—Muy bien, señor Wells. No esperaba menos de usted.

Alan se volvió hacia el vigilante, que aguardaba de pie el final de la conversación, que para él solo era una serie de murmullos indefinidos.

—¿Sabes cuál es la cabaña de la señorita Gillespie?

—Pues claro.

—¿Te molestaría acompañarme?

—En absoluto. Es un poco lejos. Por motivos que usted comprenderá, a la señorita Gillespie se le ha dado la cabaña más grande y aislada, para garantizarle la máxima intimidad.

Se volvió y se encaminó hacia el campamento.

—Por favor, sígame usted.

Cruzaron en silencio el patio que se extendía frente a la Club House, iluminado solo por unas débiles luces colgadas encima de las puertas de los bungalows. Avanzaban con calma, porque los dos hombres que lo acompañaban habían adecuado el paso a la marcha de Alan. Mientras las veía pasar a los costados, Alan pensó que cada puerta cerrada era un dormir y cada dormir era un sueño. Y que para cada sueño había un despertar. Se preguntó cómo sería el suyo. Subieron, pasaron el grupo de *hogan* y pocos minutos después llegaron a una cabaña situada sobre una elevación que de día ofrecía una espléndida vista de la montaña.

Dos ventanas estaban iluminadas. Y desde el interior se filtraban voces que superaban la barrera de los cristales y la puerta de madera.

Alan fue hacia la entrada de la elegante construcción, diseñada con esmero para darle un aspecto primitivo. Sus dos acompañantes lo dejaron en el límite del terreno delimitado a los lados por una valla de madera, y a partir de ahí continuó solo. Llegó a la puerta a fuerza de muletas, al tiempo que oía cómo los sonidos indistintos aumentaban de volumen hasta convertirse en palabras. Se quedó en el umbral, a la espera y escuchando, avergonzado por lo que hacía, aunque permaneció allí.

Era la voz de un hombre la que se oía dentro. Pronunciaba entre dientes palabras llenas de ira y resentimiento.

—Vendrás a Los Ángeles conmigo. Ya he invertido demasiado dinero en este asunto. No permitiré que un estúpido capricho eche por la borda meses de trabajo.

Precisa y puntual, una respuesta. Esta vez era la voz de Swan. Alan, desde fuera, la sorprendió cargada de determinación.

—Ya te he dicho que no iré.

De nuevo la voz masculina.

—Pero vendrás, aunque tenga que llevarte a rastras. Tienes un contrato conmigo y lo respetarás. No me interesan para nada tus motivos. Pero no cometas el error de ponerme en medio. Si quieres follarte a ese hombre a medias, en lo que a mí respecta eres libre de hacerlo, pero...

La voz se interrumpió de golpe, callada por el sonido seco de una bofetada. Luego otra frase entre dientes.

—Furcia de mierda.

Y al final la reacción violenta. Swan soltó un gemido sofocado y poco después se oyó el ruido de un cuerpo que caía arrastrando consigo una silla.

Alan se apoyó en la muleta izquierda y con la mano derecha tanteó el picaporte. La llave no estaba echada. Empujó la puerta, que se abrió con violencia, hasta golpear con un ruido seco contra la pared.

Vio a Swan caída en el suelo, protegiéndose la cara con una mano, y a un hombre inclinado sobre ella que le tiraba de un brazo tratando de ponerla en pie. Era Simon Whitaker, a quien Alan había visto muchas veces en los periódicos. Y en sus peores pensamientos, desde que era la pareja de Swan.

Alan dio un par de pasos y entró en la sala.

Cuando lo vio, el semblante de Swan se iluminó.

—¡Alan!

Whitaker soltó el brazo de la muchacha y avanzó para encararse a él.

—Solo nos faltaba este tullido.

Se acercó a Alan echando espuma por la boca.

—Vete ahora mismo de aquí, cabrón inútil.

De repente, Alan le pegó. Se apoyó en la muleta izquierda, dejó caer la derecha y con toda la furia de que era capaz propinó un puñetazo en medio de aquella cara congestionada de ira que tenía delante. Todos aquellos meses de ejercicio usando exclusivamente los brazos lo habían robustecido y aumentado su fuerza. Sintió que su puño se hundía en la carne y oyó el ruido seco de la nariz al partirse. Vio que el hombre se tambaleaba, se llevaba las manos a la cara y caía hacia atrás.

Alan no pudo frenar su ímpetu y perdió el equilibrio. La muleta se le resbaló del brazo y se desplomó sobre el cuerpo del hombre al que acababa de golpear. Había actuado por instinto, sin razonar. Rogó que el otro no tuviera la posibilidad ni la voluntad de reaccionar, pero pronto se desengañó. Simon Whitaker era un hueso duro de roer. Pese a que el puñetazo le había quitado el aliento, encontró fuerzas para levantarse. Se puso a horcajadas sobre el cuerpo de Alan y le bloqueó los brazos bajo el peso de las rodillas. Sin darle la menor oportunidad de defensa, le asestó un terrible revés.

Luego apretó sus manos alrededor del cuello. Alan sentía el calor de su aliento y las gruesas gotas de sangre que caían de la nariz rota y le ensuciaban la cara.

—Ahora se te pasarán las ganas de hacerte el héroe, maldito capullo.

Oyó la voz de Swan que llegaba desde muy lejos.

—¡Simon, suéltalo! ¡Déjalo en paz!

A Alan le costaba respirar. Si no hacía algo, pronto ya no sería capaz de reaccionar. Arqueó la pelvis hasta donde podía y forcejeó hasta liberar el brazo derecho. Levantó la mano hacia la cara de Simon y cogió entre los dedos índice y medio la nariz fracturada. Apretó con toda su fuerza, al tiempo que imprimía una rotación a la derecha y luego a la izquierda. Lo que quedaba del cartílago se deshizo, mientras con un grito el hombre se echaba hacia atrás y lo liberaba del todo.

Simon Whitaker se puso en pie tambaleante. La sangre le salía a chorros de la nariz y empapaba su camisa. El dolor debía de ser muy fuerte, pero la ira lo anestesiaba. Recorrió el lugar con la mirada hasta encontrar lo que buscaba. Sobre una mesa de madera situada a sus espaldas había una botella de whisky. La cogió y la rompió contra el borde. En la sala hubo una explosión de vidrio y líquido. Luego Alan vio que avanzaba hacia él con el pedazo de botella afilado y cortante centelleando en el puño.

—Estás muerto, cabrón.

Una voz llegó tranquila desde la puerta para impedir su avance.

—Si yo fuera usted, me detendría, señor. De lo contrario me obligará a hacerle en la cabeza un agujero mucho más grande que el cuello de la botella que tiene en la mano.

Alan se volvió y vio en el umbral a «Alan como usted», que empuñaba una 45 de un modelo que una vez más no supo reconocer. Supuso que el cañón apuntaba a la cabeza de Simon Whitaker. Cuando el director observó la boca del arma se dio cuenta de que no le convenía contrariarlo.

Dejó caer el pedazo de botella.

—Muy bien, por ahora te han llegado refuerzos. Pero esto no termina aquí.

Swan lo encaró, con ojos que chispeaban.

—Te equivocas. Esto termina aquí, Simon. En todos los sentidos. Has pegado a una mujer y a un hombre condecorado, un héroe de guerra discapacitado. Si lo que acaba de ocurrir aquí llega a saberse, tendrás en tu contra a la prensa y a la opinión pública de todo el país. Y yo daré testimonio. De modo que creo que te conviene acabar con esto de una vez por todas, y agradecer salir del apuro de esta manera.

Después le dio la espalda y se arrodilló junto a Alan, que había conseguido incorporarse sobre un costado, apoyado en el antebrazo.

—¿Cómo estás?

—Yo, bien. ¿Y tú?

Swan sonrió. Se llevó una mano a la mejilla, que comenzaba a hincharse, y al cardenal que sin duda aparecería al día siguiente.

—Ah, no es más que un ojo morado. Todas las actrices de Hollywood desean uno. Es la última moda.

También Alan sonrió, a su pesar.

Jonas entró en la sala y los miró. Comprendió que, por muchos daños que hubieran sufrido esa muchacha y el hombre tendido en el suelo junto a ella, el mejor remedio sería dejarlos solos. Se aproximó al otro hombre, que permanecía de pie, solo en el sentido literal del término, y que continuaba lanzando a su alrededor miradas llenas de cólera y perdiendo sangre por la nariz.

—Si me promete que no hará más escándalos, puede ir al puesto de primeros auxilios. Aquí, en el Ranch, hay uno muy bien provisto. Veremos qué se puede hacer con esa nariz.

Lo cogió por un codo y lo llevó fuera. Whitaker se soltó con malos modos, pero tras lanzar una última mirada a las personas que dejaba tras de sí, siguió a Jonas fuera de la cabaña.

Swan y Alan se quedaron a solas.

Ella se sentó a su lado y le pasó una mano por la cara, en una caricia que su piel dolorida bebió como la arena del desierto el agua.

Le pareció que jamás había oído una voz tan dulce.

—No puedes dejar de hacerte el héroe, ¿verdad?

—Parece que no.

Alan pensó que tal vez estaba durmiendo y aquello era solo su dormir y su sueño. Pero la caricia no terminaba. Y la voz era siempre la misma.

—Entonces necesitarás que de ahora en adelante yo te cuide, si no queremos correr más riesgos.

Alan reunió al fin el coraje de alzar los ojos y mirarla. Por primera vez desde que la conocía, se encontró ante el rostro de una mujer enamorada.

No tuvo tiempo de añadir nada, pues Swan se inclinó sobre él y lo besó. Un instante antes de perderse en su perfume y olvidar todo lo demás, pensó que era demasiado hermoso para ser solo un sueño.

Se dijo que quizá estaba muerto y aquello era el paraíso.

42

Jim corría como nunca en la vida, pero le daba la impresión de que permanecía inmóvil.

Tenía en las piernas el entumecimiento de las pesadillas mientras avanzaba con paso seguro bajo las ramas de los árboles y junto a los arbustos iluminados solo por el lejano reflejo de los faroles. Detrás de él, oía en alguna parte los sonidos de la carrera de April y de Charlie, cada uno en la medida de sus fuerzas y su edad. Pero eran una presencia remota, casi irreal. En su cabeza una voz lo incitaba, a él y solo a él, a correr, a apresurarse. Y Jim obedecía esa orden como si fuera lo único capaz de mantenerlo vivo, porque era lo único que podía mantener con vida a su hijo. Sentía de una manera que no lograba explicarse que al final de esa carrera había algo que le esperaba y que nadie más podría entender y combatir.

Mientras tanto, los aullidos de Silent Joe no daban señales de querer ceder.

En su mente se sucedían con la cadencia de un avance veloz las imágenes de la muerte de Charyl Stewart. Recordaba con claridad que todo había ocurrido en un brevísimo tiempo y que poco después el perro se había calmado. Sin embargo, conservaba todavía en los ojos el estado en que había encontrado a esa pobre muchacha. Solo pensar en el cuerpo de Seymour tendido en la tierra con los huesos destrozados y la cara deformada le infundió nuevas energías y lo ayudó a recobrar un poco del aliento que el esfuerzo físico le quitaba.

Sin aflojar el ritmo furioso de sus pasos y su angustia, atravesó el parque que se extendía detrás de la casa de April. Era uno de los pequeños pulmones verdes de la ciudad, cuidado para parecer silvestre, como si formara parte de la naturaleza circundante.

Era poco más que una pequeña parcela, pero en ese momento parecía no tener fin.

En la semioscuridad, se topó con una gran jaula vacía que probablemente había encerrado a algún animal salvaje durante un breve tiempo. Toda la zona estaba rodeada de un muro, por lo que no era posible cruzarla. Con una maldición airada, se vio obligado a desviarse con respecto a la línea recta que recorría rumbo al lugar del que provenían los aullidos. Eran apenas fracciones de tiempo que no representaban nada en la vida de cada día, pero que en aquella situación podían ser los que separaran a un niño de una muerte horrible.

Poco a poco, paso tras paso, iba aproximándose. A pesar de que el corazón le latía en los oídos con un ruido sordo, se obligó a acelerar. Los músculos le ardían como brasas, y sentía como un puñal en los costados, pero la carrera ya no dependía de su voluntad. Aunque hubiera ordenado a sus piernas que se detuvieran, con toda seguridad no le habrían obedecido.

Una sola cosa lo salvaba de la desesperación. Si el perro no cesaba en su lamento significaba que *Chaha'oh* todavía no estaba satisfecho.

En ese preciso instante Silent Joe dejó de aullar.

Siguió un silencio oscuro como la noche, tan mortal como su significado.

Jim experimentó la sensación de caer en el vacío y desvanecerse.

«No, no, no, no...»

Mientras desgranaba en su mente un rosario de ese único

monosílabo, continuó corriendo, al tiempo que sentía que se le iba la vida en cada movimiento de los pulmones y la razón huía de su cabeza segundo tras segundo. Confundida con el zumbido continuo en los oídos, llegó a sus espaldas la voz de April que llamaba a su hijo.

—¡Seymour!

De golpe, como obedeciendo a una señal, el perro empezó a ladrar furiosamente.

Jim interpretó ese cambio de registro como una respuesta a sus plegarias. Desde que Silent Joe estaba con él, nunca lo había oído hacerlo. Se dio cuenta de que, en su estado mental, cualquier asidero que le sirviera para no debilitar la esperanza le resultaba sólido como una roca. No podía menos que considerar ese detalle como un hecho positivo.

Sabía que se hallaba cerca del lugar de donde provenían los ladridos. Se encontró ante unas matas. Ni siquiera intentó rodearlas. Sin pensar en aminorar el paso, se precipitó entre ellas. Intuyó, más que sintió, las ramas que le desgarraban la camisa y le arañaban los brazos y la cara. En semejante trance, en su imaginación todo se desbordaba. Eran manos que lo retenían, eran uñas curvadas que lo frenaban tratando de impedirle alcanzar el lugar donde su hijo corría peligro. Se arrancó de esa trampa sin preocuparse por si dejaba atrás algún jirón de su piel preso de las ramas.

Emergió de las matas como de un parto difícil.

Y al fin los vio.

Un farol, lo suficientemente cercano como para iluminar de algún modo la escena, le permitió captar en un instante la situación. Había alcanzado un claro que servía de espacio de juegos para los niños. A la izquierda, bajo el farol, había unas construcciones de colores, algunos columpios y un tobogán para los más pequeños.

Frente a él, un poco a la izquierda, habían fabricado para los más grandes una casa en la copa de un árbol.

Era de madera y tenía un letrero al estilo de los viejos pioneros donde ponía: HOUSE ON THE TREE. Otro cartel advertía que ese juego solo estaba permitido a los niños mayores de doce años. Además de una escalera de acceso a un lado, en la parte delantera colgaba una cuerda con nudos que permitía a los más pequeños subir y bajar.

Aferrado a la cuerda colgaba Seymour.

Vivo.

Debajo de él, Silent Joe se agitaba presa de una furia incontenible. Mostraba los dientes rechinantes y gruñía hacia donde se hallaba el niño. Resultaba evidente que el perro lo había sorprendido con su ataque mientras bajaba por la cuerda. Luego, Seymour ya no tenía fuerzas para subir y la presencia del perro le impedía deslizarse a tierra.

Jim experimentó una oleada de alivio tan fuerte que por poco no vomitó. Sus pulmones semejaban dos esponjas secas sin más posibilidad de recibir y proveer aire. Quién sabe dónde consiguió encontrar todavía un soplo suficiente para gritar el nombre de su hijo.

—¡Seymour, no te muevas!

Jim se asombró de que su propia voz hubiera logrado superar el estrépito de los ladridos. Seymour volvió la cabeza y lo vio.

Lo reconoció enseguida.

—Jim, Silent Joe quiere morderme.

Se alegró de no verlo demasiado asustado.

—Agárrate fuerte. Ya llego.

Se acercó al árbol para socorrer a Seymour y calmar el ímpetu del perro. Cuando había recorrido la mitad de la distancia, su mirada se posó en la tierra. Le pareció que una sombra oscura llegaba de algún rincón ignoto para cogerlo y llevarlo a un mundo de tinieblas del que nadie había regresado nunca.

En la base del árbol habían dispuesto un fondo de arena bastante grueso, para atenuar eventuales caídas. Y en la superficie suave, letales a la vista como una estela de serpientes venenosas, se hallaban las huellas de pies descalzos. Destacaban nítidas en su absurdo relieve, invertidas del mismo modo que las otras veces. Solo que en los casos anteriores eran el testimonio inmóvil de una presencia pasada.

Ahora aparecían en movimiento, como si alguien del otro lado del suelo y de la razón hubiera sentido la presencia de su víctima y se moviera alrededor del árbol al acecho del momento justo para atacar. Era el rastro visible de la muerte misma, que no teme al tiempo porque del tiempo proviene, al igual que esa sombra antigua venida a cumplir una misión de venganza que se le había encomendado tantos años atrás.

Y Jim comprendió, con una infinita sensación de gratitud por ese animal que era Silent Joe, el motivo de su ataque a Seymour. Era el único medio de que disponía para atemorizarlo e impedirle bajar del árbol. Acaso porque sabía, con la lógica de su instinto, que si hubiera tocado la tierra habría sido su fin.

Oyó a sus espaldas el ruido de los pasos de April que surgía en el claro. Jim dudó un instante. El hallazgo de que era descendiente directa de uno de los hombres que habían llevado a cabo la matanza de Flat Fields la incluía también en la lista de las posibles víctimas. Lo ignoraba todo sobre el ente al que se enfrentaba. No sabía si, una vez errado el blanco del niño, *Chaha'oh* se vengaría en ella. Pero escogió ir hacia Seymour, porque sabía que era lo mismo que habría elegido April.

En ese momento las manos de Seymour cedieron.

En su óptica acelerada por el horror, Jim vio a cámara lenta cómo caía el cuerpo de su hijo. Vio sus cabellos negros que se movían, los brazos que se agitaban y la leve nube de polvo que levantó tras el impacto contra la arena.

Y vio cómo las huellas se dirigían rápidas hacia él.

Se precipitó a toda la velocidad que su cuerpo de hombre le permitía, y logró alcanzar al niño a tiempo. Lo cogió en brazos y lo estrechó contra sí, orgulloso de ese primer contacto con su hijo, dispuesto a dar la vida para que él no perdiera la suya.

Los pasos de la Sombra se hallaban a escasos metros de ellos.

Sintió que el miedo le estrujaba el corazón con una fuerza peor que cualquier maldición. Mientras esperaba eso que no conocía, un grito salió de su garganta como si ya no tuviera voluntad propia.

—*Doo da!*

Sin darse cuenta, había gritado un «¡no!» perentorio utilizando por instinto la lengua navajo.

Un paso más, y las huellas se detuvieron.

Se produjo ese silencio suspendido que precede a la tempestad, cuando el viento se inmoviliza y las nubes se persiguen a la espera del estruendo del primer relámpago y el estrépito del primer trueno.

No sucedió nada más.

Ninguna otra huella que recorriera la tierra, ningún aullido, ninguna señal de muerte.

Jim Tres Hombres Mackenzie sintió que le subía un suspiro desde algún lugar de su ser cuya existencia ignoraba, y de sus extraños ojos de dos colores cayeron lágrimas de la misma transparencia.

Sin dejar de estrechar a su hijo contra sí, solo podía pensar que estaba a salvo.

Lo mantuvo así por todo el tiempo pasado y por el que esperaba que le fuera concedido.

Lo mantuvo así y para siempre, hasta que la ansiedad de April se lo permitió.

Cuando llegó junto a ellos, dejó a Seymour en el suelo y se apartó, porque el abrazo de los dos no lo incluía.

—Seymour, pero ¿qué te ha pasado por la cabeza?

—No volveré a hacerlo, mamá. Te lo prometo.

Se alejó unos pasos y los dejó ser ellos dos, porque por el momento el tres no era un número contemplado. Charlie observaba en silencio la escena. Jim no sabía qué había visto ni si existía una explicación. Pero si la había, llegaría también la hora de conocerla.

Silent Joe, entretanto, se había calmado. Se acercó con paso vacilante, como si no se sintiera del todo seguro de que ese ser que se obstinaba en andar por allí sobre dos patas hubiera comprendido qué había ocurrido en realidad. Cuando vio que Jim se acuclillaba y le abría los brazos con una sonrisa, fue a buscar sus caricias y el contacto con su cuerpo.

Apoyó la cabeza en su percho y se quedó inmóvil.

Mientras le transmitía como podía toda la gratitud de que era capaz, Jim lo vio hacer algo que ese extraño perro nunca había hecho hasta entonces.

Silent Joe, el indiferente, estaba meneando el rabo.

43

Charlie y Jim entraron en la casa de Beal Road en silencio.

Apenas se hallaron dentro, sin decir nada, Jim fue a encender todas las luces. La claridad en el interior dio de pronto una sensación de seguridad, las sombras que se creaban no eran más que siluetas inofensivas en las paredes y el suelo. Fuera todavía era de noche y ninguno de los dos tenía idea de cuándo terminaría. En su mente sabían que no bastaría con la salida del sol para expulsar la oscuridad.

Habían dejado a April, para que acostara a Seymour. El niño había explicado con voz contrita que, como no podía dormir, había salido con el perro a jugar en la casa del árbol, algo que en general no se le permitía debido a su edad. No era consciente del peligro que corría. Para él, solo era responsable de una desobediencia descubierta y que por el momento parecía haber pasado sin mayores consecuencias.

Jim le explicó que no debía temer a Silent Joe. Le dijo que el animal no tenía verdaderas intenciones de morderlo, sino que había actuado de esa manera solo para protegerlo. Seymour, sentado en la cama, lo miraba con aire tranquilo.

—No, no tengo miedo. Sé que Silent Joe es un gran perro.

No preguntó por qué Jim se encontraba allí a esas horas. Quizá porque su atención se centró de pronto en algo más singular. Al fin se decidió a sacarlo a la luz.

—Qué extraño eres. Tienes los ojos de dos colores.

Jim le sonrió.

—Es cierto. Es por mi trabajo. ¿Sabes que piloto helicópteros?

—¿En serio? ¿Y qué tienen que ver con eso los ojos?

—Uno sirve para observar la tierra, y el otro, para observar el cielo.

Seymour lo miró un poco perplejo. Luego su expresión se amplió en una pequeña mueca astuta.

—Ah, ya entiendo. Te estás burlando de mí.

—¿Yo? No. Cuando vengas conmigo en el helicóptero ya verás como es verdad.

Seymour no respondió pero miró a su madre en busca de confirmación. Con un movimiento de cabeza, April dio su tácito asentimiento. Como consecuencia se produjo una explosión de puro entusiasmo. Seymour empezó a saltar sobre la cama, con esa energía que solo puede generar la felicidad de los niños.

—¡Viva! ¡Iré en helicóptero! ¡Iré en helicóptero!

Esa fue la primera verdadera conversación que Jim mantuvo con su hijo. Cuando salió de la habitación, Silent Joe se hallaba echado sereno sobre un tapete situado bajo la ventana. April se sentó en la cama de Seymour, intentando calmar el frenesí de su hijo. Antes de cerrar la puerta lo miró. Jim pensó que lo que había en esos ojos y en esa habitación valía por sí solo la certeza de haber vivido.

En la sala encontró a Charlie aguardando. El semblante del viejo indígena denotaba cansancio, pero su cuerpo seguía erguido como siempre. Jim se preguntó cómo lograba soportar tantas fatigas y emociones a su edad.

—Charlie, creo que debemos hablar. Pero no aquí.

El viejo comprendió que en ese momento era lo único que podían hacer.

—De acuerdo.

Salieron y anduvieron sin decir nada el breve trayecto hasta la cabaña de Jim. Ahora estaban el uno frente al otro, sentados a la mesa. Ambos sabían qué significaba el último hallazgo. Alan, April y Seymour corrían peligro, junto con otras personas. Y así seguiría siendo hasta que encontraran una solución. A Jim le quedaba la única esperanza de aferrarse a lo que pudiera saber Charlie.

Por poco o mucho que fuese.

—¿Qué pasa, *bida'í*? ¿Hay algo que ignoro y debería saber?

Charlie dijo pocas palabras. En su tono había mucha más certidumbre de la que Jim podía esperar. Y también un cansancio inesperado en la voz.

—Mira entre las esencias de tu abuelo.

En la sucesión de los hechos recordó que había olvidado por completo las muñecas y el sobre impermeable encontrados en la casa de Caleb, en eso que él definía con optimismo como «la caja fuerte de la familia».

«Mi herencia...»

Se levantó y fue al dormitorio a ver las kachinas, todavía abandonadas en el fondo del armario y envueltas en sus hojas transparentes de plástico de embalar. Entre los diversos bultos, descubrió uno que en un primer momento se le había pasado por alto. Su consistencia era diferente. Era blando al tacto, y no parecía contener una estatuilla. Lo cogió y fue hasta el sillón, donde había dejado su chaqueta de tela tejana. La noche que encontraron las pocas pertenencias de su abuelo guardó el sobre en el bolsillo interior de la chaqueta. Luego no se la puso más y el paquete quedó olvidado, relegado a un segundo plano con respecto a los hechos mucho más importantes que reclamaban mayor atención.

Jim volvió a la habitación donde estaba Charlie y dejó los dos objetos sobre la mesa. Tuvo que utilizar unas tijeras para abrir el sobre. A pesar de las dimensiones, dentro había solo un documento compuesto por algunas páginas. Todo el resto era material de embalaje para preservar esas hojas de la humedad. Jim las extrajo con delicadeza y les echó un rápido vistazo.

El documento parecía bastante viejo.

Era un anexo al tratado de 1872 entre Estados Unidos de América y la Tribu de los Indígenas Navajos que otorgaba a un jefe llamado Eldero, y a sus descendientes, una extensa área de las tierras que rodeaban el lugar conocido con el nombre de Flat Fields.

Jim tomó conciencia de que tenía ante los ojos algo importante. Esas pocas páginas encerraban el poder de disipar varias zonas de sombra. El territorio concedido a Eldero formaba parte de la propiedad actualmente denominada Cielo Alto Mountain Ranch. Si ese documento decía la verdad, Cohen Wells debería modificar sustancialmente sus sueños de expansión.

Jim alzó la cabeza buscando los ojos de Charlie.

—Este es el documento del que hablaban en la grabación. ¿Qué tiene que ver con mi abuelo y conmigo?

Como respuesta, Charlie señaló el otro paquete apoyado en la mesa.

—Tal vez deberías abrir también ese.

Jim tuvo que usar de nuevo las tijeras, con cuidado de no dañar el contenido. A medida que se abría el envoltorio, cuatro ojos vieron salir a la luz los colores y el tejido de una antigua manta indígena. Jim la desplegó con suavidad y la extendió sobre la mesa. Los dibujos eran los mismos que los de la que Caleb había encontrado en la cueva de los Peaks: los símbolos del poder de un jefe indígena llamado Eldero. Envueltos en el interior había dos amuletos, obra de un artesano muy diestro. Dos medallones, quizá en su origen dólares de plata, que llevaban en relieve la figura de Kokopelli, el flautista, el protector benéfico del Pueblo.

Jim buscó otra vez la mirada de Charlie.

—¿Qué significa?

Charlie le devolvió la mirada, desconcertado porque aún no entendiera.

—Lo que ves es lo que significa.

El viejo se levantó y se colocó detrás de Jim. Le apoyó una mano en el hombro. Mediante ese pequeño contacto, Jim sintió su presencia como nunca hasta entonces.

—Tú eres el descendiente directo de Eldero, Tres Hombres. Después de lo que pasó en Flat Fields, su hija, Thalena, se refugió con su niña recién nacida con el Herrero, un jefe que vivía con su gente cerca de Fort Defiance. Eldero se quedó solo para cumplir su rito de venganza, con el que lograría que esos hombres y todos sus descendientes pagaran sus culpas con una muerte horrible.

La mano se apartó, pero el espíritu de Charlie permaneció. Sus palabras esculpían la piedra y del mismo modo resonaban en la mente de Jim.

—Linda, la hija de Thalena, era la madre de Richard Tenachee, tu *bichei*, tu abuelo.

Charlie hizo una pausa, para permitirle asimilar la información.

—¿Por qué nunca me dijiste nada?

—Porque no estabas. No has estado nunca, ni siquiera cuando aún vivías aquí. Tu mente corría hacia otros lugares y no había manera de frenarla. Tu abuelo y yo decidimos que era justo dejar que siguieras tu camino y dispusieras de libertad para elegir.

Jim captó en esas palabras toda la melancolía por el pasado y la imposibilidad de acceder al presente.

—Además, él no era el único que pensaba así. Veíamos lo que sucedía alrededor de nosotros. Veíamos que las cosas cambiaban poco a poco. Hasta que nos encontramos frente a chicos indígenas que deberían sentir el orgullo de los jefes y en cambio no saben quiénes son. Que andan por ahí vestidos como esos estúpidos raperos que se ven por la televisión, esos que se disfrazan de hombres recios. Hemos olvidado hasta tal punto quiénes somos, que nos vemos obligados a usar un disfraz, mucho más pesado que los que nos ponemos para contentar a los turistas.

En el semblante del viejo Charles Owl Begay se leían la derrota y la capitulación.

—Somos tantos... Podríamos ser una sola voz potente. Y en cambio somos solo un coro de voces débiles y sometidas.

Jim percibió de golpe lo que escondían las palabras de aquel hombre.

—Tú lo sabes todo. Lo has sabido desde el comienzo. Y no has dicho nada.

—He rogado a todos los dioses capaces de escuchar mis plegarias que todo se detuviera. Que encontrara la manera de ayudarte...

Jim se volvió de pronto, sin alzar la voz.

—¿Ayudarme? Son todas esas pobres personas muertas a quienes deberías haber ayudado.

La voz de Charlie rezumaba incredulidad.

—¿De verdad todavía no lo comprendes, Tres Hombres?

Y también había dolor en su voz, por lo que dijo a continuación.

—En el centro de todo estás tú.

—¿Yo?

—*Chaha'oh* no puede vivir sin la tierra, pero del mismo modo extrae fuerza del hombre que lo ha creado. Eldero ya no vive, pero tú llevas dentro su espíritu y su sangre.

Jim trató de rechazar esas palabras con una negación desesperada.

—No es posible.

—Sí que lo es. Has visto cuatro demostraciones de que es posible. Una por cada persona que ha matado *Chaha'oh*. Y seguirá haciéndolo, hasta que tú pongas fin a la tarea que se le encomendó.

Parecía que a Charlie le costaba más hablar que a Jim escuchar.

—Todo comenzó cuando llegaste. Caleb fue asesinado esa misma tarde. Estabas cerca de la cárcel cuando *Chaha'oh* mató a Jed Cross. Y de nuevo estabas con la muchacha en The Oak, cuando la mató. Eres tú quien le da fuerza, porque, aunque nadie lo sepa, posees un espíritu tan profundo como la tierra.

Jim recordaba la opresión que sintió en los momentos a los que se refería Charlie. La sensación sofocante de que su mente atravesaba una nube oscura tan grande que negaba el sol. Recordó que Silent Joe, cuando encontró el cuerpo de Caleb, emitió de repente su lamento desesperado. Entonces no se explicaba la razón. La Sombra todavía se hallaba presente y de nuevo al acecho.

Charlie, por si aún la necesitaba, le dio la última prueba.

—No sé si te has dado cuenta de lo que sucedió en el parque, esta noche. Cuando tenías en los brazos a tu hijo y temías por su vida, gritaste a *Chaha'oh* que se detuviera, y lo hizo.

Jim intentó una última, desesperada rebelión.

—Puedo volver a hacerlo.

—No.

El monosílabo resonó en el interior de la habitación como un veredicto de muerte. Charlie volvió a sentarse frente a él. Ahora aparentaba su edad. Lo que lo envejecía eran las cosas que se veía obligado a decir.

—*Chaha'oh* tiene el poder de aprender. Por eso logró atrapar a Curtis Lee de esa manera tan ingeniosa, aunque tú estuvieras lejos. Crece, y poco a poco conseguirá avanzar sin guía. Pronto ya no te necesitará. Y seguirá matando.

Jim se levanto de golpe.

—Es absurdo.

—¿Todavía lo encuentras absurdo? Y sin embargo estás dispuesto a creer en lo que te propone la ciencia, que es prácticamente lo mismo: la creación de una inteligencia artificial capaz de evolucionar y aprender de sus propios errores.

—Tú mismo lo has dicho. Eso es ciencia. Aquí estamos hablando de magia.

—¿Y no será también magia cuando de una máquina nazca otra máquina capaz de comprender que está viva?

El viejo esbozó un gesto vago.

—También para esto hay una explicación, en alguna parte.

Solo que el ser humano no ha sido lo bastante fuerte e inteligente para lograr encontrarla. No ha sido lo bastante humilde.

Jim se acercó a la ventana y miró hacia fuera. Un nuevo amanecer indiferente comenzaba a colorear el cielo. La luz llegaría a encender el azul, pero el mundo que conocía, con todas sus ilusiones y sus presuntuosas certezas, después de esa noche había desaparecido para siempre.

Pensó en Seymour y en April, que jamás estarían a salvo. Pensó en Alan, que seguiría corriendo el riesgo de pagar con su vida culpas que no eran suyas. Pensó en sí mismo y en el peso que debería cargar a la espalda hasta el fin de sus días.

Sin volverse, dirigió a Charlie su última pregunta desesperada.

—¿Cómo puedo detenerlo?

La voz llegó como un soplo desde algún lugar situado a mil kilómetros.

—Solo la persona que inició el rito puede ponerle fin.

En ese momento, absurdo como solo sabe ser el azar, comenzó a sonar el móvil. Apenas un rato antes, a Jim le habría parecido un hecho normal. Ahora le resultaba un ridículo intermedio infantil entre palabras de muerte.

Jim se acercó al mueble sobre el que había dejado el aparato.

—Diga.

—¿Jim? Soy Cohen Wells.

—Hola, Cohen.

La voz del banquero subió enseguida un tono.

—¿Hola? Una mierda. ¿Qué es esa gilipollada que acaba de decirme Alan? ¿Quieres explicarme por qué él y yo correríamos peligro de muerte?

Jim calló un instante para reflexionar. Estaba claro que Alan se había comunicado al fin de algún modo con el padre. Pero resultaba igual de claro que no le había dicho nada de la grabación. Al no contárselo él, había dejado la decisión en sus manos.

—¿Y bien?

La voz de Cohen Wells lo apremiaba. De la cordialidad de sus encuentros anteriores no quedaba ni rastro. Jim recordó sus palabras sin piedad grabadas en un pequeño aparato. Del otro lado de aquella minúscula magia moderna que sostenía pegado a la oreja se hallaba el hombre que había matado a su abuelo y pretendía matarlo también a él.

De pronto supo qué debía hacer. Todo se tornó claro, tanto que Charlie se asombró de ver que sus labios se abrían en una sonrisa.

—Lo tengo yo, Cohen.

—¿Que tú tienes qué?

—Lo que está buscando desde hace tiempo. El documento de propiedad de Eldero.

Wells se dio cuenta enseguida de qué significaba la respuesta de Jim. Habría sido inútil fingir que lo ignoraba. Su voz se volvió cautelosa.

—¿Y qué piensas hacer?

—Discutirlo con usted.

Una pausa para sopesar las ventajas y desventajas. Luego la codicia ganó la delantera, exactamente como Jim había supuesto.

—De acuerdo. ¿Dónde y cuándo?

—Ahora. ¿Conoce un lugar llamado Pine Point?

—Pues claro.

—Entonces, allí. Yo estoy en casa. Deme el tiempo de llegar.

Cohen Wells cortó sin añadir más. Jim notó que durante toda la conversación había contenido el aliento. Buscó nuevo aire para sus pulmones y las palabras justas para decir a Charlie, que desde su sitio lo observaba sin comprender.

Fue a sentarse ante el viejo y miró fijamente sus ojos negros. Charlie Owl Begay, chamán del pueblo navajo, se encontró frente a la mirada de un guerrero.

—Escúchame con atención, Charlie. Debo hablarte y no tengo mucho tiempo.

Jim arrimó la silla a la mesa y bajó un poco la voz.

—Hay algunas cosas que debes hacer por mí.

44

La canoa bajaba lentamente siguiendo el curso del río.

Jim había aceptado en todos los sentidos la herencia de su viejo abuelo indígena. Ahora, cuando pensaba en el Colorado, también en su cabeza era simplemente «el río». Remaba surcando las aguas y los recuerdos con el mismo movimiento fluido y continuo. En su mente veía nítidamente el viaje realizado tantos años atrás bajo el mismo sol y el mismo cielo azul, cuando era poco más que un niño. Estaba todo tan claro y quieto que tenía la impresión de que, si volvía la cabeza, encontraría al anciano Richard Tenachee sentado en la canoa a sus espaldas. Rozando con una mano la superficie del agua y con una expresión serena en su rostro de piel roja. Se dijo que quizá estaba allí, aunque él no consiguiera verlo. Cuando salió, después de haber hablado con Charlie, cogió del garaje de su casa de Beal Road esa canoa que alguien había puesto a resguardo, a la espera de tiempos mejores. La arrastró fuera y la apoyó sin esfuerzo en el cajón de carga del Ram. No era de madera como aquella con la que hizo ese mismo trayecto con su abuelo, tantos años atrás, sino de plástico amarillo, y no ostentaba en la proa la figura estilizada de Kokopelli. Pero Jim había aprendido que las cosas no son del todo lo que aparentan. Son la mirada y el corazón de los seres humanos los que las hacen diferentes.

Subió al coche y, conduciendo con calma, llegó al lugar de

su encuentro. El amanecer era ya un recuerdo cuando se acercó a Pine Point, pero en el camino no había nadie. El Porsche Cayenne de Cohen Wells ya se hallaba aparcado no muy lejos del gran pino solitario que desde épocas inmemoriales daba nombre a la localidad. Cuando lo vio llegar con el Ram, el banquero se apeó del coche, sin cerrar la puerta. No dijo nada acerca de la canoa que vio en la parte posterior de la camioneta. Sus prioridades eran otras y no incluían demasiados rodeos. En ese momento estaba allí para tratar de un negocio, y como perfecto hombre de negocios se sentía ansioso por concluirlo en las mejores condiciones.

—Hola, Jim.

—Cohen...

El banquero trató de conducir las negociaciones según sus reglas. Que incluían una buena dosis de adulación.

—Me complace que hayas decidido reunirte conmigo. Significa que en última instancia eres el único listo de la familia. ¿Dónde está?

Jim sabía a qué se refería. No contestó a la pregunta y a manera de respuesta le planteó otra. Sin rodeos.

—¿Era necesario matar a mi abuelo?

El otro se sorprendió, pero no intentó negarlo.

—¿Cómo te has enterado?

—Eso no tiene importancia. Lo sé y punto. Y también lo sabe Alan.

—Mientes.

—No. Y usted lo sabe muy bien.

Jim se quedó mirándolo impasible. En el semblante de Cohen Wells se dibujó la desconfianza. Se veía con claridad que estudiaba la situación a la máxima velocidad que le permitía el pensamiento. Sin duda se preguntaba qué consecuencias podrían tener en su vida las últimas afirmaciones de Jim. Si no había corrido a denunciarlo a la policía, significaba que había margen para negociar. En su cabeza, Alan no constituiría problema alguno, porque tenía la certeza de que un hijo no se volvería contra su padre.

Se relajó. Decidió que no convenía poner excusas, sino quitarse la máscara.

—Richard Tenachee era un viejo testarudo. Lo que pasó no entraba en mis intenciones, pero había demasiados intereses en juego. No debo rendir cuentas a nadie, salvo a mí mismo. Hay otra gente en este asunto, gente a la que es mejor no contrariar...

Mientras hablaba, Cohen Wells se había colocado bajo el árbol. A causa de la resina que caía, la hierba terminaba donde comenzaba la sombra que daban las ramas sobre la tierra. El terreno oscuro estaba cubierto de agujas de pino. Aquí y allá surgían fragmentos de raíces centenarias.

Cohen ya no titubeaba, convencido de tener la solución en el puño, una vez más.

—Pero si estás aquí, de algún modo has entendido que no podía actuar de otra manera. Esto te convierte en una persona muy interesante. De modo que solo debemos acordar una cifra. Sé que no desprecias el dinero, y en este caso hay mucho sobre la mesa. Lo único que te pido es que me des ese documento. Si lo haces te convertirás en una persona muy rica.

El banquero subrayó la última frase. Jim se sintió perplejo ante la calma con que consiguió responder.

—No he venido por el dinero. Usted no lo sabe, pero han muerto personas, durante este tiempo. Personas que, salvo Jed Cross, no tenían más culpa que la de haber nacido. Y entre ellas se incluye su hijo.

—Pero ¿qué dices? He hablado con Alan hace un rato y no...

Jim lo interrumpió.

—No me refiero a Alan. Hablo de Curtis Lee.

Si el banquero acusó recibo del golpe, esta vez no lo dejó traslucir. Estaba acostumbrado al juego duro, y el juego duro no permitía traicionarse mostrando emociones. Pero Jim sabía que en su interior no había quedado indemne a sus palabras.

No le dio tiempo de contestar.

—Le parecerá un concepto banal, pero hay lugares y momentos en los que el dinero no sirve para nada.

Mientras hablaba, Jim había advertido una sensación conocida. Solo que esta vez no llevaba consigo una angustia de nubes oscuras, sino un extraño y antinatural sentido de paz. Miró a espaldas de Cohen Wells y un poco más allá, al borde del terreno sin hierba, vio cómo se dibujaba una huella. Lo aceptó como un hecho natural y se dijo que no podía ser de otra manera. Ahora que sabía, ya no sentía miedo. Ahora que sabía, en lugar de luchar solo podía pedir ayuda.

Jim volvió la mirada al hombre que se hallaba ante él. De un modo que no podía explicarse, Cohen Wells había leído en sus ojos una condena.

Y la voz de Jim la pronunció.

—Hay lugares y momentos en que se paga todo. Me alegra ser yo quien se lo diga, Cohen. Su momento es ahora y su lugar es aquí.

Cuando vio que las huellas se acercaban veloces, dio media vuelta y se marchó.

En su interior sintió un grito regocijado, casi en el mismo instante en que Cohen Wells empezó a lanzar alaridos. Subió al Ram, puso en marcha el motor y se marchó sin siquiera mirar atrás.

Cogió la ruta hacia Page y enfiló el corto camino de tierra bajo el dique. Nada parecía cambiado. Solo el agua del río era nueva, midiendo el tiempo que, según las piedras, parecía no pasar nunca. Echó al agua su absurda canoa de plástico y partió siguiendo la corriente, utilizando el remo solo para rectificar el rumbo, tal como había aprendido de su abuelo.

Un pez saltó del agua a su derecha. En el silencio ese sonido bastó para devolverlo al lugar y al momento. Volvió la mirada y vio que se dibujaban unos círculos grises sobre la tranquila superficie del río. Un segundo, y luego una ligera corriente desarmó esas geometrías perfectas.

Mientras viajaba bajo la protección de las rocas suspendidas por encima del río y el tiempo, en su cabeza resonaban claramente las palabras que le había dicho su abuelo en ese mismo lugar tantos años atrás.

«Hoy también tú debes superar una prueba, *Táá' Hastiin*. Lamentablemente, a veces no es posible elegir el momento de combatir. Solo podemos hacerlo con coraje cuando así se nos exige.»

Su abuelo no podía saber que él tardaría tanto en comprender. Pero ahora había regresado, comprendido y encontrado su camino.

Cuando llegó a Horseshoe Bend condujo la dócil canoa con el remo hasta tocar tierra con una ligera sacudida en la orilla arenosa bajo el muro de piedra. Todo le resultaba familiar, como si desde el comienzo de los tiempos esa masa imponente se reflejara en el agua verde del río a la espera de verlo arribar al fin.

Bajó y respiró la sombra y la humedad de la ribera.

Luego hizo lo que había visto muchas veces hacer a su abuelo.

Se quitó la camisa y se quedó con el torso desnudo. Rasgó la prenda, cogió una tira fina y se la envolvió alrededor de la cabeza, a la manera de los Antiguos. El sol calentaba mucho a pesar de la estación. El viento que desde siempre hacía rodar las matas y borraba las huellas de los humanos ahora corría silbando suavemente por el desfiladero. Era una voz que había querido olvidar pero que ahora escuchaba mientras le pedía coraje y una señal para seguir su camino.

Ya no era un indígena, pero tampoco era un blanco.

Solo un hombre en busca de lo que había perdido.

Desde lo alto de las rocas lo miraban los ojos de miles y miles de hombres. Eran los padres, y los padres de estos, y los padres de los padres, hasta que la mente ya perdía la cuenta. Los mismos que en su primera juventud habían iniciado la escalada de aquel muro y llegado a la cima con la conciencia de haber cogido el camino correcto para ser hombres.

Algunos no lo habían logrado y habían muerto. Pero tener coraje consiste en eso: la conciencia de que el fracaso significa de algún modo el fruto de un intento. Que a veces es mejor perderse en el camino de un viaje imposible que no partir nunca. Y que cada individuo, incluso cuando está solo, cuenta con su alma como compañera de viaje.

Levantó la cabeza y buscó con la mirada el mejor sendero.

El muro de roca era liso en su mayor parte, pero a la derecha había un trecho del que subía en diagonal el leve relieve de un saliente. Vio que aquí y allá se abrían fisuras que ofrecían asidero suficiente para intentar escalar. Se acercó, apoyó un pie y tendió un brazo. Su mano aferró una protuberancia de roca.

A partir de ese momento todo resultó fácil.

Descubrió en su interior una fuerza diferente, que parecía crecer con el aumento del cansancio y que a cada trecho ganado al muro rocoso lo incitaba a seguir ascendiendo. Sentía con el vigor del cuerpo y de la certeza que en cada apoyo para los pies, en cada asidero para las manos, estaban las huellas de hombres suspendidos, con la misma intención, de las mismas rocas. Eran fragmentos inmóviles de una historia en continuo movimiento, testigos de una audacia antigua y en apariencia inútil. Pero indispensable para todo hombre que deseaba llegar a mirar el mundo desde lo alto con ojos nuevos.

A mitad de camino perdió un instante el apoyo de un pie, pero no la firmeza. Sus manos se aferraban con solidez, la montaña no era su enemiga. Sintió a sus espaldas y bajo él un ruido de piedras que caían rebotando contra la roca. Entendió que era solo un sonido para el silencio y no una amenaza.

Encontró un nuevo apoyo, como un hecho natural, y continuó trepando.

Frente a sus ojos estaban, para su dicha, los rostros de las personas a las que desde siempre había querido sin nunca haber llegado a comprender cuánto.

El viejo Charlie, capaz de ser lo que era. Alan, que no necesitaba escalar ninguna montaña para saber ser un hombre. Swan, que al fin lo había entendido. April, que había amado aun sin entender.

Y Seymour, su pacto con el tiempo, su pequeña inmortalidad.

Cada nombre era una sonrisa, casa rostro el recuerdo de su pasada vergüenza. Pero ahora todo era distinto. Ahora sabía quién era, qué podía hacer para cerrar un círculo abierto mucho tiempo atrás y detener para siempre las huellas que se dibujaban rápidas en la tierra.

Siguió subiendo hasta que su mano alcanzó el borde y supo que lo había logrado. Con calma y sin esfuerzo retiró el cuerpo del vacío y permaneció unos segundos escuchando el latido de su corazón y el soplo jadeante de su aliento.

Cuando el cansancio fue un recuerdo y el corazón de nuevo un amigo en el pecho, se puso en pie.

Más abajo, el río corría verde como solo es posible en los sueños, entre esculturas de roca hechas de agua y de viento, ese mismo viento que apoyaba unas manos frescas en su cuerpo brillante de sudor. Allí había devuelto a la tierra las cenizas de su abuelo, había restituido a su espíritu las alas de un gran pájaro blanco que para todos era desde siempre la única certeza.

Ese era el lugar.

—Aquí estoy, *bichei*.

Murmuró estas pocas palabras y permaneció un instante inmóvil sobre el abismo, abierto como una invitación.

Por fin, Jim Tres Hombres Mackenzie, navajo del Clan de la Sal, se dejó pender hacia el vacío, hasta sentir que el vacío lo acogía en su no existir como a un hijo al que se ha esperado demasiado tiempo. Entonces abrió los brazos, alzó la cara buscando el cielo y se dio un leve impulso hacia delante. Cuando sus pies abandonaron la roca, su sonrisa era la de un hombre que miraba lo que tenía delante.

Y mientras volaba como nunca antes había logrado hacerlo, a la luz amiga del sol sus ojos eran del mismo color.

Hagooneę

Adiós

45

El coche salió del camino principal y tras un breve tramo en pendiente se detuvo con un leve rebote frente al campo de fútbol americano. Swan Gillespie iba al volante, y Alan, sentado a su lado, protegido con el cinturón de seguridad. En los últimos tiempos había logrado enormes progresos con las prótesis. Ahora, apoyado en el asiento de atrás solo había un bastón.

Se quedaron unos segundos contemplando la zona de juego, donde un grupo de pequeños disputaban un partido; aunque por el momento no mostraban una habilidad de profesionales, hacían gala de una combatividad entusiasta difícil de observar en los partidos de los adultos. Swan trataba de distinguir cuál de ellos era Seymour, ya que las protecciones y los cascos los igualaban a todos.

Un poco más allá, de pie cerca de la valla, estaba April. Junto a ella, inmóvil, Silent Joe seguía con atención las fases del juego, moviendo la cabeza para seguir los desplazamientos de Seymour durante el partido. Quizá no estaba del todo convencido de que esos personajes extraños que se arrojaban sobre su nuevo dueño no alimentaran malas intenciones, por lo que parecía listo para intervenir.

Swan se volvió hacia Alan.

—¿Me esperas aquí?

Alan sonrió.

—Sí. Es mejor no impresionar a esos chavales con la llegada de Robocop. Salúdalos de mi parte.

Alan había comprendido que Swan prefería hablar a solas con April. La mujer le dio un leve beso en la mejilla y se apeó del vehículo. Mientras se acercaba, April percibió su presencia y se volvió. Llegó a su lado con una sonrisa en los labios.

—Hola, Swan.

—Hola, April.

Los demás padres y madres estaban tan absortos en el partido y los movimientos de sus hijos que no reconocieron bajo el gorro y las gafas oscuras a una de las estrellas de cine más famosas del mundo.

Swan señaló el campo de fútbol con un ligero movimiento de la cabeza.

—¿Cómo va?

—Ah, bien. Seymour no tiene ningún talento para este juego. Espero que algún día lo entienda.

—Y tú, ¿cómo estás?

April se encogió de hombros. Swan vio todavía en sus ojos la constante presencia de las lágrimas. Las mismas que de vez en cuando también la sorprendían a ella. Ninguna de las dos podía saber cuándo terminarían.

—Estoy.

April reparó en que Alan, desde la ventanilla abierta del coche aparcado no muy lejos, le enviaba un saludo agitando un brazo. Respondió del mismo modo, con una oleada de ternura por su viejo amigo. El tiempo daba el justo valor a las cosas. A la luz de lo que acababa de suceder, las viejas historias entre ellos cuatro eran lejanas desavenencias de adolescentes.

Habló sin volverse.

—¿Ya os vais?

—Sí. Nos espera un avión en el aeropuerto.

April buscó de nuevo sus ojos, en la medida en que era posible tras las gafas oscuras.

—¿Cómo va la película sobre Flat Fields?

—Lo que pasó con Simon no facilitó una buena relación entre Nine Muses y yo. A estas alturas no creo que la hagan, y de todos modos no la haría yo.

—Lo lamento.

—No te preocupes. Tengo más ofertas de las que puedo aceptar. He recibido hasta una propuesta de Europa. Parece que allá hay alguien dispuesto a apostar a que, además de una bonita cara, podría poseer algo de talento. Ya veremos.

—¿Y Alan?

—Vendrá conmigo.

April hizo una breve pausa. Luego bajó en forma imperceptible el tono de voz.

—¿Sabe que lo amas de veras?

—Lo sabrá. Se lo demostraré cada día hasta que no lo olvide nunca.

April apreció en las palabras de Swan el amor y la determinación. Pensó que eran dos excelentes puntos de partida para poder proyectar una vida de pareja.

Por unos instantes se miraron en silencio. Luego Swan sonrió como solo ella sabía, y se abrazaron.

—Buena suerte.

—También para ti y tu hombre.

Swan se apartó y sin decir más dio media vuelta y se dirigió con su atractivo paso de mujer hacia el coche. Mientras miraba cómo se alejaba, April se preguntó cuánto tiempo pasaría hasta que volviera a verla.

Y qué personas serían en ese momento.

Había transcurrido una semana desde la muerte de Jim. Encontraron su cuerpo bajo la ladera más alta de Horseshoe Bend. El hombre que lo halló dijo que su rostro mostraba una expresión serena. Charlie les permitió verlo solo cuando estuvo preparado. Lo había velado igual que al abuelo, como corresponde a un jefe y a un hombre de gran honor. Luego, como antes el viejo Richard Tenachee, también Jim fue incinerado y al día siguiente, durante un breve vuelo en helicóptero sobre el Gran Cañón, April arrojó al viento sus cenizas. Charlie iba sentado a su lado. En honor al que consideraba su sobrino, aceptó subir a un helicóptero por primera vez en su vida. En ese instante, a pesar del ruido de la hélice, ella lo oyó entonar a media voz un viejo cántico de despedida en la antigua lengua de los diné. Mientras contemplaba cómo aquella nube de polvo gris que había sido un hombre se perdía en el cielo para regresar a la tierra, no logró contener las lágrimas. Se había propuesto no hacerlo, pero no conseguía contener el llanto por haberlo perdido justo cuando lo había reencontrado.

Y sabía que lo que no había podido ser entre ellos le faltaría para siempre.

Charlie se lo contó todo. Le dijo con dolor y orgullo en la voz que Jim había comprendido que era el único capaz de detener aquella furia llegada del tiempo, y que lo había hecho del único modo posible, sin pensar en nada más que en la seguridad de ellos.

El viejo indígena le entregó el documento de propiedad de las tierras de Flat Fields, extendido por el gobierno de Estados Unidos a nombre de Eldero y sus descendientes. Por ley pertenecía a Seymour, pero de acuerdo con el Consejo de las Tribus se estaba estudiando el modo de convertirla en una zona protegida aneja al territorio de la reserva.

El cadáver de Cohen Wells fue encontrado en Pine Point, con todos los huesos quebrados y la cara retorcida en una máscara de horror. Su muerte causó sensación, pero las informaciones sucesivas provocaron mucha más. Cuando salió a la luz que era el responsable del homicidio de Richard Tenachee, nadie lloró por él. Aunque de un modo diferente, April tuvo su primicia. El suyo fue el primer artículo sobre el arresto del alcalde Colbert Gibson y de Dave Lombardi. Entregó al detective Robert Beaudysin la grabación hallada en el estudio del banquero y los dos, enfrentados a la prueba, confesaron enseguida. Este éxito del policía hizo pasar un poco a segundo plano el misterio sin resolver de los otros muertos. Algunos sabían que ya no habría otros y que con el tiempo esos extraños homicidios quedarían archivados entre los casos sin resolver.

Se hallaba tan sumida en sus pensamientos que no se dio cuenta de que el partido había terminado. Vio que su hijo estaba a su lado, acalorado y con la cara congestionada por el abultado equipo que deformaba su cuerpo de niño. Junto a él, Silent Joe asumía su papel de guardián con tanta seriedad que no lo abandonaba un segundo. El niño sujetaba el casco en una mano, mientras con la otra señaló la figura de una mujer que se alejaba en un coche.

—¿Quién era?

—Swan Gillespie.

Seymour abrió mucho los ojos, sorprendido.

—¿Swan Gillespie, la actriz? ¿Tú conoces a Swan Gillespie?

April sonrió por la espontaneidad del entusiasmo de su hijo.

—Sí, es una vieja amiga.

Seymour se volvió de golpe. Solo logró captar el reflejo del sol en el cristal posterior del coche que se alejaba. Se rascó la cabeza, sin saber cómo sacar provecho de la información.

—¡Vaya! Cuando lo cuente en el colegio se morirán todos de envidia.

Se pusieron en marcha y April le rodeó los hombros con el brazo.

—¿Cómo ha ido el partido?

En los armoniosos rasgos de Seymour se dibujó una expresión de duda.

—Bien, creo. Pero tengo que decirte una cosa...

—¿Cuál?

El niño calló y alzó la cara. La miró como si le preocupara desilusionarla.

—¿Sabes? Me parece que no estoy hecho para el fútbol.

Creo que me gustan más los caballos. O quizá los helicópteros... Todavía no lo sé.

April meneó la cabeza y se echó a reír.

—Muy bien. Mientras esperamos a que tomes esa importante decisión, ve a cambiarte y a darte una ducha. Yo te espero en el coche.

—Vale. Vuelvo en un segundo. Ven, Silent Joe.

April contempló a su hijo que se alejaba corriendo en compañía de su extraño perro. En general no se admitían animales en los vestuarios, pero April sabía que no habría modo de impedírselo.

La forma en que Seymour había aceptado su escaso talento para ese deporte la llenó de ternura. Hacia apenas un rato que había hablado de ello con Swan, y el momento de esa pequeña toma de conciencia había llegado antes de lo que esperaba. Habría otras muchas, y April confiaba, cuando sucediera, estar presente. Se lo debía al recuerdo de un hombre que al fin había encontrado la fuerza para ser mejor que los tres hombres que un viejo jefe indígena había predicho para él. Se lo debía a sí misma y sobre todo a Seymour, que crecería junto a ella recordándole sin cesar el rostro y el cuerpo de Jim y lo que había hecho por todos ellos.

Y un día llegaría también la hora de hablarle de su padre. Con esta certeza se dirigió con calma hacia el lugar donde había aparcado el coche.

Desde algún lugar situado detrás de ella, como el sello de un pacto, llegó amortiguado el silbido del tren.

Agradecimientos

Al parecer, durante las investigaciones para cada nueva novela amplío de manera envidiable mi círculo de amigos. No sé cuán importantes son mis escritos para la literatura, pero sé cuán importantes son estas personas para mí. Por ello, expreso mi agradecimiento a Raquel y a Joe Sánchez, deliciosos propietarios del igualmente delicioso Aspen Inn de Flagstaff. Son los únicos personajes reales de esta historia. Su colaboración y sobre todo su amistad han sido un apoyo en el pasado y un consuelo para el futuro.

A ellos deseo sumar a Vanessa Vandever, la guapa representante de los navajos, cuya ayuda ha sido muy valiosa para comprender el complejo mundo de este pueblo fascinante y orgulloso y que me ha asesorado para las citas en la lengua de los diné.

A los tres, gracias de corazón por haber soportado mi presencia, mis continuas preguntas y mi cocina.

Y además:

Gloria Satta, encantadora mujer y deliciosa periodista que me ha hecho encontrar un nuevo amigo, es decir:

Carlo Medori, que, aunque viva en Nueva York, puede considerarse el último verdadero hombre de frontera.

Franco di Mare, que entre una y otra nota bajo las bombas, ha hallado un poco de tiempo para mí. Quizá mientras se preguntaba cuál de las dos situaciones era más peligrosa...

Alessandro Zanardi, en cuya gigantesca figura se inspiró el personaje de Alan Wells.

Massimo Anselmi, por haberme presentado a Leone, animoso representante de la creativa raza mestiza italiana y desarticulado inspirador de la figura de Silent Joe.

Samuel Rossi, de *Time Out*, por la información sobre los arcos, que hasta hace poco tiempo eran para mí una madera y un pedazo de cuerda en las manos de Robin Hood.

Claudio Pianta, que me ha asistido con su asesoramiento mientras pilotaba helicópteros.

Marcello Bargellini, del Centro Ufficio Elba, por su indómita ayuda con los ordenadores, que en mis manos parecen derretirse.

Francesca Martino y Photomovie, por las imágenes de la cubierta.

Andy Luotto, por un lugar llamado «Allá».

Además, los componentes de mi equipo de trabajo histórico:

Alessandro Dalai, audaz editor que, al igual que el legendario Nando Meliconi, tiene el sobrenombre del Americano.

Cristina Dalai, hermosa autodestructiva.

Mara Scanavino, la única verdadera modelo de portada.

Antonella Fassi, la voz que sabe bailar en los hilos del teléfono.

Paola Finzi, redactora *on the sea*.

Alberto Lameri, próvido amanuense navajo.

Con el penitente y flagelante Gianluigi Zecchin expiando las culpas de todos.

Piero Gelli, mi editor de la primera hora, cuya natural elegancia en el decir, en el porte y en la apariencia hacen quedar a David Niven como un personaje de los Simpson.

Tecla Dozio, obligada por mí a leer y a regar, para tener en la misma semana su valiosa opinión y una hierba verde. El resultado ha sido la confirmación de una sabrosa amistad.

Por motivos personales deseo incluir a Cristina Garetti y a Cicci Tuminello di Asti. Ellos saben por qué.

Un comentario aparte para el cada vez más agudo Piergiorgio Nicolazzini, que continúa compartiendo conmigo esta aventura literaria con la profesionalidad de un agente y el espíritu del entusiasmo y de la amistad verdadera.

Y por último mi esposa, Roberta, que, mientras yo me empeño en escribir las discutibles páginas de mis novelas, logra trazar día tras día las bellas páginas de nuestra historia.

Como sucede siempre, aparte de los mencionados, los personajes de esta historia son fruto de la fantasía y forman parte de mi patrimonio literario, cuya valoración dejo a los demás. Las personas a las que he dado las gracias forman parte, en cambio, de un patrimonio personal que a mis ojos posee un valor incalculable.

Las referencias históricas se han extraído de diversas fuentes locales, pero en su mayor parte de la *Storia dei Navajos 1540-1996*, de Jean-Louis Rieupeyrout, publicado por Xenia Edizioni; de *Navajo-Popolo della Terra*, de Ruth M. Underhill, editado por Mursia; y de *Alla conquista delle grandi praterie*, de Jon E. Lewis, publicado por Piemme. Otro aporte válido ha sido el *Conversational Navajo Dictionary*, de Garth Wilson.

Este libro ha sido impreso en los talleres
de Novoprint S.A.
C/ Energía, 53 Sant Andreu de la Barca
(Barcelona)